SOLYSIE R

A LTA TE C

REB E LLI ON

Maike Harel
Omni X

MAIKE HAREL

OMNI-X

magellan

1.

Berlin 2075

Etwas blinkte im heißen Sand, und ohne nachzudenken, bückte ich mich danach. Es war ein dünnes Stück Metall, das jemand in eine krude Form geschnitten hatte. Eine hässliche, ungelenk zurechtgesäbelte Ratte, kaum größer als mein Daumennagel. Ich hob sie auf.

Dann ließ ich mich im Schatten eines Baumes nieder und zog die Knie an. Durchatmen.

Ich hatte viel geschafft an diesem Tag. Ein Bonus fürs Wässern der Beete vor unserem Hauseingang. Ein Boost für meinen BioTracker durch das morgendliche Sportprogramm. Und eine beachtliche Portion Extrapunkte mit Sahne für fünf Stunden Müllaufsammeln im Freiwilligenteam der Schöne-Stadt-Initiative. Eben hatte ich noch im Supermarkt die Boxen mit dem alten Gemüse abgeholt und an die vorgegebenen Familien mit rotem Status geliefert. Vorsichtshalber nur bis zur Türschwelle und ohne zu klingeln, denn ich konnte nicht riskieren, dass mich eine der Bewohnerinnen in ein Gespräch verwickelte, eines, das möglicherweise auf meinem Index registriert würde.

Ich ließ meinen Kopf gegen den Stamm sinken und tastete vorsichtig die scharfen Kanten der Metallratte ab. Die kleine Diode an meinem schwarzen Kunststoffarmband leuchtete in müdem Grau. Fast automatisch zog ich das Holomenü auf, das aus dem Armband auf meinem Handrücken projiziert wurde, und checkte meinen Stand.

Noch vier Prozent bis Gold. Vier Prozent mehr bis morgen früh um Punkt 09:00 Uhr.

Ich sah auf, als Kinderstimmen über den Spielplatz schallten. Zwei kleine Jungen rannten durch den Sand zu den Schaukeln. Ich erhob mich schnell und lächelte der Mutter zu, die mich einen verstohlenen Augenblick lang musterte.

»Nur eine Viertelstunde, dann müssen wir nach Hause«, rief sie den Jungs zu. Zwei goldene Punkte schaukelten an den kleinen Handgelenken in die Höhe, als ich zwischen den Standbeinen des großen Blasters am Rande der Sandfläche hindurchschlüpfte, der auf kinderfreundliche Blümchen- und Schmetterlingsanimationen umgesprungen war.

Ich dachte an Lisa. Dann dachte ich, dass es besser wäre, nicht an Lisa zu denken.

Zu Hause stach ich der Metallratte ein Loch in den Leib, fädelte ein dünnes Lederband hindurch und hängte sie mir um den Hals. Es erschien mir passend. Ein Talisman für Unglücksraben!

Irgendwie komisch, wenn man bedenkt, dass nichts von alledem passiert wäre, wenn ich das hässliche Ding im Dreck hätte liegen lassen.

Aus den Chatprotokollen von Resa Gerlach, März 2038

23.03.38 18:01 **+49 176XXX**:	Bist du gut nach Hause gekommen?
23.03.38 18:04 **Resa Gerlach**:	???
23.03.38 18:04 **Resa Gerlach**:	Wer bist du?
23.03.38 18:04 **+49 176XXX**:	Hast du mich schon vergessen?
	Dein Retter und Beschützer
23.03.38 18:05 **Resa Gerlach**:	Du hast mir vorhin im Park hochgeholfen? Der mit den schwarzen Haaren und der Lederjacke?
23.03.38 18:05 **+49 176XXX**:	Kein geringerer ☺
23.03.38 18:05 **Resa Gerlach**:	ok
23.03.38 18:05 **+49 176XXX**:	Wollte nur sichergehen, dass alles ok ist, sah übel aus
23.03.38 18:06 **Resa Gerlach**:	Ja, alles ok. Paar blaue Flecke.
23.03.38 18:06 **Resa Gerlach**:	Woher hast du meinen Kontakt?
23.03.38 18:06 **+49 176XXX**:	Über dein StepIn-Profil
23.03.38 18:07 **Resa Gerlach**:	Hab ich dir gesagt, wie ich heiße?
23.03.38 18:07 **+49 176XXX**:	🙄 Wie hätte ich sonst dein StepIn-Profil finden sollen?
23.03.38 18:07 **Resa Gerlach**:	Kann ich mich nicht dran erinnern. Vielleicht habe ich mehr abgekriegt, als ich dachte.
23.03.38 18:07 **+49 176XXX**:	Sah nach ner ziemlichen Kopfnuss aus …
23.03.38 18:08 **Resa Gerlach**:	Solange mir niemand den Kopf VERDREHT hat …
23.03.38 18:08 **Resa Gerlach**:	😂
23.03.38 18:08 **+49 176XXX**:	😊

23.03.38 18:08 **+49 176XXX**: 😎

23.03.38 18:09 **Resa Gerlach**: Joke! Meinem Kopf geht es wieder sehr gut!

23.03.38 18:09 **+49 176XXX**: Das freut mich.

2.

Berlin 2075

Der Junge stand an der gegenüberliegenden Wand im Aufzug und schaute mich an. Also ungefähr einen Meter von mir entfernt hinter einer Barriere von mehreren Gelscheiteln und Hochsteckfrisuren. Er war groß, weshalb er über die anderen Aufzugfahrenden hinwegblicken konnte, um mich anzustarren. Schokocremeflecken vom Frühstück konnten nicht der Grund sein, weil ich gar keine Zeit für ein Frühstück gehabt hatte, sondern nur für einen schnellen Apfel auf dem Weg, der sowieso gesünder war – BioTracker sagt Danke. Lag es daran, dass mein Armband neuerdings glitzergolden leuchtete? Vier Komma drei Prozent höher als gestern Abend auf dem Spielplatz. Und so sollte es auch bleiben!

Keine Zeit, um mich zu fragen, warum irgendein Fremder – zugegeben ein gut aussehender Fremder – mich betrachtete, als wäre ich seine verschollene Kindergartenliebe.

Denn eines wusste ich: Die Prüfung heute war meine einzige Chance. An diesem ersten Wochentag der Sommerferien musste ich den Eignungstest für die Exzellenzkurse im letzten Schuljahr bestehen. Um irgendeine Aussicht zu haben, mein Leben weiter in die Bahnen zu lenken, von denen ich träumte. Wenn die Katastrophe einträte … eintrat … Ich schämte mich ein bisschen, dass ich »Katastrophe« dachte, weil ich wusste, wie sehr es Lisa verletzen würde. Aber meine

Schwester sah nicht klar. Sie schien gar nicht zu begreifen, auf was sie zusteuerte. Ich begriff es umso besser.

Also den starrenden Jungen ignorieren (auch wenn er mich ein bisschen an *meine* verschollene Kindergartenliebe erinnerte) und darauf konzentrieren, pünktlich zu sein.

Dummerweise war ich spät dran. Was zum einen an meinem neuen Status als begeisterte (ähem) Sportlerin lag – mit brennenden Oberschenkeln steht es sich halt schwer auf. Zum anderen hatte ich die fehlenden vier Prozent heute Morgen erreicht, indem ich im orangenen Overall des Freiwilligenteams Treppen in ebenjenem benachbarten Wohnturm geputzt hatte, in dem ich nun im Aufzug stand. Dafür gab es nämlich mehr Punkte, als wenn ich unsere traurigen Stiegen im heruntergekommenen Altbau poliert hätte. Außerdem war ich hier vor den Blicken meiner Lieblingsbewerterin, Klassenkameradin und Nachbarin Kia Petersen (Doppel-ähem) sicher.

»Um zum Eignungstest zugelassen zu werden, müssen deine Indexe auf mindestens 85 % stehen«, hatte mir die Beratungslehrerin bei der Anmeldung mit vor Skepsis triefender Stimme gesagt. Mit anderen Worten: auf Gold. Ich hatte unruhig an dem Elastikband an meinem Handgelenk gespielt, das zu diesem Zeitpunkt einen traurigen grauen Punkt gezeigt hatte – niemand würde diese Leuchtfarbe als Silber bezeichnen, auch wenn das ihr offizieller Name war. Das Band hatte ich gerade an das Pad auf dem Schreibtisch vor meiner Lehrerin gehalten, damit sie die Daten aus dem Chip auslesen konnte.

»Nun …« Die Lehrerin hatte ihrem lippenstiftrosa Mund ein Lächeln abgerungen, als ich störrisch auf der Anmeldung beharrte. »Jeder hat eine Chance.«

Es musste etwas daran sein, schließlich hatte ich die 85 % erreicht. Nur dass meine morgendliche Rechnung nicht aufgegangen war (12 von 35 Stockwerken putzen = 3,7 % Anstieg: zu wenig), sodass ich am Ende ganz nach oben gefahren war, um auch dort noch ein paar Treppen zu wischen, obwohl sie vermutlich nie jemand benutzte. Bis mein Armband mir endlich mit einem sanften Surren anzeigte, dass ich mein Ziel erreicht hatte (+0,6 %!), und ich erleichtert die obersten Knöpfe meines Overalls öffnete. Mein neues Rattenamulett klebte auf meinem Brustbein. Die verschwitzten Hände wischte ich an meinen Oberschenkeln ab. Rasender Puls, klebrigfeuchte Haut – nicht, dass der BioTracker auf meinem Armband diese Daten auswertete und mich für krank hielt. Punktabzüge wegen verpasster Krankmeldung – das fehlte mir gerade noch! Ich hatte tief durchgeatmet und war mit Mopp und Eimer in den Aufzug gestiegen, der sich auf dem langen Weg nach unten mit Menschen füllte, die mich mehr oder weniger kritisch betrachteten. Keiner so auffällig wie dieser Typ in meinem Alter: blaue Augen, strubbeliges braunes Haar, ein Mund zu einem kleinen Grinsen verzogen. Bildete ich mir ein, dass er immer wieder zu mir herüberschaute? Mein oranger Putzaufzug war doch alles andere als ein aufregender Anblick! *Was um alles in der Welt?*

Pling. Die Aufzugtüren öffneten sich und ich stolperte in die Lobby, wo ich meine Utensilien, so schnell ich konnte, in dem dafür vorgesehenen Raum verstaute und losrannte. Es blieb keine Zeit, mich zu Hause umzuziehen. Als ich über den Vorplatz des Wohnturms lief, vorbei an dem großen Blaster, vor dem ein paar Passanten standen und die neusten Nachrichten anschauten, sah ich einige Meter entfernt den Typen aus dem Aufzug, der – wie ich erst jetzt wahrnahm – ein Skateboard unter dem Arm trug. Wie zuträglich war es wohl seinen Indexen, wenn er mit diesem Kinderspielzeug durch die Gegend flitzte und Leute über den Haufen fuhr? Aber dann fiel mein Blick auf den goldenen Punkt an seinem Handgelenk. Tja, er wohnte in dem Edelturm, den ich gerade mit meinem Mopp blitzblank geputzt hatte, und wahrscheinlich scherten ihn ein paar lausige Negativpunkte von der Verkehrswacht herzlich wenig. Im Gegensatz zu mir. In diesem Augenblick drehte er sich plötzlich um, lächelte, als würden wir uns kennen, und hob den Arm. Wollte er mir etwas sagen? Aber dafür hatte ich nun wirklich keine Zeit. Ich rannte los.

Ich war noch nicht weit gekommen, als mein Armband summte. Im Laufen tippte ich gegen mein rechtes Ohr, um den Anruf entgegenzunehmen.

»Ellie«, rief eine wohlbekannte Stimme ohne weitere Begrüßung. »Ich muss mit dir sprechen!«

»Tess?« Ich lief ein bisschen schneller. »Du hast mir doch gestern Abend schon viel Glück gewünscht!«

»Kannst du vorbeikommen? Ich muss dir etwas zeigen!«

Ich drückte gegen meine Ohrmuschel, wo der kleine Chip saß, der ihre Stimme übertrug. Doch ich hatte meine Tante klar und deutlich verstanden. Etwas in ihrer Stimme war … anders. »Ich bin auf dem Weg zur Eignungsprüfung, das weißt du doch.«

»Oh.« Einen Moment lang blieb es still. Dann: »Ellie, ich glaube, ich habe da etwas herausge…«

»Ich bin spät dran, wir können nachher sprechen!«

Meine Mutter behauptete immer, dass ihre Schwester nicht die richtigen Prioritäten setzte. Vielleicht hatte sie nicht ganz unrecht?

»Kannst du nicht vorbeikommen, Ellie?«

Ich blieb stehen. War ihr völlig egal, was ich gerade gesagt hatte?

»Ellie?«

Ich bemühte mich, meinen Ärger herunterzuschlucken. Sie *wusste* doch, dass ich auf dem Weg zu meiner Prüfung war!

»Tut mir leid. Ich kann jetzt nicht!«

Tess sagte noch etwas, doch ich tippte gegen mein Ohr und kappte die Verbindung. Entschuldigungen murmelnd drängte ich mich durch die dichte Menschenmenge. Ich versuchte, an Tempo zuzulegen, doch schon an der nächsten Kreuzung musste ich wieder anhalten, weil die Fußgängerampel gerade rot geworden war. Über der Straße schillerte eine riesige Infotafel mit dem Solysier-Firmenlogo. In schneller Folge blitzten hoch aufgelöste Profilbilder mit den dazugehörigen Daten über die Fläche. *Greg, 36 Jahre alt – 93,5 %. Alyssa, 17 Jahre alt – 97 %. Helma, 43 Jahre alt – 98,7 %!* Helma hatte ein nettes Lächeln und ihre Werte stiegen und fielen in rasanter Geschwindigkeit, hielten sich aber immer in den hohen Neunzigern. Da! Jetzt blieben sie einen winzigen Moment auf hundert Prozent stehen, bevor die Zahlen wieder absanken. Dann löste ein goldener Schriftzug die Fotos unserer beeindruckenden Mitbürger und Mitbürgerinnen ab: *Verbessere dich! Jeder hat eine Chance!* Es folgten das weiße Solysier-Logo und dann neue Profilbilder, da Greg, Alyssa und Helma scheinbar weitergelaufen waren und sich nun außer Reichweite des Sensors befanden.

Ich trommelte ungeduldig auf meinen Oberschenkeln. *Jeder hat eine Chance!*

Als die Fußgängerampeln endlich auf Grün sprangen, raste ich los. Erst über die Straße, dann zwischen zwei fegenden Freiwilligen hindurch über den Vorplatz eines großen Büroturms, wo Angestellte geduldig in der Reihe standen, um ihre Armbänder am Eingang scannen zu lassen. Ich hechtete über eine Querstraße, bevor mich die nächste Ampel aufhalten konnte, und sah schon das Testzentrum auf der gegenüberliegenden Seite der Straße. *Alles ok, Ellie*, redete ich mir keuchend zu, *du schaffst das*: Schleuse passieren, Armband vorzeigen und in den richtigen Raum gehen – Eignungstest für den Jahrgang 2058. Mein Geburtsjahr. Noch zehn Minuten.

Am liebsten wäre ich einfach zwischen den Autos über die Fahrbahn geflitzt, obwohl es hier keinen Personenübergang gab. Aber ich brauchte jeden einzelnen Punkt. Da konnte ich nicht einfach auf die Verkehrswacht pfeifen und Ampeln missachten. Zwanzig Meter die Straße hoch kam der Verkehr gerade an einem Übergang zum Stehen – da musste ich rüber! Ich rannte fast eine junge Mutter mit goldenem Status und einem brandneuen Kinderwagen um. »Entschuldigung!«, brüllte ich über die Schulter, inständig hoffend, dass sie keine von diesen rechthaberischen Zimtzicken war, die sofort mein Profil in der Liste ihrer Sozialkontakte suchen würde, um mich mit ein paar Negativpunkten abzustrafen. Tatsächlich surrte mein Band, doch bevor mein Herz stehen bleiben konnte, sagte die Stimme in meinem Ohr: »Sie haben eine neue Nachricht.« Die musste jetzt warten.

Außer Atem erreichte ich die Ampel, drängte mich an den bereits stehen bleibenden Passanten vorbei, gerade als das viel zu laute Ticken das Ende der Grünphase ankündigte, sprintete über die Straße – und wurde mit solcher Wucht zu Boden geworfen, dass ich über den heißen Asphalt schlitterte, die Haut an meinen Handflächen aufplatzte und meine Hose am linken Knie riss.

Jemand eilte an meine Seite, und zwar so schnell, dass ich erst dachte, *er* hätte mich umgerannt.

»Alles klar?« Besorgter Blick aus blauen Augen. Schon wieder der Typ aus dem Aufzug!

Um uns herum begann ein wildes Gehupe. Autos rollten in einem Schlenker an uns vorbei, Insassen schimpften.

»Was machst du hier? Verfolgst du mich?«, fragte ich benommen, während ich mich aufrappelte.

»Ich mache den Eignungstest«, stammelte er und wies auf das Gebäude auf der anderen Straßenseite. »Wir hatten offenbar denselben Weg.«

Verwirrt beäugte ich das Skateboard, das unter seinem Arm klemmte. »Hast *du* mich umgefahren?«

Ich erwartete ein spöttisches Lachen und einen selbstgefälligen Blick, wie er zu so einem Kerl aus dem edlen Wohnturm gepasst hätte. Stattdessen färbten sich seine Ohren rosa. »Da war ein Retrolenker, ein Motorrad, das dir nicht ausweichen konnte.«

Ich hatte den gemeingefährlichen Fahrer, der sich offensichtlich besser an ein sicheres, autonom fahrendes Gefährt gehalten hätte, nicht mal gesehen.

»Du musst die Polizei rufen, das war definitiv seine Schuld. Der ist losgefahren, bevor die Ampel grün wurde!«

Ich schüttelte panisch den Kopf. Ich musste zur Prüfung!

Ein weißes Auto hupte laut. Wir standen immer noch auf der Fahrbahn. Die Tür des Fahrzeugs wurde aufgerissen und eine blonde Frau streckte den Kopf heraus.

»Ihr haltet den ganzen Verkehr auf«, keifte sie. »Haut ab!« Und als ich sie erstaunt ansah und mich immer noch keinen Millimeter bewegte, zischte sie »blödes Pack!« und drückte auf ihr Armband.

»Hey«, rief ich, während ich zum Straßenrand taumelte. Die Frau fuhr mit dem Finger über das Holomenü, das sich sofort als Projektion aus ihrem Band auf ihren Handrücken gelegt hatte. Sie war mir nah genug, um sich problemlos in mein Profil einzuklinken. Als sie fand, was sie suchte, lächelte sie triumphierend.

»Nein!« Ich brachte nicht viel mehr als ein flehendes Quieken zustande.

Die Frau hob siegesgewiss ihr Kinn. Irgendwo in den Tiefen einer Datenzentrale wurden in Sekundenbruchteilen Indexe verglichen, Prozentsätze gegeneinander aufgerechnet, Statusränge kalkuliert, Entscheidungen aufgewogen, bis binnen eines Herzschlags ein Ergebnis ausgespuckt wurde.

Und dann summte mein Band, und die kleine Diode über meinem Puls wurde grau – weniger als 85 % – Test ade!

»Komm«, rief der Junge und zog mich auf den Gehweg.

Sein Band glitzerte golden.

Aus den Chatprotokollen von Resa Gerlach, März 2038

23.03.38 22:16 **Resa Gerlach:**	Ok.
23.03.38 22:17 **+49 176XXX:**	Ok?
23.03.38 22:17 **Resa Gerlach:**	Ok, ich wollte dir nochmal Danke sagen.
23.03.38 22:17 **+49 176XXX:**	😊
23.03.38 22:17 **+49 176XXX:**	Dachte nicht, dass du dich noch mal meldest. Also doch ein verdrehter Kopf?
23.03.38 22:17 **Resa Gerlach:**	Na-hein!
23.03.38 22:17 +49 176XXX:	😰
23.03.38 22:19 **Resa Gerlach:**	Jedenfalls sagt meine Mutter, dass es eine echt gefährliche Situation war und ich froh sein soll, dass mich jemand da rausgezogen hat.
23.03.38 22:19 **+49 176XXX:**	Deine Mutter hat dich beauftragt, dich zu bedanken??
23.03.38 22:19 **+49 176XXX:**	😂
23.03.38 22:21 **Resa Gerlach:**	Sie hat die Demo in den Medien gesehen und meinte es sah beängstigend aus, als die Polizei dazwischengegangen ist und plötzlich alle losgerannt sind.
23.03.38 22:21 **+49 176XXX:**	Blöd nur, dass du nicht losgerannt bist
23.03.38 22:22 **Resa Gerlach:**	Nee, ich bin lieber stehen geblieben, um mich zertrampeln zu lassen.
23.03.38 22:22 **Resa Gerlach:**	Das ging total schnell, plötzlich waren überall Leute.
23.03.38 22:22 **+49 176XXX:**	Und dann musste deine arme Mama mit ansehen, wie der Mob dich plattmacht?

23.03.38 22:23 **Resa Gerlach:**	Mob?? Das waren meine Mitdemonstranten.
23.03.38 22:23 **+49 176XXX:**	Waaaaas? Dachte, du bist ein unschuldiges, nettes Mädchen, das versehentlich zwischen die Fronten geraten ist
23.03.38 22:24 **+49 176XXX:**	Tragen deine Leute nicht diese lila Bänder und diese Stiefel in der gleichen Farbe?
23.03.38 22:24 **Resa Gerlach:**	🙄 Du meinst Bax-Stiefel? Klischee.
23.03.38 22:25 **Resa Gerlach:**	Nicht jeder, der eine politische Meinung hat, trägt irgendwelche Bänder und Designerstiefel als Erkennungsmerkmal.
23.03.38 22:25 +49 176XXX:	Diese Stiefel würden dir aber sehr gut stehen
23.03.38 22:25 +49 176XXX:	Hot 🔥
23.03.38 22:26 **Resa Gerlach:**	Du bist einfach nur bescheuert.
23.03.38 22:26 **+49 176XXX:**	JOKE
23.03.38 22:28 **Resa Gerlach:**	Übrigens hat mein »Mob« komplett friedlich demonstriert. Die »Ressourcenknappheit-ist-eine-Erfindung«-Fraktion auf der anderen Seite hat angefangen zu pöbeln und dann hat die Polizei die Demo einfach abgebrochen und UNS Ärger gemacht!!
23.03.38 22:28 **+49 176XXX:**	Ok ok
23.03.38 22:28 **+49 176XXX:**	Hab das nicht mitgekriegt. Bin zufällig vorbeigekommen. Da war schon Randale
23.03.38 22:30 **Resa Gerlach:**	Wenn wir demonstrieren, gibt es immer öfter Leute, die zur Gewalt gegen uns aufrufen.
23.03.38 22:30 **+49 176XXX:**	Scheiße
23.03.38 22:30 **Resa Gerlach:**	Ja.
23.03.38 22:31 **Resa Gerlach:**	Mir macht das alles Angst.
23.03.38 22:31 **+49 176XXX:**	Ja

23.03.38 22:33 **Resa Gerlach:**	Wie heißt du?
23.03.38 22:33 **+49 176XXX:**	Jonas 😌
23.03.38 22:33 +49 176XXX:	[StepIn-Profil Jonas Heuck]
23.03.38 22:33 **Resa Gerlach:**	Danke, Jonas. Ich hatte echt Angst, niedergetrampelt zu werden.
23.03.38 22:34 **Jonas Heuck:**	Na ja. Ich hab dir nur die Hand gegeben. Wahrscheinlich wärst du auch alleine da rausgekommen
23.03.38 22:35 **Resa Gerlach:**	Nee.
23.03.38 22:35 **Resa Gerlach:**	Na ja, vielleicht. Aber nur, wenn ich meine Superpower-Bax-Stiefel angehabt hätte.
23.03.38 22:35 **Resa Gerlach:**	😂
23.03.38 22:36 **Jonas Heuck:**	Und ein lila Band im pinken Zopf. Ich steh auf Superheldinnen. 😍
23.03.38 22:36 **Resa Gerlach:**	🙄
23.03.38 22:36 **Resa Gerlach:**	Wie wär's mit etwas weniger Gorilla-Gehabe?
23.03.38 22:36 **Jonas Heuck:**	🐵 Sorry!
23.03.38 22:37 **Resa Gerlach:**	Ahhhhhhhhhhhhhhhhhh!
23.03.38 22:39 **Jonas Heuck:**	Was sagt dein Vater dazu?
23.03.38 22:39 **Resa Gerlach:**	??
23.03.38 22:39 **Jonas Heuck:**	Zur politischen Tochter, die auf gewalttätige Demos geht
23.03.38 22:40 **Resa Gerlach:**	DAS WAR KEINE GEWALTTÄTIGE DEMO!!
23.03.38 22:43 **Resa Gerlach:**	Was sagt DEIN Vater dazu?
23.03.38 22:43 **Jonas Heuck:**	??
23.03.38 22:43 **Resa Gerlach:**	Dass du nicht weißt, wie man eine ganz normale Unterhaltung führt. 😝

23.03.38 22:44 **Jonas Heuck:**	Weiß mein Vater auch nicht. Vielleicht wäre er sonst noch mit meiner Mutter zusammen
23.03.38 22:44 **Resa Gerlach:**	…
23.03.38 22:45 **Resa Gerlach:**	Tut mir leid.
23.03.38 22:46 **Jonas Heuck:**	Gibt schlimmeres
23.03.38 22:46 **Resa Gerlach:**	»Ressourcenknappheit-ist-eine Erfindung«-Krakeeler zum Beispiel.
23.03.38 22:46 **Resa Gerlach:**	Unsere Regierung
23.03.38 22:46 **Jonas Heuck:**	Erbsensuppe
23.03.38 22:46 **Resa Gerlach:**	Sellerie
23.03.38 22:46 **Jonas Heuck:**	3D-Tatoos
23.03.38 22:47 **Resa Gerlach:**	Nippelpiercings
23.03.38 22:47 **Jonas Heuck:**	Oh
23.03.38 22:47 **Jonas Heuck:**	😳
23.03.38 22:47 **Resa Gerlach:**	Ernsthaft???
23.03.38 22:48 **Resa Gerlach:**	🤣Tja … Nobody is perfect
23.03.38 22:48 Jonas Heuck:	😏
23.03.38 22:50 **Resa Gerlach:**	Gute Nacht, Gorilla!
23.03.38 22:50 **Jonas Heuck:**	Gute Nacht, Rosa Resa

3.

Berlin 2075

Ein paar Sekunden lang war ich wie betäubt. Chance vertan.

Der Junge mit dem Skateboard stand immer noch neben mir.

»Du musst doch da rein!«, sagte ich. Vor der Schleuse hetzten die letzten Schüler und Schülerinnen aus unserem Geburtsjahr, die sich für die Exzellenzklassen qualifizieren wollten, über den Platz.

Meinen Begleiter kümmerte das wohl nicht. »Haben wir uns nicht früher schon mal gesehen?«, fragte er. »Jobst du nicht in dem Blumengeschäft an der Ecke?«

Ich hatte ihn definitiv vor dem heutigen Tag noch nie gesehen und wusste auch nichts von Blumengeschäften.

»Nein«, berichtigte ich. »Ich helfe nach der Schule im Laden eines Freundes aus. Im *SmartHome* am Mehringdamm. Heim-Elektronik und so ein Kram.«

Hinter seiner Stirn schien es zu arbeiten.

»Du kommst zu spät!«, sagte ich und hätte am liebsten geschrien, weil *ich* den Test nicht machen konnte, der *ihn* nicht zu interessieren schien. Schließlich nickte er, zögerte, drehte sich um und rannte zur Schleuse, um sich scannen zu lassen und im Gebäude zu verschwinden.

Und dann war ich allein. Allein auf dem ausgestorbenen Platz, auf dem nur noch eine einsame Taube über den Asphalt scharrte. *Jeder hat eine Chance!*

Warum war ich dann unfähig, meine Chancen beim Schopfe zu packen? Vielleicht verdiente ich es einfach nicht anders. Schließlich hatte ich mich dem Freiwilligenteam und der Sportgruppe erst vor kurzer Zeit angeschlossen – und nur, weil mir keine andere Wahl geblieben war. Egoistisch, eigennützig – Ellie Bergmann. Unsere Armbänder halfen uns dabei, gute Bürger und Bürgerinnen zu sein, das Bestmögliche für die Gesellschaft herauszuholen. Deswegen ging es schließlich uns allen gut!

Ich betrachtete die kleine, vorwurfsvoll strahlende Diode an meinem Handgelenk. Vielleicht wusste der Algorithmus längst, was ich selbst noch nicht einsah: dass ich in einer Exzellenzklasse nichts zu suchen hatte.

Die Taube gurrte und hüpfte auf die Straße. Kein Band, das sie für ein Verkehrsvergehen abstrafte, bevor sie plattgefahren wurde.

Ich wollte nur eins: nach Hause gehen und mich in mein Bett legen. Zum Glück wusste mein Band es besser.

»Terminangleichung«, meldete sich die künstliche Stimme in meinem Ohr. »Die Freistellung wird nicht länger benötigt. Bitte treten Sie Ihren Ferienjob an.« Seufz.

Auf dem Weg zur Bushaltestelle konnte ich das Chaos in meinem Hirn nicht abstellen. Obwohl mir mein Band entspannende Musik empfahl, drückte ich sie weg.

Geplatzt der Traum von Exzellenzklassen. Geplatzt der Traum von einem Medizinstudium. Plopp.

Aber ehrlich gesagt: Es war sowieso nur ein Hirngespinst gewesen. Eins, von dem ich gedacht hatte, auf absurde Weise gehofft, dass es nicht nur mir, sondern auch meiner Schwester helfen würde. Nur: So ein Polster, wie Lisa zum Sturzabfedern brauchte, gab es gar nicht.

Obwohl ich mich wie gelähmt fühlte, tippte ich im Gehen langsam gegen mein Band und öffnete mein Holomenü. Die Nachricht, die ich vorhin bekommen hatte, war von Tess, aber ich konnte mich nicht dazu hinreißen, sie zu öffnen und ihr zurückzumelden, dass ich gescheitert war. Mein Finger fuhr über die lange Liste der Selbstmesser-Apps. Neben den vorgeschriebenen Zählern wie dem BioTracker und der Verkehrswacht hatte ich Zusatzfunktionen wie den Sparfuchs, KonsumPlus und EmoKon aktiviert, um wirklich jedes Pünktchen zusammenzukratzen.

Ich blieb stehen. Dann wählte ich »alle markieren« und »deaktivieren«.

Aus.

Stille.

Die rasenden Zahlen in der Ecke meines Holomenüs verlangsamten sich. Positive purzelten von meinem Profil. Ich schaute nicht auf meinen Rang. Wozu auch? Die Leuchtdiode strahlte grau.

Die Bushaltestelle lag direkt neben einem kleinen Imbiss, aus dem schon jetzt – um nicht mal zehn Uhr morgens – der triefende Geruch von heißem Fett waberte. In der Holosäule auf dem Bürgersteig tanzten Bilder von glänzenden Burgern und blubberndem Käse auf überbackenen Burritos. Klar, dass jemand mit mangelnder Selbstkontrolle auf so was anspringen würde. Jemand wie ich. Was kümmerte mich mein BioTracker jetzt noch? Aber dann fiel mir ein, dass es um meinen Geldbeutel ebenfalls nicht gut bestellt war.

Meine Punktesammelei in den letzten Wochen hatte einiges gekostet. Eine gute Bürgerin muss schließlich zur florierenden Wirtschaft beitragen. Also hatte ich mich zu einer Einkaufsorgie hinreißen lassen, die meinen Konsumindex in himmlische Höhen katapultierte. Aufgrund meines vorbildlichen Einsatzes für die Schöne-Stadt-Initiative hatte der Algorithmus mich für kreditwürdig befunden. Nun war das alles vergeblich gewesen. Und es hieß sparen. Ein weiterer Grund, warum ich meinen Ferienjob ernst nehmen musste.

»Willste was?«, blaffte die korpulente Dame im Imbiss, wahrscheinlich weil ich davor rumlungerte, statt etwas zu bestellen. Die beiden Männer mit roten Dioden am Handgelenk, aufgedunsenen Gesichtern und glasigen Augen am Stehtisch neben dem Imbiss betrachteten mich wie ein fremdartiges Meeresgeschöpf im Aquarium.

»Ich warte auf den Bus«, murmelte ich und machte ein paar Schritte zur Seite.

»Willste keinen Zugang?«, fragte die Kioskdame und wies mit dem Daumen neben sich.

Auf dem Blaster, der neben der Essensausgabe an der Wand angebracht war, lief irgendeine Show, in der eine sympathische, gut aussehende Goldfamilie lustige Dinge erlebte und zwischendurch demonstrativ gesunde *und* leckere Smoothies in die Kamera hielt.

»Willste lieber 'ne Bildungssendung?«, fragte die Imbisslady. Sie konnte einfach nicht glauben, dass ich auf die Konsumpunkte verzichtete, die das Blasterglotzen quasi umsonst auf mein Band katapultieren würde. »Mit Bildungsshows kriegste auch ein paar Sozialpunkte«, fügte sie hinzu. Sie musste mich für extraverblödet halten. Zu Recht. Aber ich war … so müde. Schnell drehte ich mich weg und schaute die Straße hinunter.

Ein Bus kam nicht. Stattdessen ein bulliger Transporter, der mir vermutlich entgangen wäre, wenn ich wie jeder vernünftige Mensch dem Blaster gelauscht hätte, statt sinnlos in der Gegend rumzugucken. So hörte ich das leise Summen eines Elektromotors und wandte mich um, als zwei Polizisten ausstiegen. Ohne mich zu beachten, steuerten sie auf die beiden Roten an ihrem Stehtisch zu.

Aus den Augenwinkeln beobachtete ich, wie die Polizisten die Armbänder der Männer einlasen und ein paar Worte zu ihnen sagten. Auf der Anzeigetafel an der Haltestelle wurde endlich der nächste Bus angekündigt.

Die Polizisten schoben die beiden zur Straße.

Als die Türen des Transporters sich öffneten, sah der ältere Mann mich an. Seine Miene blieb vollkommen leer. Sein Blick hing noch einen Moment länger an mir, dann wurde er von einem der Polizisten unsanft in das Fahrzeug geschubst und die Tür schloss sich hinter ihm.

Ich guckte dem Gefährt hinterher, als es fast lautlos davonglitt, und erschauderte.

Im Bus war es nach der Hitze draußen eiskalt. Scheinbar die aus Biodaten errechnete Wohlfühltemperatur der drei Männer in Anzügen, die sich im hinteren Teil des Busses unterhielten. Mich fröstelte, aber meine Gänsehaut schien bei der Datenkalkulation nicht gewichtig genug zu sein. Also knöpfte ich meinen Overall bis zum Hals zu und lehnte meinen Kopf gegen das Fenster, während der Bus über Hochtrassen und Schnellstraßen, an Wohntürmen und begrünten Flachdächern vorbei, durch Unterführungen und kurze Tunnel schnurrte und die Sommersonne in den Solarpanelen an den vorbeiziehenden Mauern glitzerte.

Statt Tom, dem das *SmartHome* gehörte, begrüßte mich meine Mutter aus dem Halbdunkel mit einem verwunderten »Was machst du denn schon hier?«. Tom hatte seine antiken Bewegungssensoren Dutzende Male repariert, statt sich neue Geräte anzuschaffen, weshalb man im Ladenraum minutenlang die Arme schwingen musste, statt die Lampen per Sprachbefehl zum Glühen zu bringen.

»Ist dir das nicht zu dunkel?«, murrte ich, ohne auf Mamas Frage einzugehen, und wedelte mit den Händen.

Als die Lichter an der Decke eins nach dem anderen ansprangen, wurde der Ladenraum mit dem Empfangstresen und dem Monitor darauf sichtbar. An den Wänden hingen Digitalplakate, auf denen sich Werbesprüche und Tipps für die effizienteste Nutzung von Selbstmessern abwechselten. In ein paar verstaubten Schaukästen waren Armbandvarianten, die vor zwei Jahren als schick gegolten hatten, Fensterputz-Roboter und anderes Zubehör ausgestellt, das sich die wenigsten von Toms Kunden leisten konnten. Hinter dem Monitor saß Mama und sah mich erwartungsvoll an. Sie war so groß wie meine Schwester Lisa und hatte dünnes blondes Haar wie mein Bruder Benedikt. Ich sah nicht aus wie sie – hatte aber scheinbar die schlechten Eigenschaften geerbt. Wir klebten beide meistens auf Grau. Meine Mutter kämpfte sogar regelmäßig gegen Rot.

»Was ist passiert?«, fragte sie. Als ich ihr widerwillig erzählte, dass ich es verbockt hatte, meinte sie bloß: »Deine Chancen waren ja auch nicht gut, Schatz.« Sie stand auf und wollte mich umarmen, aber ich entwand mich ihr.

»Wenn du dir niedrigere Ziele setzt, erreichst du sie leichter«, sagte Mama leise.

Ich grunzte verärgert und fragte: »Wo ist Tom?«

»Krank«, meldete Mama zurück. »Weshalb ich ihm aushelfen wollte, bist du nachmittags kommst.«

»Tja«, sagte ich leichthin. »Dann hast du Glück. Ich übernehme und du kannst ins Studio gehen.«

Mama verdiente ihr Geld – *unser* Geld, um genau zu sein – als Prompterin für Werbetexte und Infobroschüren, aber wenn sie wie heute freihatte, verbrachte sie ihre Zeit am liebsten im Yogastudio, wo sie an ihrer Haltung und geistigen Gesundheit arbeitete.

Tom wusste im Gegensatz zu mir und Mama, wie die Gerätschaften funktionierten, die wir in seinem Laden verkauften und verkabelten. Trotzdem freute ich mich über seine Abwesenheit. Alleinsein entsprach genau meiner Stimmung. Ich wollte mit Sicherheit nicht, dass Mama mir Empfehlungen gab, welche Selbstmesser ich nutzen könnte, um »niedrigere Ziele« zu erreichen.

Sie sah mich unsicher an und verschwand dann hinter der Tür, die in ihr Zimmer führte. Das Hinterzimmer, ein ungenutzter Teil des Büros, bewohnte sie seit fast einem Jahr – eine ihrer zweifelhaften Aktionen, mit denen sie glaubte, uns etwas Gutes zu tun. Ich ließ mich auf den angewärmten Stuhl hinter den Tresen fallen.

Eigentlich war es erstaunlich, dass es Toms schäbigen Laden überhaupt gab, versteckt in diesem Bürogebäude, ohne Schaufenster nach draußen. Doch das Glück oder das Schicksal oder was auch immer wollte es so, dass in der Nachbarschaft eine bunte Mischung aus Gerade-noch-Goldenen und Meistens-Grauen lebte, die sich keine Apartments in modernen Wohntürmen leisten konnten, in denen alle Funktionen vorinstalliert waren, aber auch nicht auf alle Annehmlichkeiten verzichten wollten. Unsere Kundschaft hauste seit Jahrzehnten in maroden Altbauwohnungen, in denen defekte Stromleitungen immer mal wieder die eine oder andere smarte Anwendung lahmlegten und veraltete Anlagen dafür sorgten, dass Tom die standardisierten Applikationen mit Geschick und Kreativität an widrige Umstände anpassen musste. Er brachte es fertig, Kühlschränke mit dem günstigen Supermarkt an der Ecke zu verbinden, statt die automatischen Lieferungen gemäß Voreinstellung vom teuren Feinkostgeschäft zu beziehen. Unter seinen flinken Händen ließen sich Uraltstaubsauger so kalibrieren, dass sie bei Sonne auf den Balkon fuhren, um sich aufzuladen, genau wie die neueren Modelle. Weitere Einnahmen generierte die Hotline, mit der eine von Tom gebastelte KI die Kunden ziemlich erfolgloser Tech-Unternehmen bediente, die sich niemand anderen leisten konnten als uns. Blieb nur zu hoffen, dass sich heute möglichst wenige penetrante Kunden an der KI vorbei bis in mein Ohr kämpfen würden.

Als ich die Leitung aktivierte, fühlte ich mich plötzlich so leer, dass ich die Augen schloss und meinen Kopf zurücklegte. Was – *was* sollte ich jetzt noch tun? Wieso hatte ich – wieder einmal – bewiesen, dass Gold nicht meine Farbe war? Ich drehte mich in meinem Stuhl wie in einem langsamen Karussell und hielt schließlich mit Blick auf die Pinnwand an der Rückseite des Raumes an, wo Tom lustige Katzenfotos festgeheftet hatte. In der Ecke pinnte eine von Mama mit großer Mühe (und weniger künstlerischem Talent) gezeichnete Filzstiftblume mit der Aufschrift »Marie sagt Danke«, die sie Tom überreicht hatte, nachdem sie in das Hinterzimmer gezogen war. Fest davon überzeugt, dass sie uns damit von ihrem ansteckenden Grau bewahren und eine glorreiche Zukunft für die Kinder der Familie Bergmann einleiten würde. Nun, ich hatte mal wieder das Gegenteil bewiesen.

Ich seufzte. Fast sehnte ich den Anruf eines Trottelkunden herbei, der mich mit seinen Problemen (»O-Ton: Mein Autobot kapiert nicht, dass mein Goldfisch gestorben ist, und ich kann das Fischfutter nicht abbestellen«) von meinen ablenken würde. Doch die Leitung blieb still, was bedeutete, dass ich mir weiter all die Konsequenzen ausmalen konnte, die mein – und Lisas! – Verhalten haben würde.

Ich schreckte hoch, als Mama in ihren Yoga-Hosen aus dem Hinterzimmer kam und erschrocken »Was ist passiert?« rief.

Eine Sekunde lang dachte ich, sie hätte meine Gedanken gelesen oder telepathisch Lisas Zustand wahrgenommen.

Doch sie meinte gar nicht mich – sie telefonierte.

»Man hat sie eingewiesen?« Ihre Stimme klang alarmiert.

Ich verstand überhaupt nichts. »Stell mal laut!«

Mama nickte und kurz darauf drang eine leicht verzerrte Stimme aus ihrem Band.

»Ihre Schwester ist mit einer Passantin aneinandergeraten und dann vor ein Auto gelaufen«, erklärte die Frau, mit der Mama sprach. Es ging um Tess! »Sie war sehr durcheinander und wusste nicht, wo sie sich befand. Es hätte noch viel schlimmer enden können!«

»Aber wo ist sie denn eingewiesen worden?«, fragte Mama noch einmal nach. »Im Krankenhaus?«

»Sie ist im Krankentrakt und wird medizinisch bestens versorgt«, antwortete die Stimme aus Mamas Band mit leicht tadelndem Unterton. »Über ihren Verbleib muss im weiteren Verlauf entschieden werden!«

Mama sah mich verwirrt an, während die Frau schon weitersprach: »Ich schicke Ihnen die Adresse. Sie wird gleich operiert. Bitte kommen Sie oder ein anderes Familienmitglied um 13:00 Uhr hierher, um ein paar Formalitäten zu erledigen. Sie erhalten einen Code, damit sie kurzfristig von der Arbeit freigestellt werden.«

»Sie muss operiert werden?«, fragte Mama.

»Ja«, entgegnete die Frau. »Und seien Sie froh, dass die andere involvierte Person nicht schwer verletzt wurde. Sie wird vermutlich davon absehen, Anzeige zu erstatten.«

Mamas Augen weiteten sich entsetzt. Sie sagte nichts.

»Hören Sie?«, hakte die Frau in der Leitung deshalb nach. »Sie erhalten alle weiteren Informationen auf Ihr Band.«

»Ja, ich habe verstanden«, stammelte Mama.

Die Stimme der Frau erstarb und das Band surrte einen leisen Abschied.

Ich hatte Tess vorhin abgewürgt. Und nun das! »Ich habe eben noch mit ihr gesprochen. Wieso verwirrt? Das klang ja, als hätte sie irgendjemanden angegriffen! Heute Morgen wirkte sie völlig nor…« Mein Satz blieb in der Luft hängen. Sie hatte nicht *völlig* normal geklungen.

»Ich habe schon seit einiger Zeit den Eindruck, dass sie sich merkwürdig benimmt«, sagte Mama langsam. »Sie hat mich vor ein paar Tagen angerufen und wirre Geschichten erzählt. Und sie war aggressiv.«

In meiner Brust gab es einen heftigen Stich. Dass Mama und Tess sich in die Haare kriegten, war nichts Neues, aber glaubte Mama wirklich, dass meine Tante irgendjemanden angriff? Ohne Sinn und Verstand auf eine befahrene Straße lief …?

»Ich sollte dahin«, sagte ich abrupt.

»Du?«

»Ja. Ich weiß, wie das zwischen euch ist. Es wird sie tierisch aufregen, wenn du da aufkreuzt und ihr Vorhaltungen machst.«

»Ich mache ihr doch keine Vorhaltungen. Sie muss nur einsehen, dass …«

»Siehst du!«

Mama seufzte.

»Jedenfalls müssen wir uns schnell darum kümmern. Das gibt sonst richtig Ärger auf dem Sozialindex.«

Ich sah Mama abwartend an, während sie unruhig die Hände knetete. Mama und meine Tante, das bedeutete Streit. Davon konnte niemand etwas haben.

Schließlich nickte sie. Sie zog ihr Holomenü auf und leitete mir die Informationen weiter, die sie gerade erhalten hatte. Dann holte sie ihre Tasche aus dem Hinterzimmer und schulterte sie. »Ich muss mich ablenken. Mein BioTracker hat schon registriert, dass mein

Puls in die Höhe gegangen ist. Ich gehe besser schnell für eine halbe Stunde ins Studio, wie du vorgeschlagen hast.« Sie drückte mir einen Kuss auf die widerwillige Stirn und sagte: »Wenn ich wiederkomme, kannst du gehen.«

Dann ließ sie mich endlich allein.

Ich war wie in Trance. Was war mit Tess geschehen? Und wo war sie *eingewiesen* worden? War es ein Fehler gewesen, den Besuch zu übernehmen? Würde ich mit Sozialpunkten belohnt werden, wenn ich mich um meine Tante kümmerte? Oder bestraft, weil ich einer Gewalttäterin half? Ich biss mir auf die Lippen, als es in meinem Ohr summte. Mit Tess verstand ich mich gut, hatte sie immer als eine Verbündete empfunden – und nun dachte ich über meinen Status und meine Punkte nach, statt darüber, wie es ihr ging. Wieder summte es in meinem Ohr und ich nahm den Anruf aus der Hotline entgegen.

In den nächsten fünfzehn Minuten erklärte ich, noch immer halb benommen, einem dussligen Kunden, wie er die Kommunikation zwischen Wecker und Beleuchtung wiederherstellen konnte, nachdem er schon tagelang das Licht von Hand hatte anknipsen müssen wie ein gottverdammter Neandertaler. Als er sich endlich verabschiedet hatte, stolperte auch schon der nächste nervige Kunde durch unsere verstaubte Glastür.

Nur, dass es gar kein nerviger Kunde war.

Sondern der Junge mit dem Skateboard.

Aus den Chatprotokollen von Resa Gerlach, März 2038

25.03.38 03:21 **Jonas Heuck:**	[The Girl with Lilac Hair]

**

25.03.38 07:35 **Resa Gerlach:**	Hast du nichts Besseres zu tun, als mir Mitten in der Nacht Lieder zu schicken?
25.03.38 07:37 **Jonas Heuck:**	Nö
25.03.38 07:37 **Jonas Heuck:**	😊
25.03.38 07:38 **Resa Gerlach:**	Du bist wach??
25.03.38 07:38 **Jonas Heuck:**	Du hast mich geweckt
25.03.38 07:38 **Resa Gerlach:**	Wieso ist dein Handy an?
25.03.38 07:39 **Jonas Heuck:**	Kämpferisch heute?
25.03.38 07:39 **Resa Gerlach:**	*seufz*
25.03.38 07:39 **Resa Gerlach:**	Baulärm …
25.03.38 07:39 **Resa Gerlach:**	Werde wahnsinnig!
25.03.38 07:39 **Resa Gerlach:**	Die bauen und bauen und bauen.
25.03.38 07:39 **Resa Gerlach:**	Eines Tages sieht man den Himmel nicht mehr.
25.03.38 07:40 **Jonas Heuck:**	Sie übertreiben, meine Dame
25.03.38 07:40 **Resa Gerlach:**	DIE übertreiben!
25.03.38 07:41 **Resa Gerlach:**	Überall werden diese Riesentürme gebaut. Es heißt, dass weite Teile der Welt unbewohnbar werden und am Ende alle in den Städten leben. Glaubst du das?
25.03.38 07:41 **Jonas Heuck:**	Ich glaube, die wollen uns Angst machen
25.03.38 07:41 **Jonas Heuck:**	Da hilft nur – Kissen über die Ohren

25.03.38 07:42 **Resa Gerlach**:	Gegen die Angst?
25.03.38 07:42 **Jonas Heuck**:	Gegen den Baulärm
25.03.38 07:42 **Jonas Heuck**:	Aber ich kann überall schlafen. Jetzt zum Beispiel. Gute Nacht!
25.03.38 07:44 **Resa Gerlach**:	Äh. Guten Morgen!?

[25.03.38 07:44 Jonas Heuck ist nicht online.]

4.

Berlin 2075

Was wollte der denn hier?

Der Junge hatte die Tür zaghaft geöffnet und stand nun irgendwie verloren im Ladenraum. Er lächelte mich an.

Ich saß mit offenem Mund da wie ein verstörter Goldfisch.

»Hallo«, sagte er und räusperte sich sofort. Noch ein Lächeln. Sein Blick verunsicherte mich. Versuchte er … zu flirten? Nicht, dass mich noch nie jemand gut gefunden hätte – aber Mr Edelwohnturm und Ellie aus der Abbruchbude? Das ergab einfach keinen Sinn.

»Was ist mit deinem Eignungstest?«, fragte ich.

»Fertig«, antwortete er und hob die Schultern.

War er danach schnurstracks hierhergekommen? Wegen *mir*? Hätte eine Nachricht über mein Freundschaftsprofil es nicht getan? So wie normale Teenager, die eine Nachricht an den süßen Bruder der besten Freundin schreiben wollen oder so. (Ja, das hatte ich vor Jahren getan, war aber bei Maras Bruder Marko komplett abgeblitzt.)

Der Junge räusperte sich. »Ich heiße Sam.«

»Ähm«, krächzte ich. »Was kann ich für Sie tun?«

Oh *Gott. Was war denn los mit mir?* »Ich meine du. Was kann ich für *dich* tun?«

Sam trat an den Tresen. »Also, ich, du, äh …«

Sein Gesicht nahm plötzlich einen rosa Schimmer an, was, ehrlich gesagt, ziemlich niedlich war, so in Kombination mit diesen Grübchen und den blauen Augen und überhaupt … Er schaute mich suchend an und sein Blick rutschte zu meinem Kinn und … Schaute er mir etwa in den Ausschnitt?? Nun, zu sehen gab es da rein gar nichts, denn seit der Fahrt im eiskalten Bus war mein Arbeitsoverall bis oben hin zugeknöpft. Nein, ich bildete mir das ein. »Was willst du hier?«, fragte ich verwirrt.

»Mir tut sehr leid, was vorhin passiert ist. Mit deinem Band. Das ist sicher …«

»Es war ja nicht deine Schuld«, murmelte ich.

»Nein, aber du wirktest so enttäuscht und da dachte ich …«

In mir zog sich etwas zusammen. »Ja«, sagte ich, bemüht, meine Stimme fest klingen zu lassen. »Ich hatte gedacht, ich hätte eine Chance.«

Er sah mich an, mitleidig und warmherzig und nett – aber ich bereute sofort, welche Blöße ich mir gegeben hatte. »Bist du extra gekommen, um mir zu sagen, dass ich dir leidtue?«

»Nein, nein«, sagte Sam schnell. »Ich brauche Hilfe. Mein Band ist kaputt. Das ist doch hier der richtige Laden für so etwas?« Sam streckte mir sein Handgelenk entgegen. Ich schob ihm das Pad zum Einscannen hin, doch mitten in der Bewegung hielt ich inne. Die kleine Diode über seinem Puls war erloschen. Kein Gold, kein Grau und schon gar kein Rot.

»Das ist seltsam«, stellte ich fest.

»Na ja.« Sam gab ein unruhiges Lachen von sich, das noch um einiges seltsamer war als das fehlende Lichtlein. »Es war ein Unfall.«

Er hielt mir die Hand unter die Nase. Sein Band wies an der dicken Stelle, wo die Chips saßen, eine Delle auf. Ich fuhr mit dem Finger drüber. »Hast du mit einem Hammer draufgehauen?«

»Ich bin von einem Retrolenker umgefahren worden.«

Jetzt musste ich ein bisschen lachen. »Ist das nicht *mir* passiert?«

»Ach ja.« Sam grinste. »Jedenfalls brauche ich einen neuen Chip.«

Ich hatte keine Ahnung, was gerade passierte. Diese Geschichte war doch frei erfunden, oder?

Als Sam mich erwartungsvoll anlächelte, zog ich widerstrebend seine Hand zu mir hin und beugte mich über das kleine Lämpchen.

»Erst mal brauchst du eine neue Diode.« Ein feiner Riss durchbrach das transparente Kunstglas. Sams Finger waren warm und mit blauer Farbe befleckt. Schnell ließ ich seine Hand los. »Gib mir mal das Band.«

Sam gehorchte.

»Macht es ein Geräusch?« Ich zeigte auf sein rechtes Ohr.

Ein vom Pulsschlag seines Besitzers abgetrenntes Band beschwerte sich normalerweise mit einem Surren im Gehörgang, das zu einem wütenden Piepsen und schließlich zu einem trommelfellzerfetzenden Fiepen werden konnte.

Sam schüttelte den Kopf. »Nicht mehr. Ich habe den Unfall bereits an einer Notfallstation bei der Zentralen Datenstelle gemeldet. Ich bin bis 14:00 Uhr unüberwacht.« Er lachte nervös.

»Du meinst, du hast bis 14:00 Uhr Zeit, bis dein Band wieder aktiviert sein muss? So lange wird das hoffentlich nicht dauern!«

Ich suchte in einer Schublade nach einer Ersatzdiode. Natürlich war eigentlich Tom für solche Reparaturen zuständig. Aber ich musste Sam ja nicht gleich auf die Nase binden, dass ich überfordert war. Wenn mich schon mal jemand so nett fand, dass er mich gleich auf der Arbeit besuchte, statt einen privaten Hilfsdienst zu beordern, der in seinem Wohnturm bestimmt zur Verfügung stand, konnte ich ihn ja in dem Glauben lassen, dass ich eine talentierte Mechanikerin war. Ich pfriemelte die defekte Diode mit einer Pinzette heraus und setzte eine neue ein.

»Die von der ZDS haben gesagt, dass meine Daten sofort zum Hochladen auf einen neuen Chip bereitstehen«, erklärte Sam.

Ich musterte ihn einen Moment lang. Hatte er sein Armband mutwillig zerstört, nur um mit mir ein Gespräch anzuzetteln?

Sam zog die Augenbrauen hoch.

Ich zerrte an meinem Kragen und murmelte: »Ok, fangen wir an.«

Das Programm der Zentralen Datenstelle öffnete sich mit einem Klick. »Du musst dich verifizieren.«

Sam guckte in die Kamera, bis es piepste. Der Rechner brauchte einige Sekunden, um seine Iris auszumessen und den Zugang zu seinen Daten freizugeben.

Auf meinem Bildschirm poppten übereinander eine Reihe von Fenstern auf, die endlos lange verschlüsselte Datenströme enthielten. Weil es nicht so oft vorkam, dass jemand einen neuen Chip brauchte – und weil Tom sowieso alle wichtigen Aufgaben übernahm –, dauerte es eine Weile, bis ich die richtigen Informationen fand. Schließlich entdeckte ich in den Zahlenreihen einen rot unterstrichenen Code. Den rief ich auf. »Bingo!«

Datenpaket Samuel Werting. *Werting.* Natürlich. Er war ein Sprössling der Familie Frühstücksflocken-Imperium. Er wohnte wahrscheinlich im gottverdammten Penthouse!

Mit einer Pinzette holte ich einen neuen Nanochip aus seiner winzigen Packung und aktivierte ihn. Dann bestätigte ich die Aktion und der Datentransfer begann.

»Dauert ein paar Minuten.« Irgendwo in einem Hochsicherheitstrakt der Zentralen Datenstelle ratterten die Monsterserver, um Sams Leben wieder auf sein Armband zu spielen.

Sam trommelte mit den Fingern auf den Ladentisch.

»Vielleicht können wir uns mal unterhalten?«

Ich öffnete den Mund, brachte aber kein Wort hervor. Ich konnte mich nicht entscheiden, ob ich seine unbeholfene Art hochgradig entzückend oder extrem sonderbar finden sollte. Unterhielten wir uns nicht gerade? Na ja, nicht, wenn ich nichts sagte. »Natürlich«, stammelte ich schließlich. »Worüber wolltest du denn …?«

Doch dann sah ich etwas. Auf dem Bildschirm. »Das kann doch gar nicht …!« Ich klappte meinen Mund schnell wieder zu und blinzelte, um mich zu vergewissern, dass ich richtig geguckt hatte. Ein Balken zeigte mir an, wie viele Daten sich übertrugen. Sozial- und Konsumindex waren bereits kopiert worden: Und sie standen auf 100 %. Jetzt folgten unzählige optionale Selbstmesser und jedes Mal, wenn ein weiterer sich lud, zeigte die Anzeige klar und deutlich – 100 %.

Mir wurde plötzlich heiß.

»Stimmt irgendetwas nicht?«

»D-doch …«

Ich konnte keinen klaren Gedanken fassen. Welcher Mensch stand auf 100 %? Wer hatte solche Indexe und haute sich – mutwillig? – sein Band kaputt? Oder besser gesagt – wie konnte man überhaupt sein Band kaputt machen, mutwillig oder nicht, und keinen einzigen Strafpunkt dafür kassieren?

»Also …«

»Alles klar?«, fragte Sam. Er sah ehrlich besorgt aus.

Irgendetwas ging nicht mit rechten Dingen zu … irgendetwas war … merkwürdig.

»A-alles klar«, stotterte ich. »Es dauert nur noch ein bisschen. Die Server sind heute extralahm.«

Was eine Lüge war. Der Balken hatte sich bis zum Ende gefüllt. »Vorgang abgeschlossen«, verkündete ein neues Feld.

Aber oben, in der Ecke des Bildschirms, blinkte ein komisches Wort, wo normalerweise Zahlencodes die Art des Vorgangs betitelten. *Omni-X*. Was war bitte das?

Sam reckte sich, um auf den Bildschirm zu sehen. Mit einer schnellen Handbewegung dimmte ich die Helligkeit. Hätte ich ihn fragen sollen? *Was willst du hier und was zur Hölle ist Omni-X?* Irgendein dunkles Gefühl hinderte mich daran.

»Sag mal, ist dir auch so heiß?«, fragte ich stattdessen.

»Hmh?«

»Ich glaube, die Klimaanlage funktioniert nicht richtig. Könntest du die mal höherstellen?«

Ich zeigte auf das Ungetüm neben der Tür, das eigentlich ausreichend kalte Luft verströmte.

Sam drehte sich langsam um und versuchte, das Ding per Fingerzeig zu dirigieren.

»Es ist ein sehr altes Modell«, erklärte ich. »Du musst nah ran und große Bewegungen machen.«

Um genau zu sein, war das Modell so antik, dass man die Temperatur auf einem digitalen Feld an der Seite regulierte. Mit *Anfassen*. Das konnte Sam natürlich nicht ahnen.

Während er der Klimaanlage zuwinkte, studierte ich die Informationen auf dem Monitor. *Code Omni-X*. Dieses Kürzel hatte ich noch nie gesehen.

»Das funktioniert nicht«, meldete Sam.

»Doch, du musst nur doller wedeln!«

Hastig wischte ich die offenen Fenster zur Seite und tippte Sams Selbstmesser an.

BioTracker – 100 %. Sparfuchs – genauso.

Die Klimaanlage funktionierte wunderbar. Aber ich schwitzte, als wäre ich durch die Mittagssonne gejoggt. Sam musste vorhin wie ich an der Solysier-Anzeigetafel mit den Vorbildsbürgern vorbeigekommen sein. Wieso hatte dann diese Frau … Helma … an erster Stelle gestanden und nicht er?

Mit zitternden Fingern tippte ich gegen das kleine Feld mit dem Code Omni-X, um einen Blick auf die Metadaten zu werfen.

Aus den Augenwinkeln sah ich, wie Sam der Klimaanlage einen wütenden Schlag mit der Handfläche verpasste.

»Ja, das hilft manchmal«, behauptete ich, ohne aufzuschauen. »Ist halt ein altes Ding.«

Quelle: ZDS, stand da. *Speicherplatz: Lokal.*

Lokal. Das bedeutete, dass dieses kleine Wunderding direkt auf Sams Chip saß, nicht auf einem Server am anderen Ende der Stadt. Ich musste es gerade eigenhändig dorthin übertragen haben. Was bedeutete …

»Ich gebe auf.« Sam kam zurück zum Tresen.

»Fertig!« Bevor er sich vorlehnen und auf den Bildschirm blicken konnte, schloss ich alle offenen Felder. Ich schob den neuen Festplatten-Chip in den Schlitz an Sams Armband.

Als er das Band entgegennahm, berührten seine Finger meine und ein kribbliger Schauer durchlief mich.

Statt es über sein Handgelenk zu streifen und mit dem Puls die Diode zu aktivieren, ließ er das Band gedankenverloren von einer Hand in die andere gleiten.

Ich hielt den Atem an.

Sam lächelte und sagte – nichts.

Er machte keine Anstalten, sein Holomenü hochzufahren oder seine Indexe zu überprüfen, er zog das verdammte Ding ja nicht einmal an. Wusste er überhaupt, was in seinem Band saß? Wusste er nicht, dass *ich* wusste, dass gerade etwas höchst Ungewöhnliches geschehen war?

Sam druckste herum, aber er schien die richtigen Worte nicht zu finden. »Tja, also«, sagte er schließlich und sah sich abermals im Laden um, als suchte er nach etwas. »Das war nett?«

Stellte er mir eine Frage? Meine Gedanken waren inzwischen ein einziges Wollknäuel.

»Ich meine, nett, dass du mir geholfen hast.«

Ich starrte ihn bloß stumm an, bis mir einfiel, dass ich wohl etwas darauf antworten musste. »Die Rechnung müsste gleich auf dein Band kommen.«

Sam lächelte. Irgendwie verschwörerisch, als würden wir uns schon lange kennen. Er wartete einen Moment, aber ich wusste nicht, worauf. Dann endlich: »Ja, natürlich.«

Sam Werting hatte heute Morgen keinen Profilwert von 100 % gehabt, das *konnte* nicht sein. *Überhaupt* niemand besaß einen Profilwert von 100 %, jedenfalls nicht für länger als ein paar Augenblicke. Sams Werte hatten sich jedoch gar nicht bewegt, als ich sie eben angeschaut hatte.

»Also dann.« Sam lächelte mich auf dem Weg durch die Tür noch einmal unsicher an. »Vielleicht sehen wir uns ja mal?«

»Okay«, sagte ich, komplett verwirrt, weil ich nicht wusste, was er wollte oder was ich wollte, das *Etwas*-Wollen jedoch sehr stark in meinem Kopf pochte.

Als er gegangen war, rannte ich in den Flur, der von unseren Räumlichkeiten zu den Aufzügen führte, und schaute durch die Fensterfront zu, wie er auf die Straße trat. Dort streifte er sich endlich das Armband über, blickte aber nicht mal eine Sekunde darauf. In meinem Kopf begann es so schnell zu arbeiten, dass meine Hirnwindungen klackerten. Zurück im Laden startete ich eine schnelle Suche nach Code »Omni-X« – und fand exakt überhaupt nichts. Es gab im Register der ZDS kein solches Kürzel. Aber ich hatte doch mit eigenen Augen gesehen, dass etwas durch Sams Profil gefegt war! Eine Art Zauberstab, der fehlende Prozentpunkte auffüllte und alle Negative löschte?

Ich suchte und suchte, bis es in meinem Ohr plötzlich schrill fiepte, ein Warnschrei meines Sozialindexes sozusagen, dem ich auf den Grund gehen mus…

»Wieso ist es hier so kalt?« Mama war durch die Tür getreten. Kopfschüttelnd stellte sie die Klimaanlage ab.

Aber ich schwitzte immer noch. Und plötzlich schlug mein Herz bis zum Hals.

»War jemand im Laden?«, fragte sie.

Ich antwortete nicht. »Mir ist gerade etwas eingefallen.« Wenn ich die Metadaten richtig verstand, befand sich das Programm direkt in Sams Armband, ungefähr wie mein Bücherei-Zugang, nur ein kleines bisschen wertvoller. Wenn ich also den Nanochip, den ich eben erst in Sams Armband geschoben hatte, irgendwie wieder rausholen konnte … Vielleicht war mein Schicksal nicht so unaufhaltsam grau, wie ich dachte? Vielleicht gab es dann sogar für Lisa eine Lösung?

Eilig projizierte ich das Holomenü auf meinen Handrücken und rief mein Freundschaftsprofil auf. Sam konnte noch nicht weit gekommen sein. So schnell meine zitternden Finger es mir erlaubten, schränkte ich den Filter auf männliche Wesen aus meinem Geburtsjahr ein und vergrößerte die Umgebungskarte, die mir mehrere Punkte im Umkreis von einigen Hundert Metern anzeigte. Drei davon waren grau und nur zwei golden – und wenn ich Pech hatte … Ich wählte einen der Punkte aus. Es war Sam! Das Glück war mir wohlgesonnen: Sein Profil war auch für Silberfische wie mich sichtbar gestellt.

»Was machst du da?«, fragte Mama.

Ich tippte auf die kleine Brieftaube. Nicht lang über den Text nachdenken: »Hallo Sam. Würde dich gerne wiedersehen.«

Die reinste Poesie.

Wie idiotisch.

Abschicken. Versandt!

In diesem Moment sah ich auf der kleinen Anzeige in meinem Holomenü, warum es eben in meinem Ohr so unangenehm gepiept hatte. Mein Sozialindex war ins Bodenlose gerutscht. Knapp vor Rot. Ich rief den Index auf, um zu verstehen, was geschehen war. »Illegale Suche« stand da. Meine Punkte waren in den Keller gerasselt, als ich nach dem mysteriösen Code gesucht hatte. *Illegale Suche*. Lass deine Finger weg, sollte das wohl heißen. Finger weg von Code Omni-X.

»Du bist ganz blass«, stellte Mama fest.

»Blass? Nein, nein. Vielleicht habe ich nicht genug gegessen.« Mir war ein bisschen schwindelig. Aber nicht vor Hunger. »Ich muss jetzt zu Tess.«

Mama protestierte nicht, als ich meine Umhängetasche schnappte und den Laden verließ.

Ich lief den langen Flur hinunter. Mein Puls klopfte gegen mein Armband. Wenn Sam mir zurückschrieb, würde es summen. Wenn er mich aus seinem Freundschaftsprofil löschte, allerdings auch. Aber schließlich war *er* derjenige gewesen, der *mich* aufgesucht hatte. Er musste doch …

Ich bog mit gesenktem Kopf um die Ecke in den Gang, der zum Aufzug führte. Und rammte mit Karacho in eine Schulter. »Sam!«

Er rieb sich die Schulter und ich mir das Kinn.

»Wa-was machst du hier?«, fragte ich.

»Du hast mir eine Nachricht geschickt«, stellte er fest. »Ich würde gerne mehr über dich erfahren, es ist nur …«

Falls das Flirten sein sollte, war er noch schlechter darin, als ich dachte.

»Ich will nur nicht, dass es ein Missverständnis gibt!«

Mein Herz machte bummbummbumm. Ich schüttelte schnell den

Kopf. Überhaupt kein Missverständnis. Ich würde nicht fragen: »Was hast du da für einen Zaubercode auf deinem Index und wo kriege ich auch einen?« Nein, ich wusste überhaupt nichts davon. Er wollte mich näher kennenlernen? Na, dann schmolz ich natürlich dahin. War ja nicht abwegig, angesichts dieser wuschligen Haare und dieses schiefen Grinsens und … *Konzentrieren, Ellie!* Ich knipste mein bestes Lächeln an. »Ich würde mich freuen, wenn wir etwas zusammen unternehmen könnten!«, rief ich einen Tick zu überschwänglich. Wir klangen beide wie Senioren, die beim Nachmittagstee von ihren Enkeln verkuppelt werden sollten. Aber dann lächelte Sam und sein Strahlen kribbelte bis in meine Kniekehlen. Bestimmt nur meine Aufregung. Jedenfalls grinste ich zurück.

»Was möchtest du machen?«, fragte Sam.

»Äh …« *Ich möchte den Code aus deinem Band klauen.* Ein Schauer durchlief mich. *Nur. Die. Ruhe.* Wenn ich irgendetwas klauen wollte, musste ich erst mal rausfinden, was es mit Sams Band auf sich hatte. Was er mit seinen hundertprozentigen Indexen anstellte. Und dazu war es sicherlich hilfreich, Zeit mit ihm zu verbringen. *Durchatmen.*

»Du könntest mir zeigen, wie man auf diesem Ding da fährt.« Ich zeigte auf das Skateboard.

Sam lachte überrascht und ich hätte mir am liebsten selbst in den Hintern getreten. Dabei würde ich mich ja bestimmt nicht lächerlich machen! Warum hatte ich nicht einfach einen Spaziergang vorgeschlagen? Egal – darum ging es schließlich nicht.

»Okay«, sagte er und musterte mich eindringlich. »Wir finden bestimmt einen guten Ort dafür.«

»Was meinst du?«

»Wo wir nicht gestört werden.«

»Mhm«, brachte ich hervor. Er blickte mich abwartend an, als gäbe es etwas, von dem nur wir beide wussten. Gab es ja auch – aber wusste *er*, dass *ich* wusste, dass *er* diesen Code … ? Mein Gehirn begann zu rauchen.

»Also, bis morgen?«

Ich nickte. Er nickte auch und wir standen uns gegenüber wie zwei Sechstklässler, die gerade ihre erste Freundschaftsanfrage in den Äther gesandt hatten.

Schließlich riss ich mich zu einer schrägen Umarmung hin. Sams Armband leuchtete einfach nur in sattem Gold. Aber ich hätte schwören können, dass es so verführerisch schillerte wie die Schätze in den Palästen eines Elfenprinzen.

Aus den Chatprotokollen von Resa Gerlach, März 2038

25.03.38 17:03 **Jonas Heuck:**	Keine gefährlichen Demos im Park heute
25.03.38 17:05 **Resa Gerlach:**	Wie wäre es mit … Hallo?
25.03.38 17:05 **Jonas Heuck:**	Hallo 🙂
25.03.38 17:05 **Resa Gerlach:**	War das ne Frage?
25.03.38 17:06 **Jonas Heuck:**	Nö, ich habe höflich hallo gesagt
25.03.38 17:07 **Resa Gerlach:**	Das da: [Zitat Jonas Heuck: »Keine gefährlichen Demos im Park heute«]
25.03.38 17:07 **Jonas Heuck:**	Keine Frage. Feststellung
25.03.38 17:07 **Resa Gerlach:**	Heißt das, du lungerst neuerdings im Park rum?
25.03.38 17:08 **Jonas Heuck:**	Ich lungere nicht rum, ich checke, ob Mädchen gerettet werden müssen – da ist so ne Dauer-Mahnwache
25.03.38 17:08 **Jonas Heuck:**	Du warst aber nicht da
25.03.38 17:09 **Resa Gerlach:**	Nee, hatte lange Schule heute.
25.03.38 17:09 **Jonas Heuck:**	🙁
25.03.38 17:09 **Resa Gerlach:**	Und mache manchmal andere Sachen, als für eine lebbare Welt zu protestieren! 🙂
25.03.38 17:10 **Jonas Heuck:**	Zum Beispiel?
25.03.38 17:11 **Resa Gerlach:**	Meine Bax-Stiefel polieren 🤣
25.03.38 17:11 **Jonas Heuck:**	😠
25.03.38 17:11 **Jonas Heuck:**	Hast du die gerade an?
25.03.38 17:12 **Resa Gerlach:**	Was ich anhabe oder nicht geht dich überhaupt nichts an
25.03.38 17:12 **Jonas Heuck:**	…

25.03.38 17:14	**Resa Gerlach:**	Weißt du, wir machen hier unsere Späßchen, aber eigentlich ist es ganz schön ernst. Ich meine, die Leute verschließen einfach ihre Augen vor unserer Situation. Wir müssen doch etwas tun! Wir müssen einen Weg finden, damit es ein gutes Leben für alle gibt. Stattdessen schreien die einen »NEIN« und die anderen »Ja!« und niemand weiß mehr, was richtig und falsch, was echt und erfunden ist. Und dann kommt es sogar zu Gewalt.
25.03.38 17:14	**Jonas Heuck:**	Ja
25.03.38 17:17	**Jonas Heuck:**	Keine Ahnung warum sich alle die Köpfe einschlagen. Politik ≠ mein ding
25.03.38 17:17	**Resa Gerlach:**	Damit machst du es dir ja sehr einfach!
25.03.38 17:21	**Jonas Heuck:**	Ich dachte, ich sehe dich im Park

[25.03.38 17:21 Resa Gerlach ist nicht online.]

5.

Berlin 2075

Ich nahm den Bus zu Tess. Als ich einen Platz gefunden hatte, schaltete sich der Blaster in der Rückenlehne vor mir automatisch ein, doch ich reduzierte die Lautstärke auf ein Minimum, sodass es in meinem Ohr nur leise wisperte. Hatte ich die richtige Linie genommen? Die mit großen Bäumen gesäumte Allee, die wir gerade durchfuhren, war entschieden schicker als die Straßen, in denen ich mich normalerweise aufhielt. Ich checkte die Adresse ein weiteres Mal, bevor ich verunsichert ausstieg. Auf den Gehwegen war niemand unterwegs, ein Krankenhaus war weit und breit nicht zu entdecken. Stattdessen lenkte mein Band mich zu einem halbhohen Gebäude aus Glas und Stahl mit Solarzellen und Wasserspeichern auf dem Dach. »Residenz Lindenallee« stand über dem Eingang. Daneben verkündete eine Plakette stolz, dass das Haus mit dem Prädikat »Energieeffizienz ++« ausgezeichnet worden war.

»Meine Tante ist hier eingewiesen worden«, erklärte ich zögerlich dem mürrischen Pförtner, der in einem kleinen, gläsernen Kabuff in der großzügigen Eingangshalle saß. Es roch nach Desinfektionsmitteln, aber die Säulen und der blank geputzte Boden mit flauschigem Teppich sahen eher nach Schloss als nach medizinischem Versorgungszentrum aus.

Durch gläserne Türen am anderen Ende der Halle war ein großer

Speisesaal zu sehen, in dem Männer und Frauen an langen Tischen saßen.

Der Pförtner brummte nur »zweiter Stock«, nachdem ich mein Armband auf sein Pad gelegt hatte.

Oben sah es schon eher nach Krankenhaus aus. Mich erwartete ein glatt gestriegelter Pfleger in weißem Kittel mit einem Pad in der Hand. Er musterte mich und meinen Arbeitsoverall von oben bis unten. Ich schielte auf meine dreckigen Schuhe, um mich zu vergewissern, dass sie keine Abdrücke auf dem hellen Teppichboden hinterlassen hatten. »Hier – hier muss ein Fehler vorliegen«, stammelte ich.

Der Pfleger schnitt mir mit einer Geste das Wort ab und wischte sich durch eine lange Reihe von Daten. »Kein Fehler«, sagte er dann knapp. »Wieso bist du hier und nicht deine Mutter?«

»Meine Mutter hat keine Zeit«, brachte ich hervor. Dass Mama und Tess ständig stritten und ich meiner Tante näherstand, musste ich ihm ja nicht gleich auf die Nase binden. »Sie können sich mit allen Belangen an mich wenden.«

Er verzog kaum merklich den Mund. »Dr. Benkdorf wird dich gleich empfangen. Willst du vorher zu deiner Tante?«

Ich nickte und er führte mich in einen langen Gang, in dem sich verschlossene Tür an verschlossene Tür reihte. Schließlich hielt er vor einer und zeigte auf das in der Wand eingelassene Pad. »Du bist bereits freigeschaltet. Bitte.«

Tess lag in einem Bett in der Mitte des Zimmers und schlief. Der Raum war so klein, dass ich mit ausgestreckten Armen beinahe beide Wände hätte berühren können. Das runde Fenster vor dem Bett reichte vom Boden bis zur Decke wie ein überdimensionales Bullauge. Tess' linkes Bein war eingegipst. Sie trug einen weißen Kittel und an ihrem Handgelenk leuchtete ein kleines rotes Licht. Ich schluckte. Aber meine Indexe waren so oder so im Keller.

Als ich mich dem Bett näherte, fiel mir auf, dass Tess' Haar einen deutlich grauen Ansatz aufwies. Unter ihren Augen waren dunkle Ringe zu erkennen. Ich zog vorsichtig einen Stuhl heran. Als ich meine auf Tess' Hand legte, flatterten ihre Lider.

Es dauerte einen Augenblick, bis sie mich wahrnahm. Als sie sprach, war ihre Stimme rau. »Ellie! Bringst du mich nach Hause?« Sie versuchte, sich aufzurichten, aber ich hielt ihre Hand fest und sie ließ sich zurück in das Kissen sinken.

»Ich habe noch nicht mit einem Arzt gesprochen«, stotterte ich. »Wie geht es dir? Hast du Schmerzen?«

Tess bewegte ihr eingegipstes Bein und blickte mich verwirrt an. »Mein Arm tut ein bisschen weh. Und mein Kopf. Ich kann mich nicht erinnern ...«

»Die haben gesagt, dass du vor ein Auto gerannt bist.«

Tess schloss die Augen. »Ich war auf dem Weg in den Supermarkt.« Sie sprach langsam, lallte fast, als ob ihre Zunge zu schwer für ganze Sätze wäre. »Da war ein Stand, wo es Südfrüchte zum Probieren gab. Umsonst.«

Sie öffnete die Augen wieder. Ihr Atem ging schwer. Wahrscheinlich schmerzte ihr Bein mehr, als sie zugab. »Marie sagt immer, ich würde nicht auf den Algorithmus hören, aber ich *habe* auf ihn gehört!« Sie bemühte sich offensichtlich, ihre Gedanken zu ordnen. »Vitaminbombe zum Ausprobieren oder so was, hat mein Band gesagt. Kommt ja nicht so oft vor, dass Ananas für Graue freigeschaltet sind, oder? Vielleicht habe ich die Früchte nicht vertragen?« Dann schien sie den Faden zu verlieren.

»Und das Auto?«

»Ich weiß nicht.« Sie schüttelte matt den Kopf.

»Du sollst mit jemandem aneinandergeraten sein?«, fragte ich vorsichtig.

Tess' Augen weiteten sich, als sei eine Erinnerung plötzlich wieder in ihren Kopf geschossen. »Ich bin angegriffen worden!«

»Von wem?«

Tess schloss erschöpft die Augen. »Von … ich weiß nicht.«

Wahrscheinlich war sie mit Schmerzmitteln vollgepumpt. Einen Moment lang lag sie still und ich dachte, sie sei eingeschlafen.

»Ellie.« Sie seufzte, ohne die Augen zu öffnen. »Wie war der Eignungstest?«

Meine Kehle wurde so eng, dass ich am liebsten angefangen hätte zu weinen. Ich brachte es nicht fertig zu antworten.

Tess' warme Finger fuhren über meine Wange.

»Süße«, wisperte sie, als könnte sie meinen Gedanken lesen, »niemand ist perfekt.«

Ich räusperte mich und stand auf. Allzu lange sollte ich wahrscheinlich nicht in der Gegenwart des roten Punktes an ihrem Handgelenk bleiben. Ich sah mich um. »Du wirst bestimmt ein paar Tage hierbleiben müssen.«

Auf der gegenüberliegenden Seite des Raumes befanden sich mehrere schwarze Markierungen auf den weißen Wandpaneelen. Ich drückte mit dem Zeigefinger gegen eine davon und geräuschlos öffnete sich ein Fach. Ich fand weiße Handtücher, weiße Hosen, weiße Blusen. Und sogar ein Paar flauschige weiße Pantoffeln.

»Ich könnte dir ein paar von deinen eigenen Sachen bringen«, schlug ich vor. »Dann fühlst du dich wohler.«

Ich wollte mich zur Tür bewegen und mich verabschieden, da schlug Tess plötzlich ihre Decke zurück und versuchte, ihre Beine vom Bett zu schwingen. Das gelang ihr aber nur halb, denn das eingegipste Bein blieb an der Metallbegrenzung des Bettes hängen. Tess hielt sich erschrocken am Nachttisch fest und ich sprang ihr zur Seite, um sie wieder ins Bett zu bugsieren.

»Ich muss nach Hause!«

»Du kannst doch mit dem verletzten Bein nicht nach Hause! Du bist operiert worden!«

»Ich bin nicht operiert worden!« Tess stieß meine Hand zur Seite, während ich versuchte, sie zurück in Rückenlage zu bewegen.

In diesem Moment öffnete sich die Tür und der Pfleger von eben marschierte herein, ohne um Erlaubnis zu bitten.

»Sie gehören ins Bett«, raunzte er Tess an. Er drückte sie an den Schultern zurück und stopfte die Decke zwangsjackenmäßig um sie fest.

Dann pflanzte er sich vor mir auf. »Ich habe dir und deiner Mutter eben alle notwendigen Informationen auf eure Profile geladen. Irgendjemand sollte sich das aufmerksam durchlesen.« Was er in einem Ton sagte, der nach Kleinkind-Belehrung klang. »Frau Dr. Benkdorf wartet auf dich.«

Ohne Tess Beachtung zu schenken oder mir die Gelegenheit zu geben, mich zu verabschieden, schob er mich auf den Flur. Dort tappte leise vor sich hin murmelnd ein dürrer Mann an uns vorbei, der sich an einem rollenden Pflege-Roboter festhielt.

»Wieso sind Sie noch hier, Herr Siebert?«, motzte mein Begleiter den Mann an. »Sie hätten doch schon längst beim Essen sein sollen.«

»Hab meinen Hasen vergessen«, murmelte der Mann und mein Blick fiel auf das abgewetzte Stofftier, das er in der Hand trug. Ich stockte, als ich sah, dass sein Handgelenk blank war.

Motzkotz, der supersensible Oberpfleger, ließ ein verächtliches Schnauben hören.

Dr. Benkdorf, eine schlanke mittelalte Frau mit durch und durch goldener Diode, empfing mich in einem großen, freundlichen Raum mit einer ausladenden Zimmerpflanze vor dem ebenfalls runden Fenster. Sie war sehr viel freundlicher als ihr Pflegerkollege.

»Ich bin sicher, deine Familie macht sich große Sorgen«, sagte sie, nachdem sie mir bedeutet hatte, vor ihrem Schreibtisch Platz zu nehmen. »Aber deine Tante ist hier in den besten Händen.«

»Ich weiß überhaupt nicht, was passiert ist«, sagte ich. »Sie kann sich nicht richtig erinnern.«

»Sie ist ziemlich verwirrt. Wir werden eine ganze Reihe von Tests durchführen. Und natürlich muss das Bein richtig abheilen. Es war ein komplizierter Bruch.«

»Wann kann sie wieder nach Hause?«

Dr. Benkdorf schwieg einen Moment. »Das wird mit Sicherheit dauern. Sie ist sehr abrupt vor ein Auto gelaufen.« Dr. Benkdorf ließ den Finger über das Pad auf ihrem Schreibtisch gleiten. »Und es gab eine Auseinandersetzung mit einer anderen Person.«

»Sie sagt, sie wurde angegriffen!« Ich merkte im selben Augenblick, wie absurd das klang.

Dr. Benkdorf schob das Pad langsam zu mir herüber. »Es tut mir leid, das sagen zu müssen, aber ich fürchte, die Anzeichen sind nicht gut.« Sie tippte auf das Display. »Wir haben Videoaufnahmen von dem Vorfall.«

Ich beugte mich vor, als auf dem kleinen Bildschirm ein Film ablief, der augenscheinlich von schräg oben von irgendeiner Sicherheitskamera aufgenommen worden war. Ich erkannte Tess in ihrer flatternden, gepunkteten Bluse sofort, das Haar wie immer in einem unordentlichen Knoten hochgebunden. Sie ging über den Bürgersteig, drehte sich jedoch plötzlich um, blieb dann stehen und streckte die Hand nach einer Straßenlaterne aus, an der sie sich abstützte.

Nun kam eine zweite Frau in den Bildausschnitt, die Tess bemerkte, kurz zögerte und dann zu ihr trat. Sie schien etwas zu sagen und Tess an der Schulter zu berühren. Sekunden später riss Tess plötzlich ihren Arm hoch und schubste die Frau, die zurücktaumelte. Tess rannte zur Straße, die in dem Bildausschnitt jedoch nicht sichtbar war. Das Video brach ab.

»Von dem Unfall selbst gibt es keine Aufzeichnung«, erklärte Dr. Benkdorf. »Die Dame hat deine Tante nur gefragt, ob es ihr gut geht. Du hast die Reaktion selbst gesehen.«

Ich tippte das Video an, um es noch einmal anzuschauen. Von einem Angriff auf Tess war nichts zu sehen.

»Gibt es keinen Ton?«, fragte ich.

»Ein Gericht könnte verfügen, dass die Tonspuren aus den Speichern der beiden Beteiligten freigegeben werden«, antwortete Dr. Benkdorf. »Aber die Angegriffene hat sich entschieden, deine Tante nicht anzuzeigen. Ich würde es dabei belassen.«

Ich wusste nicht, was ich sagen sollte.

Dr. Benkdorf zog das Pad wieder zu sich heran und suchte nach etwas. »Ellie?«, fragte sie schließlich. »Weißt du, warum deine Tante zu uns gebracht wurde?«

Ich schüttelte den Kopf.

»Die Residenz ist ein Heim für Demenzkranke«, erklärte Dr. Benkdorf.

Ich schaute sie entgeistert an.

»Es ist zu früh, um etwas mit Sicherheit zu sagen«, fuhr die Ärztin fort. »Aber es gibt ziemlich deutliche Anzeichen dafür, dass deine Tante unter Demenz leidet. Ihre Verwirrtheit, ihre Aggressivität …«

»Sie ist doch nicht alt«, stammelte ich.

»Demenz tritt manchmal auch schon bei Menschen auf, die körperlich noch völlig fit sind«, sagte Dr. Benkdorf sanft. Sie zeigte mir wieder ihr Pad. »Die Auswertung ihrer Indexe zeigt, dass sie schon länger in einem schlechten Zustand war.« Ich blickte auf mehrere Graphen, die den Absturz von Tess' Werten auf verschiedenen Selbstmessern darstellten. »Wusstest du, dass sie schon vor dem Unfall heute Vormittag auf Rot stand?«

Ich hatte keine Ahnung. Dr. Benkdorf konnte die Antwort von meinem Gesicht ablesen.

»Wir werden sie gründlich untersuchen«, sagte sie in einem Ton, der wohl aufmunternd sein sollte, »dann wissen wir mehr. Und unser Haus ist wirklich der beste Ort für sie. Du musst dir keine Sorgen machen.«

»Wie … wie können wir uns das leisten?«, stammelte ich. »Ist das hier nicht eine Privatklinik?«

Dr. Benkdorf sah für einen Moment überrascht aus. Dann konsultierte sie abermals das Pad. »Es gibt eine private Pflegeversicherung«, sagte sie dann. »Hier, abgeschlossen im März 2065.«

Ich schaute stirnrunzelnd auf die Versicherungspolice, die sie mir zeigte. »Wir müssen nichts bezahlen?«, vergewisserte ich mich. Es war die erste gute Nachricht an diesem Tag.

Ich beugte mich vor, um die Police zu lesen, aber Dr. Benkdorf wischte sie schon weg und stand auf.

»Wir müssen natürlich deine Mutter als nächste Angehörige informieren, wie es weitergeht, aber wenn du möchtest, trage ich dich als weiteren Kontakt ein«, sagte sie freundlich. »Du stehst deiner Tante sehr nahe?«

Ich nickte, als sie mir die Tür zum Gang öffnete. Dabei hatte ich das Gefühl, dass ich Tess längst nicht mehr nahe genug gewesen war – ich hatte nicht mitbekommen, wie es ihr ging.

Gerade als wir hinaustraten, schoss Motzkotz an uns vorbei. Als ich sah, dass er zu Tess' Tür rannte und sie aufriss, stürzte ich ihm hinterher.

In Tess' Zimmer hatte eine Art Schneesturm gewütet; ein nach frischem Waschmittel riechender Schneesturm. Die Schranktüren in der Wand standen offen und der gesamte Inhalt war über das kleine Zimmer verteilt worden. Weiße Handtücher auf dem Boden, weiße Unterhosen über dem Lampenschirm, weiße Socken in der Wasserkaraffe auf dem Tisch, weiße Hosen über dem Bettpfosten, weiße Hemden in der Nasszelle, weißes Bettzeug in einem riesigen Knäuel auf den beiden Stühlen.

Inmitten des Schneesturms stand Tess. Sie hatte es irgendwie geschafft, trotz Gipsbein aus dem Bett zu klettern, und schwankte nun gefährlich hin und her.

»Legen Sie sich sofort wieder hin!«, kreischte Motzkotz, als ich mich an ihm vorbeidrängte.

»Wo sind meine Sachen?«, rief Tess, die Haare wirr, der Blick wild.

Ich griff nach ihrem Arm. »Dein Bein!«

Aber Tess schüttelte mich ab. »Was soll mit meinem Bein sein?«

Motzkotz schoss mir einen Blick zu. »Sie ist nicht zurechnungsfähig!«

Dr. Benkdorf, die mir gefolgt war, schob den ätzenden Pfleger zur Seite. Sie leitete Tess freundlich, aber bestimmt zurück zum Bett.

»Sie müssen keine Angst haben«, redete sie ihr zu. »Ich weiß, dass das alles sehr viel ist. Aber Ihre Nichte ist hier, sehen Sie. Sie müssen sich ausruhen, denn Sie haben eine schlimme Verletzung am Bein.«

Tess' Schultern sackten hinab und sie ließ sich von Dr. Benkdorf zurück ins Bett schieben. Sie schloss die Augen und regte sich nicht mehr.

»Kann ich noch einen Moment bleiben?«, fragte ich mit erstickter Stimme.

Motzkotz machte einen ungehaltenen Ton, aber Dr. Benkdorf nickte. »Ein paar Minuten. Deine Tante braucht Ruhe.«

Nachdem die beiden gegangen waren, saß ich still am Bett. Wie schwach und schmal Tess plötzlich aussah, wo sie doch sonst einen so kämpferischen Geist hatte – einen, der Mama regelmäßig in den Wahnsinn trieb, wenn Tess mal wieder behauptete, der Algorithmus würde »Unsinn verzapfen«.

Als ich mich erhob, öffnete meine Tante plötzlich ihre Augen und sagte kaum hörbar: »Bring mir meine Sachen, Ellie.«

Als ich aus dem Gebäude nach draußen trat, war mir kalt, obwohl die Sommerhitze wie eine Glocke über der Stadt lag.

Aus den Chatprotokollen von Resa Gerlach, März 2038

25.03.38 22:07 **Resa Gerlach:**	Wie bescheuert. [Zitat Jonas Heuck: »Politik ≠ mein ding«] Was soll das?
25.03.38 22:07 **Jonas Heuck:**	Äh
25.03.38 22:07 **Jonas Heuck:**	Wie wäre es mit Hallo?
25.03.38 22:11 **Jonas Heuck:**	Resa?
25.03.38 22:12 **Resa Gerlach:**	Hätte dich fast geblockt.
25.03.38 22:12 **Jonas Heuck:**	💔
25.03.38 22:13 **Resa Gerlach:**	Weil – so was macht mich sauer.
25.03.38 22:13 **Jonas Heuck:**	?
25.03.38 22:13 **Resa Gerlach:**	Na, du. Deine Einstellung. Wegen Menschen wie dir geht hier alles den Bach runter.
25.03.38 22:14 **Jonas Heuck:**	Übertrieben
25.03.38 22:14 **Resa Gerlach:**	Nein.
25.03.38 22:15 **Resa Gerlach:**	Sich für nichts interessieren heißt die Verantwortung abzugeben.
25.03.38 22:15 **Jonas Heuck:**	Woher weißt du, dass ich mich für nichts interessiere?
25.03.38 22:15 **Resa Gerlach:**	[Zitat Jonas Heuck: »Politik ≠ mein ding«]
25.03.38 22:18 **Resa Gerlach:**	Und jetzt sagst du nichts mehr?
25.03.38 22:18 **Jonas Heuck:**	Was soll ich sagen? Die Dame scheint ja alles zu wissen
25.03.38 22:18 **Resa Gerlach:**	Ich weiß nicht alles. Und ich nehme dir das nicht ab.
25.03.38 22:19 **Jonas Heuck:**	Du sprichst in Rätseln

25.03.38 22:19 **Resa Gerlach:**	Wenn dir alles egal wäre, wärst du gar nicht bei der Demo gewesen.
25.03.38 22:20 **Jonas Heuck:**	Hab doch geschrieben, dass ich zufällig vorbeigekommen bin
25.03.38 22:21 **Resa Gerlach:**	Nur dass ich dich schon vorher gesehen hab – du hast dir die Reden angehört.
25.03.38 22:22 **Jonas Heuck:**	Ich bin dir also aufgefallen? 😊😊 Das sagst du mir jetzt??
25.03.38 22:22 **Resa Gerlach:**	🙄 Mir ist aufgefallen, dass du sehr aufmerksam zugehört hast. Keine zwei Meter von mir entfernt.
25.03.38 22:24 **Jonas Heuck:**	Wer sagt dir, dass ich nicht einfach deine pinken Haare bewundert habe
25.03.38 22:24 **Resa Gerlach:**	Rosa.
25.03.38 22:24 **Jonas Heuck:**	Ohne irgendwelchen flammenden Reden zu lauschen
25.03.38 22:24 **Resa Gerlach:**	Meine Haare sind rosa, nicht pink.
25.03.38 22:25 **Jonas Heuck:**	Ich mag rosa 😊🐷
25.03.38 22:25 **Resa Gerlach:**	🙄
25.03.38 22:25 **Jonas Heuck:**	Du hast Probleme Komplimente anzunehmen
25.03.38 22:26 **Resa Gerlach:**	Wenn das ein Kompliment sein sollte, bist du derjenige der ein Problem hat.
25.03.38 22:26 **Jonas Heuck:**	🤦
25.03.38 22:28 **Resa Gerlach:**	Nicht zugehört? Glaub ich keine Sekunde.
25.03.38 22:32 **Resa Gerlach**:	Todmüde. Gehe schlafen. Morgen um 7 fängt hier wieder der Baulärm an.
25.03.38 22:33 **Jonas Heuck:**	Süße Träume…
25.03.38 22:33 **Resa Gerlach**:	🐷🐷🐷🐷

6.

Berlin 2075

Glücklicherweise musste ich nicht zur Arbeit zurück, weil ich wegen des Besuches bei Tess für den Rest des Tages freigestellt worden war. Ich beschloss, zu Fuß nach Hause zu laufen, um den Gedanken in meinem Kopf freien Lauf zu lassen. Und mein BioTracker würde sich über 4,5 km gesunden Beinmuskulaturaufbau ebenfalls freuen.

Allerdings hatte ich unterschätzt, wie heiß es war. Als ich auf halbem Weg an einem Supermarkt vorbeikam, erinnerte mich mein Band daran, dass wir keine Milch mehr im Kühlschrank hatten und ich demnächst Menstruationsartikel benötigen würde. Also ging ich hinein und suchte aus den langen Reihen von Produktautomaten ein paar Sachen fürs Abendessen aus – jedenfalls in dem Maße, wie der Algorithmus es zuließ. Der rechnete aus, welche Zutaten die optimale Kosten-Nutzen-Balance bezüglich Kalorienzufuhr, Konsumbeitrag, Geschmackszufriedenheit und Gesundheitsverträglichkeit boten. Viel blieb nicht übrig.

Jedes Mal, wenn ich etwas nahm, piepste mein Armband, um den für mich bestimmten Preis zu errechnen. Die eisgekühlten Softdrinks standen natürlich nicht auf meiner Empfehlungsliste – und als ich einen hochnahm, wurde mir ein astronomischer Preis angezeigt, der bewirkte, dass ich ihn ganz schnell wieder abstellte. Nach dem Einkauf wanderte ich eine Weile am Kanal entlang, wo große Bäume

Schatten spendeten, und schaute einer Gruppe von Kindern zu, die auf einer Wiese erstaunlich leise Fußball spielten. Mit rotem Gesicht und verschwitztem T-Shirt kam ich schließlich zu Hause an. Benedikt saß an dem kleinen Ausklapptisch in der Küche und machte Hausaufgaben, während Lisa aus dem Schlafzimmer kam, um mich zu begrüßen. Als ich ihr gleich zwei schlechte Nachrichten überbrachte – mein Scheitern bei der Prüfung und Tess' Unfall –, ließ sie sich kaum eine Reaktion anmerken.

Wir sahen uns nicht besonders ähnlich: Meine große Schwester hatte glattes braunes Haar, das schimmernd bis über ihre Schultern schwang, während ich täglich mit meinen widerspenstigen aschblonden Haarmassen kämpfte. Sie war größer als ich und verfügte über entscheidend mehr Rundungen. Doch in einer Sache glichen wir uns wie Zwillinge: in dem Bedürfnis, unsere Gefühle unter einer dicken Schutzschicht zu verbuddeln. Wo ich mein Inneres mit Sarkasmus zuschaufelte, war es bei Lisa ein abgeklärter Gleichmut, als gäbe es irgendeinen Grund anzunehmen, alles würde irgendwie gut werden.

Also überraschte mich ihr Nicken und lapidares Schultertätscheln nicht besonders. Sie hatte sowieso nicht geglaubt, dass ich meinen Status würde halten können – und dass es ihr helfen würde, schon gar nicht.

»Geht es dir gut?«, flüsterte ich. Sie zog nur die Augenbrauen zusammen und machte eine Grimasse in Benedikts Richtung à la *Nicht-vor-ihm*. Dann nahm sie mir die Einkaufstasche ab und packte sie aus, während ich mir die Schuhe abstreifte.

»Spaghetti mit Tofu-Bolognese«, stellte sie übertrieben fröhlich fest und Benedikt ließ ein »Schon wieder«-Maulen hören.

Ich gab ihm einen kleinen Klaps auf den Hinterkopf.

»Bleib weg von mir, Silberfisch!«, rief er und schubste meine Hand weg. Ich lachte, obwohl mir nicht nach Lachen zumute war.

»Es hätte auch Kohlsuppe sein können.«

Mein kleiner Bruder machte Würgegeräusche. Sein Armband leuchtete golden. Eigentlich war jede Minute, die er mit uns verbrachte, zu viel. Aber ein Dreizehnjähriger konnte sich schließlich nicht so einfach abkoppeln und aus dem Staub machen wie ein dreimal so alter Familienvater.

»So eine bekloppte Zicke hat mir in der letzten Sekunde eine negative Bewertung verpasst«, erklärte ich, was geschehen war, obwohl niemand gefragt hatte. »Da war ich grau und konnte nicht mehr am Eignungstest teilnehmen.«

»Mhm«, machte Lisa und lächelte mir aufmunternd zu, ohne irgendeine Aufmunterung zu bewirken.

Realitätsverweigerung, dachte ich, sagte aber nichts. Ich ließ die beiden stehen, um mich im Schlafzimmer auf die Matratze zu werfen – nun ja, ich hätte es gerne getan, aber da es sich um ein wackeliges Etagenbett handelte, musste ich erst mal hochklettern, um mich alles andere als elegant darauf fallen zu lassen. Das Bett, von dem der untere Teil Lisa gehörte, stand direkt am Fenster, eingequetscht zwischen dem vollgestopften Kleiderschrank und Benedikts Futon, den wir tagsüber zusammengerollt in der Ecke aufbewahrten.

Lisa begann, mit Töpfen zu klappern, und ich öffnete seufzend mein Holomenü. Werbung und drei Alarmfähnchen, die mich dazu aufforderten, EmoKon und andere Selbstmesser wieder zu aktivieren, wischte ich zur Seite. Ich schaute kurz in die Informationsanimationen zum Thema Präsenile Demenz, die mir Dr. Benkdorf geschickt hatte, schnippte sie aber schnell wieder zu, als ich las, wie schnell die Krankheit fortschreiten konnte. Dann fiel mir auf, dass ich Tess' Mitteilung von heute Morgen immer noch nicht gelesen hatte. Die musste sie ja kurz vor der Sache mit dem Auto geschickt haben! Um eine Nachricht handelte es sich allerdings nicht wirklich, denn einen

Text gab es nicht. Sie hatte mir kommentarlos eine riesengroße Datei mit dem Namen »Für Ellie« übersandt. Während die Daten sich langsam luden, schaute ich aus dem Fenster. Ich sah direkt auf den Wohnturm, in dem ich heute Morgen geputzt hatte. Irgendwo daneben blinkte auf einer großen Werbetafel ein Spruch: *Verbessere dich! Jeder hat eine Chance!*

Jeder jedenfalls, der sich nicht von Retrolenkern umfahren ließ (ich), Passantinnen angriff (Tess), Ehemänner vergraulte (Mama), sich in dumme Situationen brachte (Lisa) oder einfach nur mit zwei grauen Schwestern geschlagen war (Benedikt).

Als die Datei komplett geladen war, erschien auf meinem Holomenü ein neues Icon. Erst erkannte ich das Profilbild nicht, doch als ich es mit Zeigefinger und Daumen größer zog, begriff ich: braunes Haar zum Pferdeschwanz gebunden, ein verschmitztes Lachen auf den Lippen – Tess in jung, ein Bild, das Jahre vor meiner Geburt aufgenommen worden sein musste. Als ich das Icon antippte, erschien Tess' Name und darunter eine lange Liste von Dateien und Bildchen, allesamt versehen mit Datum und dem Kürzel des Erstellers.

Mit dem Finger fuhr ich über das Verzeichnis, ohne zu begreifen, was ich sah. Ich tippte auf den obersten Eintrag und ein Dokument öffnete sich, das auf den 7. Mai 2075 datiert war. Eine Handwerkerrechnung, wenige Wochen alt.

Ich wischte die Rechnung weg und betrachtete die anderen Dateien. Hier waren Informationen aus vielen Jahrzehnten gespeichert. Tess hatte mir ihr ganzes Leben geschickt! Sie hatte alles aufbewahrt, sogar nicht aktivierbare Datenleichen, deren Kürzel keine Anhaltspunkte dafür gaben, für was sie einmal gut gewesen waren. Wahllos tippte ich auf eine Bestellbestätigung aus dem Jahr 2054: ein digitales Buch. Dann auf eine Sprachnachricht von 2065: Mama, die sich aufregte, weil Tess mir zwei Eis an einem Tag genehmigt hatte.

Ich wählte den Doppelpfeil am Rand der Übersicht, um die ältesten Dateien anzuschauen. Ganz unten in der Liste gab es Dutzende Icons, die mit einem kleinen grauen Kreuz versehen waren, abgespeichert in irgendeinem Format, das mein Band nicht kannte.

»Ellie, deck doch bitte mal den Tisch«, rief Lisa aus der Küche.

Ich schloss das Holomenü und richtete mich auf. Warum hatte Tess mir diese ganzen Daten geschickt? War sie wirklich so verwirrt, dass sie mir aus Versehen ihren kompletten Datenspeicher übermachte, obwohl sie mir vielleicht nur viel Erfolg bei der Prüfung hatte wünschen wollen?

Während ich vom Bett rutschte, sah ich nach draußen. In dem Wohnturm da drüben wohnte Sam. Sam, dessen Armband mich ungemein interessierte. Kribbelte es deswegen so in meinem Magen?

»Ellie«, rief Lisa. »Jetzt komm endlich.«

In der Nacht schlief ich schlecht und lag am Morgen schon wach, als mein Band summte. Trotzdem ignorierte ich das Wecksurren, bis der Elastikring begann, sich zusammenzuziehen und kleine Impulse auszustoßen.

»Schon gut.« Nicht, dass das blöde Ding mich noch per Stromschlag aus dem Bett katapultierte.

Lisa lag noch unter ihrer dünnen Decke. Ihre Schicht im Restaurant begann erst am späten Vormittag. Benedikt hingegen kam schon gewaschen und angezogen aus dem Badezimmer. Ohne Zweifel das disziplinierteste Mitglied dieser Familie.

Ich brauchte zehn Minuten, um mich anzuziehen, die Zähne zu putzen, meine Haare zu bürsten und eine dunkle Linie Kajal aufzutragen. Vor dem Kühlschrank stehend stopfte ich mir kalte Nudeln in den Mund und spülte sie mit Leitungswasser herunter. Mein BioTracker schlug natürlich Purzelbäume vor Freude. Ich ignorierte die Negativen.

»Was passiert eigentlich mit den Roten, die von der Polizei eingesammelt werden?«, fragte ich mehr mich selbst als Benedikt, der sich gerade an mir vorbei zur Tür drängte.

Als er sich umdrehte und mich entsetzt ansah, bereute ich sofort, meinen Gedanken laut ausgesprochen zu haben.

»Wenn sie im Leerlauf sind, werden sie der Stadt verwiesen, oder?«, fragte Benedikt mit zusammengekniffenen Augen.

»Leerlauf« – das Schlimmste, was man einem Bürger oder einer Bürgerin vorwerfen konnte. Vollkommene Unproduktivität, und zwar ohne eine offizielle Begründung wie bei den Demenzkranken aus der Residenz Lindenallee.

»Ist ja auch gut so«, sagte Benedikt. »Wenn hier alles voller Roter wäre, hätte das doch negative Auswirkungen auf uns!«

Ich nickte schnell. »Ja, du hast recht. Die meisten müssen auf den Feldern vor der Stadt arbeiten, glaube ich.« Ich schob Benedikt zur Tür. »Das ist wohl sinnvoll. Hast du alles, was du brauchst?« Ich knuffte ihn kurz in die Seite, was er mit einem irritierten Nicken quittierte.

In mir stieg das plötzliche Verlangen auf, ihn zu umarmen, aber das hätte er sicher nicht gewollt. Was er wollte, war, sich so schnell wie möglich von seiner grauen Schwester zu entfernen. Mit einem bemühten Lächeln ließ ich ihn ziehen.

Aus dem Schlafzimmer hörte ich, wie Lisa sich hin und her warf. Nicht gerade ein Zeichen für innere Ruhe. Benedikt und Lisa. Benedikt, Lisa und Ellie. Mama. Tess. Wie sollten wir eine Familie bleiben, ohne dass wir auf irgendeinem Feld beim Kartoffelernten endeten?

Bevor ich zur Arbeit ging, schickte ich Sam eine Nachricht: »Wann darf ich auf deinem Skateboard fahren?« Zunge-raus-Emoji. Keine Antwort. Aufgrund dieser Tatsache, meines schlechten Schlafes und meiner alles anderen als rosigen Zukunft schwankte meine Laune zwischen mies und noch mieser.

Als ich in den Laden kam, stand Tom – wieder gesund – schon hinter dem Tresen. Ihn kümmerte meine brummige Verfassung überhaupt nicht, weil ihn so gut wie gar nichts in diesem Leben kümmerte. Bis auf seine Katzen und seine Sammlung exotischer Topfpflanzen vielleicht.

»Ist Marie schon weg?«, wollte ich wissen. Mamas Job in der Werbeagentur begann etwas später als meiner, aber sie schien keinen großen Wert darauf zu legen, mir zu begegnen.

Tom hatte das System bereits hochgefahren, starrte auf sein Holomenü und lachte über irgendetwas. Der Blaster war auch an, aber zum Glück kaum hörbar.

»Deine Mutter geht morgens gerne zum Sport, das weißt du doch.«

»Weniger gerne macht sie Frühstück für ihre Kinder«, bemerkte ich ungehalten, obwohl ich wusste, dass es gemein war.

»Sie bekommt Fitness- *und* Sozialpunkte. Hat sie dir nicht gesagt, dass sie angefangen hat, einen eigenen Yoga-Kurs zu geben?«, sagte Tom sanft, ohne aufzuschauen.

Er verteidigte sie immer. Insgeheim vermutete ich, dass er in meine Mutter verliebt war und sie deswegen keine Miete zahlen musste, obwohl sie beteuerte, dass er »einfach nur ein netter Kerl« sei.

Ich grummelte etwas und sah Tom über die Schulter. Er drehte kichernd die Projektion in meine Richtung. Katzenvideos. Na toll.

»Ich übernehme dann mal die Hotline«, murmelte ich.

Tom zuckte bloß die Achseln, als ich nach hinten ging.

Im Hinterzimmer setzte ich mich auf den Drehstuhl und aktivierte den Kundenruf. Bei der Sache war ich nicht. Meine Gedanken kreisten um Hundert-Prozent-Indexe und dazugehörige Codes. Und darum, dass ich selbst gerne so einen Code gehabt hätte. Dumm, dass ich nicht die geringste Ahnung davon hatte, wie das zu bewerkstelligen war. Eine Suchmaschine würde ich nach den Negativpunkten zu diesem Thema jedenfalls nicht noch einmal bemühen. Aber was war mit Tom? Tom hatte Ahnung – jedenfalls mehr als ich. Vielleicht konnte er die Daten aus Sams Band irgendwie kopieren und …? Sams Band. Wie sollte ich da überhaupt drankommen? Er hatte immer noch nicht geantwortet.

Seufzend nahm ich den ersten Anruf entgegen, der von einem unserer Auftraggeber in mein Ohr gespült wurde, und unterstützte den Kunden bei der Installation einer neuen Bewässerungsanlage für seine Balkonpflanzen, obwohl die KI ihm bereits die haargenau gleichen Informationen geliefert haben musste.

Das Hinterzimmer war nur teilweise Büro. In der Mitte des Raumes hing ein Vorhang von der Decke, der ein paar Quadratmeter abtrennte. Dahinter wohnte Mama. Während ich etwas später einer älteren Kundin erklärte, warum sie Lebensmittel in ihrem Kühlschrank fand, die sie nicht bestellt hatte (weil sie den an ihren Gesundheits-Check gekoppelt hatte, der entschied, dass Birnen gesünder waren als Schokopuddings), spähte ich hinter den halb offenen Vorhang. Dahinter stand Mamas ordentlich gemachtes Bett, daneben ein kleines Tischchen mit einer Wasserkaraffe und zwei Gläsern, außerdem ein großer Pappkarton, in dem sie ihre Kleidung aufbewahrte und an der Wand ein Regal mit Waschutensilien, Geschirr und kitschigem Schnickschnack, den Mama »hübsch« fand. Der Raum besaß schmucklose Betonwände und keine Fenster – eine Tatsache, über die sich Mama mindestens einmal am Tag beschwerte. Vor ein paar Monaten, nicht lange, nachdem sie hier eingezogen war, hatten Lisa und Benedikt ihr ein buntes Wandbild gemalt: ein imaginäres Loch, durch das man auf einen grünen Wald und bunte Blumen blickte. Mich machte es nur noch trauriger.

Nachdem ich die Kundin von der Schmackhaftigkeit der Birnen

überzeugt hatte, blieb die Hotline für eine Weile ruhig. Ich lud mir ein paar Takte schrubbeliger Gitarrenmusik ins Ohr, lehnte mich in meinem Drehstuhl zurück, legte die Füße auf den Tisch und schloss die Augen. Weshalb ich beinahe nicht bemerkt hätte, was vorne im Ladenraum passierte, obwohl meine Tür weit offen stand. Zum Glück hatte ich aber im Rausch der Musik angefangen, wild mit den Beinen zu wippen, die plötzlich mit einem Ruck von der Tischplatte knallten, als mein Stuhl zurückrollte. Ach-du-Schreck und Augen-auf, genau in dem Augenblick, als zwei Männer das Geschäft betraten, die absolut nicht ins *SmartHome* am Mehringdamm gehörten.

Dass sie keine gewöhnlichen Kunden waren, wusste ich sofort.

Statt sie weiter durch die Tür zu beobachten, wischte ich über den Monitor auf meinem Schreibtisch, um die Kamera über dem Tresen zu aktivieren. Ich sah zwei Männer in Anzug und Krawatte, einer groß und recht jung, der andere etwas älter. Sie guckten sich um, als hätten sie etwas anderes erwartet – einen richtigen Betrieb wahrscheinlich, nicht eine verstaubte Schrotthandlung wie unsere.

»Guten Tag. Wir sind von der Polizei. Abteilung Datensicherheit, Zentrale Datenstelle. Sind Sie hier verantwortlich?«

»Ja«, antwortete Tom verdutzt. »Ich bin der Inhaber.«

»Wir möchten Ihnen ein paar Fragen stellen.«

»Aha«, machte Tom. Gesegnet sei seine Seelenruhe!

Ich spürte das Blut durch die Adern in meinem Hals pumpen.

»Wir haben ungewöhnlichen Datenverkehr festgestellt«, hörte ich die Stimme des zweiten Beamten durch die Wand, höflich, aber bestimmt.

Und dann wurde es mir klar.

Ich rief hektisch unsere Kundendatei auf.

Es ging um Sam. Die beiden Polizisten wussten von Code Omni-X!

Ein normaler Mensch wäre jetzt hervorgekommen und hätte den Beamten brav berichtet, was geschehen war. Aber – die Anwesenheit der beiden bewies mir, dass dieser Code etwas Außergewöhnliches war. Innerhalb von einer Sekunde fasste ich einen (vermutlich vollkommen idiotischen) Entschluss.

Mit zitternden Fingern öffnete ich unsere Datenbank und rief das Logbuch vom vergangenen Tag auf.

»Was für ungewöhnlichen Datenverkehr?«, fragte Tom im Vorraum erstaunt. »Wir vertreiben hier ziemlich simple Anwendungen.«

»Hat in den letzten Tagen einer Ihrer Kunden besondere Wünsche geäußert? Ist Ihnen in einem Kundenprofil irgendetwas aufgefallen?«

Ich wischte mich nervös durch die Kundenliste und merkte erst, dass ich viel zu weit gewischt hatte, als ich schon in die vergangene Woche gerutscht war. *Durchatmen. Langsam.* Wieder nach oben.

»Na ja, also …«, überlegte Tom, »neulich hatte ich eine Kundin hier, die ständig Strafzettel erhält, wenn sie mit ihrem Retrolenker unterwegs ist. Ich habe mir das genau angeschaut und es sieht nach einer Fehlkalibrierung aus. Ihre Geodaten sind ungenau und deswegen denken die Bots, sie würde von der Fahrbahn abkommen. Ich habe das bereits an Ihre Behörde gemeldet, aber Sie wissen selbst, wie lange diese Dinge brauchen. Da kommt jetzt ein Haufen Bürokratie auf uns …«

»Das ist nicht ungewöhnlich«, unterbrach ihn einer der Polizisten schroff.

Ich fand die richtige Stelle im Logbuch. Eintrag 75/746: Samuel Werting, im Laden von 11:35 bis 11:53 Uhr. Mit der Abbuchungssumme und meinem Kürzel als zugehöriger Bearbeiterin.

»Wir würden gerne Ihre Kundenliste der letzten drei Tage einsehen«, meldete der Polizist mit dem freundlicheren Ton. »Die Freigabe dafür müsste schon bei Ihnen eingegangen sein.«

Tatsächlich – auch auf meinem Display erschien in der oberen rechten Ecke ein rot hinterlegtes Feld: »Autorisierte Freigabe. ZDS – Polizeidienststelle 34.6 Datensicherheit.«

»Ja natürlich«, antwortete Tom. »Schauen Sie sich das nur an. Ich war gestern nicht hier, aber da kann Ihnen unsere Aushilfe Auskunft geben, wenn Sie Fragen haben.«

Oh Scheiße! Ich markierte die Zeile mit Sams Namen.

»Die Aushilfe ist hier?«

»Ja sicher.«

Und dann löschte ich Eintrag 75/746.

»Ellie, kommst du mal?«

Im Stammverzeichnis konnte man bestimmt sehen, dass ich an den Daten gedreht hatte. Wahrscheinlich hatte ich eine riesige Dummheit begangen! Es wäre nicht das erste Mal.

»Ach hallo«, gab ich mich unbedarft, als ich zu Tom an die Ladentheke trat. »Was gibt's?« Ich setzte mein dümmstes Gesicht auf.

»Die Herren hier sind von der Polizei. Zentrale Datenstelle«, erklärte Tom. »Sie wollen wissen, ob wir irgendetwas Ungewöhnliches beobachtet haben in den letzten Tagen.«

Der kleinere der beiden Polizisten trat neben Tom und knurrte: »Zeigen Sie uns doch einfach die Kundendaten.«

Während sein Kollege neben Tom Platz nahm, winkte der andere Polizist mich zu sich heran. »Du warst gestern alleine hier im Laden?«

»Die meiste Zeit war meine Mutter auch hier. Sie wohnt hier.«

Der Beamte, dessen gut sitzender Anzug und muskelbepackte Arme ihn wie einen Geheimagenten aus einem Film mit vielen Explosionen und heldenhaftem Ende aussehen ließen, runzelte die Stirn. Ich schluckte, wusste aber, dass Tom die erforderlichen Genehmigungen für dieses ungewöhnliche Wohn-Arrangement beschafft hatte.

Der Polizist zückte ein handtellergroßes Pad und bedeutete mir, mein Armband dagegenzuhalten.

»Also, Ellie Bergmann, ist dir in den letzten Tagen nichts Außergewöhnliches aufgefallen?«

Ich schüttelte den Kopf.

»Hat jemand große Datenmengen übertragen? Gab es irgendeine ungewöhnliche Kommunikation mit der ZDS?«

»Ungewöhnliche Kommunikation?«, fragte ich. »Wie meinen Sie das?«

»Irgendwelche Codes, die du nicht kennst?«

Jetzt, da ich schon mit der Lügerei begonnen hatte, hätte ich an dieser Stelle bloß unschuldig verneinen sollen, aber mich juckte mal wieder ein teuflischer Drang, unnötige Risiken einzugehen. »Ich kenne alle Codes. Und wenn ich einen nicht kenne, könnte ich ihn ja in der Liste der ZDS nachschauen. Oder?«

Der Polizist musterte mich und ich hielt seinem prüfenden Blick mit großen Augen stand. Plötzlich drückte er gegen sein linkes Ohr – links? –, obwohl die Kommunikations-Chips bei Rechtshändern normalerweise im rechten Ohr implantiert waren. Nach einer kurzen Pause, kaum länger als ein Wimpernschlag, lächelte er mir zu. »Richtig.«

»Haben *Sie* denn ungewöhnlichen Datenverkehr festgestellt?«, fragte ich.

Mein Gegenüber hob eine Augenbraue, als müsse er überlegen, ob ich unverschämt oder nur sträflich naiv war.

»Hier ist nichts«, rief in diesem Augenblick sein Kollege, der mit unrasiertem Kinn und schütterem Haar dezidiert weniger nach Superheld als Polizist Nummer eins aussah. »Vielleicht war's ein Fehlalarm.«

Plötzlich schlug mein Herz wie ein Presslufthammer. Er hatte wirklich nichts Ungewöhnliches entdeckt?

»Ja«, meldete Tom sich zu Wort. »Das ist gar nicht so selten. Ungenaue Datenverarbeitung führt immer wieder zu solchen Situationen. Manchmal mit fatalen Folgen. Wie ich schon sagte, hat meine Kundin größte Probleme mit ihrem Retrolenker, weil die Geodaten nicht richtig eingestellt sind und die Datenungenauigkeit als Fehlverhalten ausgelegt wird …«

»Danke«, schnitt der Polizist neben mir ihm das Wort ab. »Wir werden das überprüfen. Entschuldigen Sie die Störung.«

Er wandte sich mir noch einmal zu. »Melde dich gerne bei mir, falls dir etwas einfällt. Ich bin Verbindungsoffizier Thorgund.«

Mein Band surrte.

»Mein Kontakt«, erklärte Thorgund und ich fragte mich, wen er mit was verband. Aber natürlich nicht laut. Als die beiden Datenschnüffler sich verdrückten, fiel mir ein Stein vom Herzen.

Ich atmete laut aus und sah Tom unsicher an. Aber der zuckte bloß mit den Schultern. »Die kalibrieren ihre Daten nicht richtig und wir sollen's gewesen sein.« Dann wandte er sich wieder seinem Holomenü zu.

Mein Puls beruhigte sich langsam, auch wenn ich mir nicht wirklich erklären konnte, warum die Beamten nichts gefunden hatten. Eins war sicher: Was immer Sam da auf seinem Band geladen hatte, war keine Spielerei. Es war wertvoll, wichtig und hatte die ZDS auf den Plan gerufen. Wie mir das helfen würde? Das wusste ich nicht. Aber ich wollte es unbedingt herausfinden.

Nach der Arbeit schlenderte ich auf einem Umweg am begrünten Kanal nach Hause – Sportprogramm und Freiwilligendienst hatte ich schließlich aufgegeben und somit reichlich Zeit. Leider schaffte ich nicht, das Nichtstun zu genießen, denn mein Kopf war voller unruhiger Gedanken. Lisas Problem, meine Zukunft nach diesem letzten

Jahr Schule, Tess' gesundheitlicher Zustand, die neugierigen Polizisten … Das alles sorgte dafür, dass ich nervöser und nervöser wurde, statt mich zu entspannen. Wahrscheinlich wären Sportprogramm und Freiwilligendienst doch die vernünftigere Wahl gewesen. Was definitiv die Einstellung von Kia Petersen war, der ich bedauerlicherweise unter dem Blaster vor unserem Haus begegnete. Sie war ihrem Sportdress nach zu urteilen gerade damit beschäftigt, ihren Algorithmus mit vernünftigen Aktivitäten zu füttern.

»Hey, Ellie«, rief sie mir freundlich zu.

Auf dem Blaster sprang ein Werbefilmchen für ein neues Fertilitätsmedikament mit einer sehr glücklichen und sehr goldenen Vater-Mutter-Kind-Familie um auf eines dieser Motivationsvideos in bunten Farben, das wahrscheinlich genau auf mich zugeschnitten war.

»Ich bin für die Exzellenzklassen zugelassen worden«, erzählte Kia fröhlich. »Du auch?«

»Hab's mir anders überlegt«, brummte ich, aber im selben Augenblick hatte sie schon mein Handgelenk erspäht und echter Horror machte sich auf ihrem Gesicht breit.

»Oh, das tut mir aber leid!« Sie lächelte, machte aber vorsichtshalber ein paar Schritte zurück.

Ich verzog bloß das Gesicht und ließ sie stehen. Wie immer würde sie gleich unser Gespräch bewerten und mir »leider, leider« bei »Höflichkeit« und »Freundlichkeit« Punkte abziehen, weil sie es nur gut mit mir meinte. Und natürlich nützte es mir gar nichts, es ihr gleichzutun, da ihre Indexe in den Bereichen »Glaubwürdigkeit«, »Kooperation« und »Regelmäßigkeit« viel höher standen als meine – ich hatte es oft genug versucht. Zumindest rief sie mir diesmal nicht hinterher »Du könntest etwas netter sein, Ellie!«, wie sie es so gerne tat.

Als ich die Treppe zu unserer Wohnung hinaufstieg, gab es nacheinander zwei kleines Plings in meinem Ohr. Kias Bewertung drückte ich weg, ohne sie anzuschauen. Aber da war noch eine Nachricht: ein kleines, animiertes Skateboard, das einen fröhlichen Looping vollführte. Das rang mir ein Lächeln ab und ich zog die Mitteilung groß. »Hast du Freitag Zeit?«, wollte Sam wissen.

Oh ja, das hatte ich!

Allerdings fühlte sich Freitagnachmittag Äonen weit weg an. Ich verbrachte meine Zeit damit, mir auszumalen, wie ein goldenes Leben mit hundertprozentigen Indexen aussehen würde. In meiner Fantasie formte sich ein Bild von ewigem Ausschlafen, riesigen Auswahlmöglichkeiten im Supermarkt, zuvorkommender Behandlung bei jedem Behördenbesuch, vor Freundlichkeit platzenden Lehrern und wilden Urlaubspartys in der Enklave. Und von einer glücklichen Lisa. Am Mittwoch schickte Kia mir eine Einladung für die Lerngruppe der Exzellenzklassenschülerinnen, weil ich »ja vielleicht trotz der Ablehnung von der gemeinsamen Vorbereitung profitieren« wolle – vorausgesetzt natürlich, ich schaffte es wieder auf Gold, damit ich den anderen nicht schadete. Ein paar von ihnen sendeten zerbrochene Herzen und traurige Katzenanimationen hinterher, aber ich lehnte dankend ab. Und stellte mir vor, wie ich Kia mit ihrem glücksgoldenen Armband in die Spree schubsen würde – wohl ein Beweis für die These der weisen Solysier-Entwickler und -Entwicklerinnen, dass wir nichts weiter waren als Bestien, wenn die Indexe unsere animalischen Instinkte nicht unterdrückten.

Später tauschte ich ein paar Nachrichten mit Mara aus, die mir berichtete, dass Lerngruppen mit Kia der Horror waren und ich froh sein sollte, nicht dabei zu sein. Sie meinte es lieb und fragte, ob wir uns nachmittags treffen sollten. Aber auch sie hatte sich sehr angestrengt in diesem Jahr – ich wollte meine schlechten Werte so weit es ging von meiner Freundin fernhalten. Also nein. Ich versprach ihr, mich zu melden, wenn meine Indexe wieder besser waren.

Donnerstag besuchten Mama und Lisa Tess, erzählten aber, dass sie die ganze Zeit über geschlafen habe. »Sie hat wirklich einen ungesunden Lebenswandel, viel zu viele Bücher, zu wenige Freunde, zu wenig frische Luft«, überlegte Mama. »Vielleicht wird ihr der Aufenthalt in der Residenz ja guttun.«

Ich rollte mit den Augen und wartete auf einen Vortrag über Tess' Unvernunft und Sturheit, doch zum Glück stiegen in diesem Moment Frank und Stella, unsere Nachbarn in der Wohnung über uns, die Treppe hinauf und Mama fing beim Anblick der Babytrage vor Franks Brust sofort an zu gurren.

»Oh, habt ihr es endlich geschafft!«, rief sie begeistert. »Herzlichen Glückwunsch!«

Frank strich über das Köpfchen, das aus der Trage ragte. Stella spielte lächelnd mit ihrem goldenen Armband. »Ja, wir sind sehr glücklich.«

Mama trat einen Schritt näher und versuchte, einen Blick auf das Baby zu erhaschen. »Ist es ein Junge oder ein Mädchen? Wem sieht es denn ähnlich?«

»Ein Junge«, antwortete Frank und wich etwas zurück, während Stella pikiert zur Seite guckte.

Lisa verschwand wortlos in der Wohnung und Mama schaute mich Hilfe suchend an.

»Bis bald!«, rief sie Stella und Frank hinterher, aber die beiden würden uns drei Graulinge wohl kaum zum Kaffeetrinken einladen.

»Gold sorgt nicht für größere Fruchtbarkeit«, bemerkte ich spitz, als wir Lisa in die Wohnung folgten.

»Wenn ihr mal was aus der Nachbarschaft erzählen würdet, hätte ich mich nicht in die Nesseln gesetzt.«

»Wenn du öfter vorbeikommen würdest, hättest du gemerkt, dass Stella die letzten Monate gertenschlank war.«

Ich bereute sofort, überhaupt etwas gesagt zu haben, als ich Lisas Gesicht sah. Mama, die gar nicht bemerkt hatte, dass Lisa kreidebleich an der Wand neben dem Badezimmer lehnte, plapperte munter weiter: »Na ja, es ist ein süßes Baby. Hauptsache, die beiden sind glücklich.«

Da stieß Lisa sich von der Wand ab und ätzte: »Klar, Hauptsache, die beiden sind glücklich. Die Rote, der das Baby eigentlich gehört, kann uns schließlich scheißegal sein, oder?« Und damit verschwand sie im Badezimmer, wo sie die Tür mit so viel Wut zuwarf, dass das Schloss schepperte.

»Was hat sie?«, fragte Mama besorgt.

Ja, was hatte Lisa? Ein herzzerreißendes Problem, das sich nicht mehr viel länger verleugnen ließ.

Und dann wurde es endlich Freitag. Sam und ich waren auf dem Vorplatz des Wohnturms verabredet. Als er mir grinsend entgegenkam, machte mein Herz einen kleinen Hüpfer. Gold trifft Silber. Das klang geradezu poetisch – nur dass es nicht der Realität entsprach. Denn mein Silber fühlte sich so grau an wie der verregnetste Novembertag. Im Gegensatz zu unseren Nachbarn schien Sam sich jedoch gar nicht davor zu fürchten, dass mein miserabler Sozialindex sich in seinen einklinken und auf ihn abfärben könnte. Aber vielleicht würde *sein* Sozialindex auf goldenen 100 % stehen bleiben, selbst wenn er mit dem rötesten aller roten Straßenbettler Tango tanzte?

Angestrengt von meinen verwirrenden Gedankengängen, stand ich mit zusammengefurchten Augenbrauen da, ohne auf sein Winken zu reagieren, bis Sam mich erreicht hatte: »Hey, ich glaube, wir sind verabredet.«

Also gut, ein Date mit einem netten Jungen. Aber: *Aufgabe nicht vergessen. Rausfinden, was in seinem Armband steckt.* Und dafür musste er glauben, dass *ich* glaubte, dass wir uns auf einem unschuldigen kleinen Date befanden. Was also sagen?

»Cooles T-Shirt.« Leider hatte ich Sams T-Shirt gar nicht richtig angeschaut. Es war blau ohne Aufdruck, wahrscheinlich von irgendeinem teuren Kleidungsroboter frisch gebügelt, dazu trug er saubere schwarze Shorts und Sneakers, die aussahen, als wären sie hundert Jahre alt.

»Danke«, sagte Sam und schaute skeptisch an sich herunter. Wenn ich nicht wollte, dass er gleich vor Langeweile starb und sich ein anderes Date suchte – mit einem Freundschaftsprofil in den obersten Prozenträngen sollte das ja kein Problem sein –, musste ich ihn jetzt irgendwie bei der Stange halten.

»Warum sind deine Hände so dreckig?«

Ja, meine Damen und Herren, *das* war es, was mir einfiel.

Sam hielt seine Hand in die Luft, spreizte seine Finger und betrachtete die blauen Flecken, die mir schon bei unserer ersten Begegnung aufgefallen waren. Er lachte. »Du klingst wie meine Mutter.«

»Ich nehme an, das ist kein Kompliment?«

»Nein.« Sam grinste. »Der Dreck ist Farbe. Mein Hobby.«

»Ah«, machte ich. »Malen.«

Das klang nicht nach einer sinnvollen Beschäftigung, mit der man sich ein goldenes Profil verdiente. Wie unlauterere Machenschaften allerdings auch nicht.

»Nice!«, fügte ich schnell hinzu und räusperte mich. Ich holte tief Luft, als er mich unterbrach: »Hör mal, Ellie. Wir müssen keinen Small Talk machen, wir …«

»Du – du hast doch versprochen, mir beizubringen, wie man auf diesem Ding fährt.« Das Skateboard steckte diesmal in Sams Rucksack.

»Willst du wirklich …?«

»Ja, ist doch total nützlich«, brabbelte ich. »Schnell und so …«

Sam lachte wieder. »Freut mich, wenn das nützlich für euch ist.« Und gab zu bedenken: »Hier ist es allerdings etwas zu voll.« Während ich rätselte, warum er mich im Pluralis Majestatis ansprach, wies er mit dem Daumen auf den mit Passanten gefüllten Bürgersteig und den asphaltierten Platz zwischen den Kiosks und den Bushaltestellen am Straßenrand.

Wieso zu voll? Wenn Sam halsbrecherisch durch die Menschenmenge bretterte, würde sicher jemand etwas dagegen haben und ihm ein paar Negativpunkte verpassen. Und ich konnte beobachten, was mit seinem Band passierte.

Doch leider hatte Sam anderes im Sinn.

Er bestand darauf, dass wir einige Blocks weiter auf einen alten Basketballplatz gingen, der verlassen dalag, weil die Körbe schon lange abgebrochen waren.

Auf dem Weg kamen wir an der großen Solysier-Anzeigetafel vorbei, von der die Index-Champions der Umgebung auf uns herablächelten. Sam hatte keinen Blick dafür übrig, aber ich beobachtete sie aus den Augenwinkeln mit angehaltenem Atem, als wir uns näherten. Wenn Sams Armband immer noch … Die Anzeige wurde für den Bruchteil einer Sekunde schwarz und *Sabrina, 31 Jahre alt, 92 %*, rückte einen Platz nach unten. Jetzt musste Sam … Doch statt einen neuen Kandidaten zu zeigen, verdunkelte die Anzeige sich nochmals – und schon prangte Sabrina wieder auf ihrem Thron.

Ich biss enttäuscht auf meine Lippe. Warum wurde Sam nicht angezeigt? Ich hatte mir sein Freundschaftsprofil vorhin angeschaut, auf dem der goldene Balken zwar keine Zahlen zeigte, aber doch so komplett ausgefüllt war, wie ich es noch bei niemand anderem gesehen hatte.

»Ellie?«, fragte Sam. Er hatte gesprochen, aber ich hatte keinen Schimmer, worüber.

»Was machst du in den Ferien?«, fragte ich schnell, um irgendetwas zu sagen. Wahrscheinlich fuhr er mit seiner Familie in irgendein Ressort in der Enklave.

Aber er sagte langsam: »Das hängt davon ab, was du vorhast.«

Okaaaaay. Ich begann mich zu fragen, ob er aus Langeweile ein Abenteuer mit einem Silberfisch wie mir anstrebte? Um seine Eltern zu ärgern? Um einem Roman über die Befindlichkeiten der Dauergrauen zu schreiben?

»Ich bin hauptsächlich mit meinem Ferienjob beschäftigt.«

Er blickte mich erwartungsvoll an. Ich leckte mir nervös über die Lippen. Wir überquerten eine Straße.

»Hast du schon Bescheid bekommen, ob du in eine Exzellenzklasse aufgenommen wurdest?«

Sam zuckte mit den Schultern. »Noch nicht. Bin froh, wenn wir die Schule endlich hinter uns haben.«

»Du magst die Schule nicht?«

Sam stieß eine Art Seufzer aus. »Ich bin eine Weile lang nicht da gewesen.«

»Oh?«

»Mhm.«

Er nahm sein Skateboard aus seinem Rucksack und ließ es auf dem Basketballplatz auf den Boden fallen. Vielleicht musste man mit Code Omni-X auf der Festplatte nicht zur Schule gehen? Hatte er den schon immer gehabt?

»Da muss dein Sozialindex drunter gelitten haben«, testete ich aus, ob er etwas Verräterisches sagen würde.

»Besonders meine Mutter hat darunter gelitten. Ich war krankgeschrieben. Und hab's ausbalanciert.«

»Ausbalanciert?«

»Ich habe im Tierheim ausgeholfen.«

»Du hast die Schule geschwänzt und Knuddelpunkte fürs Schmusen mit Chihuahuas bekommen?«

»Sozusagen.«

Ich verspürte den dringenden Wunsch, dieser Art von Arrangement auf den Grund zu gehen, doch Sam wollte offensichtlich das Thema wechseln.

»Willst du das jetzt lernen?« Er wies auf das Skateboard. Mir blieb nichts anderes übrig, als zu nicken, und dann zeigte er mir, wie man auf dem Brett das Gleichgewicht hielt und sich mit dem Bein abstieß.

»Zieht dir die Verkehrswacht Punkte ab, wenn du damit auf dem Bürgersteig fährst?«, fragte ich. »Ist das ein zugelassenes Sportgerät?«

»Nein«, beantwortete Sam beide Fragen gleichzeitig, während er elegante Schlangenlinien fuhr. »Ich kriege zwar keine Fitnesspunkte. Aber solange ich niemanden umfahre, habe ich eigentlich keine Probleme.« Er reichte mir das Skateboard.

Komisch, dachte ich, als ich vorsichtig versuchte, darauf zu fahren, *dass jemand etwas macht, für das er weder Fitnesspunkte noch Positive auf dem Sozialindex durch Mitgliedschaft in einem dazugehörigen Sportclub bekommt.* Andererseits war es gar nicht komisch: Vielleicht *musste* ihn das alles nicht interessieren, weil er diesen Zauberstab im Profil hatte. Den Zauberstab, der die Polizei auf den Plan gerufen hatte.

Das Skateboard rutschte plötzlich nach vorne, und ehe ich auch nur meine Arme ausbreiten konnte, um irgendwie die Balance zu halten, war es schon unter mir weggesaust und ich landete unsanft auf dem Po. Das Brett schoss über den Platz bis auf den Bürgersteig, sodass ein gerade vorbeihastender Mann erschrocken zur Seite sprang. Er warf mir einen säuerlichen Blick zu und zückte schon sein

Armband, als Sam das Skateboard mit dem Fuß aufhielt und dem Mann freundschaftlich auf die Schulter klopfte. Der Mann sah ihn erst verärgert an, studierte wieder sein Armband – und dann glättete sich seine Stirn. Er nickte Sam kurz zu, bevor er in einem angrenzenden Gebäude verschwand. Sams glitzergoldenes Profil hatte das seine getan.

»Ich glaube, wir vertagen das lieber«, sagte Sam zu mir. Er streckte mir die Hand hin, um mir aufzuhelfen.

Mist.

Sam schlug vor, dass wir uns auf den Dachgarten in seinem Wohnturm zurückziehen sollten. Auf dem Weg vibrierte mein Armband. »Verschönere deine Nachbarschaft: Jetzt frische Balkonblumen kaufen! Zwanzig Punkte für Sozial- und Konsumindex!« Schön – wenn ich dafür nicht hätte Schulden machen müssen.

Ich wollte das aufgepoppte Feld schließen, als mein Blick auf den silbernen Balken am Rand fiel – immer noch grau, aber doch wieder um einiges angewachsen!

»Du bist ansteckend«, rutschte es mir heraus, denn diese unverhofften Punkte konnten nur davon herrühren, dass ich seit fast einer Stunde bei Sam eingeklinkt war.

»Oh?«, machte Sam. »Nice.«

Nice? Jeder andere Mensch hätte jetzt das Handgelenk gehoben, um nachzuprüfen, ob seine Indexe nicht vielleicht unter meiner Anwesenheit litten.

»Schaust du nie auf dein Armband?«

Wir überquerten eine Ampel und steuerten auf den Spielplatz zu, der zwischen meinem Haus und Sams Wohnturm lag. »Ich versuche, es zu vermeiden«, antwortete Sam. Sein Blick verdunkelte sich. »Ich habe einen Blocker.«

Als ich verständnislos guckte, zeigte er mir sein Holomenü, auf dem keine Balken für Selbstmesser angezeigt wurden, sondern ein Bild von Wellen und ein paar Icons. »Ich will meine Werte nicht ständig sehen. Mich interessieren die Indexe nicht.« Und er sah mir direkt in die Augen. Als müsste ich das verstehen.

Dann rief er plötzlich: »So etwas nervt mich kolossal!«, und trat ein Stück zur Seite, um einem Jogger Platz zu machen.

Beschwerte Sam sich wirklich gerade über einen Jogger, weil der Bürgersteig zu schmal für uns drei war? Komischerweise drehte der laufende Mann, der mit Schweißbändern und kurzen Jogginghosen fast wie ein professioneller Athlet aussah, an der nächsten Kreuzung schon wieder um und kam zurück.

»So ein fauler Sack, der andere ausnutzt, um …«

Da kapierte ich, wen Sam meinte. Auf einer Bank vor dem Blaster, der den Spielplatz überragte, saß ein junger Mann. Er blickte entspannt auf den großen Bildschirm, und als der Jogger ihn passierte, wedelte er mit der Hand und rief: »Etwas schneller.« Sein Handgelenk war blank. Und unter den Schweißbändern des Joggers leuchteten zwei Punkte: ein grauer und ein goldener.

»Deswegen rennt der Jogger immer hin und her«, stellte ich fest. »Damit er in der Reichweite von dem Faultier auf der Bank da bleibt.«

»Schöne Art, sich den BioTracker aufzuhübschen«, brummte Sam ungehalten. Was mir eine plötzliche Portion Ärger durch die Adern jagte: Da beschwerte sich ein Goldling mit Wunder-Code allen Ernstes über die unehrlichen Methoden anderer Leute? »Du hast leicht reden!« Natürlich interessierten ihn seine Indexe nicht, die er mit irgendeinem, vermutlich horrend teuren Blocker aus seinem Blickfeld verbannt hatte – sie waren schließlich voll!

Ich öffnete den Mund, um ihn wissen zu lassen, was ich von seiner Selbstgerechtigkeit hielt. Sein verdammter Code konnte mir gestohlen bleiben! Doch dann zerfurchte sich seine Stirn und Sam sah mich mit großen Augen an. Meine Worte erstarben auf meiner Zunge.

»Ich weiß, dass ich privilegiert bin«, murmelte Sam. »Mit Geld ist vieles leichter. Meine Indexe sind ziemlich gut, ohne dass ich viel machen muss …« Er biss sich auf die Lippe und sah mich zweifelnd an.

Er hatte keine Ahnung.

Plötzlich war ich mir ganz sicher. Sam Werting hatte nicht den blassesten Schimmer, was sich in seinem Armband verbarg!

Aus den Chatprotokollen von Resa Gerlach, März 2038

26.03.38 08:05 **Resa Gerlach**:	Comics, hhm?
26.03.38 08:09 **Jonas Heuck:**	Comics? Am frühen Morgen?
26.03.38 08:09 **Resa Gerlach:**	😊
26.03.38 08:09 **Resa Gerlach:**	Die einzige Info in deinem StepIn-Profil, die irgendwelche Rückschlüsse zulässt.
26.03.38 08:09 **Jonas Heuck:**	Du liest also nachts in meinem Stepper?
26.03.38 08:09 **Jonas Heuck:**	😃
26.03.38 08:10 **Resa Gerlach:**	Beim Frühstück 😜
26.03.38 08:10 **Jonas Heuck:**	Und welche Rückschlüsse ziehst du?
26.03.38 08:10 **Resa Gerlach:**	Dass dich lange Texte überfordern?
26.03.38 08:11 **Jonas Heuck:**	😔 Und ich dachte, jetzt kommt was Nettes
26.03.38 08:11 **Resa Gerlach:**	😈
26.03.38 08:11 **Resa Gerlach:**	Spaß. Ich liebe Comics.
26.03.38 08:12 **Jonas Heuck:**	Ich liebe Superhelden
26.03.38 08:12 **Resa Gerlach:**	Und Bilder, die Geschichten erzählen, die dir einen Knoten ins Herz machen.
26.03.38 08:12 **Jonas Heuck:**	Ja
26.03.38 08:12 **Jonas Heuck:**	Genau
26.03.38 08:13 **Jonas Heuck:**	Wo bist du?
26.03.38 08:13 **Resa Gerlach:**	Auf dem Weg zur Schule. Du?
26.03.38 08:17 **Jonas Heuck:**	Zu Hause. Wir reden später, ja?
26.03.38 08:17 **Resa Gerlach:**	Ok. Du Superheld.
26.03.38 08:17 **Jonas Heuck:**	Stets zu Diensten 💪

7.

Berlin 2075

»Hör mal«, sagte Sam und blieb mitten auf dem Spielplatz stehen. Er sah mich irgendwie ernst und feierlich zugleich an. »Wahrscheinlich denkst du, dass du mir nicht trauen kannst. Dass das nicht passen kann und dass ich mich verrenne. Aber ich bin anders, als du glaubst, und ich werde dir beweisen, dass ich es ernst meine.«

Ich hatte ein bisschen Angst, dass er auf die Knie sinken und mir einen Heiratsantrag machen würde.

Sam holte eine Sekunde lang Atem und plapperte schon weiter: »Ich möchte aufgenommen werden.«

Aufgenommen? In meiner dysfunktionalen Familie oder was?

Sams Mundwinkel rutschten nach unten, während ich ihn verständnislos anstarrte und nach einer freundlichen Antwort suchte.

In diesem Moment surrte mein Armband und in meinem Ohr piepte es. »Dringende Nachricht von der Residenz Lindenallee.«

»Moment mal.«

Ich entfernte mich ein paar Schritte, um die Nachricht abzuhören. Mein Lieblingspfleger informierte uns darüber, dass Tess wieder »gewütet« habe und wir gut daran täten, sie zu beruhigen. Ich überlegte, ob ich mich über den übergriffigen Kerl bei Dr. Benkdorf beschweren sollte, kam aber zu dem Schluss, dass ich ihn mir nicht zum Feind machen sollte. Ich hatte Tess versprochen, ihr ein paar Sachen von zu Hause vorbeizubringen. Vielleicht würde ihr das den Aufenthalt etwas erträglicher machen.

»Es tut mir leid, ich muss etwas für meine Tante erledigen«, sagte ich zu Sam.

Sam sah mich enttäuscht an. »Das war's?«

War der Herr daran gewöhnt, dass ihm auf ersten Dates mehr geboten wurde? War »aufgenommen werden« irgendein mir nicht geläufiger, anzüglicher Geheimausdruck von Dauergoldlingen? Mir lag eine schnippische Antwort auf der Zunge, bevor ich mich erinnerte, dass Mission Omni-X noch nicht beendet war.

»Willst du mitkommen?«

Erstaunlicherweise nickte Sam sofort. Sollte er halt mitkommen. Vermutlich würde es in der Residenz mächtig Eindruck schinden, wenn ich dort mit Mr 100 % auftauchte.

Ich erzählte Sam eine knappe Version dessen, was mit Tess passiert war. Sehr knapp. »Und jetzt muss ich ihr ein paar von ihren persönlichen Gegenständen auf die Station bringen.« Ich wollte mir nicht vorstellen, was er von mir und meiner Familie dachte.

»Komm«, sagte Sam. »Wir nehmen ein Auto.«

Er war alt genug, um zu fahren – dass er es sich auch leisten konnte, hätte nun wirklich keine Überraschung sein sollen.

Aber ich musste etwas sagen. »Ich kann das nicht bezahlen.«

Sam nickte. »Ich *weiß*, Ellie. Es macht mir nichts aus. Ich kann ein paar Konsumpunkte gebrauchen.«

Er wusste wirklich nicht, dass seine Indexe praller gefüllt waren als die Wampe eines Mastschweins.

»Na gut«, gab ich schließlich nach.

Sam wählte einen Zweisitzer am Straßenrand. Immerhin kutschierte er mich nicht mit einer Limousine durch die Stadt. Als ich neben ihn auf den abgenutzten Kunstledersitz glitt, aktivierte er das große Menü hinter der Windschutzscheibe.

»Gib mir die Adresse.«

Ich war schon so lange nicht mehr in einem Auto gefahren, dass mir ein bisschen mulmig wurde, während wir an den großen Bussen vorbeiflitzten. Sam wählte die schnellste Route, obwohl die Schnellstraßen auf den Hochtrassen teurer waren als die am Boden. Er stellte die Lehne seines Sitzes zurück und machte es sich gemütlich, während das Auto selbstständig die Geschwindigkeit an den Verkehr anpasste und leise summend die Spuren wechselte. Ich presste meine Stirn gegen die kühle Fensterscheibe. Plötzlich erinnerte ich mich an eine andere Autofahrt. Eine Fahrt, bei der ich meine Stirn genauso gegen das Fenster gedrückt hatte, während zwei erwachsene Stimmen stritten, lauter und lauter, bis Mama plötzlich aus dem Fahrzeug gesprungen war – zum Glück nicht auf einer Hochtrasse – und die Tür zugeknallt hatte, während Lisa und ich und Baby-Benedikt im Auto zurückblieben. Nicht alleine natürlich, sondern mit unserem Vater. Der war in meiner Erinnerung nicht mehr als ein grauer Fleck auf dem Vordersitz.

»Alles klar?«, fragte Sam und schaute prüfend zu mir herüber. So als könnte er geradewegs in meinen Kopf hineinblicken. Genau dorthin, wo niemand etwas zu suchen hatte.

»Alles klar«, antwortete ich eine Spur zu feindselig. Was sich auch nicht besser anfühlte. Vielleicht wollte ich ihm einfach zeigen, dass ich *kein* netter Mensch war. Ich meine – ich wäre ja gerne einer gewesen, doch jedes Mal, wenn ich es versuchte, kam etwas dazwischen. Weil: Irgendeinen Grund musste es ja dafür geben, dass meine Indexe so oft auf Grundeis gingen. Wahrscheinlich hatte mein Algorithmus meinen unsympathischen Charakter einfach längst durchschaut …

Sam verzog den Mund und fuhr sich nachdenklich durch sein zerzaustes Haar.

»Können wir einen Moment nichts sagen?«, flüsterte ich.

»Klar.« Er schnipste ein paarmal in die Luft und der Raum um uns herum füllte sich mit dem leisen Gesang einer Frauenstimme und dem sanften Klang einer Gitarre. Sam schloss die Augen. Einfach so. Er hätte ja auch schreiend weglaufen können.

Als wir in Tess' Straße einbogen, richtete ich mich auf und tippte Sam an. »Fahr ein bisschen langsamer.«

Sam drehte nickend den Geschwindigkeitsregler runter.

Ich sah nach draußen. Die Straße wirkte fremd und vertraut zugleich, so als wäre ich jahrelang nicht hier gewesen. Dabei hatte ich Tess vor zwei Monaten das letzte Mal in ihrer Wohnung besucht. Als Kind war ich an ihrer Hand unter den großen Bäumen stehen geblieben und hatte hinauf in das Laub geschaut, das raschelte und rauschte, selbst wenn nur der kleinste Windhauch hindurchwehte. Tess hatte gesagt: »Früher waren überall in der Stadt solche Bäume. Bevor die Dürre sie kaputt gemacht hat.« Und sie hatte mir eine kleine Gießkanne gegeben, um ihr dabei zu helfen, die Wurzeln zu gießen.

Tess' Wohnung befand sich in einem hässlichen hellblauen Block neben zehn identischen hässlichen Blöcken aus dem vorigen Jahrhundert, die renoviert worden waren, als klar wurde, dass es weder genug Geld noch genug Baumaterialien gab, um die ganze Stadt mit gigantischen Wohntürmen zuzupflastern.

Wir stiegen aus, bevor das »Besetzt«-Licht sich abschaltete und das Gefährt wegsurrte, um irgendwohin zu fahren, wo jemand es brauchte und sich leisten konnte. In diesem Viertel war das offensichtlich nicht der Fall, denn am Straßenrand parkte kein einziges anderes Auto.

Im Eingangsbereich waren mehrere Lampen an der Decke ausgefallen, sodass die Aufzüge und der Treppenaufgang im Dunkeln lagen. Ich drückte auf den Knopf, doch nichts geschah. Ich drückte noch mal. Vergeblich. »Mein Zugang muss deaktiviert worden sein«, stellte ich verwirrt fest. »Komm, wir nehmen die Treppe!«

Als wir uns dem Treppenhaus zuwandten, hörten wir aus dem Zwielicht ein leises Scheppern, sahen aber niemanden.

Wir stiegen hinauf in den fünften Stock. Der Flur, in dem sich Wohnzelle an Wohnzelle reihte, lag verlassen da.

Als ich mein Band gegen das alte Pad neben Tess' Tür drückte, passierte nichts. »Ich verstehe das nicht. Ich habe eigentlich automatischen Zugang zu Tess' Wohnung.«

Statt wie ich tatenlos und durcheinander dazustehen, öffnete Sam sein Holomenü. »Bergmann gibt's hier nicht«, stellte Sam fest.

»Das ist der Name meines Vaters«, erklärte ich. Aber Sam wurde in dem Bewohnerverzeichnis, in das er sich hätte einklinken sollen, um Einlass zu erbitten, auch unter Tess' Namen nicht fündig. Ich nahm seine Hand, um mich zu vergewissern, dass er nichts übersehen hatte. Plötzlich blinkte ein Feld in der Projektion auf: »Mietwohnung leer. Bei Interesse melden Sie sich bitte beim Maklerbüro Henning Appartements.«

In meinem Magen tat sich ein großes Loch auf.

»Was soll das heißen? Leer?« Ich legte meine Hand auf den Türknauf und drückte dagegen. Was natürlich sinnlos war.

»Hier steht nicht mal, wohin die Vormieterin verzogen ist«, sagte Sam. »Das ist normalerweise üblich.«

»Die Vormieterin ist ja auch gar nicht verzogen!«, rief ich. »Sie ist im Krankenhaus! Sie kommt bald wieder nach Hause.«

Sam sah sich unbehaglich um.

Es war mir peinlich, dass er dabei zusah, wie mein Leben aus den

Fugen geriet. »Vielleicht liegt ein Fehler vor«, stotterte ich. »Es soll überprüft werden, ob meine Tante dement ist …« Plötzlich fühlte ich mich völlig erschöpft. Ich lehnte meine Stirn gegen die verschlossene Tür. Da war ein schwacher, vertrauter Duft. Die Wohnung konnte doch nicht leer sein!

Sam sagte nichts. Ich räusperte mich und wiederholte: »Bestimmt irgendein Fehler. Ich muss mich bei der zuständigen Stelle erkundigen.« Nicht, dass ich wusste, was für eine Stelle das war. Ich straffte die Schultern. »Lass uns gehen.«

Zurück im Erdgeschoss schaute ich mich noch einmal um, als hätte ich etwas Wichtiges verpasst.

Doch im selben Augenblick hörten wir ein Schnaufen und schlurfende Schritte. Dann ein leises Krächzen: »Ellie!«

Das Gesicht des alten Mannes war von einem wilden Bart bedeckt. Seine ausgebeulte Hose wurde über dem Bauch von einem Gürtel festgehalten. Außer einem Hemd trug er eine Weste mit unzähligen Taschen und in der Hand hielt er einen Besen.

»Ha-hallo«, stammelte ich. Tess nannte ihn Freddy. Im hellblauen Haus gab es keine Lobby und keinen Pförtner, nur Freddy, der eine Sozialwohnung im Erdgeschoss bewohnte. Dafür reinigte er den Weg vor dem Eingang und den Boden vor den Aufzügen und den Bereich um die Müllschlucker. Freddy war einer der braven Roten, die in der Stadt bleiben durften, solange sie sich unauffällig benahmen.

Seine Stimme war kaum mehr als ein Flüstern. »Wo ist Tess?«

Er stellte den Besen neben dem Aufzug an die Wand.

»Sie ist im Krankenhaus«, erklärte ich ihm, auch wenn es nicht ganz stimmte. »Sie hatte am Montag einen Unfall.«

Freddy erschrak. »Was für einen Unfall?«

»Sie ist vor ein Auto gelaufen und sie hat einen komplizierten Bruch.«

»Vor ein Auto?«, murmelte Freddy. »Ich hab sie Montagmorgen noch gesehen …«

Ich hob die Schultern.

Der alte Mann fuhr sich nervös durch den Bart und wisperte: »Sie war sehr aufgeregt in letzter Zeit. ›Freddy‹, sagte sie. ›Wir müssen alles untersuchen.‹ Ich wusste überhaupt nicht, was sie meint.«

Ich schluckte. Also hatte sie auch vor Freddy wirres Zeug geredet. »Ich wollte ihr ein paar Sachen aus ihrer Wohnung holen«, sagte ich. »Aber ich komme nicht rein.«

Freddy schaute mir nicht in die Augen. »Da waren schon gestern ein paar offiziell aussehende Menschen da.«

»Offiziell aussehend? Was meinst du?«

»Ich weiß nicht. In Anzügen. Mit Pads in der Hand.«

»Und die haben die Wohnung geleert?«

»Nein, die von der Stadtreinigung kamen danach. Haben die Wohnung ganz und gar leer gemacht.«

Mir wurde schlecht.

Freddys Blick hüpfte zu Sam und wieder zu mir zurück. Er zupfte an seinem Ärmel, der das rote Lichtlein an seinem Handgelenk nicht ganz bedeckte.

Ich schüttelte ungläubig den Kopf. Hatten sie Tess' ganzes Leben auf eine Müllhalde verfrachtet? Das konnte doch überhaupt nicht sein!

Freddy schaute sich ängstlich um. »Komm«, flüsterte er.

Er blickte noch einmal in alle Richtungen und schlurfte dann davon.

Ich sah Sam an, der die Lippen schürzte.

Freddy bog hinter den Aufzügen ab und blieb vor einer schweren Tür stehen, von der ich angenommen hatte, dass sie in einen Sicherungsraum führte. Das tat sie auch, stellte sich heraus, aber dahinter befand sich eine weitere Tür und dann ein schmaler, mit Regalen und Kisten vollgestellter Gang und ein kleines Zimmer. Winzig klein und drückend heiß.

»Das ist nur … das ist nichts …«, murmelte Freddy. Doch es war nicht *nichts*. Freddy wohnte hier. In einer stickigen Kammer ohne Fenster, mit einer Liege und einem wackligen Tisch, auf dem eine einzelne Herdplatte platziert war. Eine sogenannte Sozialwohnung für Rote.

Ich quetschte mich an Sam vorbei, um neben Freddy stehen zu können. Eine Sekunde lang spürte ich die Wärme, die von seinem Körper ausging, und ein Flattern im Bauch, das davon ausgelöst zu werden schien, dann schob ich mich schnell weiter.

Freddy rieb sich unruhig über die Arme. Er schien vergessen zu haben, warum wir hier waren. Sein Blick war an Sams Armband geheftet. »Du hast einen goldenen Freund.«

»Mitschüler«, berichtigte ich, obwohl das nicht der Wahrheit entsprach.

Freddy starrte mich einen Moment an, dann sagte er: »Ach ja«, und sah sich suchend um.

Aus einem der bis oben hin mit Kisten und Boxen und Werkzeugen und Kleidung vollgestopften Regale zog er einen Karton hervor. »Ich habe einfach … es tut mir leid … es ist nicht richtig …«

Und ob es richtig war! Als Freddy den Karton aufklappte, wusste ich sofort, woher der Inhalt kam. »Du hast ihre Sachen aufbewahrt?!«

»Ich dachte … vielleicht …«

»Oh, Freddy, ich könnte dich abschmatzen!«

Zum Glück nahm er mich nicht beim Wort, sondern strahlte mich verlegen mit schiefzahnigem Grinsen an.

Ich kniete mich auf den Boden, um den Karton genauer zu inspizieren. Oben befanden sich ein paar Baumwollschals in grellen

Farben, darunter ein Set wild gemusterter Teller und verschiedene Teetassen – eben genau das exzentrische Zeug, das Tess' ganze Wohnung bevölkert hatte. Dann gab es einige der alten Bücher, die Tess seit Jahrzehnten hortete, und einen digitalen Bilderrahmen, der – soweit ich wusste – schon seit Langem nicht mehr funktionierte. Ganz unten fand ich eine kleine, gusseiserne Skulptur von einer unbekleideten Frau, die ihre zu Fäusten geballten Hände in die Höhe reckte und mit grimmiger Miene nach oben starrte, als befände sie sich im Streit mit Gott höchstpersönlich.

»Die stand bei meinem letzten Besuch plötzlich auf ihrem Nachttisch«, erinnerte ich mich, während ich die merkwürdige Figur hochnahm. Keine Ahnung, wo Tess die aufgetrieben hatte.

»Für die Leute, die die Wohnung ausgeräumt haben, war das alles wertlos. Für die Müllhalde.« Freddy schüttelte energisch den Kopf. »Also bin ich rein, als sie Pause gemacht haben. Ich finde immer etwas, das ich gebrauchen kann.« Er breitete die Arme aus, als wolle er mir zeigen, was er alles besaß. Dann ließ er die Hände sinken und murmelte: »Keine Konsumpunkte, kein Wert.«

»Ich will dir die Sachen nicht wegnehmen.« Klar – er hatte die Gegenstände nicht für mich aufgehoben.

»Oh nein«, rief Freddy. »Bitte bring Tess ihre Sachen. Sie braucht sie doch!«

Am Ende gab er mir eine alte Obstkiste, in die ich die Tassen, zwei Schals, ein paar Bücher und die kleine, gusseiserne Skulptur lud.

»Nimm gerne auch den Rest«, drängte Freddy mich, bis er sich von meinem Kopfschütteln abwimmeln ließ.

Zum Abschied streckte ich meinen Arm aus, um Freddy ungelenk den Rücken zu tätscheln. Er hatte eine Umarmung verdient. Aber ich brachte sie nicht über mich. Sein Armband leuchtete rot.

Wie ich vermutet hatte, schindete Sam Eindruck in der Residenz. Jedenfalls bei den Angestellten. Als wir ankamen, bedeutete der Pförtner uns zu warten.

»Einen Moment noch, bitte. Ihre Tante befindet sich in einer Untersuchung. Sie können da jetzt nicht hoch.«

Proteste halfen nichts, denn solange er uns nicht vorbeiließ, war mein Zugang zu den Aufzügen nicht aktiviert. Wir warteten auf einem der flauschigen Sofas im Eingangsbereich. An der getäfelten Wand war ein überdimensionaler Blaster angebracht.

»Tess hat wohl eine Privatversicherung abgeschlossen«, stotterte ich, weil ich das Gefühl hatte, Sam eine Erklärung zu schulden. Sam fuhr mit der Hand über das Polster, auf dem wir saßen, und mir fiel auf, dass es abgewetzter war, als es auf den ersten Blick wirkte.

Der Blaster über uns erwachte zum Leben. Ein Mann mit Krawatte und beeindruckender Haartolle erschien. »Urlaub gefällig?«, fragte er mit angenehm sonorer Stimme.

Auf dem Sofa direkt neben dem Blaster saß eine Dame, an deren Puls ein goldener Punkt glitzerte – und an den Fingern mehrere Ringe. Der Blaster hatte den Werbeclip mit Sicherheit für sie (und Sam) ausgesucht und nicht für mich. Am Bildschirm wurde nun eine Geschäftsstraße mit unzähligen Neonschildern gezeigt, dann lachende, sonnengebräunte Gesichter. »Eine Auszeit in der Enklave. Buchen Sie jetzt!«

Die Dame auf dem Nachbarsofa schaute zu mir herüber. »Ich war mit meinem Mann dort, als es ihm noch gut ging«, berichtete sie mir. »Wirklich faszinierend. Äußerst merkwürdig, ein paar Tage ganz auf die Armbänder zu verzichten.« Sie lachte. »Aber man ist dann auch ganz froh, wieder nach Hause zu fahren und nicht jede Entscheidung selbst treffen zu müssen. Waren Sie schon einmal dort?«

Ehe ich etwas erwidern konnte, zuckte sie plötzlich zusammen. Sie hatte mein Armband entdeckt.

»Oh«, machte sie pikiert. Erst als Sam sich vorlehnte und sie sein Handgelenk sah, glätteten sich ihre Gesichtszüge wieder. Was mich auf eine Idee brachte.

»Geh doch mal zum Pförtner«, flüsterte ich Sam zu. »Frag du, ob wir hochkönnen!«

Was soll ich sagen – der Wachhund schaute auf, blickte überrascht auf seinen Monitor, hielt es wohl für dienlich, einem derartig beeindruckenden Vorzeigebürger behilflich zu sein, und plötzlich durften wir hoch.

Auf der Station hielt ich nach Motzkotz Ausschau, der glücklicherweise nicht zu sehen war. Halb erwartete ich, in eine ärztliche Untersuchung zu platzen, doch Tess war allein. Sam blieb im Türrahmen stehen. Als ich eintrat, öffnete Tess die Augen. Sie lächelte, aber ihr Gesicht erschien bleicher als ein paar Tage zuvor. Sie hatte die Decke bis zum Hals hochgezogen, obwohl es im Raum nicht besonders kalt war.

»Ich war bei dir zu Hause und habe ein paar Sachen mitgebracht,« erklärte ich, während ich den Karton auf dem Nachttisch neben ihrem Bett abstellte. Zu erzählen, dass ihre Wohnung leer geräumt worden war, brachte ich nicht übers Herz.

»Danke, Ellie!« Tess freute sich sichtlich, aber es kostete sie Kraft, auch nur den Arm nach dem Karton auszustrecken. Sie musste erschöpft von der Untersuchung sein, die sie wohl gerade hinter sich gebracht hatte.

Ich nahm die Tassen aus der Kiste und stellte sie in der Nische beim Eingang neben den kleinen Wasserkocher und die Teebox. Die Bücher platzierte ich auf das schmale Regal über dem Bett. Als Letztes nahm ich die Skulptur der kämpferischen Frau aus dem Karton. »Die stand doch neulich auf deinem Nachttisch. Ich dachte, die hättest du gerne hier.«

»Oh«, machte Tess und griff mit einer Magnetzug-auf-Stereoiden-Geschwindigkeit nach der gusseisernen Frau in meiner Hand. Eben noch hatte sie gewirkt, als könne sie den Arm nicht heben, jetzt riss sie mir die Figur sozusagen aus den Fingern.

»Pass auf, die ist schwer. Wo soll ich sie hinstellen?«

»Ellie«, flüsterte Tess heiser und schaute sich schnell um. »Sag denen, dass sie meinen Gips abnehmen sollen, ich will hier nicht bleiben. Wir müssen einiges besprechen.«

Statt simple Fragen zu beantworten, redete sie konfus daher. Ich atmete tief aus. »Tess, dein Bein soll heilen. Dafür musst du im Bett liegen bleiben.«

Tess drehte die Eisenfrau in ihrer Hand und klopfte gegen den Sockel. »Ellie, hier ist –«

»Tess!«, rief ich erschrocken, als der Ärmel ihres Nachthemdes hochrutschte. Da war nämlich: Nichts. Kein rotes Licht. Gar kein Licht, nur ein heller Streifen Haut.

Ich taumelte zurück gegen Sam.

Tess schien ihn erst in diesem Augenblick wahrzunehmen.

»Wer ist das?«, rief sie, geschwächt, aber aufgebracht.

»D-das ist Sam«, stotterte ich.

»Ist das dein Freund?«

»Nein, äh, ich …«

»Guten Tag, entschuldigen Sie, dass ich einfach so hereingekommen bin«, sagte Sam und knipste ein ziemlich unwiderstehliches Lächeln an. Es zeigte keine Wirkung.

»Der ist nichts für dich!«, stieß Tess mit Anstrengung hervor. »Glaub ihm kein Wort!«

Meine Ohren wurden heiß. »Tess … Sam ist nur ein Freund.«

Tess klammerte sich an der Statue fest, als wäre sie ein kleines Mädchen und die Eisenfrau ein Kuscheltier.

»Wir – wir müssen gehen«, stammelte ich. Ich musste unbedingt mit Dr. Benkdorf sprechen.

Tess blickte verwirrt von mir zu Sam und wieder zu mir zurück. »Du bist doch gerade erst gekommen. Ich wollte …«

»Ich komme bald wieder.«

»Ellie«, rief Tess mir schwach hinterher. »Was ist mit Recht und Ordnung?«

»Es ist doch alles in Ordnung«, wisperte ich, sodass sie es wahrscheinlich gar nicht hören konnte. Und in Ordnung war – überhaupt nichts.

Auf dem Flur begegnete uns Motzkotz, der mich sofort anblaffte. »Warum bist du unangemeldet hier oben?«

»Ich habe meiner Tante ein paar Sachen gebracht«, verteidigte ich mich. »Damit sie sich hier wohler fühlt. Das wollten Sie doch.« Dann stieß ich hervor: »Wo ist ihr Armband?«

»Sie braucht kein Armband«, giftete Motzkotz.

»Sie können es ihr doch nicht einfach wegnehmen!«

Der Pfleger seufzte genervt. »Wir nehmen nicht *einfach* etwas weg. Der Algorithmus berechnet mit höchster Präzision, was das Beste für unsere Patienten ist.« Er ließ mich nicht zu Wort kommen, sondern drehte sich zu Sam, den er in ebenso unfreundlichem Ton fragte: »Und wer bist du? Ein Angehöriger?«

»Ich bin …«

Aber da hatte Motzkotz schon sein Holomenü begutachtet und ein Lächeln zauberte sich auf sein Gesicht. »Oh. Herzlich willkommen.« Und er wandte sich wieder zu mir, ein Stück gnädiger: »Dr. Benkdorf wollte sowieso noch mit dir sprechen. Komm mit.«

Sam wartete draußen, während ich ins Büro geführt wurde.

Auch wenn Dr. Benkdorfs Worte nicht mehr überraschend kamen, trafen sie mich wie ein Schlag in den Magen. »Deine Tante ist eine Gefahr für sich und ihre Umwelt. Ihre Demenz ist weiter fortgeschritten, als wir angenommen hatten.«

»Das haben Sie innerhalb von wenigen Tagen festgestellt?«, fragte ich verstört.

»Es war nicht der erste Vorfall, Ellie.« Sie zeigte mir eine Videoaufnahme aus einer Bibliothek von vor einigen Wochen, in der zu sehen war, wie Tess mit einer Frau in ein Handgemenge geriet und mehrere Bücher auf den Boden schleuderte. Ich schüttelte ungläubig den Kopf.

»Zum Glück ist auch dieser Fall nicht angezeigt worden«, sagte Dr. Benkdorf. »Stell dir vor, was für Auswirkungen so ein Verhalten auf eure ganze Familie haben könnte. Bei uns ist sie bestens aufgehoben: Alle Zimmer sind komplett klimakontrolliert und die Patienten sind an ein vollautomatisiertes Gesundheitsanalyseprogramm angeschlossen. Es gibt jeden Tag zwei Stunden Aufenthalt im Freien und deine Tante kann an Sport- und Kulturangeboten teilnehmen, sobald ihr Bein geheilt ist.«

»Aber wann kann sie nach Hause?«

Dr. Benkdorf schaute mich an, ohne etwas zu sagen. Ich wusste, was das bedeutete. Es war ja nicht das erste Mal, dass ich davon hörte, dass alte Menschen und Kranke aus dem System ausgeklinkt wurden. Vielleicht eine Gnade für jemanden, der keine Kontrolle über sich besaß. Aber Tess … war ihr Zustand denn wirklich so schlecht?

Dr. Benkdorf war schon beim nächsten Punkt. »Wir werden deine Mutter als Vormund einsetzen und dich als Kontaktperson, ja? Weil du ein besonderes Verhältnis zu deiner Tante zu haben scheinst.«

Ich nickte ihr dankbar zu, auch wenn ich am liebsten losgeheult hätte. Ich wusste doch, dass der Algorithmus das Beste für Tess festgelegt hatte. Warum fiel es mir so schwer, das zu akzeptieren?

Dr. Benkdorf zeigte mir eine Zusammenfassung von Tess' stillstehenden Sozial- und Konsumindexen. Fasziniert betrachtete ich die festgefrorenen Zahlen, die nicht mehr auf- und absprangen, um das Verhalten meiner Tante zu dokumentieren. Keine Bonuspunkte mehr für das Einsparen von Strom und Wasser, keine Negative für abgelaufene Lebensmittel im Kühlschrank. Keinen Aufwärtssprung nach dem Gespräch mit der netten Zahnärztin. Keine Abstrafung für eine Streiterei mit der Dame von der Bank. Kein Absturz, weil Familienmitglieder allerlei Blödsinn anstellten.

Für Tess hatte das alles ein Ende.

Zum Abschied drückte mir Dr. Benkdorf sanft die Schulter.

Als sie weg war, verzog Motzkotz den Mund zu etwas, was ein Lächeln sein sollte, und sagte: »Du solltest froh über die Entscheidung sein. Es wird deiner Tante hier ganz wunderbar gehen! Leider kann ich momentan nur selten Besuche in der Residenz erlauben, bis die Patientin sich richtig eingewöhnt hat. Ausflüge sind nicht möglich. Du bist keine geeignete Begleitperson für eine Patientin außerhalb des Heims.« Das sagte er nicht einmal besonders bösartig, aber es fühlte sich an, als habe er meine Eingeweide mit Essstäbchen zerpflückt.

»Wir erwarten, dass du dich zügig um anfallende Belange kümmerst, sobald wir dich kontaktieren. Ich habe deiner Mutter bereits eine Einwilligungserklärung für eine durchgehende Medikation geschickt. Deine Tante ist unzurechnungsfähig und muss ruhiggestellt werden, damit sie das Personal nicht gefährdet.«

Ich kniff den Mund zusammen. Einen Moment lang gab ich mich der Fantasie hin, bei meinem nächsten Besuch mit perfekt polierten Indexen hier aufzutauchen. Dann konnte er sich seine »ungeeignete Begleitperson« an einen dunklen Ort zwischen seinen mageren Arschbacken stecken!

Doch dann nickte ich resigniert und winkte Sam zu, der von den Sesseln im Wartebereich auf uns zu kam.

Der Pfleger rang sich ein weiteres Lächeln ab. »Wir lassen den Algorithmus ein Besuchsprofil erstellen. Du wirst benachrichtigt, wenn du kommen darfst.«

Wenig später trat ich vor Sam auf die Straße. Die Scham prickelte in meinem Nacken. Jetzt hatte er mit eigenen Augen gesehen, wie es um meine Familie stand.

Ich drehte mich um. Sam lächelte aufmunternd. Er ließ mich nicht stehen, um mit seinem Code Omni-X auf ewig im Nebel der Stadt zu verschwinden.

Als wir in ein Auto stiegen, surrte mein Armband und das Holomenü zeigte eine Nachricht an. »Besuchsempfehlung Residenz Lindenallee: Einmal im Monat.«

Wir schwiegen die ganze Fahrt lang.

Aus den Chatprotokollen von Resa Gerlach, März 2038

29.03.38 17:03 **Resa Gerlach**:	Du lungerst im Park rum!
29.03.38 17:03 **Jonas Heuck:**	Hallo Pinky
29.03.38 17:05 **Resa Gerlach**:	Schön, dass du immer innerhalb von Sekunden antwortest.
29.03.38 17:05 **Jonas Heuck:**	Jep
29.03.38 17:05 **Resa Gerlach**:	Musstest du nicht zur Schule?
29.03.38 17:06 **Jonas Heuck:**	Nö
29.03.38 17:06 **Resa Gerlach**:	Lauerst du mir auf?
29.03.38 17:06 **Jonas Heuck:**	??
29.03.38 17:08 **Resa Gerlach**:	Hab dich gesehen. An der Mahnwache
29.03.38 17:08 **Jonas Heuck:**	Wieso hast du nicht hallo gesagt?
29.03.38 17:09 **Resa Gerlach**:	Du sahst beschäftigt aus.
29.03.38 17:09 **Jonas Heuck:**	😔
29.03.38 17:09 **Jonas Heuck:**	Ich wollte interessanten Wir-ändern-die-Welt-Reden lauschen
29.03.38 17:09 **Jonas Heuck:**	Und nach Mädchen mit pinken Haaren Ausschau halten
29.03.38 17:10 **Jonas Heuck:**	Rosa
29.03.38 17:10 **Resa Gerlach**:	Und dann habe ich ein Käppi auf und schon erkennst du mich nicht?
29.03.38 17:11 **Resa Heuck:**	Ich war mit meiner Schwester unterwegs. Du hast nicht in meine Richtung geschaut. Schade eigentlich.
29.03.38 17:12 **Jonas Heuck:**	Sehr schade

29.03.38 17:13 **Resa Gerlach**: Hör mal. Ich weiß nicht, für was du das hier hältst. Aber ich kann ganz gut auf mich alleine aufpassen.

**

29.03.38 17:24 **Resa Gerlach**: Jonas?

**

29.03.38 21:23 **Jonas Heuck:** Sorry. Musste was regeln

29.03.38 21:24 **Resa Gerlach**: Wie gut, dass ich mir die Zeit auch alleine vertreiben kann.

29.03.38 21:24 **Resa Gerlach**: Hab zwei Stunden lang Morgen-Land gespielt 🙈

29.03.38 21:24 **Jonas Heuck:** 😲

29.03.38 21:25 **Resa Gerlach**: Kennst du ML nicht??

29.03.38 21:25 **Jonas Heuck:** Ich liebe ML!

29.03.38 21:25 **Resa Gerlach**: Na dann los!

29.03.38 21:26 **Resa Gerlach**: [Resa Gerlach hat dir eine Einladung geschickt: Two Player Morgen-Land]

**

29.03.38 23:11 **Jonas Heuck:** War schön deine Stimme zu hören 😊

29.03.38 23:11 **Resa Gerlach:** War schön dich in Grund und Boden zu spielen 😈

8.

Berlin 2075

Ich sah Sam nach, als er hinter den Glastüren, die in den Wohnturm führten, verschwand.

»Wir sehen uns bald«, hatte er zum Abschied gesagt und es hatte geklungen, als meine er das wirklich. Er war ein richtig netter Mensch, aber er hatte noch nicht begriffen, dass das auf mich nicht zutraf. Ich versuchte, nicht weiter in diese Richtung zu denken, die unweigerlich zu dem Schluss führen musste, dass mein Algorithmus in meiner silbergrauen Bewertung recht hatte, denn je mehr ich nachdachte, desto schlechter fühlte ich mich. Heute wollte ich nur noch den Blaster anwerfen, auf flimmernde Bilder starren und vergessen, dass aus Grau auch Rot werden konnte, und öffnete die Tür zu unserem Schlafzimmer.

Leider war der Blaster vor meinem Bett bereits besetzt.

Benedikt saß davor – er hatte mich offenbar nicht bemerkt – und unterhielt sich gestikulierend mit jemandem, den er auf den Blaster geschnippt hatte. Mitschüler, dem Gespräch nach zu urteilen.

»Ich sage euch, das stimmt nicht«, rief er gerade. »Das erste Sozialbewertungsgesetz wurde im Mai 2038 verabschiedet, nachdem die Bewertungsarmbänder von Solysier zunächst als Fitnessbänder eingeführt und dann im Auftrag der Regierung weiterentwickelt wurden. Der Konsumindex kam später dazu, deswegen ist es nicht richtig, wenn du unter den Auswirkungen angibst, dass die Wirtschaft angekurbelt wurde.«

»Doch«, entgegnete eine Mädchenstimme aus dem Blaster. »Weil es ja auch um Langzeitwirkungen geht. Wenn das SoBe-Gesetz nicht verabschiedet worden wäre, hätte es ja später auch keinen Konsumindex gegeben!«

»Ist nicht die wichtigste Auswirkung, dass SoBe-Staaten keine Kriege gegeneinander führen?«, fragte ein Junge.

»Na ja, in erster Linie sollten ja gewalttätige Proteste verhindert, Terrorismus eingedämmt und zur Ressourceneinsparung animiert werden. Mit der Bepunktung von gesellschaftlich erwünschtem Verhalten konnten Extremisten in die Schranken gewiesen werden, während gute Bürger belohnt wurden«, belehrte Benedikt seine Freunde.

Ich seufzte. Wenigstens um ihn musste ich mir im Moment keine Sorgen machen. Er war sicher der beste Schüler in seiner Klasse.

»Was interessiert uns eigentlich uralte Geschichte?«, stöhnte eine der Stimmen aus dem Blaster und ich konnte mir Benedikts entrüstetes Gesicht lebhaft vorstellen, auch wenn er mir den Rücken zugewandt hatte.

»Mich interessiert jedenfalls, dass ich eine gute Note kriege, sonst sperrt meine Mutter mein Spielekonto«, rief das Mädchen, woraufhin der Junge meldete: »Ich habe den BildungsPro aktiviert – da gibt's massenweise Positive, wenn du in 'ner Prüfung die volle Punktzahl erreichst.«

»Klar, dass du massenweise Positive brauchst, wenn du die ganzen Negativen ausgleichen willst, die du dir beim nächtelangen Zocken einheimst«, hörte ich Benedikt sagen.

Ich ging zurück in die Küche, stellte den Wasserkocher an und angelte nach einer Tasse.

»Wie viel kostet der BildungsPro?« Wieder Benedikt.

Die Tasse machte ein schepperndes Geräusch, als ich sie versehentlich gegen die Schranktür schlug.

»Ich muss Schluss machen, Leute«, rief mein Bruder. »Meine Schwester ist hier.« Offensichtlich störte ich ihn durch meine bloße Anwesenheit.

»Wir haben nichts zu essen«, verkündete ich, als er kurze Zeit später in die Küche trat. Was ich schon vor der Inspektion des Kühlschranks gewusst hatte, weil mich mein Band im Laufe des Tages drei Mal daran erinnert hatte. Ich war einfach unbelehrbar. Benedikts Gesichtsausdruck verhieß dasselbe und ich versuchte, ihn zu beschwichtigen, indem ich sagte: »Komm, wir gehen runter und ich lade dich zu einer Portion Fritten zum Abendessen ein.« Scheiß auf den BioTracker und gesunde Mahlzeiten! Immerhin verdiente ich im *SmartHome* ja ein bisschen was. Wenn ich sowieso nicht für ein Studium und teure Fachliteratur sparen musste, konnten wir es uns auch gut gehen lassen, oder?

»Ich will keine Fritten, lass uns zur Salatbar gehen. Das gibt mehr Punkte.«

Kostete auch mehr. Doch Benedikt sah plötzlich so niedergeschlagen aus, dass ich trotzdem einwilligte.

Wir liefen zwei Straßenblöcke Richtung Kiezzentrum und wollten uns gerade in der Schlange vor der kleinen Bar einreihen, als Benedikt plötzlich stocksteif stehen blieb. »Ich habe es mir anders überlegt«, rief er leise. »Einmal fettige Fritten schadet auch nichts.«

»Wieso? Schon gut, wir können uns das leis…« Ich brach ab, als ich realisierte, dass er jemanden in der Schlange entdeckt hatte. Ein Mädchen mit schwarzen Zöpfen, das mir bekannt vorkam.

»Geht sie in deine Klasse? Ist sie –?«

Benedikt drehte sich um und zerrte mich mit sich. Und dann verstand ich. »Wegen meinem Band? Ich kann es doch hinter meiner Tasche verstecken!«

Aber Benedikt rannte förmlich weg. Kein Wunder. Wenn das Mädchen uns bemerkt und womöglich ein Gespräch mit uns angefangen hätte, wäre mein grauer Status ihr wohl nicht lange verborgen geblieben.

Benedikt atmete erst auf, als wir um die nächste Ecke gebogen waren. »Ich habe einfach nur Lust auf Fritten«, log er. Und dann platzte es aus ihm heraus, so als habe er es schon lange sagen wollen: »Es gibt für jeden den richtigen Weg, Ellie! Jeder Mensch hat seine Stärken und Schwächen und für jede Stärke gibt es den richtigen Selbstmesser!«

»Benedikt …«, murmelte ich.

»Du versuchst es ja nicht mal mehr!«, rief er und seine Wangen flammten auf. »*Jeder* kann sich verbessern!«

»Und jeder kann wieder absteigen!«

Das musste er von mir ja zu Genüge kennen: das ewige Auf und Ab der Ellie Bergmann. Jedes Mal, wenn ich es auf Gold schaffte, stürzte ich kurz darauf durch eine schnippische Bemerkung, Verschlafen oder sonst eine Dummheit wieder ins Bodenlose.

Benedikt sah mich wütend an. »Weißt du überhaupt, wie gut es uns geht? Unser System ist das beste, das die Menschheit je hervorgebracht hat! Es kommt nicht darauf an, wie viel Geld wir besitzen und wie wir aussehen, sondern nur darauf, was wir tun! Es ist *gerecht*!«

Er klang wie eine Lektion aus seinem Sozialkundebuch.

»Die Menschen sind heute gesünder und friedlicher als jemals zuvor und das, obwohl so viel mehr von uns so viel weniger Lebensraum teilen müssen und obwohl unsere Umwelt belastet ist und unsere Ressourcen knapp sind! Und wenn wir es nicht hinkriegen, dann liegt es daran, dass wir etwas falsch machen!«

Er sagte »wir«, aber er meinte mich. Wie um das zu demonstrieren, hob er seine Hand und umfasste sein Band, als könne er sein goldenes Lichtlein so schützen.

»Du hast ja recht«, erwiderte ich müde. »Ich werde mich anstrengen. Und jetzt gehen wir in den Supermarkt und ich koche dir zu Hause etwas Leckeres und Gesundes. Das ist besser als Fritten und Salatbar.«

Ich *konnte* mich anstrengen. Ich konnte vernünftig sein.

Wir haben es so gut, dachte ich, als ich Benedikt folgte. Kein Krieg. Kein Hunger. Kein Mangel. Warum fühlte ich mich dann so beschissen?

Wir hatten den Supermarkt fast erreicht, als etwas so laut krachte, dass ich mich instinktiv duckte. Ich riss Benedikt herunter und wir pressten uns an die Fassade.

»Was war das?«, rief jemand. Plötzlich war die angrenzende Straße voll mit Menschen, die Plakate und Banner trugen. Mir stieg ein beißender Geruch in die Nase.

»Sie befinden sich auf einer illegalen Demonstration!«, schallte eine blecherne Stimme über die Köpfe der Leute, die an uns vorbeirannten. Auf ihren Schildern standen Dinge wie »Neue Algorithmen jetzt!«. Und »Bessere Autobots = besseres Zusammenleben«.

Als ich nach Benedikts Hand griff und mich hektisch umsah, füllte sich die Luft mit einem lauten Surren. Ein Schwarm fingergroßer, metallisch glänzender Drohnen schwirrte um die Ecke und senkte sich auf die Köpfe der Demonstrierenden hinab.

»Dort hinten wird Tränengas verschossen!«, schrie ein junger Mann, der sich den Stoff einer Fahne, die er eben noch in die Luft gehalten haben musste, vor den Mund presste. Der beißende Rauch wehte von einem gepanzerten Polizeifahrzeug herüber, das einige Dutzend Meter entfernt zum Stehen gekommen war, während die Menschen drum herum hustend und spuckend zu Boden gingen.

»Zieh dein T-Shirt über Mund und Nase!«, schrie ich Benedikt zu und machte das Gleiche mit meinem. Überall um uns herum stolperten Frauen und Männer gegeneinander, während sie sich so schnell wie möglich von dem Tumult entfernten, der hier irgendwo ausgebrochen sein musste. In der Ferne sah ich Gestalten am Boden liegen und schwere Fahrzeuge, die über die Straße bretterten, als gelte es, ein Rennen zu gewinnen. Was geschah hier?

Die Zwergdrohnen, die zwischen den fliehenden Demonstranten hin und her sausten, stießen kleine Lichtblitze aus – das waren winzige Fotobots. Konnte man denn nicht anhand der Banddaten jedes Einzelnen hier auswerten, wann er sich wo aufhielt? Klar, dafür musste irgendein Richter entscheiden, dass es ein polizeiliches Interesse gab – aber das würde kein Problem sein, falls ein Demonstrant bei einer Gewalttat registriert würde. Wofür dann die Fotos?

»Wir müssen weg«, zischte ich Benedikt zu und wollte zu einem Sprint zurück zu unserem Gebäude ansetzen. Doch als ich den Mund öffnete, atmete ich eine ganze Lunge voll ätzendem Gas ein. Fluchend nach Luft ringend, zerrte ich Benedikt hinter mir her und bahnte uns einen Weg durch die schreiende, schiebende Menschenmenge. Als wir eine Bushaltestelle erreichten, schubste ich ihn hinein, in der Hoffnung, dass die Wände irgendeinen Schutz vor der beißenden Luft bieten würden.

Etwas weiter die Straße hinunter standen Polizisten an einer Straßensperre, wo sie nun die Demonstranten anhielten, um Taschen zu kontrollieren und Körper abzutasten.

»Das ist eine Algo-Demonstration«, rief ein Mädchen, das ebenfalls in der Bushaltestelle Schutz gesucht hatte, als ich sie fragend anschaute.

Demonstrationen waren ja keine Seltenheit: Beunruhigte Mitmenschen machten von ihrem verbrieften Recht auf freie Meinungsäußerung Gebrauch und verlangten eine Anpassung der Algorithmen, die früher oder später mit kleinen Optimierungen da und feinen Justierungen hier kommen würde – brave Bürger wurden angehört, solange sie das System nicht infrage stellten. Aber brave Bürger sollten nicht mit Tränengas auseinandergetrieben werden, oder?

»Ein Mann vom Verein für korrekte Algorithmen war auf der Bühne«, stieß das Mädchen hervor. »Danach hat eine Frau gesprochen, die wohl nicht autorisiert war. Und das Ganze hier ging los.«

Einige Meter entfernt stürzten sich plötzlich drei Polizisten in Kampfmontur auf eine blasse Frau, die beim Anblick der Straßensperre umgedreht und zurück in unsere Richtung gelaufen war. Ich bildete mir ein, das Krachen ihrer Knochen zu hören, als sie taumelte, stürzte und hart mit dem Kinn auf dem Asphalt aufschlug. Ein Polizist drückte schon ein Knie in ihren Rücken und bog ihren Arm zurück. Er riss sie hoch und drehte sie um. Als sein Kollege ihr Handschellen anlegte, sah ich ihre Arme. Nackt. Sie trug kein Band. Die Polizisten zerrten die Frau zu einem der Mannschaftswagen, die schräg auf dem Gehweg standen.

Benedikt war kreidebleich.

»Dies ist eine illegale Demonstration«, sagte eine automatische Stimme direkt in meinem Ohr. »Verlassen Sie sofort die Straße. Kooperieren Sie mit der Polizei.«

»Wir müssen hier verschwinden«, wies ich meinen Bruder an, der zweifellos die gleiche Nachricht erhalten hatte. Ich packte ihn am Arm, aber Benedikt bewegte sich nicht und starrte auf sein Band.

»Komm schon«, drängte ich ihn.

»Scheiße!«, schrie Benedikt auf einmal und dann noch mal: »Scheiße, meine Fluchbarriere«, weil die in seinem Alter noch Pflicht war und er wohl gerade live gesehen hatte, wie sie ihm Punkte abzog. Aber deswegen hatte er nicht geschrien. Jetzt füllten sich seine Augen mit Tränen. Er schüttelte ungläubig den Kopf. Doch der Algorithmus hatte sein Urteil gefällt, vielleicht weil er uns für illegale Demonstranten hielt, vielleicht auch, weil es jedem aus der Familie Bergmann früher oder später so ging. »Ellie«, wisperte Benedikt. »Ich bin auf Grau.«

Und zu Hause lud mein Bruder sich einen Elektrosporn ins Profil. Ja, Benedikt wollte sich kleine Stromstöße verpassen lassen, um nicht mehr vom rechten Pfad der Tugend abzuweichen.

Mama, die wir auf unseren Blaster projiziert hatten, versuchte, ihn zu beruhigen, aber Benedikt brüllte: »Nichts wird gut. Ich habe meinen EmoKon aktiviert. Bestimmt explodieren meine Gefühlswerte gerade, weil mein Puls rast und ich heule wie ein Baby!«

Mama schaute besorgt, aber sie genehmigte ihm den Elektrosporn genauso wie schon diesen beschissenen EmoKon-Selbstmesser (sorgt für Ruhe und Ausgeglichenheit – ha!). Mir warf sie einen hilflosen Blick zu. »Wenn sein Algorithmus das empfiehlt …«

Während Benedikt wie ein Häuflein Elend auf dem Küchenstuhl zusammensackte, sagte Mama unglücklich: »Ich habe eine Nachricht von der Residenz erhalten. Tess soll medikamentös ruhiggestellt werden. Das habe ich erst mal abgelehnt.«

Sie sah aus, als erwarte sie wenigstens dafür töchterliche Bonuspunkte. »Toms Freund ist Arzt. Ich wollte ihn erst mal dazu befragen.«

»Dann befrag ihn auch zum Elektrosporn«, knurrte ich und Mama seufzte: »Benedikt wird ihn schon wieder abstellen. Vielleicht hilft er ihm ja wirklich, schnell wieder auf Gold zu kommen.«

Ich verdrehte bloß die Augen, verabschiedete mich und schaltete den Blaster mit einer Handbewegung aus.

Benedikt blaffte mich an, als er meinen vorwurfsvollen Blick sah: »Ich bin zu alt, um mir fürs Ohrenwaschen und Zähneputzen Positive zu holen! Wie soll ich es denn sonst schaffen, wieder goldene Indexe zu erreichen?«

Ich holte Luft, um etwas zu erwidern, als die Wohnungstür geöffnet wurde und Lisa hereinkam. Sie sah erschöpft aus, obwohl ihre Schicht früh geendet hatte. »Was ist los?«, fragte sie. Dann sah sie Benedikts Band und nahm ihn in den Arm. Er schmolz gegen sie, doch nach ein paar Sekunden befreite er sich und schob sie zur Seite. »Ich muss lernen. Ich will in meiner Klassenarbeit morgen die volle Punktzahl erreichen.«

Volle Punktzahl – das, was jeder anstreben sollte. Nur hätte ich am liebsten zu ihm gesagt: »Scheiß drauf.«

Lisa ließ sich auf einen Stuhl sinken, nachdem sich Benedikt mit seinem Schulpad und Kopfhörern ins Schlafzimmer zurückgezogen hatte. Und plötzlich liefen ihr Tränen über die Wangen. Ich griff erschrocken nach ihrer Hand. Dass es nichts mit Benedikt zu tun hatte, wusste ich gleich. Obwohl er uns nicht hören konnte, sprach Lisa im Flüsterton: »Mein Algorithmus weiß, was los ist.«

Ich erstarrte. Dabei war klar gewesen, dass dies eher früher als später der Fall sein würde.

»Ich habe einfach weiter Tampons gekauft. Aber mir ist die ganze Zeit schlecht. Und heute hat mein Band mir plötzlich einen Termin beim Gynäkologen empfohlen.«

»Und jetzt?« Meine Stimme war rau.

Lisa wich meinem Blick aus und zuckte mit den Schultern.

»Du musst zum Arzt gehen!«

Lisa schüttelte den Kopf, während die Tränen weiterliefen. »Ich will nicht im System drin sein.«

»Wenn du nicht zum Arzt gehst, wirst du doch mehr und mehr Punkte verlieren!« Ganz zu schweigen von ihrer Gesundheit.

»Wenn ich zum Arzt gehe, werden sie mein Baby haben wollen!« Das stieß Lisa mit einer Wut heraus, die mich zusammenzucken ließ. Vorbei war ihr gewöhnlicher Gleichmut.

»Du stehst doch nicht auf Rot! Nur bestimmten roten Frauen werden die Kinder …« Alleinstehenden, jungen, mittellosen Frauen, schoss es mir durch den Kopf.

»Was ist mit dem Vater?«

Lisa schnaubte. »Über alle Berge.« Ihr Blick bekam etwas Wildes: »Glaub mir, ich werde auf Rot fallen. Es gibt so viele goldene Familien, die auf ein gesundes Baby warten!«

Ich saß mit geöffnetem Mund da. »D-das muss doch nicht sein. Wenn du dich anstrengst, wenn wir uns anstrengen …«

Lisa wischte sich mit einer heftigen, zornigen Geste die Tränen fort und stand abrupt auf. »Kein Wort zu Benedikt und Mama, Ellie.« Ihr Gesicht war jetzt völlig verschlossen. Dann verschwand sie im Badezimmer und ich hörte, wie sie in die Kloschüssel kotzte.

Obwohl es heiß war in der Wohnung, zitterte ich. Meine Nägel gruben sich in meine Handflächen. Irgendetwas musste geschehen!

Das Wochenende über passierte allerdings so gut wie gar nichts. Benedikt paukte, Mama machte Yoga im Park, Lisa doppelte ihre Schicht im Restaurant und ich dachte an Tess, die ich nicht besuchen durfte. Der Blaster wiederholte ungefragt seine Meldungen über eine illegale Demonstration in der Stadt und die Gefahren, die damit einhergingen, und wechselte dann zu einem Bericht über einen angemeldeten Protest, deren Teilnehmende für Sicherheit und Ordnung demonstrierten. Benedikt bestand darauf hinzugehen, aber obwohl wir Kia Petersen, unseren Nachbarn mit dem neuen Baby und sowieso allen Leuten, denen wir begegneten, freundlich zulächelten, stiegen unsere Indexe kaum an. Sam lud mich auf seinen Dachgarten ein, allerdings erst für Montag, da es dort oben am Wochenende »so voll« sei. Na ja.

Montag wartete aber als Erstes mein nervtötender Ferienjob auf mich. Ich brachte mehrere Stunden damit zu, Schubladen zu sortieren, in die Tom seit Jahren wahllos Festplatten, Speicherkarten, Prozessoren, Chips und anderes Zubehör gestopft hatte.

»Tom?«, fragte ich irgendwann unschuldig, während ich einen Kasten mit leeren Ersatzchips in der Hand drehte. »Angenommen ich würde etwas aus meinem Armband kopieren wollen?«

»Was willst du kopieren?«

»Theoretisch. Meinen Bibliothekszugang zum Beispiel.«

»Warum willst du deinen Bibliothekszugang kopieren?«

»Nur theoretisch! Sagen wir, um ihn Lisa zu geben.«

Tom kniff seine Augen zusammen. »Lisa kann sich doch selbst einen besorgen?«

Ich stöhnte. »Ich will wissen, wie ich Informationen von meinem Chip auf einen anderen kopieren kann. Und sag nicht, indem ich sie schicke.«

»Nun, jeder normale Mensch würde Informationen verschicken, um sie jemand anderem zukommen zu lassen …« Tom legte den Kopf schief. »Aber solange die Daten nicht geschützt oder verschlüsselt sind, könntest du sie kopieren.« Er zeigte mir ein handtellergroßes, flaches Gerät mit Metallgehäuse und einem kleinen Schlitz und behauptete, dass es Daten eines gesamten Armbandes in weniger als einer Minute abschöpfen könnte, wenn man den Chip aus dem Band direkt einführte. Was nicht gerade ein unbedeutendes Detail war.

»Und wenn die Daten doch verschlüsselt sind?«

Tom schaute mich noch skeptischer an. Er holte Luft, doch statt zu antworten, tippte er sich gegen sein Ohr. Seine Stirn zog sich zusammen. Als ich ihn fragend ansah, schnippte er den Anrufer von seiner Hand auf den Blaster. Es war Thorgund, der Verbindungsoffizier aus der Zentralen Datenstelle, der mit der Untersuchung des *SmartHomes* betraut worden war – und diese offensichtlich nicht als abgeschlossen ansah.

»Ah, ich sehe, alle Mitarbeitenden sind anwesend«, sagte er. »Sehr gut. Wir haben einen Durchsuchungsbefehl für Ihr ganzes System.«

»Was heißt das?«, fragte Tom zurück, während mir das Herz in die Hose sank.

»Nun, unsere Auswertung zeigt immer noch mit einer Wahrscheinlichkeit von 96 % an, dass es zu illegalem Datenverkehr in ihrem Betrieb kam. Das muss gar nicht mutwillig geschehen sein. In jedem Fall aber müssen wir es manuell überprüfen.«

»Sie waren doch schon hier.«

»Der Algorithmus empfiehlt uns, das ganze System durchzugehen und zusätzlich die Aufnahmen aus Ihrer Überwachungskamera auszuwerten. Wir werden Sie kurzfristig vom Server nehmen und Ihnen Bescheid geben, wenn wir fertig sind.«

»Moment!«, rief Tom, »Sie können doch nicht einfach mein ganzes Geschäft herunterfahren! An meiner KI hängen mehr als sechzig Unternehmen!«

»Wir beginnen in wenigen Minuten.«

»Wäre es nicht möglich, die Überprüfung nachts zu machen, wenn weniger Kunden die Hotlines benutzen?«

Doch Tom protestierte vergeblich.

»Sie verstehen sicher, dass ich an unsere Vorgaben gebunden bin.«

Toms Blick verdunkelte sich und ich sah ihm an, dass er sich zurückhalten musste, um nicht laut zu schimpfen. Auf den Bildschirmen erschien eine kurze Nachricht und dann schalteten sich alle Funktionen ab.

Es blieb uns nichts anders übrig, als zu warten. Während wir warteten, wurde Tom wütender und wütender und ich besorgter und besorgter. Was blühte uns? Hatte ich etwas verbrochen? Aber ich hatte nichts getan, außer Sam zu bedienen. Das war nicht verboten. Andererseits zeichnete sich die moderne Kriminalistik ja gerade dadurch aus, Verbrechen zu verhindern, bevor sie geschahen. Und, na ja, gelogen hatte ich auch. Und Daten gelöscht. Toms Gesicht rötete sich, während er im Ladenraum hin und her lief und versuchte, wütende Kunden zu beschwichtigen, deren Hotlines zusammengebrochen waren.

Endlich, nach fast zwei Stunden, meldete sich Thorgund zurück. »Wir fahren das System wieder hoch«, sagte er. »Es wird Sie freuen zu hören, dass wir nichts gefunden haben. Ich stelle die Untersuchung hiermit ein.« Er nickte uns kurz freundlich zu und klinkte sich dann mit einem Druck auf sein rechtes Ohr aus.

Tom freute sich überhaupt nicht. »Er hätte sich ruhig entschuldigen können«, knurrte er, während ich Thorgund eine Fünf-Sterne-Bewertung gab, bevor Tom auf dumme Gedanken kommen konnte.

Ich war erleichtert – und verwirrt. Wieso hatte Thorgund wieder nichts gefunden?

Tom betrachtete sein Holomenü. Dann schlug er wütend auf die Tischplatte. »Um zwanzig Plätze gesunken!« Er zeigte mir das Ranking des *SmartHomes* in seinem Unternehmensindex.

Vielleicht war ich diejenige, die sich entschuldigen musste. Schließlich hatten meine Fantasien von Armbandklau und Datentricks uns hierhin gebracht. Ich wollte etwas sagen, doch da nahm Tom meine Hand, streifte mein Armband ab und knallte es neben seins auf den Kundentresen. Dann zog er mich hinter sich her ins Badezimmer, wo er den Wasserhahn aufdrehte. In meinem Ohr piepste es, weil der dort eingepflanzte Mikrochip Kontakt zu meinem Armband suchte.

»Die verdammte ZDS denkt, sie kann machen, was sie will«, schimpfte Tom über das Rauschen des Wassers hinweg. »Wer weiß, wie viele Kunden ich dadurch verloren habe!« Und ganz auf irgendeine Art von Rache gesonnen, zischte er: »Wenn du deinen *Bibliotheks*zugang kopieren willst, habe ich den einen oder anderen Kontakt, der dabei helfen könnte, Verschlüsselungen und Passwörter zu umgehen!«

Aus den Chatprotokollen von Resa Gerlach, März 2038

30.03.38 16:28 **Resa Gerlach:**	Weißt du, was los ist?
30.03.38 16:28 **Jonas Heuck:**	Hab's gelesen. 3 Tote in Berlin
30.03.38 16:29 **Resa Gerlach:**	Nicht weit von uns. Ich hab die Sirenen gehört.
30.03.38 16:29 **Jonas Heuck:**	Alles klar bei dir
30.03.38 16:29 **Jonas Heuck:**	?
30.03.38 16:29 **Resa Gerlach:**	Ja
30.03.38 16:29 **Resa Gerlach:**	Ich kann nicht glauben, dass es so weit gekommen ist. Wieso müssen Menschen sich umbringen, statt gemeinsam Lösungen zu suchen???
30.03.38 16:30 **Jonas Heuck:**	Na ja
30.03.38 16:30 **Jonas Heuck:**	Mit manchen kann man nicht sprechen. Würde mich von Demos fernhalten
30.03.38 16:30 **Resa Gerlach:**	Kopf in den Sand???
30.03.38 16:30 **Jonas Heuck:**	Nee, Menschenverstand
30.03.38 16:30 **Resa Gerlach:**	Man kann doch nicht aus Angst sagen, ok, dann gewinnen die Gewalttätigen.
30.03.38 16:31 **Jonas Heuck:**	Woher weißt du überhaupt, wer die Gewalttätigen sind?
30.03.38 16:31 **Resa Gerlach:**	Das ist doch offensichtlich!!
30.03.38 16:31 **Jonas Heuck:**	Es gibt viele Fake News
30.03.38 16:32 **Resa Gerlach:**	Ja, von den Gewalttätigen!!
30.03.38 16:32 **Jonas Heuck:**	Und deine Seite sind Engel, oder wie?
30.03.38 16:33 **Resa Gerlach:**	Hab ich nie gesagt. Außerdem hab ich keine Seite. 😉

30.03.38 16:34 **Jonas Heuck:**	Die sagen, dass sich mit dem Sozialbewertungsgesetz alles beruhigen wird
30.03.38 16:34 **Resa Gerlach:**	Puh. Keine Ahnung.
30.03.38 16:34 **Jonas Heuck:**	Nicht?
30.03.38 16:35 **Resa Gerlach:**	🤷
30.03.38 16:35 **Resa Gerlach:**	Wie war das noch mit »Politik nicht mein ding«?
30.03.38 16:36 **Jonas Heuck:**	Wenn es dich glücklich macht, wird es eben mein ding
30.03.38 16:36 **Resa Gerlach:**	🙄
30.03.38 16:36 **Resa Gerlach:**	Bei uns fangen politische Diskussionen schon beim Frühstück an.
30.03.38 16:37 **Jonas Heuck:**	Weil dein Vater Abgeordneter ist?
30.03.38 16:37 **Resa Gerlach:**	Auch
30.03.38 16:37 **Resa Gerlach:**	Woher weißt du von meinem Vater???
30.03.38 16:37 **Jonas Heuck:**	Ich bin ein schlaues Kerlchen
30.03.38 16:37 **Jonas Heuck:**	Und ihr HEISST gleich 😆
30.03.38 16:38 **Resa Gerlach:**	Na gut
30.03.38 16:39 **Jonas Heuck:**	[Parteiloser Parlamentarier Thomas Gerlach ist das Zünglein an der Waage, Tagesspiegel 25.03.38]
30.03.38 16:39 **Jonas Heuck:**	Das ist er doch?
30.03.38 16:40 **Resa Gerlach:**	Du interessierst dich also mehr für meinen Vater als für mich? 😆
30.03.38 16:40 **Jonas Heuck:**	Wenn es über dich so viele Artikel wie über Daddy gäbe, würde ich jeden einzelnen lesen
30.03.38 16:41 **Resa Gerlach:**	Du hast nicht gut genug gesucht!

30.03.38 16:42 **Resa Gerlach:**	[Kinderorchester der Grundschule Zöldnerweg vor dem Bezirksbürgermeister, Morgenpost 17.06.31]
30.03.38 16:42 **Jonas Heuck**	😃
30.03.38 16:43 **Jonas Heuck**	Bist du die mit den braunen Zöpfen?
30.03.38 16:43 **Resa Gerlach:**	Meine Wenigkeit 🎷
30.03.38 16:43 **Jonas Heuck**	Beeindruckend!
30.03.38 16:45 **Resa Gerlach:**	Morgen
30.03.38 16:45 **Jonas Heuck:**	Morgen?
30.03.38 16:45 **Resa Gerlach:**	Statt mir im Park aufzulauern, könntest du mich doch von der Schule abholen.
30.03.38 16:46 **Jonas Heuck:**	*sprachlos*
30.03.38 16:46 **Jonas Heuck:**	Ein Date?
30.03.38 16:47 **Resa Gerlach:**	Äh – nein!
30.03.38 16:47 **Resa Gerlach:**	Eine Einladung zur politischen Diskussion!
30.03.38 16:47 **Jonas Heuck:**	Mit Bax-Stiefeln?
30.03.38 16:47 **Resa Gerlach:**	😠
30.03.38 16:48 **Resa Gerlach:**	Jedenfalls mit rosa Haaren …
30.03.38 16:48 **Jonas Heuck:**	🐷 😍

==

9.

Berlin 2075

Das kleine Kopiergerät, eine Pinzette und ein paar leere Ersatzchips glühten in meiner Hosentasche wie Kohlestücke aus der Hölle. Was vielleicht an dem klitzekleinen Juckreiz lag, der mein Gewissen plagte.

Ich war mit Sam in der Lobby des Wohnturms verabredet. Ziel: Dachgarten, den ich beim letzten Mal nicht zu Gesicht bekommen hatte. Während ich auf Sam wartete, dachte ich darüber nach, wie ich eigentlich mit meiner Pinzette seinem Armband zu Leibe rücken sollte. Wobei das größte Problem ja nicht in der Feinarbeit lag, sondern in der Frage: Wie sollte Sams Band überhaupt von seinem Handgelenk in meine Finger wandern? Ein völlig verrücktes Unterfangen. Irgendwie hatte mich Toms Zorn beflügelt – nur, dass der gar nicht wusste, um was es ging. Aber hatte ich überhaupt irgendeine Wahl? Vier von fünf Familienmitglieder standen auf Grau – und Nr. 5 hatte überhaupt kein Armband mehr. Vor allem: Lisa wurde von Tag zu Tag verzweifelter.

Als Sam herunterkam und mich gleich zum Aufzug winkte, heftete ich meinen Blick auf den kleinen goldenen Punkt an seinem Handgelenk. Um ihm das Armband abzuluchsen, musste ich Sam irgendwie außer Gefecht setzen.

Wir stiegen in den Aufzug und in meinen Ohren baute sich Druck auf, als er 37 Stockwerke nach oben schoss.

Also, Sam außer Gefecht setzen. Ganz ehrlich, ich hatte keine Ahnung, wie ich das anstellen sollte. Ich war nicht gerade zart und schwach, aber um einen Jungen mit athletischer Statur, der mich um einen Kopf überragte, zu überwältigen, reichte es wohl nicht. Wenn er neben mir auf magische Weise in einen Dornröschenschlaf versänke … Aber ich konnte schlecht mein Armband damit beauftragen, Schlaftränke für mich zu recherchieren. Schlimm genug, dass ich solche Gedanken überhaupt hatte. Über meine Arme zog sich eine leichte Gänsehaut. Verzweifelte tun zweifelhafte Dinge – aber mein Gewissen saß wie ein schwerer Stein in meinem Magen.

Dann öffneten sich die Aufzugtüren und ich musste die Augen zusammenkneifen. Vor uns lag ein sonnendurchfluteter Flur. Die Fensterfront gab den Blick auf die umliegenden Türme frei. Auf den leuchtenden Himmel. Unter uns glitzerte die Stadt.

Sam lotste mich über den Flur zu einem Aufgang mit einigen Stufen. Die Tür dahinter stand offen. Ich sah Grün und Blumen und Himmelblau. Vor der Tür war ein Pad in die Wand eingelassen.

Sam blieb stehen. Er drehte sich zu mir um. »Ich kann Gäste mitbringen.« Seine Stirn war zu einem »Aber« gerunzelt.

»Aber keine Grauen?«

»Ich weiß nicht.«

Er hob unentschlossen die Schultern. »Ich könnte im Service-Center nachfragen.«

»Oder wir könnten einfach durchgehen.«

»Und was, wenn du wieder Negative kriegst?«

Plötzlich wünschte ich mich weit weg. Hatte ich wirklich vor, Sam zu bestehlen?

Der war damit beschäftigt, Methoden zum Austricksen meiner Indexe zu ersinnen. »Guck mal.«

Er streckte seine Hand aus und hielt sie auf die Höhe des Einlasspads. Das Licht an der Tür flackerte für einen winzigen Moment und ein leises Piepsen ertönte.

»Und jetzt.« Sam reckte sich, um die Hand hoch über seinen Kopf zu halten. Er passierte die Tür: kein Flackern und kein Piepsen.

»Die Lichtschranke endet irgendwo in Kopfhöhe. Man kann mit erhobener Hand einfach durchmarschieren und das Ding merkt nicht, dass man existiert.« Er zwinkerte mir zu.

Ich legte schmunzelnd den Kopf schief. »Ich erfasse gewisse kriminelle Energien.«

»Sie machen es einem hier sehr leicht.«

»Ich nehme an, in einem Hochsicherheitsgefängnis wäre es etwas schwieriger.«

»Darüber machen wir uns Gedanken, wenn es so weit ist.«

Ich lachte und er lachte und für einen Moment fühlte es sich an, als hätte ich mich zu einem unschuldigen kleinen Date in einem schönen Garten verabredet.

Sam zeigte mit dem Kinn in Richtung Tür. »Heb mal deine Hand hoch.«

Ich gehorchte. Sam löste die Lichtschranke mit seinem eigenen Band in der Höhe meines hochgereckten Handgelenks aus. Es piepte.

»Du bist zu klein.«

»Der Schrankeninstallateur wollte also nur *kleine* Silberfische fernhalten. Ich sehe hier echte Diskriminierung gegen …«

»Lass deinen Arm oben«, schnitt Sam mir das Wort ab. Und dann packte er mich um die Hüfte und hob mich über die unsichtbare Barriere hinweg.

»Ähem«, räusperte ich mich, als er mich auf der anderen Seite wieder runterließ. Verlegen nestelte ich an dem Anhänger um meinem Hals. Sam schaute mir interessiert dabei zu. Rutschte sein Blick schon wieder in meinen Ausschnitt? Und ich dachte: Ist doch ein Kinderspiel, jetzt knipse ich meinen Charme an und dann küsse ich den Kerl besinnungslos, bis er nicht mehr weiß, wo ihm der Kopf steht und nix von diebischen Fingern merkt. Bei dem Gedanken wurde mir so heiß, dass meine Wangen zu brennen begannen.

Ellie und Charme. Der war gut. Wirklich das reinste Kinderspiel! Außerdem: vollkommen unethisch.

Ich sah mich um. Das Dach war von einer hohen Hecke eingefasst, die den schwindelerregenden Blick hinab in die Stadt versperrte. Über dem Kiesweg wuchsen Weinreben auf einem Baldachin, der das Licht der Sonne in schattenbefleckte Feuertupfen auf dem Boden verwandelte. Der schmale Streifen Gras neben dem Weg war von einem schnörkeligen Messingzaun eingefasst, der fast so golden strahlte wie die Diode an Sams Handgelenk.

Vielleicht war es doch besser, ihm eine der Latten über den Kopf zu ziehen, die ein paar Meter von uns entfernt für Ausbesserungsarbeiten an einem Zaun lehnten?

»Eindeutig zu viele Leute hier«, murmelte ich, irgendwie erleichtert.

Eine Joggerin lief trotz Hitze über den Kiesweg und eine Frau mit einer angeleinten Katze ging unweit von uns spazieren.

Sam hatte mich offenbar gehört. »Ich weiß einen ruhigeren Ort«, sagte er. »Wir müssen nur vorsichtig sein.«

Vor einer Bank am anderen Ende des Gartens blieb er stehen. »Du kannst draufklettern und über die Hecke springen.«

»Springen?«

»Warte, bis ich dir ein Zeichen gebe!«

Sam sah sich um. Die Joggerin lief an uns vorbei. Als sie aus unserem Blickfeld verschwunden war, nickte Sam mir zu, machte einen Satz auf die Bank, stützte sich mit einer Hand an der Lehne ab und sprang behände über die Hecke. Ins Nichts.

Und ich sprang hinterher.

Na ja, wir sprangen nicht 37 Stockwerke nach unten. Wir hüpften bloß über eine Hecke, aber ich brachte es trotzdem fertig, beim Aufprall auszurutschen und über den staubigen Beton zu schlittern.

»Du hättest mich ruhig vorwarnen können«, beschwerte ich mich.

»Da war gerade keiner. Keine Zeit für Erklärungen.«

»Aha. Wo sind wir hier?«

»Auf der anderen Seite der Hecke.«

Ich verdrehte die Augen.

»Ich wollte dir meinen Wald zeigen.« Er wies auf das Dach des gegenüberliegenden Gebäudes. Dort wuchs ein Dschungel aus Grün und Braun und weißen Blüten empor.

»Ist das auch ein Park?«

»Nein. Da wächst einfach ein Wald.«

»Wie das?«

»Es müssen Samen rübergeweht worden sein. Vor ein paar Jahren haben sie mal das Gröbste weggeschnitten, das ist aber schnell wieder nachgewachsen. Da war schon Ewigkeiten kein Mensch mehr. Also *fast* kein Mensch.« Er grinste. Die Blüten schillerten in der Abendsonne wie kleine Lampions.

Wir standen etwa drei Meter vom Rand des Daches entfernt. Über den grauen Boden verliefen Rohre und dicke Kabelleitungen.

Sam bedeutete mir, ihm zwischen zwei Reihen großer Solarkollektoren hindurch zu folgen. Er steuerte langsam, aber sicher auf den Abgrund vor uns zu.

»Wo willst du hin?«

Er drehte sich zu mir um. »Keine Angst.«

Meine Eingeweide machten Purzelbäume. Ich blieb zurück, während Sam an den Rand des Daches trat. Der warme Wind zerzauste sein Haar, als er in die Knie ging und in die Tiefe spähte. Er streckte sich lang aus, wie auf einem Strandtuch, die Unterarme auf den winzigen Absatz gestützt, der ihn von dem Schlund zwischen den Türmen trennte.

Ich wagte mich noch ein paar Schritte vorwärts, bis ich mich auf alle viere niederließ und den Rest des Weges zu ihm krabbelte. Als meine Schulter gegen seine stieß, lächelte Sam mich aufmunternd an. Den Bauch gegen das heiße Dach gepresst, schob ich vorsichtig meinen Kopf vor und schaute nach unten. In die Tiefe. 37 beschissene Stockwerke nach unten! Die Menschen auf dem Boden waren nur kleine bunte Punkte, die sich in die eine oder andere Richtung bewegten, die höchste der Hochtrassen viele Dutzende Meter unter uns.

Nichts blockierte unsere Sicht. Wir blickten über Hunderte, Tausende Gebäude, über die Betonschlangen, die sich dazwischen hinauf- und hinabwanden, über den alten Fernsehturm in der Ferne, über eine ganze, riesige Stadt – wir sahen alles und niemand sah uns.

»Wir sind noch nicht da.«

Sam knuffte mich sanft in die Seite. Er zeigte auf den Nachbarturm. Auf den Wald. Seine Augen funkelten.

»Verarschst du mich?«

Er lächelte breit und schüttelte den Kopf. »Siehst du den Verbindungsgang?«

Ja, ich sah den Verbindungsgang. Unter uns verband eine überdachte Brücke die beiden Türme im obersten Stockwerk.

»Drüben haben sie ein Schwimmbad. Das können Bewohner dieses Turmes mitbenutzen.«

Ich zog die Augenbrauen zusammen. »Ok. Gehen wir also zurück und benutzen die Verbindung zur anderen Seite?«

Sam legte den Kopf schief. »Drüben gibt es keinen Dachausstieg. Jedenfalls keinen offenen.«

Mein Hals wurde trocken. »Du gehst … *da* rüber?«

Sam nickte. »Soll ich es dir zeigen?« Und er sagte das so aufrichtig und ernst, dass ich gar nicht anders konnte, als zu nicken. Tja, Lebe wohl, schöne Welt!

Sam zeigte mir die Stelle, an der wir vom Dach klettern würden. Der Verbindungsgang befand sich keine zwei Meter unter uns. Sam schwang seine Beine über die Dachkante, stützte sich mit den Händen ab und sprang einfach nach unten. Ich hingegen kroch schneckenlangsam an den Rand des Dachs, um zu ihm runterzuschauen.

Wahrscheinlich war ich gespensterblass. Oder grün.

»Wir müssen das nicht machen«, meinte Sam plötzlich. »Ich dachte nur, es würde dir gefallen. Außerdem könnte es praktisch sein. Es ist … einer meiner Lieblingsorte.« Als er mich anschaute, zog sich etwas in meiner Brust zusammen. Er zeigte mir seinen Lieblingsort und ich dachte darüber nach, wie ich ihm sein verdammtes Armband stehlen konnte.

»Wir müssen das nicht machen«, wiederholte ich. »Aber ich will es.« Irgendeine absurde Logik sagte mir, dass ich mir seinen Code Omni-X erst verdienen musste. Zum Beispiel, indem ich mein Leben aufs Spiel setzte, um einen verwunschenen Wald zu begutachten.

Langsam schob ich meine Beine über die Kante. Sam hielt sich mit einer Hand am Rand des Daches fest. Die andere streckte er mir entgegen.

Dann standen wir nebeneinander auf der Betonstrebe, die vielleicht vier Meter breit war. Ja okay, man muss schon sehr blöd sein, um von einer vier Meter breiten Fläche runterzufallen. Aber ich war ja blöd. Immer zur falschen Zeit am falschen Ort und so. Mit meinem Glück …

»Soll ich zuerst?«, fragte Sam.

Ich schüttelte den Kopf.

»Zusammen?«

Ich schüttelte noch energischer den Kopf.

Ohne weiter abzuwarten, machte ich den ersten Schritt. Tastend, vorsichtig. Der Untergrund war rauer, unbehandelter Beton. Kein Grund, hier auszurutschen. Ich ging langsam, aber ich ging. Schritt für Schritt. Den Blick geradeaus, auf das Grün der anderen Seite gerichtet. Erst als ich ungefähr die Mitte der Überbrückung erreicht hatte, bemerkte ich, wie heftig mein Herz schlug. Ich sank langsam in die Knie und machte eine halbe Drehung. Sam winkte mir zu. »Alles klar?«

In meinen Lungen war nicht genug Luft, um zu antworten. Aber ich nickte. Richtete mich wieder auf und setzte meinen Weg fort. Neben mir stieg ein Schwarm Vögel auf. Eine Brise fuhr in mein Haar, das sich aus meinem Zopfgummi gelöst hatte. Und dann hatte ich es geschafft. Ein Schuss Adrenalin raste durch meine Adern, die vorher wie eingefroren gewesen waren.

»Wuhuuuu!«, rief ich Sam zu, ein bisschen trunken von einem plötzlichen Gefühl der Glückseligkeit. Sam war schon losgelaufen. Rannte sozusagen über den verdammten Übergang, wovon mir so schwindelig wurde, dass ich mich schnell umdrehte.

Er legte mir die Hand auf die Schulter, als er mich erreichte, und dann machte er mir eine Räuberleiter.

In Sams Wald.

Es war, als hätte eine göttliche Hand den Menschen entrissen, was sie sich zu eigen gemacht hatten. Winzige Samen, vom Wind an einen unwirtlichen Ort getragen, hatten zwischen dem Beton und dem Eisen und dem Stein Krumen von Erde und Staub gefunden, genug, um zu keimen, um zu wachsen und Wurzeln zu schlagen. Aus den Samen waren Pflänzchen geworden und aus den Pflänzchen Schösslinge getrieben. Jetzt war hier ein Wald, ein echter, gottverfluchter Dschungel! Trockenes Moos und Kleinholz bedeckten den Boden, dicke Wurzeln wanden sich über rissigen Beton. Über uns breitete sich ein grünes Blätterdach aus, das kühlenden Schatten spendete – wie musste es hier erst im Frühling aussehen, wenn die Sonne noch nicht so vieles verdorrt hatte! Sam lächelte.

»Hier ist Chaos«, stieß ich hervor. Weil – hier *war* Chaos. Keine wohlgeordneten Beete und zurechtgeschnittenen Büsche. Keine Obstbäume in geraden Reihen wie auf den Feldern am Rande der Stadt. Jeder Baum wuchs, wo er wollte, jeder Ast streckte seine Triebe in jede beliebige Richtung, keine Ranke kümmerte sich darum, ob sie jemandem im Weg war.

»Gefällt es dir?« Sam sah aus, als hätte er irgendeine Art von Test bestanden. Stimmte vielleicht auch.

Ich nickte, aber Worte blieben in meiner Luftröhre stecken. Es fehlte nicht viel und ich hätte angefangen loszuflennen – weil es so wunderschön war. Sams Lieblingsort war ab sofort auch mein Lieblingsort. Ich sagte nichts.

Wir saßen am Rande des Daches, als säßen wir am Rande der Welt. Sam zeigte mir eine Stelle, an der weiches Moos den Boden überdeckte. Ich zog meine Knie zum Kinn und wir blickten hinab auf die Stadt.

Auf die Stadt und die Felder dahinter und die anderen Städte *dahinter*. Am Horizont blinkte und glitzerte es.

»Warst du dort schon mal? An den Seen?«

Sam nickte und dann erzählte er von den Seen und von dem noch weiter entfernten Meer. Vom Sand und von nackten Füßen und von Burgen, die er mit seiner Schwester gebaut hatte.

Wir nuckelten an den Limonadenflaschen, die Sam mitgebracht hatte, und teilten uns die Salzstangen aus meinem Rucksack.

Dabei berührten sich unsere Schultern, und als er mich anschaute, musste ich ein bisschen lachen und dann lachte auch er ein bisschen, und eigentlich hätte ich mich gerne gegen ihn gelehnt, weil seine Stimme so schön klang und ich am liebsten nur noch an Schönes und Warmes und Heiteres gedacht hätte.

Ich erzählte, dass wir einmal – als wir noch eine Vater-Mutter-Kind-Familie gewesen waren – einen Balkon gehabt hatten, auf dem unsere Mutter uns im Sommer ein aufblasbares Planschbecken aufstellte.

»Warst du noch nie am Meer?«

Ich schüttelte den Kopf. Wie auch? Für mehr als einen Stundenpass zum Verlassen der Stadt hatte der elterliche Sozialindex nie gereicht.

»Das tut mir leid.«

»Was soll's.« Ich zuckte mit den Schultern. »Jeder hat eine Chance, oder?«

»Jeder *sollte* eine Chance haben!« In Sams Stimme war plötzlich Wut.

In diesem Augenblick kam mir in den Sinn, dass es ein guter Zeitpunkt wäre, mich vorzulehnen und ihn zu küssen. So als Einstieg in meinen Plan. Mit dem Ablenken. Nur dass ich dabei gar nicht an sein Armband dachte. Und als ich eine Sekunde später doch an sein Armband dachte, knoteten sich meine Eingeweide so fest zusammen, dass der Moment verflog, ohne dass ich irgendetwas tat. Ich berührte nur vorsichtig Sams Hand, die neben mir im Moos lag, und er sah mich an.

»Ähem«, räusperte ich mich. Der Himmel war rot. »Müssen wir hier nicht weg, bevor es dunkel wird?«

Wobei es ja eine tolle Idee gewesen wäre, ihn hier festzuquatschen, bis die Sonne unterging. Dann hätten wir uns aus Ästen eine Hütte gebaut und auf dem Dach übernachtet. Sam wäre eingeschlafen, ich hätte das verdammte Armband an mich gerissen und wäre im Stockfinstern zurück auf die andere Seite balanciert.

Alles klar, Ellie, träum weiter!

Sam richtete sich auf. »Wäre wohl besser. Im Dunkeln bin ich noch nie über die Brücke gelaufen.«

Ich kann nicht behaupten, dass die »Brücke« beim zweiten Mal vertrauenerweckender auf mich wirkte. Aber ich kam lebendig auf der anderen Seite an.

Sam stand in der Mitte zwischen beiden Gebäuden, als er plötzlich die Arme ausbreitete und laut lachte. Hinter ihm glitzerten rote Sonnenstrahlen in der Glasfront des Nachbarturms. Der Wind riss an seinem T-Shirt und ausgewirbelte Blütenblätter tanzten um ihn herum.

Sam sah glücklich aus. Warum sieht jemand so glücklich aus, fragte ich mich. Dann fiel mir ein, dass dieser Jemand wahrscheinlich keine Sorge hatte auf der Welt. Und ich wünschte mir, mich genauso zu fühlen. Ohne diese ständige Angst, dass wir uns auf einer unaufhaltsamen Abwärtsfahrt Richtung Rot befanden. Davon, wie unrecht ich Sam tat, hatte ich keine Ahnung.

Gerade als ich mein Bein über die Hecke schwang, um zurück in den gepflegten Dachgarten zu steigen, kam ein älteres Paar den Kiesweg auf uns zugelaufen. Sam setzte sich schnell auf die Bank, auf der wir gelandet waren, und ich ließ mich neben ihn fallen. Die Dame musterte uns mit einer steilen Falte auf der Stirn. Sam legte mir einen Arm um die Schulter und lächelte ihr freundlich zu. Ich verbarg mein Handgelenk unter gekreuzten Armen. Als die beiden verschwunden waren, mussten wir lachen. Mein ganzer Körper kribbelte. Ich stand immer noch unter Strom.

»Hast du eigentlich den Eignungstest bestanden?«, fragte ich. Ich hatte gar keine Lust, aufzustehen und mich zu verabschieden.

Sam streckte die Beine lang aus. »Keine Ahnung. Hab 'ne Nachricht gekriegt, aber sie nicht geöffnet.«

Ich rückte unwillkürlich ein Stück von ihm ab. »Geht's noch? Interessiert dich deine Zukunft überhaupt nicht?«

»Ich glaube, meine Zukunft hat nichts mit Exzellenzklassen zu tun.« Seine Augen waren plötzlich dunkel.

Ich spürte Wut in mir aufsteigen. Klar, seine goldige Zukunft leuchtete, selbst wenn er den Tag mit sinnlosem Skateboardfahren verbrachte. »Wieso bist du dann überhaupt zum Test gegangen?«, fragte ich scharf.

»Na ja, meine Eltern finden das wichtig. Und außerdem hätte ich ganz schön viele Punkte verloren …«

Jep, mein Prinz hatte keine Ahnung von seinem magischen Armband. Und von noch einer ganzen Menge mehr.

»Weißt du eigentlich, wie viele Leute sich für einen Platz in einer Exzellenzklasse einen Arm ausreißen würden?«, blaffte ich ihn an.

»Leute reißen sich für den letzten Scheiß die Gliedmaßen aus.« Sam drehte sich zu mir um. Er lächelte nicht mehr.

Ich sprang auf. »Wenn ich da reingekommen wäre, könnte ich mit allem, was ich mache, ein Vielfaches von Punkten verdienen! Ich hätte einen Status, der nicht bei der kleinsten Verfehlung ins Bodenlose fällt!«

Sam starrte mich an. »Wieso tust du dann, was du tust? Wenn du eigentlich bloß *Status* willst?«

Ja, warum tat Ellie, was sie tat? Warum rannte sie Retrolenkern vor die Räder und warum ging sie nicht früh genug los und warum gestand sie der ZDS nicht, wenn sie von merkwürdigen Datentransfers wusste?

»Für dich ist alles ganz einfach. Und wenn was nicht klappt, kannst du ja immer im Tierheim bei deinen Kätzchen aushelfen!«

So viel zu meinem Plan mit dem Charme. Jetzt hatte ich ihn vermutlich verprellt. Aber es war mir in diesem Moment egal. Der Kerl bekam seine Cornflakes und sein Geld in den Hintern geschoben und wusste es nicht mal.

Sam betrachtete mich einen Moment und sagte nichts. Dann seufzte er. »Ich will andere Dinge tun. Ich will nicht immer so leben.«

»Aha.«

»Ich dachte, du würdest mir dabei helfen.«

»Aha.«

Ehrlich gesagt war es mir ein Rätsel, warum er dachte, ich könnte ihm bei irgendetwas helfen. Doch wenn ich das jetzt sagte, konnte ich mir Code Omni-X wahrscheinlich endgültig abschminken. Außerdem würde es mir vermutlich leichterfallen, Sam zu beklauen, wenn er mir ein klein bisschen weniger sympathisch war.

Ich stand auf. »'tschuldigung. Vielleicht habe ich überreagiert.«

»Schon gut«, murmelte Sam. Er konnte mir kaum in die Augen schauen.

»Ich muss nach Hause.«

»Okay.« Seine Stirn wirkte gedankenumwölkt, aber was diese Gedanken sein mochten, blieb mir verschlossen.

An der Schranke wollte er mir wieder helfen, unbemerkt hindurch zu kommen, und legte seine Hand auf meine Hüfte, aber ich schob ihn zur Seite. Ich kam mir sowieso wie die letzte Idiotin vor, da musste er mich nicht auch noch über die Pforte seines Märchengartens hieven. Also machte ich ein paar Schritte zurück, nahm Anlauf und sprang mit zur Decke gestreckter Hand so hoch ich konnte durch die unsichtbare Barriere. Nichts piepste, kein Summen an meinem Puls deutete an, dass ich etwas falsch gemacht hatte. Ich drehte mich triumphierend um, während Sam mir langsam folgte. Er nickte so anerkennend und ernst, als hätte ich soeben ein paar Welpen aus einem flammenden Inferno gerettet.

In diesem Moment durchzuckte mich ein Geistesblitz. Mir fiel schlagartig ein, wo ich Sam das Armband entwenden konnte. Nämlich an einem Ort, an dem es vor Taschendieben nur so wimmelte.

»Kommst du am Wochenende mit mir in die Markthallen?«

Unbegreiflicherweise sagte er Ja.

Aus den Chatprotokollen von Resa Gerlach, März 2038

31.03.38 15:58 **Resa Gerlach:**	Brauche noch 10 min. Lehrer = 😈
31.03.38 16:01 **Jonas Heuck:**	Was hast du gemacht? Das Lehrpersonal mit extremistischen Parolen belästigt?
31.03.38 16:03 **Jonas Heuck:**	Werde ausharren bis sie dich freilassen

**

31.03.38 16:22 **Jonas Heuck:**	Puh. Oder noch fünf Minuten

**

31.03.38 16:31 **Resa Gerlach:**	Ich kann nix dafür. Sollen die dumme Präsentation zu Ende anschauen. Lehrer interessieren sich einen Scheißdreck für Parolen. Bloß keine eigene Meinung. Keiner freut sich so aufs SoBe-Gesetz wie die Lehrer. Dann müssen wir nach ihrer Pfeife tanzen sonst gibt's ne rote Lampe! 😠 😠 😠
31.03.38 16:31 **Jonas Heuck:**	Du bist gegen das Gesetz?
31.03.38 16:32 **Resa Gerlach:**	weiß nicht
31.03.38 16:32 **Resa Gerlach:**	Gleich da.
31.03.38 16:37 **Jonas Heuck:**	Du guckst in die falsche Richtung. Ich stehe unter dem monströsen Solysier-Plakat! 👋 👋 👋

10.

Berlin 2075

Mein glorreicher Plan war, Sams Armband im Gewimmel des Marktes in meine Finger zu kriegen. Aber bevor ich diesen Plan in die Tat umsetzen konnte, fand ich etwas heraus, das alles änderte.

Lisa beschloss spätabends, dass sie Hunger auf Instantnudeln hatte und ich sagte nicht Nein, als sie auch mir eine Schüssel anbot.

»Wie geht es dir?«, fragte ich, aber Lisa schüttelte nur mit verschlossenem Gesicht den Kopf. »Lass uns über etwas anderes reden.« Sie klappte den Tisch aus seiner Halterung in der Wand und gab mir die warme Schüssel. Voller als erwartet – ich versuchte, das Ding gerade zu halten, passte dabei aber nicht auf, wohin ich lief, und als ich gegen die Stuhllehne stieß, schwappte ein Schwall Brühe auf mein T-Shirt. »Na toll!«

Ich kämpfte mich mühsam aus dem nassen Oberteil, da schrie Lisa plötzlich: »Was ist denn das?« Sie stach mit ihrem Löffel in meine Richtung wie mit einem kleinen Degen.

»Reg dich ab, ich hab mich nicht verbrannt.«

Aber meine Schwester interessierte sich überhaupt nicht für etwaige Brandblasen auf meiner Haut.

»Ich meine das da!«, kreischte Lisa.

»Was?«

»Na, die Ratte!«

Ich griff an meinen Hals, wo meine Finger scharfes Metall umschlossen. Obwohl der Anhänger Schrammen auf meiner Haut hinterließ, trug ich ihn jeden Tag. Dass Lisa keinen Sinn für aus Müll gebastelten Schmuck hatte, war ja klar.

»Na und …«, sagte ich. »Hab ich gefunden. Tut mir leid, wenn ich deinen Geschmack nicht getroffen habe!«

»Mein Geschmack ist völlig egal, Ellie!«, rief Lisa, jetzt fast verzweifelt. »Dafür kannst du richtig Ärger kriegen. Vor allem jetzt, wo sie ein Demoverbot verhängen wollen!«

»Für eine gefundene Ratte? Weil ich keine Konsumpunkte …«

»Ellie, wie blöd bist du eigentlich?«, unterbrach Lisa aufgebracht. »Du guckst zu wenig Blaster!«

Lisa starrte mich einen Augenblick wild an. Dann fuhr sie sich durch die Haare. »Du weißt wirklich nicht, was das ist?« Sie suchte etwas in ihrem Holomenü. »Es geht hier nicht um irgendwelche Konsumpunkte, sondern um Politik.«

»Politik ist nicht mein Ding«, brummte ich.

»Wenn's nur Politik wäre«, knurrte Lisa. »Die ZDS spricht von Terrorismus.«

Sie wurde fündig. »Das hier können wir angucken, das war in den Nachrichten.« Mit einer Handbewegung schnippte sie das Bild von ihrem Holomenü auf den kleinen Bildschirm an der Küchenwand.

Die Ansicht blieb eine Sekunde lang schwarz. Dann erschien ein animiertes Strichmännchen. An seinem Handgelenk leuchtete ein goldener Punkt. »Verbessere dich!« Die computergenerierte Stimme klang weder weiblich noch männlich. Die Strichfigur erhob einen Zeigefinger. »Hole das Maximum aus dir heraus! Verbessere dich zum Wohle der Gesellschaft!« Plötzlich griff das Männchen sich an den Bauch und wackelte vor Lachen. Dann verwandelte es sich für einen Sekundenbruchteil in ein zähnefletschendes Raubtiergesicht.

»Sie kontrollieren dich! Sie überwachen dich!« Das Licht am Strichmännchenarm war nun rot. Es streckte die Hand und ballte sie zu einer Faust. »Du wirst dich nie genug verbessern. Während du einem goldenen Schein hinterherjagst, schöpfen andere die Gewinne ab.« Aus dem Strichmännchen wurden zwei, dann vier, dann acht, bis das ganze schwarze Bild voll war mit weißen Männchen. Jedes mit einem roten Punkt am Handgelenk. Dann wieder ein schwarzer Bildschirm und die tiefe Stimme. »Genug. Wir wehren uns. Wehrt euch auch!«

»Was hat das mit mir …?«

Lisa hob die Hand. Der Clip endete mit einem Logo. Ein weißer Kreis und darin – eine Ratte.

Dann erschien ein Sprecher, der das Video einordnete: »Das neuste Video der Terrorgruppe Altatec gefährdet die öffentliche Ordnung und reiht sich ein in eine erschreckende Serie von …«

Lisa stoppte das Video und zog eine Augenbraue hoch, Motto: Habichsnichtgesagt.

Mein Mund blieb für einen Moment offen stehen. »Was ist das?«

»Hast du wirklich noch nie einen von den Clips gesehen?«

Plötzlich war ich mir nicht mehr sicher. In der Flut der Bilder, die täglich auf mich einprasselten, konnte mir das Strichmännchen durchaus schon einmal begegnet sein.

»Es gibt Dutzende davon. Seit Monaten schaffen sie es immer wieder, sich ins Blasterprogramm einzuhacken. Und in den Nachrichten wurde schon oft davon berichtet. Allerdings werden die Videos immer schneller indiziert. Wenn du danach suchst und dir die Clips anschaust, hagelt es Negative.«

Wie um dies im Nachhinein zu verhindern, schwärzte Lisa das Blasterbild.

»Altatec?«, vergewisserte ich mich.

»Sag mir nicht, du hast noch nie von Altatec gehört. Wolltest du nicht in eine Exzellenzklasse?«

»Doch, hab ich«, schnappte ich zurück. Ich kramte in meinem Gedächtnis nach Informationen aus dem Geschichtsunterricht. »Aber das war doch vor Ewigkeiten. War das nicht eine Vereinigung, die gewaltsam gegen die Einführung des Sozialbewertungssystems gekämpft hat?«

Ich erinnerte mich, dass wir im Unterricht den *Großen Anschlag* durchgenommen hatten, einen Angriff auf das altehrwürdige Parlamentsgebäude mit 34 Toten, und einen zweiten, noch desaströseren auf eine U-Bahn. Scheinbar hatten die Feinde des Bewertungssystems in Ermangelung guter Argumente auf rohe Gewalt gesetzt. Jedenfalls war die Gruppe schnell zerschlagen worden.

»Richtig.« Lisa nickte gnädig. »Und vor ein paar Jahren sind sie wiederaufgetaucht.«

»Vor ein paar Jahren schon? Willst du mir erzählen, dass es diese Clips schon seit Jahren gibt?«

»Na ja«, schränkte Lisa ein. »Ich weiß auch nicht genau. In den letzten Monaten müssen sie jedenfalls ihre Aktivitäten ausgeweitet haben und an die Öffentlichkeit gegangen sein.«

Ich dachte an die Demonstration, in die Benedikt und ich geraten waren. Plötzlich wurde mir einiges klar.

»Jetzt wird hart durchgegriffen, oder wie?«

Lisa bejahte.

»Aber warum?«

»Weil sie nicht nur Clips in den Äther senden.«

»Sondern?«

»Ellie, da haben wir doch sogar drüber geredet. Vor ein paar Wochen gab es großen Ärger mit KonsumPlus-Bots. Da haben Tausende von Leuten plötzlich Bonuspunkte für den Kauf minderwertiger Ware erhalten.«

Ach ja. KonsumPlus, eigentlich ein Belohnungssystem für den Kauf von Luxusgütern und Edelprodukten. »Aber die Zentrale Datenstelle hat das Ganze doch auf die eigene Kappe genommen. Ein Programmierfehler, oder?«

Lisa hob die Schultern. »Ich habe das von meiner Kollegin gehört. Ihr KonsumPlus wurde gehackt und sie hat eine Bekenner-Nachricht mit dem Rattenlogo erhalten. Die war dann später wieder verschwunden und es hieß, dass alles nur ein Fehler war.«

Einen Moment lang saßen wir schweigend da.

»Und meine Ratte soll damit zu tun haben?«

»Du musst zugeben, dass das Logo genauso aussieht wie das Ding, das dir um den Hals baumelt.«

Ich zog den Anhänger in mein Blickfeld. Eine spitze Schnauze, ein plumper Körper, ein dicker Schwanz. Das Metallstück sah tatsächlich aus wie die Silhouette der Ratte, die in dem Logo am Ende des Clips auftauchte.

»Ich habe sie auf unserem Spielplatz gefunden.«

»Und niemand hat dir etwas gesagt?«

Ich schüttelte den Kopf. »Ich glaube, die Kette war die ganze Zeit unter meinem T-Shirt versteckt.«

Zum Glück. Meiner Begegnung mit Thorgund & Co. wäre es wohl nicht eben dienlich gewesen, wenn sie mich für eine Systemgegnerin gehalten hätten.

Wir löffelten still unsere Suppen.

»Ellie?«, fragte Lisa leise, nachdem sie sich den Mund abgewischt hatte. »Du hattest wirklich keine Ahnung? Du trägst die Ratte nicht absichtlich?«

Ich stieß wütend Luft aus. »Nein, Lisa, ich spiele nicht absichtlich Rebellin. Ich versuche, uns auf Gold zu kriegen, verdammt noch mal!«

Lisa kniff die Lippen zusammen und spielte an ihrem Band.

»Du kannst mir nicht helfen, Ellie«, sagte sie, ohne mir in die Augen zu schauen.

»Ich kann es wenigstens versuchen«, fauchte ich. »Statt einfach aufzugeben!«

Ohne ihre Antwort abzuwarten, riss ich das Lederband von meinem Hals und pfefferte den Anhänger in den Müll. Ich zog ein frisches Hemd an, holte die Dreckwäsche aus dem winzigen Badezimmer und packte mein nasses T-Shirt dazu.

Im Waschsalon blickte ich aus dem Fenster auf die blinkenden Neonreklamen und die tanzenden Holosäulen. Mein Band surrte und verpasste mir einen Batzen Strafpunkte. Es hatte sich versehentlich in der Spielhölle nebenan eingeklinkt. Seufzend schickte ich die entsprechende Fehlermeldung an die ZDS, in der Hoffnung, dass mein Index wieder ausgeglichen wurde, bevor der Niedrigstand weitere Auswirkungen hatte.

Rebellen oder nicht. Vielleicht war es an der Zeit, dass jemand diesen verdammten Algorithmus mal gründlich unter die Lupe nahm.

Aus den Chatprotokollen von Resa Gerlach, April 2038

01.04.38 00:11 **Resa Gerlach:** Hey…

[01.04.38 00:11 Jonas Heuck ist nicht online.]

01.04.38 00:11 **Resa Gerlach:** Jetzt weiß ich, dass du nicht antworten wirst, weil du nachts als Pförtner im Krankenhaus arbeitest.

01.04.38 00:15 **Resa Gerlach:** Ungewöhnlicher Job für einen achtzehnjährigen. Was schreibe ich nur für ein Blabla? Ich schreibe, WEIL du nicht antworten kannst. Gleich lösche ich alles wieder. Oder auch nicht. Ich mag dich. Na ja, du hast es dir vermutlich gedacht. Ok, der Kuss dürfte mich verraten haben. 😜 Du hast wirklich sweet geguckt danach, so als hättest du das gar nicht erwartet. Aber du wusstest doch schon, dass ich dich mag? Hey, du magst mich auch – sonst hättest du nicht zwei Stunden ML mit mir gespielt! (Jep, ich habe dich durchschaut, es war dein erstes Mal! Von wegen du liebst ML) Wenn du mich nicht mögen würdest, hättest du mich nicht zurückgeküsst, dass mir die Knie weich wurden. Jedenfalls habe ich danach Schiss gekriegt vor meinem eigenen Mut. Und als du mich so angeguckt und die Hände an mein Gesicht gelegt hast, wollte ich dich eigentlich wieder küssen, aber dann dachte ich plötzlich, wir kennen uns doch gar nicht, was wird das eigentlich, und bin viel zu schnell gegangen. Das war idiotisch. Aber deswegen schreibe ich ja jetzt. Ich mag dich. Nicht nur wegen dem Kuss, sondern, weil wir davor geredet und geredet haben – ich

	kann mich gar nicht daran erinnern, wann meine Gedanken mal so frei aus mir herausgeflossen sind. Puh, schicke ich das jetzt ab?
01.04.38 00:15 **Resa Gerlach:**	Wow, ich hab's abgeschickt. 😳 Du hast gesagt, du holst mich morgen wieder ab. Ich freue mich darauf… 😊 😘 😝

11.

Berlin 2075

Ich liebte die Markthallen am Wochenende. Liebte das Schieben und Schubsen, den Lärm und die vielen Leute.

In der Stadt klaffte ein Loch, wo die Hallen sich breitmachten, die grünen Kupferdächer wie die Panzer eines überdimensionalen Käfers am Fuße der Wohn- und Bürotürme drum herum. Doch während es im Inneren der Hallen geordnete Stände gab, sauber aneinandergereiht und beim zuständigen Amt angemeldet, befand sich der interessantere Teil des Marktes draußen. Das gesamte Areal um die Hallen wurde zum Handeln und Verkaufen, zum Anpreisen und Stöbern genutzt. Jeden Samstag, noch im Morgengrauen, versammelten sich hier diejenigen, die Hab und Gut aus guten Gründen nicht im Einkaufszentrum erwerben wollten. Die Händler brachten Klapptische und Planen mit, kleine Wägelchen und vor den Leib gezurrte Tragekästen. Verkauft wurde alles. Kleidung und Geschirr, Töpfe und Elektronik, Möbel und Kühlschränke.

Konsumpunkte gab es hier natürlich nicht zu holen, aber dafür konnte man digitales Geld in Metallchips eintauschen und damit kaufen, was man wollte – ohne dass es irgendwo registriert wurde. Zwischen den Verkaufsständen waren Essensbuden aufgebaut. Der Geruch von Gewürzen und heißem Fett lag wie eine Wolke über dem ganzen Feld, über Hunderten, Tausenden von Menschen, die durch den Matsch trampelten und sich von Stand zu Stand treiben ließen, manche, weil sie ganz genau wussten, was sie kaufen wollten, andere, weil sie den Trubel so liebten wie ich. Und einige, weil sie wussten, dass man hier leichte Beute machen konnte. Dito.

Es war so voll, dass ich Sams Hand nehmen musste, um ihn im Gedränge nicht zu verlieren – ein essenzieller Teil meines Plans. Diesmal hatte ich wenigstens einen.

Sam kannte sich hier aus, das wurde mir schnell klar. An einem der Stände, auf dem Farbtuben und Pinsel in großen Gläsern aufgereiht und große Stapel von Papier und Leinwänden neben einigen altertümlichen Maschinen aufgebaut waren, wurde er begrüßt wie ein alter Bekannter. »Ich habe heute ein Zinnoberrot reingekriegt, das dir gefallen dürfte.« Der Händler reichte Sam eine Tube, die für mich aussah wie stinknormale rote Farbe. Sam drückte ein wenig davon auf eine der Leinwände zum Ausprobieren und fuhr mit dem Pinsel über den Stoff. Mit wenigen Strichen malte er einen zinnoberoten Hund.

»Wow«, sagte ich.

»Er hat Talent«, bestätigte der Händler. Sam zuckte bloß lachend mit den Schultern, kaufte eine Tube, etwas Papier und zwei Stifte und zog mich weiter.

Ich hatte zu Hause geübt. Hatte wieder und wieder den Chip aus meinem eigenen Armband entfernt, bis ich die Bewegung blind durchführen konnte. Vielleicht hätte ich noch weitertrainiert, wenn mein Band nicht irgendwann begonnen hätte, lautstark fiepend zu protestieren. Jedenfalls benötigte ich nur fünfzehn Sekunden, um den Chip zu entfernen und durch einen leeren zu ersetzen. Vorausgesetzt, ich hatte das Band in meiner Hand.

»Robo-Kampf?«, fragte Sam, nachdem wir den Stand mit den Farben hinter uns gelassen hatten. Ich nickte erfreut. Genau das war mein Ziel gewesen!

»Es geht nichts über einen guten Robo-Kampf«, sagte Sam zufrieden und knuffte mich in die Seite. Ich nutzte die Gelegenheit, mich bei ihm unterzuhaken. Um meinen Plan in die Tat umzusetzen, musste ich auf Tuchfühlung gehen. Meine Unruhe durfte ich mir nicht anmerken lassen.

»Warum kaufst du die Farben hier?«

Sam hob die Achseln. »Erstens hat Andruko immer gute Tipps für mich. Und zweitens registriert mein Band den Einkauf nicht, wenn ich mit Chips zahle.«

»Seit wann interessiert dich dein Band?«, fragte ich. »Du hast doch eh den Blocker drin.«

Sam verzog den Mund. »Du bist nicht die Einzige, die denkt, ich solle mich auf die Exzellenzklasse konzentrieren statt auf Farbkleckserelen.«

»Deine Eltern?«

Sam nickte und wechselte schnell das Thema. »Hast du einen Favoriten?« Auch wenn ich zu einem anderen Zweck hier war, freute ich mich jetzt, da wir uns einen Weg zur Arena bahnten, plötzlich richtig auf das Zuschauen. »Der Bunteste ist immer mein Favorit!«

Beim Streben nach Punkten war die Robo-Arena eher ein Hindernis. Das hielt die Menschen jedoch nicht davon ab, zu Hunderten dorthin zu strömen.

Wir folgten dem Pulk an der Westseite des Hallengebäudes entlang. Sam hielt mich fest, um neben einem großbauchigen, fahrbaren Metallkessel zu halten, in dem es blubberte. Er kramte in seiner Hosentasche nach einem Chip und erhielt dafür eine Bambusschale köstlicher, goldbraun ausgebackener Quarkbällchen, die er mir hinhielt. Ja, er wusste schon, wie mein Herz zu erobern war.

Dein Herz ist aus Stein!, befahl ich mir, während ich meine Finger ableckte. Mein Herz *musste* aus Stein sein, denn es galt, sich auf den Plan zu konzentrieren. Der sah folgendermaßen aus: In der Arena würde die Menge so dicht sein, dass Körper aneinanderstießen, Schultern sich streiften, Ellbogen im Weg Stehende zur Seite drängten, Zehenspitzen getreten wurden und man überhaupt mit dem ein oder anderen blauen Fleck zu rechnen hatte. Jeder wusste, dass die Markthallen ein Paradies für Taschendiebe waren. Erstens, weil die Ganoven sicher sein konnten, dass die Leute eine Menge Chips mit sich rumtrugen, und zweitens, weil es schwierig war, in diesem Geschubse und Geschiebe diebische Finger von unschuldigen zu unterscheiden. Ich hatte vor, Sam ins tiefste Gewimmel zu lotsen und ihn mit Geplapper abzulenken, um ihm das Armband vom Handgelenk ziehen zu können, ohne dass er es bemerkte. Ja, wahrscheinlich ein komplett durchgeknalltes Vorhaben – aber hatte ich eine andere Wahl? Sollte mein Diebstahl mit der Hilfe irgendwelcher wohlgesonnener Götter klappen, würden mir etwa zwanzig Sekunden zur Verfügung stehen, bevor es in seinem Ohr unerträglich zu fiepsen begann. In dieser Zeit musste ich die Chips auswechseln und das kostbare Kleinod in meiner Tasche verschwinden lassen, damit ich es später kopieren konnte. Dann würde ich das Armband fallen lassen und mit dem Fuß drauftreten. Sam würde suchen. Wenn er es aufspürte, würde er schon irgendeine Erklärung finden. Entweder es war ihm zwischen den drängelnden Leuten abgerutscht oder von einem Kleinkriminellen entwendet worden. Und dass es nicht mehr funktionierte, war auch kein Wunder, wenn in wenigen Sekunden Dutzende Menschen drübergetrampelt waren. Wasserdichter Plan, oder? Haha. Na ja, die Hoffnung stirbt zuletzt.

Die Arena war nicht mehr als ein matschiger Platz, um den im Halbkreis Betonblöcke zu einer Art windschiefem Amphitheater aufgestapelt worden waren. Dort versuchten wir es gar nicht erst.

Sam hatte den brusthohen, den Kampfplatz begrenzenden Zaun

erreicht, wo es Stehplätze gab. Er hob seinen Arm, damit ich zwecks besserer Sicht darunter hindurchschlüpfen konnte. Die Gelegenheit nutzte ich, um mich dicht an ihn zu drängen und ihn dabei unauffällig ein Stückchen näher an den bulligen, glatzköpfigen Klotz zu seiner Linken zu schieben.

»Hey, der wird dir gefallen!«, rief Sam. Er beachtete überhaupt nicht, dass ich seinen Arm festhielt, sondern blickte aufgeregt in die Arena.

Dort hatte sich der Titelverteidiger bereits eingefunden. Sam hatte recht. Der Robo-Führer gefiel mir. Er war ein rothaariger Junge, schlaksig und blass, etwa in unserem Alter, der sicher niemals Aufsehen erregte, wenn er in Jeans und Turnschuhen die Straße überquerte. Hier aber trug er knallrote Plateaustiefel, eine enge rote Lederhose, einen nietenbesetzten Gürtel und eine schwarze Weste, die mit Hunderten glitzernden Pailletten bestickt war. Dazu eine Krone aus Metallspitzen und Federn in allen Farben des Regenbogens. Er sah aus wie ein Kampfhahn und genauso stolzierte er auf der Kampffläche umher, die magere Brust vor Stolz geschwollen, unbeirrt von dem Matsch, der bei jedem Schritt aufspritzte und seine glänzenden Stiefel besudelte.

Ich spielte mit Sams Armband, während hinter uns weitere Zuschauer an den Rand des Kampfplatzes drängten und uns gegen das Gitter drückten. Sam schaute mich an und zog für einen Moment die Brauen zusammen.

»Der sieht ja toll aus!«, rief ich einen Funken zu überschwänglich.

Sam lächelte, ohne weiter zu beachten, dass meine Schulter gegen seine stieß und meine Finger immer wieder seine Hand streiften.

Neben dem Gockel stand regungslos seine Maschine im Dreck. Es war ein etwa anderthalb Meter hohes, spinnenartiges Gebilde mit zwölf Beinen, filigraner und schlanker als die meisten Robos, die in der Arena auftraten. Aus seinem roten Chrom-Leib stachen Kabel und Drähte hervor, die mit den Beinen verbunden waren.

»Ich bin gespannt«, sagte ich und ließ mich von meinem Nachbarn gegen Sam schubsen. »Ich war lange nicht mehr hier.«

Um uns herum begannen die Leute zu johlen. Auf der gegenüberliegenden Seite schoben zwei muskulöse Ordner die Menschen auseinander, um die Konkurrentin in die Arena zu lassen. Es war eine Hünin, die den Kampfplatz nun betrat, genau wie ihr Robo, ein unförmiges Metallding auf riesigen Rädern.

»Bet-ty, Bet-ty«, skandierte die Menge um mich herum. »Bet-ty Bulldozer!«

Betty trug eine Maske, die die obere Hälfte ihres Gesichts verdeckte. Darüber quollen blond gefärbte Locken hervor und darunter glänzten ihre rot geschminkten Lippen. Sie trug eine furchterregende, über und über mit kleinen weißen Zacken versehene Ledermontur. Die Robo-Kämpfer und ihre Helfer bastelten die Kostüme mit ebensolcher Hingabe, wie sie die Maschinen zusammenschweißten. Ohne dafür Konsum- oder Sozialpunkte einzuheimsen. Den siegreichen Kämpfer bewarfen die Zuschauer nach der Show mit Süßigkeiten und Blumen. Auch der ein oder andere wertvolle Metallchip würde in der Arena landen. Aber niemand wurde zum Robo-Führer, weil er damit reich oder golden werden wollte. Die Arena war einer der wenigen Orte, an denen es nur um eins ging: Spaß. Reine Verschwendung. Die Zuschauer und die Kämpfer badeten in diesem Gefühl wie Kinder in einer Wanne voller glitzerndem Schaum.

»Weißt du, dass sie die Arena vor zwanzig Jahren mal schließen wollten?«

Sam schüttelte den Kopf. Ich wusste das von Tom, der selbst mal ein paar Robos programmiert hatte.

»Ja, sie haben den Platz indiziert und es hagelte Negative, wenn man nur in die Nähe kam. Aber die Leute sind trotzdem gekommen und es hat Straßenschlachten gegeben, weil sie so aufgebracht waren. Sie haben die Robos in die Markthallen gelenkt und alles kurz und klein geschlagen.« So jedenfalls hatte Tom es erzählt, vielleicht ein klein wenig ausgeschmückt. Fakt war jedoch, dass man den Sozialindex angepasst hatte und sich ein Arenabesuch nicht länger negativ auswirkte. Vorausgesetzt jedenfalls, dass man sich nicht in eine Prügelei verwickelte oder zu lange eingequetscht zwischen zwei Roten stand.

»Ich bin froh, dass es so einen Ort gibt«, meinte Sam. »Das ist wie ein Ventil hier.« Ja. Der Anblick von zwei verrückten Maschinenbauern verwandelte die ganze Angst und Wut in mir in etwas Freieres, Leichteres.

Schließlich ertönte ein Gong und der Kampf begann. Das Johlen schwoll zu einem lauten Röhren an. Bettys Bulldozer rollte durch den Matsch in die Mitte der Arena. Mit Klacken und Schnarren öffneten sich mehrere Luken in seinem Rücken, die Messer, Zangen und Greifarme entblößten. Die Spinne auf der anderen Seite des Kampfplatzes erwachte zitternd zum Leben. Während Betty ihren Robo mit abrupten Bewegungen dirigierte, tänzelte der Gockel durch die Arena wie ein Balletttänzer.

»An-griff! An-griff!«, grölten die Zuschauer. Die Menge wankte hin und her, von überall drängten sich Menschen gegen uns. Mein Herz klopfte bis zum Hals. Ich konnte nicht länger warten.

Mit einem gewaltigen Satz sprang der Spinnen-Robo an seinem Kontrahenten vorbei, sodass er an dessen Hinterseite zum Stehen kam. Der Bulldozer drehte sich langsam. Zu langsam. Denn bevor seine Zangen zuschnappen konnten, hatte der Spinnen-Robo sich auf vier seiner Beine aufgerichtet. Die dünnen Metallglieder, die nun in der Luft vibrierten, verwandelten sich plötzlich in messerscharfe Bohrer. Sie sausten blitzschnell auf den behäbigen Gegner hinab. Funken sprühten und Eisen krachte. Um uns herum tobte die Menge.

Meine Finger berührten das Armband an Sams Handgelenk. Trotz des Lärms von berstendem Metall und johlenden Menschen hörte ich das Blut in meinen Ohren rauschen. Ich drückte gegen den Elastikring, in dem mein Schatz verborgen war.

Der Bulldozer schwang eine Klinge, die ein Spinnenbein erwischte und es mit dem scharfen Kreischen von Metall auf Metall vom Körper des feindlichen Robos abtrennte.

Jemand neben mir stolperte und ich wurde gegen Sam katapultiert. Meine Finger umschlossen sein Handgelenk. Er zuckte zusammen. Sein Blick löste sich von den kämpfenden Ungetümen in der Arena und fand meinen. Seine Pupillen weiteten sich, sein Mund stand offen. Mir stieg das Blut in die Wangen und ich ließ meine Hand in seine gleiten. Zwang mich zu einem verlegenen Lächeln und einem tiefen Blick in seine Augen. Versuchte, ihn von dem, was ich hatte tun wollen, abzulenken. Weil er nicht wissen durfte, was ich vorhatte. Aber auch, weil es mir das Herz gebrochen hätte, wenn er gewusst hätte, was für ein Mensch ich wirklich war.

Ich konnte seinen Gesichtsausdruck nicht lesen.

»Ellie«, murmelte er. Sein Blick wanderte nach unten und blieb auf meinem Hals hängen. Heute trug ich ein schwarzes Tanktop, keinen verhüllenden Schlabberlook. Sam sah plötzlich äußerst verstört aus.

Dann schoss sein Blick zurück zu meinen Augen und er stammelte: »Ich glaube, es gibt da ein Missverständnis.«

Seine feuchte Hand rutschte aus meiner. Auf dem Kampfplatz wirbelten Spinnenarme umher und zerfetzten die Lebenskabel des dröhnenden Bulldozers.

»Dein Anhänger …«

In diesem Augenblick verstand ich. Sam hatte mich nicht um meinetwillen angestarrt, hatte mir auch nie in den Ausschnitt geschaut. Er hatte bei unserem ersten Zusammentreffen im Aufzug meinen Anhänger mit Rattensymbol entdeckt. Jenen, den er jetzt an meinem Hals vermisste. Mein Verstand ratterte. Und dann wusste ich, *wusste* mit hundertprozentiger Sicherheit, warum er meine Nähe suchte. Ich setzte alles auf eine Karte.

»Kein Missverständnis«, wisperte ich so leise, dass ich nicht sicher sein konnte, ob Sam mich bei all dem Lärm verstand. Ich fischte einen der Stifte, die er gekauft hatte, und ein Stück Papier aus seinem Einkaufsbeutel und schrieb, mit der Hand, wie ich es zuletzt in der Grundschule getan hatte, in wackeligen, ungeübten Blockbuchstaben: »Ich gehöre zu Altatec.«

Aus den Chatprotokollen von Resa Gerlach, April 2038

04.04.38 07:14 **Resa Gerlach:** Scheiße, Jonas!!

04.04.38 07:14 **Resa Gerlach:** Wenn dir das mit dem Kuss nicht gepasst hat, könntest du einfach etwas sagen. Was für ein Arschloch verschwindet einfach auf Nimmerwiedersehen??

12.

Berlin 2075

Sam brauchte nur ein paar Sekunden, um sich zu fangen.

»Ich – ich weiß«, stammelte er, während sein Blick nervös von mir zum Kampfplatz, dann zu den johlenden Menschen um uns herum und wieder zurück zu mir sprang. »Deshalb habe ich ja … deswegen wollte ich …«

Ich zerriss den Zettel in winzig kleine Stücke. »Ich musste sichergehen, verstehst du? Dich erst mal kennenlernen. Ich hatte eine Ahnung, aber du hast ja nichts gesagt.« Meine Stimme war nur ein Krächzen.

Sam fuhr sich mit der Hand durchs Haar. Seine Stimme war leise. »Ich wusste nicht, wie. Ich wollte, dass du mir vertraust. Und ich hatte Angst, abgewiesen zu werden.«

In der Arena war der Robo-Spinne in der Mitte ihres Leibes ein gewaltiges Zangenwerkzeug gewachsen. Mit zwei zerfetzten Beinstümpfen stand sie majestätisch auf dem Rücken ihres massigen Kontrahenten, der sich vergeblich im Kreis drehte und versuchte, sie abzuschütteln. Die Spinnen-Zangen öffneten sich und schlugen mit der Wucht mehrerer Vorschlaghammer wieder zusammen. Metall wurde donnernd zermalmt, Kabel rissen und die Hünin am Rande des Kampfplatzes ließ einen unterdrückten Schrei hören.

»Betty!«, heulte hinter uns jemand auf. Doch Bettys Bulldozer war erledigt.

Sam sah mich unsicher an.

»Du – du …« Ich suchte nach den richtigen Worten. »… unterstützt unsere Ziele?«

Sam sah mich unsicher an. »Ich denke schon.« Und nach einer Pause: »Ich möchte helfen.«

»Klar«, hätte ich beinahe gesagt, »überhaupt kein Problem!« Ich schaffte es gerade noch, mich davon abzuhalten, um mich nicht noch tiefer in die Scheiße zu reiten, in der ich ohnehin schon bis zum Hals saß. In meinem Kopf arbeitete es, doch so schnell meine Gedanken auch in die eine und dann in die andere Richtung rasten, verknoteten sich meine Hirnwindungen nur noch mehr. Sam hielt mich für ein Altatec-Mitglied. Ihm gefiel weder mein Lächeln noch meine liebenswürdige Art (ha!), sondern meine vermeintliche Mitgliedschaft in einer Rebellenvereinigung. Warum? Keinen blassen Schimmer. Aber sobald er rausfinden würde, dass es damit nicht weit her war, würde er keine Minute mehr mit mir verbringen wollen. Und dann Tschüssi, Code Omni-X!

Hinter uns brach die Menge in Jubeln aus. Die Spinne versetzte dem Bulldozer den Todesstoß. Der rot gekleidete Robo-Führer sprang neben seine Maschine und reckte die Arme triumphierend in die Höhe. Die Zuschauer auf den Betonblöcken trampelten mit den Füßen.

»Das ist genial«, wisperte Sam so nah an meinem Ohr, dass sein Atem mir eine Gänsehaut über den Nacken blies. »Ich dachte die ganze Zeit, wir müssen uns irgendwo treffen, wo keine Menschen sind. Hier ist alles voll mit Menschen – und es hört uns trotzdem keiner.«

Er grinste mir anerkennend zu. Ich schluckte den Kloß in meinem Hals gewaltsam hinunter und bemühte mich zu lächeln.

»Ja, das ist die Taktik«, behauptete ich. Hatte ich bestimmt in einem Trainingslager für Rebellen in der Ausbildung gelernt. Dabei war ich mir gar nicht sicher, ob unsere Bänder unser verdächtiges Gerede nicht trotz des Lärms aufzeichnen konnten.

»Man hält uns für ein Pärchen, das sich hier die Zeit vertreibt.« Er legte mir locker den Arm um die Schultern.

Ich ließ ein heiseres Lachen hören. Wie gut, dass niemand wusste, dass sie es in Wirklichkeit mit einer verhinderten Diebin und einem angehenden Rebellen zu tun hatten.

Über unsere Köpfe hinweg schleuderten Zuschauer Bonbons, Blumen und Metallchips in die Arena, wo der Gockel sich verbeugte und theatralisch um sich selbst drehte.

»Also, wie läuft das jetzt?«, flüsterte Sam aufgeregt.

»Äh, also leider …« Ich räusperte mich. »… kann ich dir mehr erst später sagen.«

»Oh«, machte Sam. Die Enttäuschung stand ihm ins Gesicht geschrieben. Dennoch sagte er: »Wir können trotzdem noch einen Kampf anschauen, wenn du magst.« Er musste meinen plötzlichen Stimmungsumschwung bemerkt haben.

Ich fuhr mir unruhig über die Stirn. Klar denken entpuppte sich als schwierig.

»Weißt du, ich mag dich so oder so«, wisperte Sam plötzlich und meinte damit scheinbar meine Mitgliedschaft in dunklen Kreisen. Er setzte ein schiefes Grinsen auf, das auf einer Skala zwischen süß und herzflattererweichend ziemlich weit oben lag. Obwohl mir in den Sinn kam, dass er die Stimmung mit einem Witz auflockern wollte, machte es das mit dem Denken nicht unbedingt einfacher.

Seine Ohren waren bezaubernd rot und ich hätte einfach sagen können: »Ich mag dich auch.« Ob mit oder ohne Code Omni-X. Doch im selben Moment schoss mir eine geniale Idee durch mein betrügerisches Hirn. Ich wedelte mit meinem Armband vor seiner Nase. »Sprechen können wir nur ohne die.«

Und plötzlich kribbelte alles in mir, als würden tausend Ameisen über meinen Körper laufen. Er würde sein Armband *ablegen*, um ohne eventuelle Mithörer mit mir zu sprechen.

Sams Blick hellte sich auf. »Ich weiß, wie!«

Sams Vorstellung von einem ultrasicheren Ort für konspirative Unterhaltungen: das Eigenheim seiner Eltern. Ich wollte mich weigern, aber er bestand darauf und lotste mich in den 27. Stock, wo es eine einzige einsame Tür gab.

»Sind denn deine Eltern nicht da?«, hakte ich nach. »Die wollen doch sicher nicht …«

»Meine Mutter ist auf Dienstreise und mein Vater ist samstagnachmittags immer bei einem Holzwerkkurs für mehr Ausgeglichenheit«, unterbrach Sam mich. »Kein Problem. Komm rein.«

»Ich …«

Was blieb mir anderes übrig?

Ein langer weißer Flur mit silbernem Teppich führte in ein riesiges Wohnzimmer. Kein Scheiß, riesenhaft, gigantisch, megalomanisch. Ein Wohnzimmer sozusagen, von dem aus man die Weltherrschaft hätte planen können, weil ein ganzer Stab von wichtigen Personen darin Platz gefunden hätte. Es standen aber bloß ein paar Sofas und riesige Vasen mit grünen Topfpflanzen darin herum. Der Boden war blitzeblank. An den Wänden hingen einige Gemälde in Blautönen und ein Blaster, der sich über eine ganze Seite des Raumes erstreckte.

»Wow«, sagte ich.

»Na ja«, machte Sam. Er rieb sich den Nacken.

»Merken deine Eltern nicht, dass ich hier war?«, fragte ich. Das Grau an meinem Handgelenk leuchtete grell.

Sam zuckte mit den Schultern. »Ich bringe nie jemanden mit. Ich glaube nicht, dass sie im Register nachschauen, wer unsere Wohnung betritt.« Dann grinste er. »Jedenfalls nicht, solange du keine Juwelen stiehlst.«

»Sam, ich …« Eine Sekunde lang wollte ich ihm alles gestehen.

»Hey, entspann dich, Ellie.« Auf Sams Stirn erschien eine Falte. »Das ist hier nur eine Wohnung. Scheißgroß, ich weiß. Trotzdem nur eine Wohnung.«

»Mhm.«

»Und niemand denkt, dass du Juwelen stehlen willst.«

Ich lachte gequält.

»Komm«, sagte Sam. »Mein Zimmer ist nicht ganz so groß.«

Er besaß ein eigenes Zimmer. Ich meine, *natürlich* besaß er ein eigenes Zimmer. Ein aufgeräumtes, ordentliches Zimmer, das überhaupt nicht nach Sam aussah. Es gab einen Schreibtisch und einen eingelassenen Monitor in der Wand darüber. Einen Kleiderschrank und ein Sofa am Fenster. Und ein weißes Regal mit ungefähr einer Million Schuhen.

»Was ist das denn?«

Ich blieb vor dem Schuhregal stehen und betrachtete die fein säuberlich aufgereihten, nigelnagelneuen Sneaker, so viele Paare, dass man ein Schuhgeschäft damit hätte aufmachen können.

»Oh«, machte Sam. Wir schauten beide auf die ausgelatschten Turnschuhe an seinen Füßen. »Das ist mein Konsumspeicher.«

»Dein was?«

»Ich muss mein Geld irgendwie ausgeben, sonst spielt mein Konsumindex verrückt.«

»Häh?«

Sam fuhr sich über die Stirn. »Ich bekomme von meinen Eltern ein monatliches Taschengeld. Wenn ich davon nicht genug ausgebe, gibt das einen Haufen Negative. Und ich weiß überhaupt nicht, was ich kaufen soll. Außer ein paar Farben und Pinsel brauche ich eigentlich nichts.«

Armer Kerl.

»Können dir deine Eltern nicht weniger Geld geben?«

»Nein, dann würden sie die Negativen kassieren.«

»Also kaufst du Schuhe?«

Sam schnitt eine Grimasse. »Ich habe einen monatlichen Autobot eingestellt.«

»Das ist das Idiotischste, das ich jemals gehört habe.«

»Du kannst welche für deinen Bruder mitnehmen, wenn du willst.«

»Bestell doch nächstes Mal ein Paar in Schuhgröße 39, dann nimmt er sie gerne.«

Sam nickte. Dabei hatte ich es gar nicht ernst gemeint.

An der Wand hingen einige Bilder, schemenhafte Zeichnungen auf dünner Leinwand, Bäume, Häuser.

»Das hast du gemalt?«, fragte ich. Sam bejahte, sichtlich erleichtert, das Thema zu wechseln. Er ließ sich auf sein Bett fallen, während ich mich vorsichtig auf den weichen Sessel neben dem Fenster setzte. Hier oben gab es so viel mehr Himmel.

»Fühlst du dich nicht alleine hier?«, fragte ich. Ein eigenes Zimmer klang äußerst verlockend. Doch plötzlich erschien es mir kalt und leer. Sogar das Bett, auf dem Sam lag und die Beine baumeln ließ, wirkte zu groß.

»Doch«, sagte Sam. »Tue ich.«

»Oh« war das Einzige, was mir dazu einfiel. Mein Hals war trocken. Ich musste mich auf meine Mission konzentrieren. An goldene Armbänder denken. An Lisa und das Baby. Benedikt und Tess.

Ich hob mein Handgelenk, streifte das Armband ab und bedeutete Sam, es mir gleichzutun. Wir würden nicht allzu lange sprechen können, bevor das Piepsen unerträglich würde, aber ich wollte kein Risiko eingehen. Es brauchte nur eine richterliche Anordnung, um die Tonaufnahmen aus unseren Bändern zu filtern.

Doch Sam unterbrach mich. »Ich habe eine bessere Methode.«

Er pfiff und wenige Augenblicke später hörte ich das Trippeln von kleinen Pfoten auf Parkett. Dann schaute der kleinste Hund, den ich jemals gesehen hatte, um die Ecke in Sams Zimmer.

»Was ist das?« Ich konnte mich nicht entscheiden, ob ich die Kreatur – hellbraunes, kurzes Fell, halb aufstehende Ohren, schwarze Nase – steviasüß oder rattenhässlich finden sollte.

»Das ist Spex«, sagte Sam und nahm den schwanzwedelnden Hund hoch. Dann streifte er sein Armband ab und stülpte es dem treuherzig dreinblickenden Hündchen über den Kopf. Ich sah ungläubig dabei zu. Weil ich mich nicht rührte, nahm Sam leise lachend meine Hand und schob den Elastikring darüber. »Ich habe es noch nie mit zwei Bändern probiert, aber ich wüsste nicht, warum es nicht funktionieren sollte.«

Ich fasste mir unwillkürlich ans Ohr. Da war nichts, nicht auch nur das leiseste Fiepen.

»Für das Band macht es keinen Unterschied, ob dein Puls es aktiviert oder Spex' Schlagader«, erklärte Sam. Er setzte den Hund zurück auf den Boden und er wanderte aus dem Zimmer.

Mit unseren Bändern. Mit Code Omni-X.

Ich hob mein Handgelenk und betrachtete den hellen Streifen auf meiner Haut.

Sam ließ sich zurück auf sein Bett fallen und stützte sich auf seinen Ellenbogen auf. »Warum bist du bei Altatec?«

»Äh … also…«

Er sah mich fast bewundernd an. Ein gutes Gefühl.

»Weil … weil es so nicht weitergehen kann.« Noch besser wäre das

Gefühl gewesen, wenn es einen Grund für Bewunderung gegeben hätte. »Wir … wir müssen etwas ändern.«

Sam nickte.

Ich sagte: »Der Algorithmus ist nicht gerecht.« Sagte es und empfand plötzlich ein so starkes Gefühl der Ungerechtigkeit, dass ich die Fäuste ballte. »Es ist doch nicht gerecht, dass mein Vater unsere Familie verlässt, sich einfach von uns lossagt, um nicht mehr an unseren Negativpunkten zu kleben. Und meine Mutter? Sie versucht seit Jahren vergeblich, in den goldenen Bereich zu steigen, und schafft es einfach nicht. Wie sollten wir es denn da zu etwas bringen? Ich meine, jeder hat eine Chance, aber es fühlt sich nicht so an! Ist es gerecht, dass nur eine begrenzte Zahl von Roten in der Stadt leben dürfen? Ist es gerecht, dass Babys aus roten Familien in goldene gegeben werden?«

Ein Gewicht hatte sich von meiner Brust gelöst und ich sackte in Sams Sessel. Was wusste ich schon über die Pläne der Altatec-Leute?

»Und du?«, wollte ich wissen, bevor er mir Fragen stellte, die ich nicht beantworten konnte. »Wieso interessierst du dich für Altatec?« Ich machte eine ausladende Geste. »Du hast …« … *alles*, wollte ich sagen. Er hatte so viel, dass er eine Exzellenzklasse schulterzuckend abtat. Und doch war sein Blick so dunkel geworden, dass ich meine Gedanken nicht aussprechen konnte. Sam richtete sich auf. Er suchte nach Worten.

»Komm«, sagte er schließlich. »Ich zeige dir etwas.«

Die riesige Wohnung lag vollkommen still da. Der Flur war leer, offensichtlich gab es anderswo genug Platz, um Habseligkeiten zu verstauen, Schuhe aufzureihen, Hundefutterschüsselchen aufzustellen.

Sam zeigte auf eine Tür. »Das ist das Zimmer von meiner Schwester.«

»Aha.«

»Meine Mutter will nicht, dass es irgendjemand betritt.«

Es schwang etwas mit, das ich nicht deuten konnte.

»V-vielleicht will deine Schwester es auch nicht«, stammelte ich.

Sam lachte leise. »Sie hätte nichts dagegen. Ich habe mit meiner Mutter so lange darüber gestritten, bis sie eine Schranke eingebaut hat. Sie bringt es nicht über sich, in das Zimmer zu gehen und Alexas Sachen einzupacken. Also will sie nicht, dass irgendjemand anderes reingeht. Aber ich lasse mich nicht aussperren.«

Sam legte seine Hand auf die Tür zu Alexas Zimmer. »Eigentlich sollte meine Mutter jetzt einen Alarm aufs Band kriegen.« Er zeigte auf die kleinen Sensoren am Türrahmen. »Deswegen habe ich mir die Sache mit Spex ausgedacht. Ohne Bänder sind wir Geister. Wir existieren nicht.«

»Ist die Tür denn nicht abgeschlossen?«

»Das denkt meine Mutter, aber dieser Sensor hier«, Sam zeigte auf einen winzigen, unscheinbaren Aufkleber, der an der Unterseite des Türpads klebte, »verhindert, dass das Schloss einschnappt.« Der Typ hatte eindeutig Rebellenpotenzial.

Und er stieß die Tür auf.

Vor uns öffneten sich die Pforten zu einem Schrein. »Das hast du gemacht?«

Sam nickte. Seine Lippen waren ein schmaler Strich, so als wäre er nicht sicher, ob er mich wirklich hatte einlassen dürfen. Ich fragte mich das ebenfalls.

Wie in Sams Zimmer gab es ein Bett und einen Schreibtisch, an dessen Rückwand mehrere Bilder von lachenden Jugendlichen gepinnt waren. Am Einbauschrank hingen Kleiderbügel mit Röcken und bunt bedruckten Shirts. Vor dem Fenster war ein großer Blumenkübel platziert, aus dem die Überreste einer völlig vertrockneten

Pflanze ragten. Und daneben stand ein altertümliches, schweres Gerät mit einem Rad an der Seite, das ich nicht zuordnen konnte.

Aber das war es nicht, was mir fast den Atem verschlug. Es waren die schwarz-weißen Bilder, die die ganze Wand neben dem Bett bedeckten.

Wobei Bilder vielleicht nicht der richtige Ausdruck war. Es waren Buchstaben, Wörter. Aber keine gedruckten.

»Ich kann das kaum lesen«, stotterte ich und gleichzeitig kam mir der Gedanke, dass ich es vielleicht gar nicht lesen sollte. Manche der Worte schienen mit einem Pinsel in großzügigen Schwüngen aufs Papier gebracht worden zu sein. Andere waren eckig und kantig, sodass ich sie entziffern konnte. »Alexa«, stand in riesigen Lettern – je ein Buchstabe auf einem quadratischen Feld – über dem Bett. Es gab auch kleinere Zettel, auf die viele Wörter in Schwarz geschrieben worden waren, eng aneinandergereiht, mit Schwüngen und Schnörkeln. Schrift wie aus einem Museum. Komplett unleserlich.

»Du schreibst mit der Hand?«, fragte ich.

»Ja. Es hat mich schon immer fasziniert. Etwas zu Papier bringen, das nicht sofort von einem Programm analysiert wird. Buchstaben setzen, die nicht gerade gerückt werden, wenn du einen Fehler machst.«

»Niemand kann das lesen!«, rutschte es mir heraus.

Sam lachte. »Vielleicht gefällt mir auch das.« Dann zeigte er auf den Schreibtisch, wo ein Stapel dünner Pappkartonrechtecke lag, daneben verschiedene Pinsel und Stifte. Er nahm ein Pappestück, auf dem er verschiedene Versionen unterschiedlicher Buchstaben ausprobiert hatte, und drehte es um. Es war die auseinandergeschnittene Rückseite einer Cornflakes-Packung.

»Davon gibt es hier mehr als genug«, sagte Sam mit einem halben Grinsen. Er drehte die Pappe wieder zurück und tippte gegen die zusammengezogenen, ineinanderfließenden Buchstaben. »Hier steht:

›Der Tod der unschuldigen Worte‹. Wenn du übst, kannst du das auch lesen.«

Der Tod der unschuldigen Worte. Was immer das bedeutete. Es klang schön. Traurig und schön zugleich.

Die Schwere, die sich über Sam gelegt hatte, als wir den Raum betreten hatten, schien sich für einen Augenblick zu lichten. »Jeder Mensch hat eine eigene Handschrift, wusstest du das? Jedenfalls, wenn man richtig mit der Hand schreiben kann. Früher konnte man Leute anhand ihrer Schrift identifizieren. Ich hätte dir einen Brief schreiben können und du hättest gewusst, dass er von mir ist, ohne dass ich meinen Namen drunter gesetzt hätte.«

Sams blaue Augen leuchteten.

»Und das da?«, fragte ich. »Die sehen alle gleich aus.« Ich wies auf eine lange Reihe aneinandergepinnter Karten, die am Fenster hingen. »Sam & Alexa«, stand in schwarzen, leicht zu entziffernden Blockletttern auf jeder einzelnen.

»Die sind gedruckt«, erklärte Sam. Er wies auf das antike Gerät. »Die hat mir Andruko besorgt. Eine Druckmaschine.«

»Wissen deine Eltern, dass du die hast?«

Sam grinste. »Früher stand sie in meinem Zimmer. Sie denken, sie hätten mich davon überzeugt, sie zu entsorgen.«

Er zog eine Schublade auf und holte ein Stück Leder heraus, in das er mit irgendeinem Werkzeug Muster gekerbt hatte. »Das ist mein Prototyp«, erklärte er. »Da streiche ich Farbe drauf, dann kommt das mit einem Stück Papier oder Karton auf die Platte, drehen …«, er zeigte auf das sechsspeichige Rad, »… walzen, fertig.«

»Ganz ohne Strom?«, fragte ich.

»Nur mit Muskelkraft«, sagte Sam. »Es ist eigentlich keine Druckmaschine. Nur eine Druckerpresse. Aber man kann dasselbe Muster damit unendlich oft vervielfältigen.«

»Aha.« Ich kam mir vor wie eine Zeitreisende.

»Na ja«, sagte Sam. Seine Stimme schwankte auf einmal.

Ich drehte mich um meine eigene Achse, um das alles – die Linien und die dunkle Farbe und die Trauer, die so deutlich aus den wenigen lesbaren Wörtern entsprang – noch einmal in mich aufzunehmen.

»Deine Schwester …«, sagte ich schließlich. »… lebt hier nicht mehr.« Ich wusste im selben Moment, dass das »hier« in meinem Satz nur herauszögerte, was ich nicht aussprechen mochte.

Sam seufzte tief, als erinnerte er sich plötzlich, warum er mich hierhergebracht hatte.

»Meine Schwester ist tot.«

In meinem Ohr fiepte es kurzzeitig.

»Das tut mir leid«, flüsterte ich und schämte mich, weil es nicht so klang, als täte es mir wirklich leid. Weil ich nicht geglaubt hatte, dass jemandem wie Sam irgendetwas fehlen könnte.

»Es ist schon zwei Jahre her, deswegen war ich ein paar Monate nicht in der Schule«, erklärte Sam. »Es ist – okay. Ich denke gar nicht mehr so oft daran.«

Sam ließ sich auf das Bett plumpsen und legte sich auf den Rücken, wie eben in seinem eigenen Zimmer. Dabei rutschte sein T-Shirt nach oben und legte ein Stück Haut frei. Haut, die ich unverwandt anstarrte, während ich verloren zwischen seinen Buchstaben und Wörtern herumstand, statt etwas Aufmunterndes oder Freundliches zu sagen. Ich betrachtete seinen Bauchnabel und ich dachte an den Code in seinem Armband, das gerade von einem Hund spazieren geführt wurde. Und dann dachte ich, dass er vielleicht meine Gedanken lesen konnte, dumme, ablenkende Gedanken, die verrieten, wer ich wirklich war. Also fragte ich mit rauer Stimme: »Wollte deine Schwester zu Altatec?«

»Nein. Ich glaube nicht, dass sie von Altatec wusste. Gab es euch vor zwei Jahren überhaupt schon?«

Ich bekam vor Schreck einen Hustenanfall. »Vor zwei Jahren? Ähm, ich glaube nicht. Also, ich meine, ich war jedenfalls noch nicht dabei.«

»Alexa war keine einfache Person«, sagte Sam leise. »Sie hatte all diese Gefühle. Nahm alles schwerer als andere Menschen. Dachte zu viel nach. Sie hat sich viel mit unseren Eltern gestritten. Und einmal sagte sie zu mir: ›Ich ersticke, Sam. Ich ersticke, weil alle alles über mich wissen. Ich bin an ein Datenband gefesselt und kann niemals tun, was ich wirklich will.‹ Sie hat manchmal ihr Band abgenommen und in irgendeine Ecke geschmissen. Wenn es dann in ihrem Ohr nicht mehr aufhörte zu piepen, fing sie an zu schreien, bis meine Eltern kamen und sie zwangen, es wieder anzuziehen.«

Mich fröstelte. Sam sah mich bedauernd an. »Manchmal denke ich, wenn ich damals schon die Idee mit dem Hund gehabt hätte …« Seine Stimme erstarb und er fuhr erst fort, als ich mich vorsichtig neben ihn aufs Bett gesetzt hatte. »Jedenfalls hatte sie immer Ärger, weil sie sich nicht auf Gold halten konnte. Und eines Tages fiel sie auf Rot.«

Ich atmete hörbar aus.

»Meine Eltern sind ausgeflippt. Sie haben abwechselnd getobt und geheult. Ich habe mich in meinem Zimmer mit Spex unter meiner Bettdecke verkrochen.«

Sam schwieg einen Moment und richtete sich abrupt auf. »Ist ja auch egal. Jedenfalls ist sie weggeschickt worden. Schon, damit sie nicht unsere Familien-Indexe verderben konnte. Aber auch, um sich zu verbessern. ›Es ist noch nicht alles verloren‹, meinte meine Mutter. In irgend so ein Institut außerhalb der Stadt ist sie eingewiesen worden.« Sam fuhr sich durch die Haare. Er schaute mich nicht mehr an.

»Von dort ist sie abgehauen und zu Fuß zurück in die Stadt gelaufen. Auf einer Schnellstraße ist sie von einem Auto erfasst worden. Sie trug etwas Weißes und die Auswertung ergab, dass das Fahrzeug sie für eine umherfliegende Tüte hielt.«

Sam war still.

»Es tut mir so leid«, wiederholte ich, weil ich keine anderen Worte hatte.

»Ja«, antwortete Sam. Und nach einer Weile: »Keine Ahnung, warum ich dir das alles erzähle. Ich mache mir erst seit einiger Zeit darüber Gedanken. Seitdem ich die Altatec-Videos gesehen habe, ergibt das alles mehr Sinn. Ich mache etwas und dann frage ich mich, ob ich es getan habe, weil ich es wollte oder weil mein Band es mir empfohlen hat. *Be*fohlen. Alexa wollte frei sein. *Ich* will frei sein.« Sam sah mich endlich wieder an. »Du doch auch? Deswegen bist du doch dabei?«

»Ja«, sagte ich heiser. Ich wollte frei sein. Ich wusste nur nicht, ob Altatec etwas damit zu tun hatte.

In meinem Ohr begann es wieder zu piepsen. Auch Sam griff sich ans Ohr. »Bei dir auch? Wahrscheinlich hat Spex sich zu weit entfernt.« Er erhob sich.

An der Tür blieb ich stehen. »Glaubst du es denn?«, fragte ich. »Dass das Auto sie wirklich nicht erkennen konnte oder …?«

Sam trat hinaus in den Flur. »Ich weiß nicht. Aber sie hätte es lustig gefunden. Alexa, die leere Plastiktüte.«

Er lachte tonlos und es klang so traurig, dass ich ihn am liebsten umarmt hätte. Aber Sam wandte mir schon den Rücken zu und schloss die Tür.

»Was muss ich machen, um aufgenommen zu werden?«, fragte mich Sam, nachdem wir Spex am anderen Ende der Wohnung wiedergefunden hatten.

»Das ist nicht so einfach«, brachte ich hervor und atmete tief durch, um mir ein paar Sekunden Zeit zum Nachdenken zu verschaffen. Vielleicht hätte ich ihm genau zu diesem Zeitpunkt einfach die Wahrheit sagen sollen. Aber nun wusste ich, wie leicht es sein würde, an sein Armband zu kommen.

»Es ist nicht so einfach, aber ich denke, es sollte möglich sein«, behauptete ich. »Ich werde mit meinem Chef sprechen.« Meine Stimme klang erstaunlich fest, auch wenn ich einen Moment überlegte, ob es bei Untergrundrebellen Vorgesetzte gab, die man »Chef« nannte. »Ich bin mir sicher, er wird dich rekrutieren wollen. Goldlinge sind immer hilfreich.« Jetzt flossen die Lügen geradezu selbstständig von meiner Zunge. »Es wird aber noch eine Weile dauern, bis du die anderen treffen darfst.« Sam runzelte die Stirn und ich log weiter. »Du musst dich sicher erst beweisen.«

Ich fühlte mich in dem riesigen Wohnzimmer auf einmal winzig klein. Sam nickte. Ernst und feierlich. Sam hatte mir Alexas Zimmer gezeigt. Sein Herz entblößt. Warum musste ich ihn betrügen?

Die Antwort gab ich mir selbst: Weil Code Omni-X in meine unmittelbare Nähe gerückt war. Beim nächsten Mal, wenn Sam Spex sein Armband überstreifte, würde ich zugreifen.

Aus den Chatprotokollen von Resa Gerlach, April 2038

08.04.38 01:34 **Jonas Heuck:**	Hey
08.04.38 01:34 **Jonas Heuck:**	Mir geht es gut
08.04.38 01:34 **Resa Gerlach:**	Mir nicht!
08.04.38 01:34 **Jonas Heuck:**	Du bist wach?
08.04.38 01:36 **Resa Gerlach:**	Die ganze verdammte Stadt ist wach. Bist du tot?
08.04.38 01:36 **Jonas Heuck:**	Jep, ich bin ein totes mieses Arschloch, aber ich wollte dir wenigstens Bescheid sagen
08.04.38 01:36 **Jonas Heuck:**	
08.04.38 01:37 **Resa Gerlach:**	Jonas, das geht echt nicht. Du kannst nicht einfach verschwinden.
08.04.38 01:37 **Jonas Heuck:**	Ich weiß
08.04.38 01:37 **Jonas Heuck:**	Sorry
08.04.38 01:41 **Resa Gerlach:**	Das ist alles, was dir einfällt?
08.04.38 01:41 **Resa Gerlach:**	Hab ein schönes Leben, Jonas.
[08.04.38 01:41 Jonas Heuck Sprachanruf]	
08.04.38 01:42 **Resa Gerlach:**	Ich will nicht mit dir reden.
08.04.38 01:45 **Jonas Heuck:**	Es tut mir wirklich leid, Resa. Ich hatte Ärger auf der Arbeit. Und Stress mit meiner Mutter. Ich weiß, dass ich mich hätte melden sollen. Und dann dachte ich, ich hätte es vergeigt. Dass du sowieso nichts mehr mit mir zu tun haben willst
08.04.38 01:47 **Jonas Heuck:**	Scheiße
08.04.38 01:47 **Resa Gerlach:**	Will ich auch nicht!

08.04.38 01:47 **Jonas Heuck:**	Es tut mir sooo leid. Ich wünschte, ich könnte das rückgängig machen …
08.04.38 01:48 **Resa Gerlach:**	Ich wünschte, ich wollte wirklich nichts mit dir zu tun haben.
08.04.38 01:51 **Jonas Heuck:**	Resa **...** Ich mag dich. Ich mag dich sehr. Vielleicht hat mir das Angst gemacht

**

08.04.38 02:03 **Resa Gerlach:**	Die Altatec-Terroristen zerbomben die Stadt und du hast Angst vor mir?
08.04.38 02:04 **Jonas Heuck:**	Nur ein bisschen. Wenn du deine Stiefel anhast
08.04.38 02:04 **Resa Gerlach:**	🙄
08.04.38 02:05 **Resa Gerlach:**	Du darfst das nicht mehr machen. Einfach abhauen.
08.04.38 02:05 **Jonas Heuck:**	Ja ich weiß
08.04.38 02:06 **Jonas Heuck:**	Meine Knie waren auch weich bei unserem Kuss.
08.04.38 02:06 **Resa Gerlach:**	😒
08.04.38 02:06 **Resa Gerlach:**	Davon hätte ich nie was schreiben sollen!
08.04.38 02:07 **Jonas Heuck:**	😔
08.04.38 02:08 **Resa Gerlach:**	Wir sollten schlafen.
08.04.38 02:08 **Jonas Heuck:**	Ja. Schlaf gut, Rosa-Resa. Es tut mir wirklich leid
08.04.38 02:08 **Resa Gerlach:**	Gute Nacht. Und ich habe dir noch nicht verziehen.
08.04.38 02:08 **Jonas Heuck:**	🥺

13.

Berlin 2075

Die nächsten Tage verbrachte ich damit nachzugrübeln, (1.) welche Rebellentestaufgaben ich Sam stellen konnte, während ich auf seinen Hund (und sein Armband) aufpasste, und (2.) wann der geeignete Zeitpunkt wäre, um Tom nach seinen ominösen Passwortumgeh-Kontakten zu fragen.

Mein erster Versuch zu (2.) scheiterte an Toms schlechter Laune. Er hatte tatsächlich mehrere Unternehmen als Kunden für seine KI-Hotline verloren und schaute statt Katzenbildchen nun mit Vorliebe Videos von kontrollierten Hausdemolierungen, was seinen Indexen nicht gerade nützte. Jedenfalls wies er mich brüsk ab, als ich versuchte, ihn zum rauschenden Wasserhahn zu locken, um Geheimgespräche zu führen.

Entsprechend schlecht war auch meine Laune, als ich aus dem schmuddeligen Bürogebäude trat. Ich legte laute Musik in mein Ohr und bemerkte es erst gar nicht, als jemand nach mir rief. Erst als mir auf die Schulter getippte wurde, wirbelte ich erschrocken herum. Einen Moment lang schaute ich den Mann verständnislos an.

»Ellie Bergmann, ich hätte einige Fragen.«

Da dämmerte mir, dass es sich um Thorgunds Begleiter vom ersten Besuch im *SmartHome* handelte.

»Kommissar Block von der Datensicherheit«, bestätigte er nun, ohne zu erwähnen, warum er mir auf dem Nachhauseweg auflauerte.

»Die – die Untersuchung wurde abgeschlossen«, stotterte ich.

»Das gilt vielleicht für den Kollegen von der Firma«, sagte Block. »Die Polizeibehörde ist jedenfalls noch nicht fertig.«

»Welche Firma?«, fragte ich.

»Komm mit«, sagte Block, ohne zu antworten.

»Wohin? Warum?«

»Weil du nicht die Wahrheit gesagt hast«, erwiderte er scharf. Seine Stimme ließ ihn gefährlicher klingen, als er mit seinem zerschlissenen Anzug aussah. Sollte ich einfach die Beine in die Hand nehmen und mich aus dem Staub machen? Mit seiner mageren Statur und den dünnen Beinchen wirkte der Kommissar nicht gerade, als hätte er in einer Sondereinheit für Verbrecherjagd trainiert. Er saß jedoch am längeren Hebel. Wo hätte ich mich verstecken sollen? In Alexa Wertings Geheimzimmer?

»Ich weiß nicht, was Sie meinen«, brummte ich.

»Wir unterhalten uns nur ein wenig«, erklärte der Kommissar. »Aber nicht hier.«

»Ich muss zum Abendessen zu Hause sein«, murmelte ich, als ich ihm zur Straße folgte.

Block lachte hohl. »Keine Sorge.«

Er führte mich zu einem Auto, dessen Hintertür aufsprang, als wir uns näherten. Der Kommissar schob mich in das Fahrzeug und nahm selbst auf dem Vordersitz Platz.

»Wo fahren wir hin?«, fragte ich. Mein Magen war tief nach unten gesunken.

»Zu einem dunklen Kellerloch, in dem wir kleine Lügnerinnen einsperren«, erwiderte Block trocken. Ich giggelte vorsichtshalber nervös. Kommissar Block seufzte. »Wir fahren in die Zentrale Datenstelle.«

Während der Fahrt sprach der Kommissar nicht. Als ich noch mal fragte, worum es ging, bedeutete er mir zu schweigen und stellte den Blaster so laut, dass es mir in den Ohren dröhnte. Wir fuhren ins Herz der Stadt, wo die Türme an die fünfzig Stockwerke zählten und so nah beieinanderstanden, dass die begrünten Hochtrassen die Gebäude fast berührten. Dann gab es eine eigenartige Lücke zwischen den hohen Häusern und am Rande der Straße erblickte ich das einsame alte Tor, das man als Erinnerung an die Vergangenheit hatte stehen lassen. Vielleicht um zu sagen: »Schaut, wie klein und gedrungen unsere Monumente damals waren. Schaut, wie groß wir jetzt sind.« Das war auch die Botschaft, die die Zentrale Datenstelle ausstrahlte, ein riesiger Komplex aus Glas und Stahl und Licht, der wie ein gigantischer Altar über der Stadt thronte. Ein architektonisches Wunderwerk, wie ich in der Schule gelernt hatte: Das historische Gebäude darunter, das mit den altertümlichen Säulen und der altmodischen Glaskuppel, schrumpfte unter der gewaltigen Konstruktion, die es umgab, zusammen. Es war eingekapselt von Stockwerk um Stockwerk des neuen Komplexes, der Bollwerk und Gefängnis zugleich zu sein schien. Im inneren, alten, Gebäude saßen unsere Abgeordneten, ausgewählt unter den Bürgern und Bürgerinnen mit den vorbildlichsten Indexen, und im äußeren, neuen, die Datenschützer, die sie und uns alle vor jeglichen Gefahren behüteten.

»Wusstest du, dass dieses Parlament zwei Mal in kaum mehr als hundert Jahren Ort eines Anschlags wurde, der den Lauf der Geschichte nachhaltig erschütterte?«

Keine Ahnung, warum Kommissar Oberlehrer meinte, mir eine Geschichtslektion erteilen zu müssen.

»Die ZDS schützt unsere Volksvertreter«, erklärte er weiter. »Wir müssen auf Datenmissbrauch reagieren, damit unsere Bürger geschützt sind.«

»Wovor?«, fragte ich, bevor ich mich zurückhalten konnte.

»Vor Anarchie«, erwiderte Block. »Vor Chaos und Verschwendung unserer Ressourcen.« Das Auto fuhr an einer langen Schlange von Wagen mit dem Solysier-Logo vorbei und hielt in einer Seitenstraße. Meine Tür öffnete sich erst, als der Kommissar ausgestiegen war und mich draußen erwartete.

In der Luft lag ein unangenehmer, scharfer Geruch. Block schenkte ihm keine Beachtung. Er betrachtete die endlose Fensterfront, die sich vor uns in den Himmel erstreckte. »Weißt du, es gab eine Zeit, als Leute behaupten konnten, was immer sie wollten. Medien konnten berichten, was immer ihnen beliebte. Menschen konnten sich aufführen wie Gorillas. Jeder tat und ließ, was ihm gefiel. Ohne die Konsequenzen zu bedenken. Heute wissen wir, welche Auswirkungen unser Verhalten hat. Wir können berechnen, wie wir die besten Menschen werden. Die beste Gesellschaft.«

Kommissar Philosoph warf mir einen langen, nachdenklichen Blick zu. »Die beste Gesellschaft funktioniert nur dann, wenn unser Algorithmus nicht missbraucht wird.«

Ich wollte etwas erwidern, als ich bemerkte, dass er seine Faust fest zusammengeballt hatte. So eine Psychoscheiße! Ich biss mir auf die Zunge. Der Typ wollte mir ein schlechtes Gewissen machen, damit ich sang wie eine Lerche. Kommissar Block wartete erwartungsvoll, aber ich verschränkte nur schweigend die Arme vor der Brust und ließ mich von ihm in das Gebäude führen.

Der Komplex hatte an dieser Seite mehrere Eingänge, doch Block wählte keinen davon. Stattdessen leitete er mich um das riesige Gebäude herum zu einer Schleuse, an der kein Mensch zu sehen war. Er hielt sein Band gegen ein Pad. Als die Tür sich surrend öffnete, bedeutete er mir zu warten, zog sein Holomenü auf, gab irgendetwas ein, wartete einen Moment, und erst als das kleine Licht an der Tür erlosch, ließ er mich hindurchgehen. Er zog ein Band mit einer Metallkarte aus der Hosentasche und hängte es mir um den Hals. Dann fuhren wir im Aufzug viele Stockwerke empor und stiegen in einem Flur aus, der ins Innere des Gebäudes führte, wo sich ein haushohes Atrium auftat, von dem man hinunterschaute auf die Glaskuppel des Parlaments. Es wurde von der ZDS umschlossen wie eine Raupe von einem Kokon.

Ich hielt mich an der Balustrade fest und schaute hinunter auf die Glaskuppel und tief darunter auf die winzig kleinen, kreisförmig angeordneten Sitzreihen, auf denen zu anderen Tageszeiten unsere Abgeordneten saßen und beschlossen, diesen oder jenen Algorithmus anzupassen, dies oder jenes Programm upzudaten und neue Selbstmesser zum Wohle der Menschheit in den Äther zu jagen.

»Und wir hier oben wachen über alles«, bemerkte Kommissar Gott in großväterlichem Ton, während er mit mir hinabschaute. Dann schob er mich sanft den Gang hinunter.

»Ist Thorgund nicht für unseren Fall zuständig?«, fragte ich. Der hatte wenigstens einen superkorrekten Eindruck gemacht, während Block immer zwielichtiger auf mich wirkte.

Er brummte bloß ungehalten. »Thorgund hat seine Zuständigkeit für seinen Bereich abgeschlossen.« Er zeigte den Gang hinunter auf eine Glastür, auf der unübersehbar der Solysier-Schriftzug prangte.

Verbindungsoffizier! Auf einmal wurde mir klar, was das bedeutete. Thorgund war kein Polizist, sondern Mitarbeiter des Tech-Unternehmens, das unsere Armbänder entwickelte und optimierte. Und das (was mir vollkommen unklar gewesen war, obwohl es kein Geheimnis sein konnte) hier, im Herzen der ZDS, gemeinsam mit den Staatsdienern über unsere Algorithmen schaltete und waltete.

Block steuerte in eine andere Richtung und bugsierte mich in ein unscheinbares Büro am anderen Ende der Etage, wo er mir bedeutete, mich auf einem Stuhl niederzulassen.

»Kommen wir zur Sache. Ich weiß, dass in eurem Geschäft ein illegaler Datentransfer stattgefunden hat zu einem Zeitpunkt, als du dort eingeloggt warst.«

»Ihr Kollege hat das stundenlang überprüft. Sie wissen so gut wie ich, dass es dafür keine Anhaltspunkte gibt.«

Etwas in Blocks kleinen Äuglein blitzte und plötzlich hatte ich einen ungeheuerlichen Verdacht.

Kommissar Schmeichel versuchte es auf die nette Tour: »Ich bin mir sicher, dass du keine Komplizin bist, nur ein Werkzeug. Derjenige, dem du die Daten geladen hast, kann damit großen Schaden anrichten.«

Nur dass derjenige mit den Daten nicht das Geringste davon wusste.

»Es ist essenziell, dass du mir die Person beschreibst, die im Laden war.«

In meinem Gehirn begann es zu rattern. Warum hatte ich den Eindruck, dass Block mich mehr oder weniger anflehte? Mir fiel auf, wie blass er war. *Er* hatte sich von Tom den Registerauszug zeigen lassen. *Er* hatte behauptet, dass nichts Ungewöhnliches zu entdecken war – und nun bestand er auf dem Gegenteil.

»Es war keiner da«, antwortete ich störrisch. Sam war ohne funktionierendes Armband ins *SmartHome* gekommen und hatte den neuen Chip erst, nachdem er draußen war, wieder aktiviert. Wenn Kommissar Dunkeltapp gewusst hätte, *wer* in den illegalen Transfer verwickelt gewesen war, säße ich vermutlich nicht hier …

»Nun, Ellie, es geht auch anders.« Block griff nach meinem Handgelenk und hielt es fest wie in einem Schraubstock. Erstaunlich stark, der schmächtige Kerl. In seinem Blick lag etwas wie verbissene Verzweiflung. »Es ist mir ein Leichtes, dich auf Rot zu katapultieren!«

»Haben Sie nicht gerade gesagt, dass aufrichtige Bürger keine Daten manipulieren dürfen?!«, biss ich zurück.

Sein Griff wurde noch fester. »Ich manipuliere nichts. Was, glaubst du, passiert, wenn ich dich hier in eine Zelle stecke, weil du die Aussage verweigerst?«

»Ich verweigere nichts! Ich habe keine Ahnung, worüber Sie reden!« In meiner Brust wallte Panik auf. »Sagen Sie mir doch einfach, um welche Geheimdaten es geht, dann weiß ich vielleicht, wen oder was Sie meinen.« Ich musste ruhig bleiben, denn so wie es aussah, wusste der Kommissar weniger, als er vorgab.

Block ließ mich los.

»Du tust dir keinen Gefallen«, knurrte er. »Wenn du kooperieren würdest, könnte sich die ZDS durchaus erkenntlich zeigen.«

Ich wollte gerade fragen, was genau er mir versprechen konnte, da öffnete sich die Bürotür und eine junge Frau steckte den Kopf herein. Die Art, wie Kommissar Dreck-am-Stecken in seinem Stuhl herumfuhr, verriet, dass irgendetwas nicht so war, wie es sein sollte.

»Was macht das Mädchen hier?«

»Ein Verhör wegen unzulässigem Datentransfer«, erklärte Block schnell.

»Hmh«, machte seine Kollegin verunsichert.

»Ellie sind ein paar Details eingefallen, die hilfreich sein könnten«, behauptete er. Ach ja? Er schien seiner Kollegin weismachen zu wollen, dass ich freiwillig aufgetaucht war.

»Hier?«, fragte sie skeptisch.

»Wir führen nur ein informelles Gespräch«, erwiderte Kommissar Unsinn-Schwafel. Winzige Schweißperlen glänzten auf seiner Stirn. »Das Mädchen hat ja nichts verbrochen. Dafür muss ich sie nicht in einem Verhörraum einloggen.«

Die Kollegin blickte uns einen Moment lang an. Sollte ich etwas sagen? Dass der Kommissar mich hierhergeschleppt, mich bedroht und umschmeichelt hatte? Doch wer konnte sicher sein, was dann passieren würde? Einen Verhörraum wollte ich jedenfalls nicht von innen kennenlernen.

Stattdessen beschloss ich, auch zu bluffen.

»Wir sind schon fertig. Ich habe Kommissar Block alles gesagt, was ich weiß«, erklärte ich. »Ich hoffe, ich konnte helfen. Er wollte mir gerade zeigen, wie ich wieder nach draußen komme.«

»Ja richtig«, beeilte Kommissar Märchenstunde sich, mir beizupflichten. »Wenn dir noch etwas einfällt, melde dich einfach.« Mein Armband surrte – seine Kontaktdaten.

»Ich finde den Weg alleine raus!«, rief ich schnell und schlüpfte an der Frau vorbei in den Flur.

Kommissar Block sah mir nervös hinterher, wandte sich dann aber unnatürlich munter an seine Kollegin. »Was wollten Sie?«

»Haben Sie nicht mitgekriegt, was da draußen los ist?«, fragte die zurück. »Wir sollen uns das alle anschauen!«

Ich machte mich aus dem Staub. Am Aufzug schaute ich mich suchend um. Es gab ein Pad, gegen das ich die Metallkarte an meinem Hals hielt. Aber es passierte nichts. Offensichtlich hatte Block mir eine Passattrappe ohne irgendwelche Zugänge umgehängt.

Zum Glück kam in diesem Moment ein älterer Beamter den Flur heruntergeschlurft und steuerte ebenfalls auf den Aufzug zu. Ich tat so, als müsste ich irgendetwas in der Tiefe meiner Umhängetasche suchen, während er den Lift mit einem kurzen Druck seines Bandes auf das Pad aktivierte. Er musterte mich schweigend, während wir zusammen hinabfuhren.

Als die Aufzugtüren sich öffneten, trat ich erleichtert nach draußen. Jedenfalls bis mein müdes Hirn begriff, dass ich mich keineswegs in der Nähe des Ausgangs befand. Mein Mitfahrer, der bereits in den langen dunklen Flur getreten war, drehte sich zu mir um. »Kann ich Ihnen helfen?«

Ich versteckte instinktiv mein Handgelenk hinter meiner Tasche.

»Wo müssen Sie hin?«

Vielleicht war ich eine pathologische Lügnerin. Ich hätte ja einfach sagen können, dass mich Kommissar Oberschlau ohne Besucherpass zum Ausgang geschickt hatte. Stattdessen schaute ich auf die Schilder, die gegenüber dem Lift an der grünen Wand angebracht waren. Rechts: Archiv. Links: Vernehmung & Personenrecherche.

Der ältliche Beamte sah mich abwartend an.

»Ich muss zum Archiv«, sagte ich im Brustton der Überzeugung. Und weil er nichts erwiderte, sondern den Kopf kaum merklich schief legte, dachte ich, ich müsse ihm meine Daseinsberechtigung beweisen. Natürlich kam meinem widerspenstigen Hirn die denkbar dreisteste Behauptung in den Sinn: »Kommissar Block von der Datensicherheit schickt mich. Ich soll mir im Archiv eine Liste der Code-Omni-X-Träger der letzten vier Jahre laden lassen.«

Der treue Staatsdiener zögerte einen Moment. *Tschüssi, Ellie,* jetzt würde er mich am Kragen packen und direkt in die Abteilung »Vernehmung & Personenrecherche« schleifen.

Aber er tat es nicht.

»Tatsächlich?«, fragte er stattdessen interessiert, vielleicht weil er überlegte, warum Kommissar Block eine junge Assistentin hatte und er nicht. »Dann fragen Sie im Referat 4 nach, das ist das letzte Büro auf der linken Seite.«

Er nickte mir zu und verschwand durch die schwere Tür direkt neben dem Aufzug.

Es lebe die Unverschämtheit!

Jetzt allerdings galt es, aus diesem dunklen Gang ohne Fenster zu verschwinden. Der Aufzug rührte sich ohne entsprechenden Zugang im Band nicht. Es musste doch eine Treppe geben! Ein teuflisches, kleines Wesen in meinem Kopf drängte mich, dem Referat 4 einen Besuch abzustatten, um herauszufinden, ob man mir dort wirklich eine Liste mit Geheimdokumenten aushändigen würde. Zum Glück konnte ich das Kopfmonster im Zaum halten. Trotzdem ging ich den Gang nach links ein paar Schritte hinunter. Neben den Türen waren kleine Schilder angebracht, die Referats- und Abteilungsnummern auswiesen. Nichts sah nach einem Treppenhaus aus. Ich wollte gerade umdrehen, um in Richtung Folterkeller (Personenrecherche, von wegen!) nach dem Treppenaufgang zu suchen, als ich plötzlich laute Stimmen aus einer halb offenen Tür hörte.

»Sie können überhaupt nichts!«, brüllte eine tiefe Männerstimme. Ein Poltern folgte. Dann eine leise Antwort und wieder das Brüllen des Mannes: »Was glauben Sie eigentlich, wer Sie sind!?« Die Tür wurde noch weiter aufgestoßen, und bevor wer immer sich dahinter verbarg auf den Gang stolpern konnte, erwachte ich aus meiner Starre, entdeckte beim panischen Umherschauen ein WC-Schild und verschwand in der Damentoilette. Drinnen versteckte ich mich in einer der Kabinen, als jemand schwer atmend in den Raum kam. Lautlos öffnete ich die Tür, sodass ich durch den Spalt eine junge Frau sah, die sich auf das Waschbecken gestützt hatte und in den Spiegel starrte. Ihre Schultern bebten. Sie weinte. Ich harrte einige Momente aus, in der Hoffnung, dass die Frau verschwinden würde. Um besser sehen zu können, lehnte ich mich vor. Dabei stieß meine Stirn gegen die Metalltür der Kabine, die so laut schepperte, dass die Frau am Waschbecken herumfuhr. Nach einer Schrecksekunde räusperte ich mich geräuschvoll und betätigte die Klospülung. Dann trat ich aus der Kabine und ging zielstrebig zu einem der Wasserhähne, als wäre ich schon tausend Mal hier gewesen. Während ich die Hände wusch, nickte ich der Frau freundlich zu. Als unsere Blicke sich im Spiegel trafen, blieben sie ein paar Sekunden lang aneinander hängen. Die Frau war viel jünger, als ich sie von hinten eingeschätzt hatte, was vermutlich an ihrer blauen Anzughose und der cremefarbenen Bluse lag. Um den Hals trug sie wie ich eine Metallkarte an einem Band. Sie sah mich aus verquollenen Augen an.

»Geht es dir gut?«, entfuhr es mir. »Brauchst du Hilfe?«

Vielleicht lag es daran, dass ich sie – sozusagen aus Versehen – geduzt hatte, als wäre sie meine Freundin. Vielleicht hätte jeder andere Satz gereicht, um sie über die Kante zu stoßen. Jedenfalls verwandelten sich ihre stillen Tränen plötzlich in lautstarkes, blubberndes Schluchzen. Sie hielt sich immer noch am Rand des Waschbeckens fest und dabei schaute sie mich so verzweifelt an, dass ich dachte, sie würde mir gleich um den Hals fallen und die Tränen in mein T-Shirt schnäuzen.

»Arrgh«, stieß sie schließlich eine Art gedämpften Zornesschrei aus. »Ich hasse meinen Chef!«

»Oh«, machte ich und konnte nicht anders, als ein bisschen zu lachen. Sie strich sich mit zitternden Fingern die Haarsträhnen aus der Stirn, die sich aus ihrer Hochsteckfrisur gelöst hatten. Dann zog sie laut den Rotz in der Nase hoch und schluchz-lachte ebenfalls.

»Dein Chef?«, fragte ich vorsichtig.

Sie nickte. »Eigentlich der Chef meiner Chefin.« Sie zögerte. »Der Staatsvorstand?« Eine Frage? Wollte Sie wissen, ob ich ihn kannte? Ich hob das Kinn in der Hoffnung, dass diese kryptische Geste sie zum Weiterreden bewegen würde.

»Er ist einfach so … unberechenbar.« Sie atmete tief durch. »Eben ist er durch unsere Abteilung gewandert und hat sich alle möglichen Dinge zeigen lassen. Dann hat er meinen Kollegen angeblafft, weil er ihm angeblich die falschen Daten gegeben hat. Hatte er aber gar nicht, unser Chef hat nur unter dem falschen Code nachgeschaut. Das habe ich ihm gesagt und da ist er … explodiert.«

Die junge Frau hob die Schultern. »Ich bin rausgerannt.« Sie hob ihre Hände vors Gesicht. »Jetzt wird es bestimmt noch schlimmer.«

»Was für ein Arschloch«, rutschte es mir heraus.

Sie lachte auf. »Bist du neu hier? Hattest du auch schon das Vergnügen?«

Ich bekam einen mittleren Hustenanfall. »Ich, äh, habe nur von ihm gehört. Scheint ja ein richtiger Choleriker zu sein.«

»Allerdings.« Das Mädchen seufzte und trocknete sich das Gesicht.

»Könnt ihr euch nicht wehren?«, fragte ich. »Sein Sozialindex kann ihm doch nicht völlig egal sein.«

Die linke Augenbraue meiner Gesprächspartnerin zog sich steil in die Höhe. »Der Typ hat überhaupt keine Skrupel. Neulich ist eine Putzfrau in sein Büro geplatzt, als sie dachte, es sei leer, und er ist völlig ausgeflippt. Es heißt, er hat sie geschubst, am Arm gepackt und fluchend auf den Flur gezerrt.«

Mein Entsetzen stand mir wohl ins Gesicht geschrieben, denn die junge Frau nickte bekräftigend und fügte hinzu: »Ich habe die blauen Flecken gesehen.« Und als ich immer noch nichts erwiderte, sagte sie: »Sein Band hat nicht reagiert. Der Typ ist immer auf Gold, egal, was er macht.«

»Das tut mir sehr leid«, war alles, was ich sagen konnte. »Vielleicht kannst du in eine andere Abteilung wechseln.«

»Vielleicht.« Sie zuckte die Achseln. »Wer sagt mir, dass es da besser ist?«

Aus den Chatprotokollen von Resa Gerlach, April 2038

08.04. 07:45 **Jonas Heuck:**	Wieso hast du was von Altatec-Terroristen geschrieben?

**

08.04. 08:08 **Resa Gerlach:**	Du bist wach...
08.04. 08:08 **Resa Gerlach:**	Ich hab kaum geschlafen.
08.04. 08:08 **Jonas Heuck:**	Ich auch nicht
08.04. 08:09 **Resa Gerlach:**	Mein Vater hat das gesagt. Sie haben eben schon ein Briefing erhalten. Hinter dem Anschlag auf das Parlament soll eine Terrorgruppe stecken, die gegen digitalen Fortschritt ist.
08.04. 08:09 **Jonas Heuck:**	Eine Terrorgruppe??
08.04. 08:10 **Resa Gerlach:**	Mein Vater hat uns das Briefing vorhin vorgelesen. Erste Erkenntnisse, was weiß ich. Hast du von denen schon mal gehört?
08.04. 08:10 **Jonas Heuck:**	Irgendwo was gelesen. Eine Gruppe, die über die Gefahren des Sozialbewertungsgesetzes informiert. Die sprühen Graffitis, verschicken Videoclips, solche Aktionen. Keine Terrorgruppe
08.04. 08:11 **Resa Gerlach:**	Hhm, so was hat Papa auch erwähnt.
08.04. 08:11 **Resa Gerlach:**	Ich glaube, ich soll das eigentlich nicht weitererzählen 😊
08.04. 08:11 **Jonas Heuck:**	Hat er noch was gesagt?
08.04. 08:12 **Resa Gerlach:**	Nein.
08.04. 08:12 **Resa Gerlach:**	Nur dass die Abstimmung über das SoBe-Gesetz jetzt vielleicht vorgezogen werden soll.

08.04. 08:12 **Jonas Heuck:**	Ist das dein Ernst?
08.04. 08:12 **Jonas Heuck:**	Na ja, egal
08.04. 08:12 **Jonas Heuck:**	Hat mich nur interessiert. Ist ja nice, wenn man mal was vor den Medien erfahren kann. Wie auch immer
08.04. 08:13 **Resa Gerlach:**	Äh? Alles klar bei dir?
08.04. 08:13 **Jonas Heuck:**	Ja, super 👍
08.04. 08:13 **Jonas Heuck:**	Bin nur übermüdet 😴
08.04. 08:13 **Resa Gerlach:**	Ok
08.04. 08:14 **Jonas Heuck:**	Musst du heute in die Schule?
08.04. 08:14 **Resa Gerlach:**	Nein. Die Schulen bleiben geschlossen.
08.04. 08:14 **Jonas Heuck:**	Kann ich dich am Wochenende sehen
08.04. 08:14 **Jonas Heuck:**	?
08.04. 08:15 **Jonas Heuck:**	🐱
08.04. 08:15 **Jonas Heuck:**	🐼
08.04. 08:15 **Jonas Heuck:**	🐯
08.04. 08:15 **Jonas Heuck:**	🐷
08.04. 08:16 **Resa Gerlach:**	Versuchst du mich mit süßen Tier-Emojis zu überreden?
08.04. 08:16 **Jonas Heuck:**	😊 😋
08.04. 08:18 **Resa Gerlach:**	Jonas …
08.04. 08:18 **Resa Gerlach:**	Lass mir ein bisschen Zeit, ja?
08.04. 08:18 **Jonas Heuck:**	🥺
08.04. 08:18 **Jonas Heuck:**	Ok

14.

Berlin 2075

»Wie heißt du?«, fragte ich die junge ZDS-Mitarbeiterin, die inzwischen wieder ruhiger atmen konnte.

»Fiona. Und du?«

»Miranda.« Toll, der erste Name, der mir einfiel, gehörte der Starbesetzung einer berühmten Reality-TV-Show.

»Du solltest ein bisschen an die frische Luft. Du bist ganz blass«, behauptete ich. Ich musste schließlich hier verschwinden und hatte immer noch nicht rausgefunden, wie. Fiona nickte und ich lotste sie zum Aufzug.

Doch sie steuerte daran vorbei. »Ich nehme immer die Treppe. Hilft mir, mein Sportsoll auf dem BioTracker zu erfüllen.«

»Ach witzig!«, rief ich etwas zu schnell. »Ich auch.«

Und ich ließ mich von ihr zum Treppenhaus führen, das ganz am anderen Ende des Ganges lag.

Nachdem ich endlich meinen Weg aus dem Labyrinth der Zentralen Datenstelle zurück zum Ausgang gefunden hatte, fühlte ich einen zentnerschweren Stein von meiner Brust purzeln. Ich wollte so schnell wie möglich weg, doch als ich auf die Straße trat, wehte mir ein bestialischer Gestank entgegen. Selbst zwischen den Mülltonnen in unserem Hinterhof hätte dieser Geruch nach Fäulnis und Chemie nicht unter »normal« abgehakt werden können.

In diesem Moment donnerte ein gepanzertes Polizeifahrzeug die Straße hinunter und verschwand hinter der Längsseite des Gebäudes, wo ich nun eine Menschenmenge wahrnahm. Es näherten sich sogar immer noch mehr: Nicht nur auf der Straße, auf der ich mich befand, auch aus den Nebenstraßen strömten Männer und Frauen in die Richtung, aus der der Gestank zu kommen schien. Der gesunde Menschenverstand sollte ja eigentlich dafür sorgen, dass man sich von dem Duft der Hölle fernhält. Aber da die anderen braven Bürger alle so zielstrebig ebenjenes Aroma ansteuerten, lief ich ihnen natürlich wie ein verdammter Lemming hinterher. Die Frau, der ich mich an die Fersen heftete, trug eine schwere Tüte in der Hand. Der Sack sah aus wie die selbstauflösenden Seetangbeutel, die wir in unseren Abfalleimer hängten.

Ich machte ein paar Schritte, um zu ihr aufzuschließen.

»Entschuldigung, wo wollen Sie hin?«

Die Frau wurde keinen Deut langsamer. »Na, da wo alle hinwollen. Punktesammeln mit der Müllaktion.«

»Müllaktion?«

»Haste die Nachricht etwa nicht bekommen, Mädchen?« Die Frau musterte mich kurz von der Seite. »Man muss die Chancen nehmen, wie sie kommen, wa?« Ich blickte hinunter auf ihr grau leuchtendes Handgelenk.

Wir erreichten den Platz, auf dem sich die Menschen zu einer großen Traube zusammengefunden hatten.

»Da müssen wir hin!«, verkündete meine neue Gefährtin. »Will sagen, ick muss dahin – du hast ja nüscht dabei. Ohne Müll keine Punkte, Mädchen!«

Hä? Gab es neuerdings Sozialpunkte dafür, seinen Abfall spazieren zu führen? Im Gehen öffnete ich das Holomenü auf meinem Handrücken. Ich hatte das Vibrieren meines Armbandes heute schon mehrmals ignoriert – vermutlich wollte mein digitaler Begleiter mich wieder mal in einen Supermarkt schicken, um das ein oder andere lebenswichtige Produkt zu besorgen. Tatsächlich entpuppten sich die meisten Benachrichtigungen, die mir ungelesen entgegenblinkten, als Tipps, wie ich meinen Konsumindex aufbessern konnte. Und dann war da Post vom Ministerium für Umwelt und Ressourcen.

»Wir müssen hier durch«, verkündete meine nützliche Freundin resolut, als wir die Menschenmenge erreichten. Sie hatte sich augenscheinlich mit der mülllosen Verwirrten in ihrem Schlepptau abgefunden.

»Tag des Abfalls!«, plärrte eine merkwürdig verzerrte Stimme in meinem Ohr, sobald ich die Nachricht des Ministeriums ausgewählt hatte. »Nur heute. Das MUR testet eine neue, umweltschonende Verbrennungstechnologie. Fünfzig Konsumpunkte für alle, die ihren Müll zu den markierten Stellen bringen.« In meinem Holomenü poppte eine Straßenkarte auf, die mir zeigte, wo sich die nächste Müllabladestation befand: nämlich genau dort, wo ich gerade stand. Auf dem Vorplatz des erhabenen Parlaments.

Von allen Seiten drängten nun Menschen an mir vorbei. Ein paar Meter weiter vorne wurden zornige Rufe laut.

»Das ist Betrug!«, brüllte jemand. »Wir wollen unsere Punkte!«

»Man muss det nur an der richtichen Stelle ablegen, wa?«, raunte meine Begleiterin mir zu. »Det is' doch 'ne offizielle Nachricht vom Ministerium. Ick hab extra det janze Zeug von Pankow hierher jeschleppt.«

»Ja bestimmt«, antwortete ich lahm. Jemand fiel gegen mich, als das Geschiebe und Geschubse immer stärker wurde. Vor mir wichen zwei Männer zurück und plötzlich standen wir vor einem riesigen Berg. Einem Berg aus Hunderten, vielleicht Tausenden Mülltüten, die so stanken, dass ich mir unwillkürlich die Hand vor die Nase hielt. Fräulein Pankow hielt ihren Beutel immer noch mit der Hand umklammert.

»Leg ick det hier jetzt ab oder was?«

»Leg ab, waste willst«, raunzte ein Mann, der sich eben von der anderen Seite des Berges zu uns durchgedrängt hat. »Aber Punkte kriegste keine.«

»Natürlich erhalten wir Punkte«, hörte ich eine aufgebrachte Stimme, die ich niemandem zuordnen konnte. »Aber erst wenn das Pensum erreicht ist. Sie müssen schon das Kleingedruckte lesen!«

Um dem beißenden Geruch wenigstens etwas zu entkommen, bewegte ich mich ein paar Schritte zurück. Fräulein Pankow würde sich auch ohne mich zurechtfinden. Weiter hinten in der Menge standen neugierige Zuschauer, die miteinander tuschelten, sich hin und wieder auf die Zehenspitzen stellten und die Hälse reckten, um sich einen Reim darauf zu machen, was in dem Pulk um den Abfallberg geschah.

»Ellie!«, rief plötzlich eine vertraute Stimme.

Im Gegensatz zu mir schien Sam nicht im Mindesten überrascht. »Ich habe mich gefragt, ob ich dich hier treffe!«

»Hast du auch Müll dabei?«, fragte ich irritiert. Sam gluckste leise und hielt einen kleinen Beutel hoch, in dem sich vielleicht drei Kekskrümel befanden. Er zwinkerte mir zu, was mich noch mehr verwirrte.

»Tarnung«, wisperte er tonlos. Erst dann fiel bei mir der Groschen.

»Altatec!« Bevor ich mich bremsen konnte, war es schon aus mir herausgerutscht und Sams Augen weiteten sich vor Schreck.

»Psst«, machte ich idiotischerweise, als wäre er derjenige gewesen, der den Namen einer verbotenen Rebellengruppe durch die Gegend posaunte.

Aus den Augenwinkeln bemerkte ich nun die Polizeiwagen, die am Straßenrand parkten. Gerade öffneten sich die Türen eines Mannschaftsbusses und ein Dutzend Beamte in Schutzausrüstung stiegen aus. Der wolkenverhangene Himmel wurde bereits dunkel und ihre Silhouetten hoben sich bedrohlich davor ab.

»Was haben die vor? Den Müll festnehmen?«

»All diese Leute glauben wirklich, sie hätten eine Nachricht vom MUR erhalten«, flüsterte Sam kopfschüttelnd. »Die glauben alles, wenn es nur ein paar Punkte verspricht.«

»Fünfzig Konsumpunkte können die Welt sein«, zischte ich lauter als beabsichtigt zurück.

Sam biss sich kaum merklich auf die Lippe. »Ja«, murmelte er. »Du hast recht.«

Aus der Menge hatten sich einige Gestalten gelöst, die den Polizisten entgegenliefen. »Wo bleiben unsere Punkte!?«, brüllte jemand. »Ihr müsst euch gedulden, ihr Vollidioten«, schrie jemand anderes, der offensichtlich keine Fluchbarriere aktiviert hatte.

Einige der Polizisten lösten sich aus ihrer Gruppe und steuerten auf die verstreuten Schaulustigen zu. Auf uns.

»Scheiße.« Mein Herz pochte hart gegen meine Rippen. Was verständlicher gewesen wäre, wäre ich wirklich eine Rebellin gewesen. Doch bevor die Polizisten uns erreicht hatten, war ihnen schon ein aufgebrachter Mann in den Weg getreten.

»Was geht hier vor?«, wollte er wissen. An seiner festen Stimme war auch ohne Blick auf sein Handgelenk zu erkennen, dass er so golden glänzte wie die Krone einer Märchenprinzessin.

»Ein Angriff«, bellte einer der Polizisten, ein großer Kerl mit zu Fäusten geballten Schaufelhänden. »Altatec hat den Ticker des MUR geknackt und Falschnachrichten verschickt!«

»Ein Angriff?«, murmelte ich. Der Typ tönte, als wäre ein Haufen Handgranaten vor der ZDS abgelegt worden – kein Berg aus Bananenschalen und Babywindeln.

In diesem Moment hörten wir eine blecherne Stimme, die aus allen Richtungen gleichzeitig kam. »Verlassen Sie umgehend das Gelände. Entsorgung von Abfall ist untersagt. Verlassen Sie das Gelände.«

»Wir sollten hier verschwinden«, knurrte ich Sam zu. Um den Müllberg herum begann ein Tumult zu entstehen. In meinem Ohr summte es und mein Band stieß einen kleinen Impuls aus. »Sie befinden sich in einer geschlossenen Zone. Verlassen Sie umgehend das Gelände«, hieß es nun auch direkt in meinem Gehörgang.

Allerdings wollten nicht alle braven Bürger kampflos auf die versprochenen fünfzig Punkte verzichten. »Wir haben eine offizielle Nachricht des Ministeriums erhalten«, schrie eine Frau, die von einer Polizistin am Arm gepackt wurde. Ein Mann, der eben erst angekommen war, schleuderte wütend seinen Müllsack auf den Boden. Joghurtbecher, Brotkanten und Salatblätter purzelten aus dem aufgeplatzten Beutel.

»Ist das erforderliche Pensum nicht erreicht worden?«, fragte eine verwirrte ältere Dame einen jungen Mann ein paar Schritte von uns entfernt.

»Es gibt kein Pensum«, stieß der Gefragte ärgerlich hervor. »Das feine Ministerium hat sich reinlegen lassen.«

Die Polizisten, die noch neben dem Mannschaftswagen standen, setzten sich in Bewegung, im Laufschritt auf die Menschenmenge zu. Irgendwo schrie jemand auf. Als ich herumwirbelte, sah ich, dass die Polizisten ihre Schlagstöcke erhoben hatten und auf Köpfe und Schultern eindroschen. Für einen Moment verharrte ich in Schockstarre. Dann packte Sam mich am Arm und schleifte mich mit sich. Die meisten Punktesammler befanden sich jetzt auf dem Rückzug. Der Boden war glitschig von Kartoffelschalen und schmierigen Verpackungen, die aus fallen gelassenen Mülltüten quollen und von Dutzenden Füßen zertrampelt wurden. Über uns schwirrten Kameradrohnen. Wir erreichten die Straße, wo Polizisten in schwerer Montur Kommandos kläfften und zögerliche Mitbürger mit schwingenden Elektro-Tasern zur Eile drängten. Ab und zu fischten zwei bullige Beamte, die sich an der nahen Kreuzung positioniert hatten, jemanden aus der Menge, um ihn zu kontrollieren und abzutasten.

Sam ließ meinen Arm los und blieb plötzlich stehen.

»Was ist los?«

Sein Gesicht war blass.

»Sam«, drängte ich ihn. »Wir können hier nicht rumstehen. Ich habe keine Lust, gleich ein Dutzend Strafpunkte einzusacken!«

»Die dürfen mich nicht kontrollieren«, flüsterte Sam heiser. Er hielt seine Faust vor meine Brust und öffnete sie dann für ein paar Sekunden. Verborgen in seiner Handfläche lag eine rote Ratte. Also, kein echtes Tier, sondern eine auf ein kleines Stück Pappe gezeichnete. Unverkennbar eine Altatec-Ratte.

Ich stöhnte. Ohne lange nachzudenken, nahm ich das Symbol aus seiner Hand und zerriss es in kleine Stücke. Was sich als schwierig entpuppte, weil die Pappe hart und fest war. Ich wollte die Schnipsel im Gehen fallen lassen, aber Sam stemmte sich gegen mich, als ich ihn weiterzog.

»Wenn du hier stocksteif stehen bleibst, ziehst du die Aufmerksamkeit erst recht auf dich!«, grollte ich. Vor uns hatten die Polizisten weitere Kollegen herangerufen.

»Dieser hier kommt mit aufs Revier«, brüllte einer und stieß einen jungen Mann in Richtung zweier Muskelmänner, die ihn zwischen sich nahmen und in einen Polizeibus bugsierten.

»Ich weiß«, stammelte Sam. »Aber …«

»Hast du etwa noch mehr davon?«

»Ja«, erwiderte Sam kläglich und hielt seinen Müllbeutel hoch. »Der ist voll damit.«

Kekskrümel? Schön wär's gewesen.

»Tolle Tarnung!«, zischte ich.

»Ich wollte sie …«

Leider blieb mir keine Zeit, seine Erklärungen anzuhören. Das hatte ich also davon, mich mit einem übereifrigen Rebellensympathisanten einzulassen. Wie gut, dass ich das Altatec-Trainingscamp absolviert hatte. Taktisch und strategisch auf jede Situation vorbereitet. Flink und agil in Körper und Geist. Nicht. Hahaha.

Ich zerrte Sam die Straße hinunter und versuchte, hinter einem besonders breitschultrigen Hünen vor uns in Deckung zu gehen. Einer der Polizisten machte einen Schritt auf uns zu und sein Blick traf meinen.

»Renn!«, raunte ich Sam zu.

Und wir rannten.

Aus den Chatprotokollen von Resa Gerlach, April 2038

12.04.38 10:11 **Jonas Heuck:**	Wann hast du aus? Ich könnte dich abholen

**

12.04.38 10:25 **Resa Gerlach:**	Einfach so, als wäre nichts gewesen?
12.04.38 10:27 **Jonas Heuck:**	Die Schule ist wieder auf, oder?
12.04.38 10:27 **Resa Gerlach:**	Ja, aber ...
12.04.38 10:27 **Jonas Heuck:**	Ich habe dir Zeit gelassen
12.04.38 10:28 **Resa Gerlach:**	Ein Wochenende ...
12.04.38 10:28 **Jonas Heuck:**	Wenn ich mich gar nicht mehr melden würde, wäre ich auch ein Arschloch, oder?
12.04.38 10:28 **Resa Gerlach:**	😬 Kein Kommentar
12.04.38 10:29 **Jonas Heuck:**	☹
12.04.38 10:29 **Jonas Heuck:**	Ich könnte geteert und gefedert kommen, als Zeichen meiner Reue
12.04.38 10:31 **Jonas Heuck:**	😳
12.04.38 10:32 **Resa Gerlach:**	Sie sind sehr lustig, Herr Heuck. 😒
12.04.38 10:32 **Resa Gerlach:**	Wegen dem Anschlag haben wir ein Sicherheitsteam zugeteilt bekommen. Die holen mich mit dem Wagen ab.
12.04.38 10:32 **Jonas Heuck:**	Sicherheitsteam? 😲
12.04.38 10:33 **Resa Gerlach:**	Die Polizei sagt, dass Politiker und Mitarbeiter von Solysier besonders gefährdet sind.
12.04.38 10:33 **Resa Gerlach:**	Scheinbar weiß niemand, wie diese Altatec-Leute einzuschätzen sind – vielleicht wollen die uns jetzt ins digitale Steinzeitalter zurückbomben.

12.04.38 10:34 **Jonas Heuck:**	[Jonas Heuck hat diese Nachricht gelöscht]
12.04.38 10:35 **Resa Gerlach:**	Jedenfalls wüsste ich nicht, warum jemand ausgerechnet meinen Vater angreifen sollte. Der weiß ja nicht mal selbst, ob er für oder gegen das SoBe-Gesetz ist … 😒
12.04.38 10:35 **Resa Gerlach:**	Aber scary ist es schon.
12.04.38 10:36 **Jonas Heuck:**	Was sind das für Sicherheitstypen? Drei starke Kerle?
12.04.38 10:36 **Resa Gerlach:**	Eifersüchtig? 😘
12.04.38 10:36 **Resa Gerlach:**	Nur zu deiner Info: Es ist eine Frau und ein Typ, der aussieht als bräuchte er bald einen Rollator. Aber sie haben Knarren! 🏹 🏹 🏹
12.04.38 10:37 **Resa Gerlach:**	Ich muss zurück in den Unterricht!
12.04.38 10:38 **Jonas Heuck:**	Glaube nicht, dass du diese Infos in der Gegend rumposaunen sollst!!

15.

Berlin 2075

Das Dumme ist: Rennen ist noch auffälliger als in der Gegend rumstehen. Als wir an den Polizisten vorbeiflitzten, rissen sie ihre Köpfe herum und einer bellte einen Befehl. Hinter uns setzten sich zwei Beamte in Gang. Sie waren zwar in ihrer Prügelkluft schwerfälliger als wir, aber wahrscheinlich brauchten sie nur in ihr Band zu hauchen, um Verstärkung anzufordern.

»Hier lang!«, rief ich Sam zu und schoss um eine Ecke. Als Rebellin erster Klasse musste ich mich natürlich durch Führungsgeist hervortun. Blöderweise hatte ich keine Ahnung, wo wir waren – ein Wunder, dass ich uns nicht geradewegs in eine Sackgasse lotste.

»Sie sind dort!«, brüllte hinter uns eine Stimme. Wir sausten um die nächste Ecke. Hier, im Regierungsviertel, stand ein glänzender Büroturm neben dem nächsten. Dazwischen war alles leer und sauber gefegt: keine Mülltonnen zum Verstecken, keine schmalen Gassen und Hinterhöfe, überhaupt kein Ort zum Verbergen. Vor uns traten plötzlich zwei Frauen aus einem hell erleuchteten Turm auf den Bürgersteig und blieben neben einer Reihe von E-Rollern stehen. Ich wollte einen Haken schlagen, um die Straßenseite zu wechseln. Dabei rempelte ich mit Karacho gegen Sam und stolperte über meine eigenen Füße. Meine Knie schlugen auf den Asphalt, meine Hände schrammten über den Boden. Noch bevor der Schmerz durch meine Arme schoss, hatte Sam mich hochgerissen. Eine Schrecksekunde lang schaute ich zurück und sah unsere Verfolger aufholen.

»Komm!«, schrie Sam und schleifte mich mit sich. Die Frauen auf dem Bürgersteig starrten uns mit geweiteten Augen entgegen.

»Stopp!«, brüllte der Polizist, nur noch ein paar Schritte von uns entfernt.

Wir schossen an den Frauen vorbei und in einem waschechten Rebellen-Manöver packte ich einen der E-Roller und schleuderte ihn den Polizisten entgegen. In einem Trainingslager, das in der Realität behaftet war, hätte ich wahrscheinlich gelernt, genau in diesem kritischen Moment nicht zurückzuschauen, aber ich konnte nicht anders, als mich umzudrehen, während der erste Polizist über den Roller stolperte und der zweite in seinen Rücken prallte und ihn zu Fall brachte.

»Sorry!«, brüllte ich zurück, während Sam mich um eine Ecke riss. Wir sprangen vom Gehweg auf den Vorplatz eines mittelhohen Bürogebäudes und rasten an der Flanke des Turms entlang und dann zu seiner Hinterseite.

»Da!«, keuchte ich.

Etwa anderthalb Meter über dem Boden hing eine Art Metallkorb an einem Gerüst an der Fassade des Gebäudes.

»Da rein!«

Das letzte Licht der Sonne spiegelte sich in der Fensterfront über uns, aber die unteren Stockwerke lagen bereits im Schatten.

Sam machte mir eine Räuberleiter und ich hangelte mich hinauf in den Korb. Dann zog er sich hinter mir hoch.

Als wir nebeneinander kauerten, hörten wir die Stimmen der Polizisten.

»Sie müssen hier irgendwo sein!«

»Gut, dass sie Minderjährige nicht über ihr Freundschaftsprofil kontaktieren können«, flüsterte Sam mir zu, während sein Brustkorb sich schnell hob und senkte. »Sonst könnten sie unsere Personendaten sofort orten – ganz ohne richterlichen Befehl.«

Ich war mir nicht sicher, ob die Typen sich überhaupt für irgendwelche Befehle interessierten. Allerdings bemerkte ich in diesem Augenblick noch etwas ganz anderes. »Sam, ich glaube …«

»Lass gut sein«, hörten wir leise die Stimme von einem unserer Verfolger. »Der Junge hatte ein goldenes Band und sehr gute Indexe. Wird schon nicht so wild sein.«

Die gebrummte Antwort des zweiten Polizisten verstanden wir nicht.

Ich war sowieso anderweitig beschäftigt. »Scheiße, Sam!« Der Korb ruckelte. Ich schaute nach oben, wo versetzt zu unserem und einige Meter höher, noch zwei weitere Körbe an der Gebäudewand hingen. Das hieß – sie hingen nicht, sie fuhren gemächlich nach oben.

»Sam«, flüsterte ich, leicht panisch. »Wir bewegen uns.«

Am Rand des Korbes war eine lange Schiene angebracht, die auf dem Fenster auflag, neben dem wir uns befanden. Diese Schiene wurde jetzt langsam emporgeschoben. Auf der Scheibe hinterließ sie eine nasse Bahn.

»Das Ding putzt die Fenster«, stellte Sam fest.

»Super kombiniert«, flüsterte ich. »Und was machen wir?«

Der Korb – wahrscheinlich ein Konstrukt, um Außenarbeiten an der Fassade durchzuführen – fuhr unmissverständlich in Richtung Himmel.

Sam richtete sich vorsichtig auf und spähte über den Rand.

»Wenn wir jetzt springen, sollte uns nichts passieren.«

»Spinnst du?« Ich schüttelte vehement den Kopf. »Die Cops schleichen da unten noch rum.« Außerdem hatte ich eben *kein* Guerilla-Ausbildungslager absolviert, das mich befähigt hätte, mich mit einer Ninja-Rolle in die Tiefe zu stürzen.

»Tja«, machte Sam und ließ sich zurücksacken. »Dann fahren wir wohl nach oben.«

Ich legte den Kopf in den Nacken. Es sah nach hundert verdammten Stockwerken aus.

»Mir wird schlecht«, jammerte ich.

»So hoch ist der Turm nicht«, behauptete Sam. »Geht bestimmt ganz schnell.«

»Pff.« Ich blies Luft durch meine Nase. Das Ding fuhr im Schneckentempo die Wand hoch. In mein Gesicht sprühte ein feiner Nebel aus Seifenwasser. »Meine Füße schlafen ein.«

Sam rutschte zur Seite und zog seine langen Beine an. Ich quetschte mich neben ihn, damit ich mehr Platz für meine hatte.

Mein Blick fiel auf die Tüte, die Sam immer noch in der Hand hielt. »Wieso hast du die nicht einfach weggeschmissen?«

»Ich hab mir so viel Mühe damit gegeben!« Er verzog zerknirscht das Gesicht. »Tut mir leid!«

»Was hast du dir bloß dabei gedacht?«, fragte ich wütend. »Glaubst du, wir nehmen dich auf, wenn du im Alleingang irgendwelche halsbrecherischen Aktionen durchführst?«

Ich war so empört, dass ich fast selbst glaubte, einem Altatec-Aufnahmekomitee anzugehören. »Zieh dein Band aus«, verlangte ich von Sam, streifte mein eigenes ab und verstaute es unter meinem Gesäß, in der Hoffnung, dass meine Arschbacken das Mikrofon in meinem Gerät effizient abdämmen würden.

»Es war blöd«, gab Sam kleinlaut zu, nachdem er es mir nachgetan hatte. »Ich habe angefangen, die Ratten zu malen, und dachte mir, man könnte sie als Protest irgendwo auslegen.« Seine Schultern hoben sich in die Höhe. »Dann habe ich von der Sache mit dem Müll gehört und mir gleich gedacht, dass ihr dahintersteckt.« Sam seufzte. »Ich wollte wohl irgendwas beweisen. Sorry.«

»Ich entscheide, wann du aktiv wirst, ist das klar?«

In meinem Ohr piepte es leise, weil mein Band meinen Puls nicht mehr registrierte.

Sam nickte und starrte auf seine Hände. Er tat mir ein bisschen leid. Außerdem sah er niedlich aus, mit dem zerzausten Haar und der Sam-hat-Mist-gebaut-Flunsch im Gesicht.

Ich stieß ihn mit der Schulter an. »Ganz schön wagemutig, der junge Mann. Du musst unbedingt den Rebellenindex aktivieren, da kriegst du eine Menge Extrapunkte.«

Sams Mundwinkel zuckten.

Unser Aufzug hing mittlerweile mehrere Meter über dem Boden. Unter mir drückte das grobmaschige Stahlgeflecht (und mein Armband) unangenehm gegen meine Oberschenkel. Ich konnte nur hoffen, dass der Korb für kräftige Fassadenreiniger gefertigt war und bei zwei jugendlichen Insassen nicht gleich zusammenbrechen würde.

Das Piepen in meinem Ohr wurde lauter.

»Wessen Idee war das?«, wollte Sam plötzlich wissen. »Der Hack des Ministeriums für Umwelt und Ressourcen.«

»Idee, also, äh …« Ich räusperte mich. »Die Idee meines Chefs natürlich. Und der Chefhackerin.«

Innerlich stöhnte ich auf.

»Genial«, meinte Sam. »Die Botschaft ist klar: ein Müllhaufen vor der ZDS.«

»Ja«, bestätigte ich leise. »Aber die Menschen, die ihren Abfall aus Pankow hergeschleppt haben und zum Dank getasert wurden, dürften nicht unbedingt Loblieder darauf singen.«

Sam hob erstaunt die Augenbrauen. Kein Wunder, wenn ich gerade den Plan meines Chefs und der Chefhackerin (Augenroll) kritisiert hatte.

Ich rieb mir verlegen mit den Handflächen über die Beine.

»Es waren nicht alle einverstanden mit der Idee«, behauptete ich und malte mir aus, wie ich mit meinen Co-Rebellen um ein Lagerfeuer saß und über unser neustes Rebellenvorhaben abstimmte.

»Es soll doch aufrütteln«, erklärte Sam, bemüht, die Gedankengänge meiner vorgesetzten Rebellen zu verstehen. »Die Leute laufen hirnlos irgendeiner ominösen Direktive hinterher, nur weil sie dafür Punkte kriegen.«

Ich nickte still.

»Wenn es Punkte dafür geben würde, nackt eine Menschenpyramide auf dem höchsten Gebäude der Stadt zu bilden, würden sich dafür auch genug Dumme finden!«

»Falls das der nächste Plan ist, steige ich aus«, stieß ich hervor. In der Mitte des Satzes fiel mir ein, dass ich es wie einen Witz klingen lassen sollte, aber meine Stimme brach und es gelang mir nicht. Das Piepen wurde unerträglich.

»Die Menschen denken überhaupt nicht mehr«, sagte Sam leise. »Die machen alles, was ihr Band ihnen sagt.« Dann griff er sich ans Ohr und verzog das Gesicht.

»Wir haben keine Zeit zu denken«, erwiderte ich, während ich meinen Schenkel hob, um nach meinem Band zu angeln. »Keinen Platz. Kein Geld. Keine Luft.« Sobald ich den Elastikring über mein Handgelenk schob, verstummte das lästige Piepen. Ende des Rebellen-Gesprächs.

Ich lehnte meinen Kopf gegen den Rand des Korbes.

»Verdammt!« Sam zuckte zusammen, als ich erschrocken nach seinem Arm griff. »Das Fenster da ist erleuchtet!«

Bisher waren wir nur an dunklen Räumen und geschlossenen Jalousien vorbeigefahren. Nun näherte sich unser Gefährt jedoch einer Glasfront, aus der helles Licht drang.

»Mach dich klein!«, flüsterte ich.

»Die sehen uns nicht«, beruhigte mich Sam. »Außerdem habe ich keinen Platz, mich klein zu machen.«

Tatsächlich saßen wir so nah aneinandergedrängt, dass wir uns kaum rühren konnten. Sam linste durch den Spalt zwischen Korb und Fensterschrubbschiene. Ich verdrehte meinen Hals, um auch etwas zu sehen. Der Korb befand sich gerade auf der Höhe des Teppichbodens eines großen Büroraums. Die meisten Arbeitsplätze waren besetzt. Frauen und Männer saßen an Bildschirmen und Holosäulen, zogen Datenfelder auf, wischten sich durch Listen, schnippten Befehle über Pads und sprachen Texte in ihre Headsets. Sam hatte recht: Sie sahen uns nicht. Niemand schaute zu seinem Nachbarn, geschweige denn, aus dem Fenster.

»Die sind damit beschäftigt, Roland von seinem Podest zu schubsen«, meinte Sam und wies auf die links von unserer Position liegende Wand. Dort hing ein großer Blaster, von dem uns das überdimensionale Bild des Mitarbeiters der Woche entgegengrinste – Roland, mit einer Datensollerfüllung von 113 %!

»Ohhh«, machte ich. »Roland wird sich nicht so leicht herunterstoßen lassen! Schau mal, er hat außerdem 97 % auf seinem Fit-Energie-Level und 89 % in seinem Freundschaftsprofil.« Ich drehte mich, um meine Nase über den Rand des Korbes zu schieben und bessere Sicht zu haben. Diesen durchtrainierten Wunderknaben wollte ich mit eigenen Augen sehen!

»Ellie«, beschwerte sich Sam, dem ich meine Knie gegen die Brust drückte. »Wenn du dich ganz raushängst, sieht dich gleich jemand!«

»Ach Quatsch, die merken nichts«, rief ich übermütig. »Oh, ich glaube, das da ist Roland!« Auf einem Arbeitsplatz nur etwa zwei Meter vom Fenster entfernt hatte ich einen gelgeleckten Schönling entdeckt, der einer Kollegin etwas in seinem Holomenü zeigte.

Sam reckte sich ebenfalls. In diesem Moment drehte eine Frau, die genau vor uns saß – nur durch eine Glasscheibe und ein bisschen Metall von uns getrennt –, den Kopf und starrte hinaus, wo es inzwischen dunkel geworden war.

Ich stieß vor Schreck ein kleines Quieken aus und riss Sam hinunter.

»Au!« Sams Kinn war gegen mein Knie geschlagen und ich begann, hysterisch zu kichern. Sam prustete los.

»Still!«, japste ich. »Hat sie uns gesehen? Oh Gott, bestimmt hört sie uns. Bestimmt hat sie uns gesehen!«

»Wenn wir verhaftet werden, ist es deine Schuld!«, rief Sam.

»Wieso das denn?«, rief ich empört und viel zu laut. »Du hast die blöden Ratten gemalt.«

»Psst!«

Wir kicherten beide wie zwei dumme Teenager. Was daran lag, dass wir zwei dumme Teenager waren.

»Guck mal nach, ob sie schon Alarm geschlagen hat«, flüsterte ich.

»Damit sie uns noch mal sieht?« Aber Sam lugte vorsichtig durch den Spalt unter dem Wischer. »Ich glaube, sie hat uns nicht bemerkt. Sie guckt wieder auf ihren Bildschirm.«

Mein Herzschlag beruhigte sich etwas.

»Mir tut alles weh«, bemerkte ich.

»Mir auch!«, antwortete Sam und zeigte mit dem Kinn auf meine Knie, die sich in seine Rippen bohrten.

Grinsend streckte ich meine Beine über seine. »Darf ich?«

Sam brummte zustimmend. Seine Hand lag auf meinem Schenkel.

»Mir wird kalt«, murmelte ich. Was Sam als Aufforderung auffasste, über mein Bein zu reiben.

Jetzt da die Sonne untergegangen war und ein frischer Wind wehte, war von der Schwüle des Tages nichts mehr zu spüren.

Ich steckte meine kalten Hände unter Sams Arm und legte meinen

Kopf gegen seine Schulter. Wir schwiegen. Mein Herz hämmerte gegen meinen Brustkorb.

Unser unfreiwilliges Versteck brauchte Ewigkeiten, um den Turm blank zu putzen. Irgendwann war mir so kalt, dass meine Zähne aufeinanderschlugen.

Als wir das oberste Stockwerk erreicht hatten, fuhr die Waschschiene quietschend in eine dafür vorgesehene Klappe und stand still. Der Korb bewegte sich nicht mehr.

»Oh Scheiße«, murmelte ich. »Bleiben wir jetzt hier oben?«

Sam schaute sich hektisch um. »Das kann nicht sein. Das Ding muss irgendwann wieder runter.« Unbestreitbare Logik – nur wann war »irgendwann«?

»Wir müssen etwas machen, damit uns wärmer wird«, sagte ich. Selbst in der Dunkelheit konnte ich sehen, dass Sams Ohren rot entflammten. So hatte ich es nicht gemeint, aber immerhin bewirkte seine Reaktion, dass auch mir das Blut in die Wangen stieg – und mir direkt etwas wärmer wurde.

Im selben Moment ruckelte der Korb und setzte sich wieder in Bewegung – Halleluja!

Um von meinem glühenden Gesicht abzulenken, verlangte ich:

»Zeig mal deine Kreationen.« Ich öffnete die kleine Tüte mit den Pappratten, die Sam neben sich abgelegt hatte.

»Wir müssen sie loswerden. Aber du hast recht: Es wäre schade, sie einfach zu vernichten.«

Schnell fischte ich eine Ratte aus der Tüte, richtete mich mühselig auf meine Knie auf und erhob mich auf wackeligen Beinen. Unter mir ging es viele Dutzende Meter in die schwarze Tiefe.

»Pass bloß auf!« Sam hielt mich an den Unterschenkeln fest.

»Keine Sorge, ich mache nie unverantwortliche Dinge!«

Sprach's und setzte zum Wurf an.

Sams Augen weiteten sich. »Stopp!«

»Hey! Bist du Rebellenanwärter oder Hosenschisser?«

Sam verzog den Mund, während er mir die Ratte aus der Hand nahm und sie mit seinem T-Shirt abwischte.

»Fingerabdrücke!«

Oh. Herr Guerillakrieger dachte weiter als ich. Also berührte ich die Pappe nur an den Kanten, als ich sie wieder entgegennahm. Ich atmete aus, schaute Sam feierlich an – und warf die Ratte frisbeescheibenmäßig aus dem Korb. Sie wurde vom Wind erfasst, segelte auf einer Luftböe und sank schließlich zwischen den gegenüberliegenden Bürotürmen hinab, bis wir sie nicht mehr sehen konnten.

Die nächste halbe Stunde vertrieben wir uns damit, die Altatec-Ratten in alle Richtungen zu schleudern, und veranstalteten dabei einen kleinen Weitwurf-Wettbewerb. Als einer von Sams Pappnagern direkt abstürzte und steil nach unten trudelte, boxte ich ihn spielerisch in die Seite. »Wenn da jetzt gleich jemand vorbeikommt und die findet …«

»Wir wollen doch, dass sie gesehen werden«, grollte Sam. »Außerdem war es deine dumme Idee.«

»Super Idee«, berichtigte ich und kreischte vor Freude, weil eine meiner Ratten bis zum Nachbarturm segelte und dort an einem Fenster kleben blieb. »Da wird morgen jemand eine schöne Überraschung erleben, wenn er aus dem Fenster schaut!«

Mein Plan ging insofern auf, als dass uns das Adrenalin, das uns bei der Werferei durch die Adern schoss, wenigstens ein bisschen warm hielt. Nachdem wir die Pappen in alle Winde zerstreut hatten, waren wir immer noch weit vom Boden entfernt.

Ich musste an Sams Schulter eingedöst sein. Er schüttelte mich sacht, als wir unten ankamen. »Wir sind da.«

Kein Mensch zu sehen. Fast alle Lichter in den Türmen um uns herum waren erloschen.

»Gehen wir zum Bus«, brummte Sam, nachdem wir aus dem Korb geklettert waren und die verräterische Ratte direkt unter dem Turm aufgesammelt hatten. Als wir einige Meter gelaufen waren, kamen wir an eine belebtere Straße, auf der mehr Menschen unterwegs waren. Ohne mich umzusehen, presste ich die übrig gebliebene Pappratte an die Fensterscheibe eines Solysier-Autos, das hier geparkt war. Sam rollte mit den Augen und zog mich schnell weiter. Plötzlich floss ein Gefühl von Triumph und Euphorie durch mich hindurch. Ich stellte mir vor, wie die rote Ratte morgen einem von Thorgunds Kollegen entgegengrinsen würde.

Verrückt, dass sich ein unsinniger Spaß so gut anfühlen konnte. Fast so gut, als wäre mein Band eben auf Gold gesprungen.

Aus den Chatprotokollen von Resa Gerlach, April 2038

13.04.38 21:17 **Resa Gerlach:**	Du denkst also, du könntest mein Herz mit Geschenken besänftigen?
13.04.38 21:19 **Jonas Heuck:**	Ich lasse nichts unversucht 😄
13.04.38 21:19 **Jonas Heuck:**	Hat es geklappt?
13.04.38 21:19 **Resa Gerlach:**	grummel
13.04.38 21:19 **Resa Gerlach:**	ichwillesjanichtzugebenabervielleicht
13.04.38 21:20 **Jonas Heuck:**	😊
13.04.38 21:20 **Resa Gerlach:**	Das Sicherheitsteam hat das Paket ausgepackt! Hättest ja mal einen Absender draufschreiben können!
13.04.38 21:20 **Jonas Heuck:**	😳
13.04.38 21:20 **Jonas Heuck:**	Ups
13.04.38 21:21 **Jonas Heuck:**	Haben sie es dir ausgehändigt?
13.04.38 21:21 **Resa Gerlach:**	Erst nachdem sie festgestellt hatten, dass es keine Bombe ist!
13.04.38 21:21 **Resa Gerlach:**	Was ist das für ein Ding?
13.04.38 21:22 **Jonas Heuck:**	Hab ich höchstpersönlich selbstgegossen in meinem Hochofen, mit meinem eingeschmolzenen Herz in der Mitte
13.04.38 21:22 **Resa Gerlach:**	🙄
13.04.38 21:22 **Jonas Heuck:**	Ich sollte dich ja gestern nicht abholen. Bin in der Gegend rumgelaufen und hab die Metallfigur in einem Trödelladen gefunden
13.04.38 21:24 **Jonas Heuck:**	Hat mich an dich erinnert. Stark, verletzlich, kämpferisch
13.04.38 21:24 **Resa Gerlach:**	Sie ist nackt!
13.04.38 21:24 **Jonas Heuck:**	War mir gar nicht aufgefallen 😎

16.

Berlin 2075

Am nächsten Morgen fiel mir das Aufstehen schwer. Mein Index teilte mir liebenswürdigerweise mit, dass ich mehr hätte schlafen *sollen* und dass ich gefälligst dafür zu sorgen habe, abends früher in die Federn zu finden. Statt der Euphorie vom Vortag lag ein schwerer Klumpen in meinem Magen. Weil ich Angst hatte, dass man die Ratten entdecken und mit mir in Verbindung bringen würde? Auch. Aber meine Eingeweide zogen sich hauptsächlich zusammen, wenn ich an Sam dachte. Sam mit den funkelnden Augen und den warmen Händen auf meinem Bein. Wie sollte ich ihm jemals erklären, dass ich nicht den geringsten Schimmer hatte, wer sich hinter Altatec verbarg?

Ich brachte es gerade mal fertig, mir die Zähne zu putzen und in meine Kleidung von gestern zu steigen, bevor ich mich auf den Weg machte. Als ich nach draußen trat, hatte sich eine Menschenmenge vor dem Blaster auf dem Vorplatz unseres Hauses versammelt, obwohl zu dieser Zeit sonst alle Passanten zielsicher Richtung Straße strebten, um pünktlich bei der Arbeit zu sein. Auf dem großen Bildschirm erschien in diesem Augenblick ein Strichmännchen.

»Die Zentrale Datenstelle versinkt in Müll!«, kicherte die Figur mit mechanisch verzerrter Stimme. »Die Zentrale Datenstelle *ist* Müll!«

Ich drängte mich nach vorne, um besser sehen zu können. Doch als ich die vorderste Reihe erreicht hatte, wurde das Blasterbild plötzlich schwarz.

»Der Clip läuft nicht mehr«, rief ein junger Mann, der direkt neben dem Blaster stand und das Video augenscheinlich von seinem Holomenü auf den großen Bildschirm geschnipst hatte.

»Bei mir geht es noch!«, meldete sich eine Stimme von weiter hinten.

»Zeig es uns!«, rief jemand anders.

Ein paar Sekunden später flammte das Bild wieder auf – jetzt sahen wir Ausschnitte von gestern Abend, von dem Müllberg und Menschen, die schimpfend und gestikulierend davorstanden, im Hintergrund der Koloss der ZDS und das gestauchte Parlamentsgebäude darunter.

»Sie befehlen, ihr tut. Hört auf zu tun! *Ihr* seid die Meister eures Schicksals. Nicht eure Armb…«

Das Bild wurde wieder schwarz. In der Menge tuschelte und raunte es. »Hat noch jemand Zugang zum Clip?«

»Ich werde es bestimmt nicht darauf anlegen«, schimpfte eine stämmige Frau neben mir. Ihr Nachbar bestätigte: »Ich habe mir schon mal meinen Sozialindex mit diesen Altatec-Videos versaut.«

»Altatec sind Terroristen!«, rief jemand.

»So ein Quatsch«, murmelte direkt hinter mir ein junger Mann ungehalten. »Leute, die denken können, sind das.« Doch als die Frau von eben zu ihm herumfuhr und »Blödsinn« keifte, hob er beschwichtigend die Hände und drehte sich schnell weg.

Der Blaster zeigte plötzlich eine tickende Uhr. »Pünktlichkeit ist eine Tugend«, säuselte eine angenehme Frauenstimme. »Heute Bonuspunkte für alle Angestellten, die vor ihrer Zeit am Arbeitsplatz eintreffen.«

Das Tuscheln verstummte. Innerhalb von wenigen Sekunden leerte sich der Bürgersteig. Ich starrte noch einen Moment auf den Blaster und die Uhr. Ticktickttick.

Dann rannte auch ich los. Weit kam ich nicht. Bevor ich die Bushaltestelle erreicht hatte, legten sich Finger wie Schraubstöcke um meinen Oberarm.

»Hier entlang«, zischte ein mir unbekannter, dünner Kerl mit so hagerem Gesicht, dass es mir schwerfiel, sein Alter zu schätzen. An seinem Handgelenk leuchtete es rot.

»Ich muss zur Arbeit«, stotterte ich, aber der schwindsüchtige Typ hörte gar nicht zu. Er sah vielleicht aus, als befände er sich im Hungerstreik, aber in seinen Muskeln steckte genug Kraft, um mich mühelos mitzuschleifen. Abgesehen davon, wirkte er wie die Art von Verbrecher, die nicht zögern würde, mir mit einem Messer die Gurgel durchzuschlitzen, weshalb ich gar nicht erst versuchte, mich loszureißen.

»W- was wollen Sie?«, brachte ich hervor, während er mich in Richtung Spielplatz stieß, der um diese Tageszeit menschenleer war. Skeletto-Man kam in einer Ecke zum Stehen, die nicht von Kameras erfasst wurde. Dort ließ er mich los und zückte ein Pad, während er so nah an mich herantrat, dass ich seinen eklig heißen Atem spürte.

Ich rieb mir den Oberarm, wo seine Stahlfinger vermutlich Striemen hinterlassen hatten. Skeletto hielt mir das Pad entgegen und ein Video spielte ab. Ich hätte es mir denken können! Es war mein Lieblingskommissar, dem die Schmach von gestern, als ich einfach abgehauen war, deutlich im Gesicht stand.

»Ich warte auf Informationen«, knurrte er in die Kamera. »Zwinge mich nicht, Gewalt anzuwenden. Mein Freund wird dich im Auge behalten. Reize meine Geduld nicht aus.«

Kommissar Plattmachers sogenannter Freund verstaute das Pad wieder in seiner Tasche, reckte das Kinn in irgendeiner Drohgebärde und drehte sich dann abrupt um.

Ich blieb zittrig im Sand stehen. Langsam zog ich mein Holomenü auf und suchte nach Blocks Kontakt. Nicht weil ich ihm Sam ausliefern wollte, sondern weil mir ein Gedanke gekommen war. Und ich hatte recht: Der Kommissar hatte mich mit seinem privaten Profil verlinkt. Er fing mich vor meinem Büro ab, schleuste mich illegal in die ZDS und ließ Schlägertypen seine Videos vor meiner Nase abspielen, statt sie mir einfach zu schicken. Und er hatte keine Werkzeuge, um Sam aufzuspüren, obwohl das doch für einen Mitarbeiter der ZDS ein Leichtes sein müsste, wenn er wirklich wusste, dass etwas Unlauteres im *SmartHome* passiert war. Ergo: Er versuchte alles, um keine Spuren zu hinterlassen. Was nur bedeuten konnte, dass er viel weniger Macht über mich hatte, als er vorgab. Also musste ich ihn nur weiter ignorieren. Ihn und seinen knochigen Gehilfen, der meine Eingeweide vermutlich in zwei Sekunden zerquetschen konnte.

Bevor ich mir über diese Vorstellung weiter Gedanken machen konnte, summte mein Band und teilte mir mit, dass ich zu spät zur Arbeit kommen würde. Hurra!

Der Bus ließ auch auf sich warten, weshalb ich schließlich in eine andere Linie stieg, mit der ich einen etwas längeren Fußweg hatte. Ich durchquerte einen Park, in dem eine Gruppe von Frauen mit goldenen Armbändern im Schatten eines großen Blasters Frühsport trieb. Gerade als ich an ihnen vorbeiging, wurde ihr Musik-Workout für eine Pause unterbrochen. Nachdem eine kurze Wasser-Werbung sie alle dazu gebracht hatte, ihre Flaschen zu zücken, folgte ein weiterer Spot. Gezeigt wurde eine schnelle Montage von zwei jungen Männern, die erst fröhlich eingehakt über eine Straße liefen, dann Alkohol trinkend in unkontrollierten Rausch verfielen und schließlich ohnmächtig auf einer Bank endeten, rot. Dann folgte eine traurig aussehende Mutter mit grauem Armband und schließlich ein hübsch angezogenes goldenes Paar mit Kinderwagen, das glücklich in die

Kamera schaute. »Familie. Werte. Stabilität«, sagte die melodische Blasterstimme. »Treffen Sie die richtigen Entscheidungen für die Zukunft unserer Gesellschaft.« Ich wandte mich schnell ab, als das Paar jauchzend ein properes Baby im Arm hielt. Mein dummes Armband schickte mir die nächste Erinnerung, dass ich spät dran war. Während ich etwas schneller lief, sprach ich Sam eine Nachricht auf. »Wann können wir uns sehen?«

Ich wollte nicht nur Sam sehen, sondern auch Spex. Es wurde Zeit, dass ich an den verdammten Code kam.

Aus den Chatprotokollen von Resa Gerlach, April 2038

14.04.38 02:05 **Resa Gerlach:**	Ich kann nicht schlafen…
14.04.38 02:06 **Resa Gerlach:**	Bist du wach?
14.04.38 02:11 **Jonas Heuck:**	Ja. Kann gerade nicht …

**

14.04.38 02:24 **Jonas Heuck:**	Resa? Schläfst du?
14.04.38 02:25 **Resa Gerlach:**	Leider nicht.
14.04.38 02:25 **Resa Gerlach:**	Was machst du?
14.04.38 02:25 **Jonas Heuck:**	Hier haben irgendwelche Angehörigen Stress gemacht, die Patienten mitten in der Nacht besuchen wollen
14.04.38 02:25 **Resa Gerlach:**	Bist du da ganz alleine?
14.04.38 02:26 **Jonas Heuck:**	Nein, mein Kumpel Deniz hat mit mir Schicht. Lustiger Kerl. Schlau. Würde dir gefallen
14.04.38 02:26 **Resa Gerlach:**	Hoho! Du willst doch nicht etwa, dass mir andere Jungs gefallen?
14.04.38 02:26 **Jonas Heuck:**	Na ja. Deniz ist fast 40 und seine Frau erwartet ein Kind. Keine Konkurrenz für meine schönen grünen Augen, glaube ich
14.04.38 02:27 **Resa Gerlach:**	Wusste gar nicht, dass du grüne Augen hast 😋
14.04.38 02:27 **Jonas Heuck:**	Lügnerin 😄
14.04.38 02:27 **Jonas Heuck:**	Du hast ganz schön tief reingeguckt
14.04.38 02:28 **Resa Gerlach:**	Wollte nur sehen, ob deine Pupillen geweitet sind. Falls du unter Drogen standest.
14.04.38 02:28 **Jonas Heuck:**	😒
14.04.38 02:29 **Jonas Heuck:**	Warum kannst du nicht schlafen?
14.04.38 02:30 **Resa Gerlach:**	Ich weiß nicht.

14.04.38 02:31 **Resa Gerlach:**	Es fühlt sich an, als stehe die ganze Welt Kopf, oder?
14.04.38 02:31 **Resa Gerlach:**	Das Klima spielt verrückt, Algorithmen sollen unsere Leben berechnen und der Innenminister hält Vorträge über die mangelnde Selbstkontrolle der Bevölkerung.
14.04.38 02:31 **Resa Gerlach:**	🥺
14.04.38 02:32 **Jonas Heuck:**	Hhm
14.04.38 02:32 **Resa Gerlach:**	Außerdem sind die Kopfhörer von meinem Vater kaputt.
14.04.38 02:32 **Resa Gerlach:**	Er war bis eben in irgendwelchen Online-Sitzungen und ich konnte die Hälfte hören. Scheiß-dünne Wände!
14.04.38 02:33 **Jonas Heuck:**	Was für Sitzungen mitten in der Nacht?
14.04.38 02:33 **Resa Gerlach:**	Das Leben eines Politikers 🤷‍♀️
14.04.38 02:34 **Resa Gerlach:**	Mit Solysier-Leuten, glaube ich. Befragung, ob der Algorithmus überhaupt funktionstüchtig ist oder so.
14.04.38 02:34 **Jonas Heuck:**	Ach so
14.04.38 02:36 **Resa Gerlach:**	Weiß nicht, vielleicht wird mit dem Sozialbewertungsgesetz ja alles besser. Die Menschen werden nicht mehr ihre Hassparolen überall verbreiten können. Jedenfalls nicht, wenn sie noch reisen wollen, die Arbeit annehmen, die Dinge einkaufen, die sie wollen.
14.04.38 02:37 **Jonas Heuck:**	So soll das funktionieren?
14.04.38 02:38 **Resa Gerlach:**	Ja, alle deine Taten sollen direkte Konsequenzen haben. Wenn du einer alten Frau über die Straße hilfst, kriegst du beim nächsten Onlineshopping Bonuspunkte.

14.04.38 02:38 **Jonas Heuck:**	Und wenn ich sie in den Straßengraben schubse, springt meine Ampel auf rot 😈
14.04.38 02:38 **Resa Gerlach:**	Sowas in der Art
14.04.38 02:39 **Jonas Heuck:**	Was ist wenn der Algorithmus sich verrechnet?
14.04.38 02:39 **Resa Gerlach:**	Wie soll der sich verrechnen?
14.04.38 02:39 **Jonas Heuck:**	Deniz meint Menschen würden entmündigt
14.04.38 02:39 **Resa Gerlach:**	Vielleicht sollte ich Deniz wirklich mal treffen. Und was ist DEINE Meinung?
14.04.38 02:40 **Jonas Heuck:**	Triff dich lieber mit mir!
14.04.38 02:40 **Resa Gerlach:**	🙄
14.04.38 02:40 **Resa Gerlach:**	Ich meinte zur Entmündigung!
14.04.38 02:40 **Jonas Heuck:**	Keine Ahnung. Ist mir alles zu hoch
14.04.38 02:40 **Resa Gerlach:**	🙄
14.04.38 02:41 **Resa Gerlach:**	Ich finde es nicht schlecht, wenn man zusätzliche Anreize hat, sich gesund zu ernähren, Strom zu sparen usw. Da hat ja die ganze Gesellschaft was von.
14.04.38 02:41 **Jonas Heuck:**	Du solltest schlafen, oder?
14.04.38 02:41 **Resa Gerlach:**	Jetzt wurde es gerade interessant
14.04.38 02:42 **Jonas Heuck:**	Stell dir vor, du liegst neben mir …
14.04.38 02:42 **Resa Gerlach:**	😏
14.04.38 02:42 **Resa Gerlach:**	Nicht sicher, ob ich dann schlafen könnte 😄
14.04.38 02:43 **Jonas Heuck:**	😋
14.04.38 02:43 **Jonas Heuck:**	Gute Nacht, Rosa-Resa
14.04.38 02:44 **Resa Gerlach:**	Gute Nacht, Gorilla!

17.

Berlin 2075

Der blöde Hund mochte mich nicht.

Ich lag auf dem Bauch im Wohnzimmer Werting vor dem superedelschnieken Sofa und versuchte, das dumme Vieh hervorzulocken.

»Spex, komm schon.« Ich schnalzte leise mit der Zunge.

»Alles klar bei dir?«, rief Sam aus Alexas Zimmer.

»Ja, alles klar!« In einem letzten Versuch streckte ich meinen Arm, so weit ich konnte, unter das Sofa und versuchte, Spex zu fassen. Er ließ ein Knurren hören und schnappte nach meinen Fingern. Ich betete zu allen Hundegöttern, aber das verfluchte Biest ließ sich nicht aus seinem Versteck locken. Wieso hatte ich nicht irgendein schmackhaftes Leckerli für den Hund mitgebracht?

Schließlich rappelte ich mich auf und ging zurück in Alexas Zimmer, wo Sam mit einem Skalpell in der Hand am Schreibtisch saß. Seinen fragenden Blick ignorierend, glitt ich neben ihn auf den zweiten Stuhl. »Wie sieht es aus?«

»Gut, glaube ich.« Sam zeigte mir die Rattensilhouette, die er aus einem Stück Pappe gesäbelt hatte.

Ich nickte. Mir war nichts Besseres eingefallen, als ihn damit zu beauftragen, Ratten-Stencils anzufertigen. Natürlich in Alexas Zimmer. Unter meiner Aufsicht.

»Ich mache mehrere Schablonen. Dann kannst du auch welche ansprühen.«

»Ich stehe doch Schmiere«, grummelte ich.

Mein Plan war, den verdammten Chip aus Sams Armband zu kriegen, bevor ich dazu gezwungen war, Rebellengraffitis zu sprayen.

Sam befestigte eine dicke Pappe an der Wand, um die Schablonen darauf auszutesten, und riss das Fenster auf. Er bestand darauf, dass ich mich an der Sprühdose übte. Zumindest bekam ich eine Atemschutzmaske.

»Nicht so doll draufdrücken«, wies er mich an, »sonst kommt viel zu viel Farbe raus.« Er nahm meinen Arm und dirigierte den Sprühstrahl. Seine Finger waren warm.

»Sam ...«

Sein Gesicht kam mir so nah, dass ich seine dunklen Wimpern zählen konnte. Ich räusperte mich. Da schaute mir der Kerl einmal in die Augen und legte seine Hand auf meine und schon hätte ich ihm am liebsten alles gestanden, was in meinem dunklen Hirn vorging.

Ich stand ruckartig auf und riss die Maske herunter. »Ich brauche Luft.« Sam zeigte aufs Fenster, aber ich lief trotzdem schnell ins Wohnzimmer.

Das niederträchtige Tier ließ sich nirgends blicken.

Ich ging zurück zu Sam. »Mein Band piepst. Vielleicht hat Spex es abgestreift? Ich schau mal nach. Wo treibt sich das Vi... der Hund denn normalerweise rum?«

»Er mag keine Fremden«, sagte Sam und stellte die Sprühdose auf den Tisch. »Es ist vielleicht besser, wenn du jetzt gehst. Meine Mutter kommt bald nach Hause.«

»Oh wirklich?« Die Enttäuschung in meiner Stimme war echt. »Sollte ich nicht noch üben? Dann muss ich bald wiederkommen!«

Sam kräuselte angesichts dieses für mich untypischen Lerneifers die Stirn. »Na ja, so schwierig ist sprühen nun auch nicht. Ich finde, wir sollten einen Feldversuch starten.«

»Einen Feldversuch?« Ich folgte Sam ins Wohnzimmer, wo er nur einen kleinen Pfiff brauchte, um Spex herbeizurufen.

»Na ja, lass uns doch erst mal ein paar Graffitis sprühen. Wenn wir nur in Alexas Zimmer rumsitzen, bekommen deine Altatec-Freunde ja gar nichts davon mit.«

»Ich berichte den, äh, anderen natürlich, was wir machen«, behauptete ich.

»Was ist mit heute Abend? Ich hole dich um 22:00 Uhr ab und bringe die Dose mit.«

Was konnte ich tun, als zähneknirschend zuzusagen?

»Aber wir müssen Spex mitnehmen!«, wisperte ich. »Wir können ja schlecht mit den Bändern am Handgelenk Verbotenes tun.«

»Stimmt«, sagte Sam und Rebellen-Ellie lächelte erleichtert.

Zu Hause hing Lisa kotzend über der Kloschüssel. Sie streifte mich nur mit einem müden Blick, als sie kurz darauf an mir vorbeischlurfte. Unter den Augen hatte sie tiefe Ringe.

»Vielleicht arbeitest du zu viel?«, fragte ich vorsichtig. Sie ließ sich auf den Küchenstuhl fallen. »Ich arbeite so viel wie nötig. Der Kühlschrank ist übrigens leer. Können wir nicht endlich einen Autobot einrichten?«

»Ich kann mich nicht darauf festlegen, an welchem Wochentag ich Eier, Brot und Milch will. Vielleicht ist mir morgen stattdessen nach Joghurt, Bananen und Walnüssen.«

»Und übermorgen hast du Lust auf Croissants, Heidelbeeren und Sekt?«

»Wenn die für Silberfische zu haben sind, auf jeden Fall!«

Lisa stöhnte. »Hör auf, über Essen zu reden, mir ist schlecht.«

»Habe ich doch gar nicht …«

»Wo bist du überhaupt die ganze Zeit? Mama sagt, du kommst ständig zu spät zur Arbeit.«

Ich nahm auf dem zweiten Stuhl Platz.

»Hat sie das gesagt? Ich sitze alle meine Stunden ab!«

Lisa verdrehte die Augen. »Es ist kein Gefängnis, Ellie!«

»Apropos Gefängnis, warst du bei Tess?«

»Gestern«, erwiderte Lisa. »Aber mir wurde gesagt, dass ich sie nur noch einmal im Monat besuchen darf. Mein Sozialindex ist nicht hoch genug. Als wollte ich sie entführen! Wusstest du, dass sie nur in den hauseigenen Garten darf?«

Ich erwiderte nichts. Wahrscheinlich dachte Lisa dasselbe wie ich: Wenn es uns mit grauem Licht schon so erging, was würde erst passieren, wenn sich unsere Bänder auf Rot schalteten?

»Lisa«, sagte ich schließlich. »Willst du nicht doch einen Termin bei der Ärztin machen? So kann es doch nicht weitergehen. Früher oder später …«

Lisa schnitt mir das Wort ab. »Ich bin sicher. Wenn es so weit ist, könnt ihr euch von mir ausklinken. Ich komme schon irgendwo unter mit dem Baby.« Sie schob ihren Kiefer vor. Diskussion zu Ende. Dabei hätte sie wissen müssen, dass das nicht infrage kam.

Sam schlug vor, für unsere nächtlichen Streifzüge unsere Fährtensucher-App zu aktivieren. »Wenn wir uns verlieren und einer von uns in der Patsche sitzt, sollten wir uns helfen können, oder?«

Ich schluckte einen Kloß hinunter und nickte.

Sam klinkte sich in mein System ein und gleich darauf leuchtete ein kleines goldenes Icon auf der Straßenkarte in meinem Holomenü auf. Sam, extra für mich auffindbar.

»Tja«, seufzte ich. »Auf alle Eventualitäten vorbereitet.«

Dabei gab es noch hunderttausend Eventualitäten, auf die ich mich kein bisschen vorbereitet fühlte.

Während Sam in einem Hinterhof sprühte, erfand ich Gründe, warum ich nach Spex schauen musste, den wir genauso angeleint hatten, dass unsere Bänder gerade noch in Reichweite waren. Aber als ich nach ihm greifen wollte, kläffte er so wütend, dass ein Passant mich fragte, warum ich fremde Hunde anfasste, und mir sofort ein paar Negative verpasste. In den nächsten Tagen entwickelten wir eine Routine: Nachts Propaganda verteilen, tagsüber in Alexas Zimmer »üben«, weil ich darauf bestand, dass ich »nicht gut genug« sei. »Es ist kein Kunstwettbewerb«, brummte Sam, aber er schien nichts dagegen zu haben, Zeit mit mir zu verbringen. Nur meine permanenten Pinkelpausen irritierten ihn etwas. Leider funktionierte der Plan Spex-zum-Freund-Gewinnen nicht wirklich – im Gegenteil schien er mich immer misstrauischer zu beäugen. Einmal gelang es mir, ihn zu packen und ihm Sams Armband zu entwinden, aber genau da klingelte ein Blumenlieferant an der Tür und Sam lief in den Flur, um den Summer zu betätigen.

»Mein Band hat schon wieder gepiept. Ich glaube, der Hund hat einen unregelmäßigen Herzschlag.«

»Du hast *mein* Band in der Hand«, bemerkte Sam, und ich spielte *Ellie-stellt-sich-blöd-an*, um ihm weiszumachen, es wäre ein Versehen.

Erschwert wurde die Mission Hundezähmung dadurch, dass Sam mich nur in seine Wohnung einlud, wenn seine Eltern nicht da waren. Ich brauchte Geduld. Aber ich hatte keine. Wer wusste, wann Blocks dürrer Freund an meiner Wohnungstür auftauchte? Wer wusste, wann mein Index ins Bodenlose purzelte?

Auch Sam wurde ungeduldig. Er wollte endlich mit den Altatecs zusammengebracht werden.

»Ich kann selbst nicht abschätzen, wann sie dich in unser Hauptquartier einladen.« Ein ultrageheimes Hauptquartier natürlich, über das mir Sam keine Fragen stellen durfte. Ich fuhr fort: »Vielleicht sollten wir uns etwas Beeindruckenderes ausdenken als Ratten-Graffitis.«

Ein paar Tage später standen wir nachts gegenüber dem Testzentrum, an der Straße, wo mich der Retrolenker umgenietet hatte – ohne beeindruckendere Idee. Es waren nicht mehr viele Menschen unterwegs.

Ich überlegte, was uns wieder in Alexas Zimmer bringen würde. »Du hast doch diese Karten bedruckt. Könnten wir das nicht auch machen? Mit Botschaften drauf.«

»Weil wir dann mehr Leute erreichen?«

Ich nickte. »Und weil Worte eine klarere Botschaft transportieren als Nagetiere.«

»Na ja. Es ist viel Arbeit. Eigentlich bräuchte man eine richtige Druckmaschine.«

»Zeig es mir doch einfach mal.«

»Lass uns erst mal unsere Arbeit machen.«

Er wies auf die weiße Wand vor uns. Wir standen direkt an der Eingangsschleuse, mitten auf der Straße.

»Hier vorne malen wir aber nichts auf die Wand!«, zischte ich.

Sam sah mich herausfordernd an. »Es soll doch jemand sehen!«

»Ja, aber nicht während wir sprayen!«

Ich bewegte Sam dazu, das Gebäude zu umrunden. Hinter dem Zentrum gab es einen Parkplatz und mehrere Ladestationen.

»Hier?«, fragte Sam.

Wir trugen trotz der Wärme Hoodies, deren Kapuzen wir tief in die Stirn gezogen hatten.

»Nicht an die Mauer! Wir können das Logo da auf die Ladestation setzen. Dann haben wir beim Malen wenigstens etwas Deckung. Und die Leute, die hier parken, sehen es sofort.«

Sam fügte sich grummelnd. Er holte eine Sprühdose aus seiner Tasche. »Ich finde, wir müssen offensiver werden.«

Das fehlte mir gerade noch! »Jetzt mach schon. Wir stehen hier schon viel zu lange rum.«

Ich schaute mich nervös um, während Sam sich ans Werk machte. »Spinnst du?«, fauchte ich, als mein Blick auf die Ladestation fiel.

Statt der üblichen handtellergroßen Ratte, die wir bisher an diverse Mauern gesprüht hatten, hatte er mit wenigen Strichen einen riesigen Nager produziert.

»Das sieht man ja aus hundert Metern Entfernung!«

Sam setzte genervt den Deckel auf die Dose. »Verdammt, Ellie, darum geht es doch!«

»Pssst!« Ich zog Sam weg vom Tatort. »Steck die Dose ein!«

Er ließ sie wütend in seinem Hoodie verschwinden. »Ich glaube langsam, du willst mich gar nicht dabeihaben! Hast du überhaupt jemals mit den anderen über mich gesprochen?«

Ich zerrte ihn zurück zur Straße, wo wir Spex festgebunden hatten. Sams blöde Aktionen brachten uns in Lebensgefahr und mir misstraute er plötzlich? Okay, mit einer gewissen Berechtigung, aber das konnte er ja nicht wissen.

»Natürlich will ich dich dabeihaben«, blaffte ich zurück. »Aber nicht, wenn du alle in Gefahr bringst!«

»Wieso bringe ich alle in Gefahr? Trau mir gefälligst mal was zu!«

Ich zog Sams Hand aus seiner Tasche und hielt sie vor seine eigene Nase.

»Da!«, ätzte ich. »Deine Finger sind voller Farbe. Wenn dich jetzt jemand befragen würde, hätte man dich sofort erwischt. Du bist ein Dilettant, du Möchtegern-Rebell!«

Scheiße. Die Worte waren einfach so herausgerutscht. Sams Lippen bebten, bevor er sie fest zusammenpresste.

»Ich weiß überhaupt nicht, wer du bist«, stieß er dann hervor. »Gehörst du wirklich zu Altatec? Besonders wichtig scheint dir all das hier jedenfalls nicht zu sein!!«

Er steuerte auf Spex zu, zog ihm mein Armband über den Kopf und warf es mir zu. Dann drehte er sich einfach um.

»Sam!« Er hatte den Nagel auf den Kopf getroffen.

Ich blieb stehen, während er davoneilte, jeder wütende Schritt voller Zorn, als könnte er damit mein Herz zerquetschen.

Ein paar Minuten stand ich einfach nur da. Dann leckten auf der Straße Scheinwerfer über den Asphalt und mein Magen machte einen kleinen Purzelbaum, weil er sich einbildete, dass Sam zurückgekehrt war, um mich einzusammeln. Das Gefährt, das nun am Bürgersteig hielt, war jedoch kein normales Auto, sondern ein Retrolenker, ein seltener Viersitzer zum Selbstfahren, für den man sicher eine langwierige Fahrausbildung brauchte. Die beiden Männer, die ausstiegen, steuerten direkt auf mich zu. Mit zwei Schritten war der größere bei mir. Plötzlich nestelte er ein Taschentuch hervor. Ich machte einen Schritt zurück, da hatte er es mir schon auf Mund und Nase gepresst und alles wurde schwarz.

Aus den Chatprotokollen von Resa Gerlach, April 2038

14.04.38 09:00 **Jonas Heuck:**	Kann ich dich heute von der Schule abholen?

**

14.04.38 09:30 **Resa Gerlach:**	*stöhn*
14.04.38 09:34 **Jonas Heuck:**	Störe ich bei irgendwas?
14.04.38 09:35 **Resa Gerlach:**	Nee. Bin nicht in der Schule.
14.04.38 09:35 **Resa Gerlach:**	Hab nicht geschafft, aufzustehen 🥱
14.04.38 09:35 **Resa Gerlach:**	Wieso bist DU überhaupt wach?
14.04.38 09:36 **Jonas Heuck:**	Weil ich ein pflichtbewusster Mensch bin
14.04.38 09:36 **Jonas Heuck:**	🤪
14.04.38 09:36 **Resa Gerlach:**	🙄
14.04.38 09:37 **Jonas Heuck:**	Du rollst ganz schön viel mit den Augen
14.04.38 09:37 **Resa Gerlach:**	🙄🙄
14.04.38 09:39 **Jonas Heuck:**	Also schwänzt du die Schule ... Wissen deine Erziehungsberechtigten das?
14.04.38 09:39 **Resa Gerlach:**	🤷‍♀️
14.04.38 09:40 **Resa Gerlach:**	Meine Mutter verlässt das Haus vor mir. Ist besessen von ihrem Fitness-Programm vor der Arbeit.
14.04.38 09:40 **Resa Gerlach:**	Und Papa kriegt sowieso nichts mit. Der macht seit Tagen nichts anderes, als den Gesetzestext von vorne bis hinten und wieder zurück zu lesen.
14.04.38 09:40 **Jonas Heuck:**	Interessant
14.04.38 09:41 **Resa Gerlach:**	Sehr interessant 💤

14.04.38 09:41 **Jonas Heuck:**	Wenn das Gesetz verabschiedet wird, kriegst du fürs Schwänzen sofort Minuspunkte!
14.04.38 09:42 **Resa Gerlach:**	Wenn! Das ist ja noch nicht klar. Einer der Typen in Papas Videokonferenz gestern hat geschrien, dass eine Firma nicht Milliarden in ein Programm stecken kann, das dann nicht zugelassen wird …
14.04.38 09:46 **Resa Gerlach:**	Wie auch immer. Ich habe sturmfrei …
14.04.38 09:46 **Jonas Heuck:**	??
14.04.38 09:48 **Resa Gerlach:**	Willst du vorbeikommen?
14.04.38 09:49 **Jonas Heuck:**	*schnappt seine Sachen und rennt los*
14.04.38 09:49 **Resa Gerlach:**	😏
14.04.38 09:49 **Resa Gerlach:**	Nicht JETZT!
14.04.38 09:49 **Resa Gerlach:**	Bist du nicht müde? Ich will noch schlafen.
14.04.38 09:49 **Resa Gerlach:**	So gegen Mittag?
14.04.38 09:50 **Jonas Heuck:**	😊
14.04.38 09:50 **Jonas Heuck:**	Ok
14.04.38 09:50 **Jonas Heuck:**	Bis gleich

18.

Berlin 2075

Den Geruch nahm ich als Erstes wahr. Kein Gestank, sondern eine unangenehme, nasskalte Wolke, die in meine Nase ebenso drang wie in meine Lungen. Ich hustete und blinzelte. Dunkelheit. Von irgendwoher drangen gedämpfte Stimmen an mein Ohr. Mein Kopf dröhnte. Erst nach und nach begriff ich, wo ich mich befand und was geschehen war. Das heißt, ich wusste eigentlich nur, wo ich *nicht* war – nämlich auf der Straße, auf der ich vor wenigen Augenblicken noch gestanden hatte. Oder vor vielen Augenblicken? Vielleicht waren Tage verstrichen, seit ich mit Sam … Sam! Ich versuchte, mich aufzurichten, doch in meine Schläfen fuhr ein scharfer Blitz, der dafür sorgte, dass ich mich sofort wieder zusammenkrümmte. Langsam ordneten sich meine benebelten Gedanken. Sam war nicht hier. Sam war beleidigt abgedüst. Wenigstens hatte das ein Gutes: Denn wäre er dageblieben, hätten die Kerle von der ZDS ja auch ihn … Sam konnte mich auf seinem Fährtensucher sehen, fiel mir plötzlich ein. Aber Sam hatte überhaupt keinen Grund, nach mir zu suchen.

Vorsichtig setzte ich mich auf. Irgendwelche Undercover-Cops mussten mich bei unserer Graffiti-Aktion beobachtet haben. Oder hatte Block seine Schergen geschickt? Die Liege, auf der ich lag, war mit einer rauen Wolldecke überzogen. In dem kleinen Raum war es fast gänzlich dunkel. Es gab kein Fenster. Nur aus der offen stehenden Tür sickerte stumpfes Licht herein. Ich legte eine Hand gegen die Wand: eiskalt. Und dreckig.

Durch die offene Tür (wieso eigentlich offen?) hörte ich die Stimme einer Frau. »Ihr hättet ja mal etwas sagen können vor dieser Aktion. Womit habt ihr sie betäubt? Vielleicht trägt sie einen Hirnschaden davon!«

Ich griff mir erschrocken an die Stirn.

»Quatsch,« erwiderte eine zweite, rauere Frauenstimme. Kommissar Block war das schon mal nicht. »Harmloses Zeug. Sie wacht bestimmt gleich wieder auf.«

Dann eine männliche Stimme: »Susanna, wir haben noch ein paar Fragen wegen der nächsten Fahrt zur Enklave. Theo denkt, dass wir Fracht und Zahlende zusammen in einen Transport stecken können. Ich bin skeptisch.«

Die, die Susanna genannt wurde, sagte etwas, das ich nicht verstand.

»Jetzt gehst du einfach?«, rief die erste Frau aufgebracht.

»Es dauert nicht lange. Schau doch mal nach dem Mädchen, Luzie.«

Stille.

Das Mädchen? War ich das etwa? Schnell streckte ich mich wieder auf der Liege aus.

Die junge Frau, die eintrat, blieb einen Moment überrascht stehen, als sie sah, dass ich wach war. Sie trug Stiefel, Shorts und eine Weste mit vielen Taschen. Ihr Haar war an den Schläfen zu engen Zöpfchen geflochten und bauschte sich auf ihrem Kopf in einem kringeligen Knoten. Von einem wackligen Metalltisch in der Ecke nahm sie eine Wasserflasche, die sie mir reichte. »Geht es dir gut?«

»Mein Kopf tut weh«, entgegnete ich nach dem Trinken. Die Frau, nur wenig älter als ich, fragte: »Soll ich dir eine Schmerztablette besorgen? Wie schlimm ist es?«

»Es geht schon.« Tatsächlich schraubten die gierigen Schlucke Wasser das Kopfweh auf ein erträgliches Maß herab.

»Ich bin Luzie«, sagte meine Wächterin – oder was immer sie war. »Wir haben ein paar Fragen.«

»Welche Fragen? Ich habe Kommissar Block schon alles gesagt«, erwiderte ich müde.

Draußen im Gang polterte es plötzlich und die raue Frauenstimme von eben bellte irgendwelche Anweisungen. Zwei Sekunden später trat sie in meine mysteriöse Behausung. *Sie*, das war eine kräftige Frau mit grau meliertem Zopf, die beim Eintreten den Kopf zwischen ihre Schultern ziehen musste, um sich die Stirn nicht an blankem Stein blutig zu schlagen. Die Frau, die Susanna sein musste, sah definitiv *nicht* aus wie eine ZDS-Beamtin. Ich hatte ihre klobigen Stiefel, ihre verdreckten Jeans und ihren Gürtel, in dem irgendeine Art von Waffe steckte, kaum erfasst, als mir etwas weitaus Erschreckenderes an ihrer Erscheinung ins Auge fiel: Sie war nackt. Also, nicht *sie*, sondern ihr Handgelenk. Dort, wo ihr Armband hätte sitzen sollen, war nicht mal ein heller Streifen Haut zu sehen.

»Du bist wach«, stellte sie zufrieden fest.

»Schön, dass ihr sie nicht vergiftet habt«, fauchte Luzie. »Das Mädchen riskiert für uns Leib und Leben und ihr …«

Leib und Leben? Und dann wusste ich es.

Mir wurde schlecht.

Susanna zog sich einen Stuhl heran.

»Also, erzähl mal«, forderte sie mich auf. »Warum malst du unsere Ratten?«

Unsere Ratten.

»Altatec«, hauchte ich.

Susanna zog verärgert die Augenbrauen zusammen. »So heißen wir nicht. So nennt uns die ZDS, um uns zu diskreditieren.«

»Habt ihr nichts mit der Terroristenbande von 2038 zu tun?«

»Die wurden auch diskreditiert.«

»Vielleicht geht es auch etwas freundlicher, Susanna?«, unterbrach Luzie. «Ihr habt sie entführt!« Zu mir gewandt erklärte sie: »Die historische Assoziation soll uns mit Gewalt in Verbindung setzen. Die wir nicht ausüben.«

»Und mit der auch Altatec von 2038 nichts zu tun hatte!«

»Na ja, meine Entführung war nicht gerade sanft ...«

Luzie sah Susanna mit einem »Sag ich doch«-Blick an, aber die zuckte bloß mit den Schultern. »Was sollten wir machen? Das Mädchen auf offener Straße befragen? Da surren mehr und mehr von diesen Fotobotdrohnen rum, die sie in letzter Zeit einsetzen, um Menschen ohne Armbänder zu erwischen.«

»Ihr hättet mich zu einem Kaffee einladen können«, quiekte ich. Luzie lachte.

»Jaja«, brummte Susanna. »Jetzt haben wir uns alle amüsiert. Kommen wir zu den Details: Also, wieso malst du die Ratten?«

»Warum wollt ihr das wissen?«

Susanna setzte zum Sprechen an, dann besann sie sich und fragte nach meinem Namen. »Nun, Ellie: Unser Logo ist ein Markenzeichen, da wüssten wir schon gerne, wer es benutzt.«

»Wie?«

»Du schuldest uns Lizenzgebühren.«

Ich blickte von Susanna zu Luzie, die zur Decke schaute und Luft ausstieß, und wieder zurück zu Susanna. Die hatte die Arme über der Brust gefaltet und grinste. Dann erhob sie sich plötzlich und trat so nah an die Liege heran, dass ich instinktiv die Beine hochzog und bis nach hinten an die Wand rutschte. »Genug gescherzt. Es gibt zwei Möglichkeiten: Entweder du bist eine echte Sympathisantin oder du bist eine Agentin des ZDS, die uns weismachen will, dass sie eine

Sympathisantin ist.« Sie tippte sich mit dem Finger gegen die Unterlippe. »Was von beiden ist es?«

Ich schluckte. Option drei – spielt Sympathisantin, um eigene Ziele zu verfolgen – hatte sie nicht zur Auswahl gestellt.

»Ich w-will euch unterstützen«, stammelte ich.

»Ach ja? Und warum?«

»W-weil ich gegen den Algorithmus bin. Äh, der Algorithmus muss angepasst werden und ...« Meine Stimme erstarb. Susannas Mundwinkel zuckten verächtlich.

»Da war diese Demonstration«, erklärte ich leise. »Da haben sie die Leute richtig gejagt. Und mein Bruder hat seinen goldenen Status verloren, obwohl er alles richtig gemacht hatte. Obwohl er ein Kind ist!« Ich hob mein Kinn und blickte in Susannas Augen. »Ich denke, dass wir *nicht* alle eine Chance haben. Ich denke, dass der Algorithmus einen Scheißdreck darauf gibt, wie es uns geht!«

Luzie atmete hörbar aus. Auf ihren Lippen lag ein feines Lächeln. Susanna machte einen Schritt zurück und setzte sich wieder auf den klapprigen Stuhl. Sie musterte mich eingehend.

»Nun«, sagte sie schließlich, den Blick nicht von mir lösend. »Den Text hätte ein Agent nicht besser aufsagen können.«

»Wenn ihr keine besseren Methoden habt, Agenten zu identifizieren, tut es mir leid«, sagte ich patzig. Und ging auf Angriff über: »Was für ein Haufen seid ihr überhaupt? Ich dachte, ihr organisiert eine Revolution. Stattdessen plant ihr Erholungsreisen in die Enklave?«

Susanna sah überrascht zu Luzie: »Hast du ihr etwas ...?« Die hob abwehrend die Hände und schüttelte den Kopf.

»Ich habe euch eben gehört. Rote werden in Arbeitslager geschickt, Graue sorgen sich jeden Tag um die Zukunft – und ihr vergnügt euch in der Enklave?«

»Es geht dich zwar nichts an, junge Dame«, zischte Susanna, »aber ich *verhindere*, dass Rote ins Arbeitslager kommen, *indem* ich sie in die Enklave bringe.«

Luzie machte eine Grimasse. »Wenn das mal keine Schönfärberei ist …«

Susanna warf ihr einen bösen Blick zu. »Wir müssen auch Geld verdienen«, blaffte sie. »Unter anderem, um deine Aktionen zu finanzieren.«

»Das sind ja interessante Informationen, die ihr an eine Agentin weitergebt«, ätzte ich.

Luzie ignorierte diese Bemerkung und sagte freundlich zu mir: »Ellie, wer ist der Zweite im Bunde? Du hattest doch einen Freund dabei.«

Ich nickte. Und schwieg.

»Uns gefällt eure Arbeit«, erklärte Luzie sanft. »Aber wir wollen wissen, was ihr macht.«

»Das sind Kinder, die nicht wissen, was sie tun«, brummte Susanna.

Luzie seufzte genervt. »Ihr solltet euch uns anschließen«, sagte sie dann mit fester Stimme.

Mein Mund blieb offen stehen. Das war es, was Sam wollte!

»W-was hast du eben über die Enklave gesagt?«, fragte ich Susanna. Die fuhr sich resigniert durchs Haar. »Fängst du wieder damit an?«

Ich schüttelte den Kopf: »Nein. Ich will wissen, was das bedeutet. Du bringst Rote dorthin? Zum Urlaubmachen?«

»Nein. Nur ein kleiner Teil der Enklave ist eine Unterhaltungsoase für reiche Goldene. Vor Jahren sind die ersten Angestellten aus den Casinos für die Urlauber dort abgehauen und haben ihre eigene kleine Ortschaft gegründet. Wie der Rest der Enklave – ohne Bewertungssystem.«

Ich traute meinen Ohren kaum. »Und das ist erlaubt?«

»Nein, aber solange sie dort friedlich leben und niemanden stören, wird Stillschweigen bewahrt. Die Enklave ist wie eine Insel. Das Urlaubsparadies soll nicht zerstört werden. Reiche Goldene können sich ein paarmal im Jahr richtig austoben, ohne bewertet zu werden. Ein Ventil. Das soll durch ein paar ganzjährig dort lebende Aussteiger nicht gefährdet werden.«

»Und ihr nutzt die Enklave als Stützpunkt?«

Susanna antwortete nicht.

Doch ich wusste plötzlich, was ich wollte. Wie auf dem Präsentierteller bot sich mir hier genau das, was ich brauchte. Was *Lisa* und das Baby brauchten. Unsere Familie. »Ich will, dass du mich und meine Familie dorthin bringst. In diesen Ort ohne Bewertungssystem!«

Luzie runzelte verblüfft die Stirn und Susanna lachte laut auf. »Hast du ein Konto voller Geld, Mädchen, oder wie stellst du dir das vor?«

Luzie machte ein Gesicht, als bereute sie ihren Einsatz für mich. Aber auf die Befindlichkeiten einer Rebellin konnte ich jetzt keine Rücksicht nehmen! »Ich habe etwas, was euch interessieren wird!«

Nun, eigentlich war *Sam* derjenige, der etwas hatte, aber warum sich mit semantischen Spitzfindigkeiten aufhalten?

»Na, da bin ich sehr gespannt.« Susanna lehnte sich in ihrem Stuhl zurück.

»Code Omni-X.«

Susannas Nackenmuskeln spannten sich. Plötzlich war sie ganz Ohr.

»Mein Freund, Sam, der die Ratten malt, hat einen Code in seinem Band, der seine Indexe vor dem Verfall schützt. Er bleibt immer auf Gold.«

»Wir wissen, was Code Omni-X ist«, unterbrach Luzie mich. Auf ihrer Stirn hatte sich eine steile Falte gebildet.

»Dann ist dein Freund also doch ein Agent«, rief Susanna.

»N-nein«, stotterte ich. »Er weiß nicht mal, dass er den Code besitzt.«

Luzie und Susanna lauschten skeptisch, während ich ihnen die ganze Geschichte erzählte.

»Ihr könntet den Code nutzen«, endete ich. »Oder Sam könnte euch mit dem Code im Band von Nutzen sein.«

Doch Susanna wischte alles weg, was ich gesagt hatte: »Das kann nicht sein. Wir haben von Code Omni-X gehört. Wer da drankommt, ist unklar. Aber bestimmt keine Graffiti-sprühenden Jugendlichen!«

»Ich habe es selbst gesehen!«, beharrte ich.

Susanna kniff die Augen zusammen. Dann zuckte sie mit den Schultern. »Selbst wenn es so wäre, was sollen wir damit machen? Die meisten von uns kommen gut ohne Band zurecht.« Sie hielt ihren nackten Arm hoch.

»Ich finde, das klingt sehr interessant«, warf Luzie ein. Lag es daran, dass sie selbst ein Armband besaß? Wie schaffte sie es, als Rebellin ein goldenes Licht zu tragen?

»Du sagst, er weiß nichts davon?«, hakte sie nach.

»Nein, ganz bestimmt nicht. Es – es muss irgendeine Art von Fehler gewesen sein.«

»Susanna, ich würde mir das gerne mal anschauen. Vielleicht gibt es eine Möglichkeit, den Code zu vervielfältigen.«

Susanna schnaubte. »Willst du die ganze Bevölkerung mit vollen Indexen segnen?«

»Du musst zugeben, dass das ein Coup wäre!«

»Unser Ziel ist es, die Indexe zu vernichten, nicht, sie zu manipulieren! Wir wollen die Leute von der Datenkrake befreien, keinen Wettkampf um irgendeinen neuen Code starten!«

Luzie verschränkte die Arme vor der Brust. »Wäre das Resultat nicht dasselbe? Wenn wir den Code multiplizieren könnten und er wie ein Virus um sich greift?«

»Du weißt so gut wie ich, dass wir niemals alle Armbänder infizieren könnten.«

Luzie nickte. »Ja, aber es würde einen großen Aufruhr verursachen.«

»Ich sage dir, was großen Aufruhr verursachen würde: Wenn …«

Susanna stockte plötzlich. Scheinbar war ihr eingefallen, dass ich immer noch mithörte. »Es klingt für mich, als hättest du kein Interesse, uns beizutreten. Schade für dich, Mädel, mir gefällt deine große Klappe. Aber du scheinst nicht zu wissen, was deine Prioritäten sind, also verabschieden wir uns jetzt von dir!«

Luzie seufzte, sagte aber nichts weiter.

Ich ballte die Fäuste. Plötzlich wollte ich nichts mehr, als meiner Familie die Flucht zu ermöglichen. Es war eine so viel bessere Lösung als der Code. Ich musste …

»Bitte«, flehte ich. Keine Spur mehr von großer Klappe. »Schaut euch den Chip wenigstens an. Ich war in der ZDS, ich weiß, wie ich an Informationen kommen kann …«

Susanna erhob sich. »Theo, bring bitte das Mädchen weg!«, rief sie in den Flur.

Mit verbundenen Augen wurde ich von einem Mann namens Theo durch lange, kalte Gänge geführt. Irgendwann hielten wir an und Metall schabte auf Metall. Ich nahm einen Luftzug wahr.

Da hörten wir Luzie, die nach uns rief. Mein Arm wurde losgelassen.

»Theo«, wiederholte Luzie atemlos, als sie uns erreicht hatte. »Du musst ihr Armband noch durch den Scrambler schieben. Damit alle Daten gelöscht werden, die sie hier aufgenommen haben könnte.«

Theo zögerte, aber Luzie zog schon das Band von meinem Handgelenk. »Robbie weiß schon Bescheid, bring es ihm einfach.«

»Gut«, murmelte Theo. »Du passt auf sie auf?«

Kaum war er außer Hörweite, spürte ich, wie Luzies Mund sich meinem Ohr näherte. »Ihr solltet für mich arbeiten, du und dein Freund«, flüsterte sie.

»Aber Susanna …«

»Susanna klopfe ich weich«, unterbrach sie mich. »Wenn wir mehr über den Code und die Machenschaften der ZDS rausfinden, wird Susanna mit sich reden lassen.«

»Meinst du wirklich, sie wird mir helfen?«

»Wenn du in die Enklave willst, kann sie das arrangieren. Aber ich brauche weitere Infos. Dinge, die wir für eine Kampagne gebrauchen können. Um die Menschen aufzurütteln. Du hast gesagt, dass du Informationen aus der ZDS besorgen kannst?«

Warum hatte ich das bloß behauptet?

Luzies Finger gruben sich in meinen Oberarm. »Finde raus, wie dein Freund an den Code gekommen ist, und ich spreche mit Susanna.«

Luzie klopfte mir auf den Rücken, als sich Schritte näherten.

»Ich melde mich«, raunte sie in mein Ohr, in dem es inzwischen laut piepste.

Na toll. Wieder auf Anfang.

Aus den Chatprotokollen von Resa Gerlach, April 2038

14.04.38 22:01 **Resa Gerlach:** Du hast mich angelogen!

14.04.38 22:03 **Jonas Heuck:** ?

[14.04.38 22:03 Sprachanruf Jonas Heuck]

14.04.38 22:09 **Jonas Heuck:** Wieso gehst du nicht dran? Ich will Mittwoch dir reden

14.04.38 22:09 **Jonas Heuck:** Uff, Autokorrektur. Ich will jetzt mit dir reden, soll das heißen

14.04.38 22:14 **Resa Gerlach:** Hab Zähne geputzt. Zu müde. Ich geh gleich schlafen.

14.04.38 22:14 **Resa Gerlach:** Außerdem weiß ich nicht, ob ich mich mit jemandem unterhalten will, der mich von Anfang an belogen hat. 😠

14.04.38 22:14 **Jonas Heuck:** Resa …

14.04.38 22:15 **Resa Gerlach:** Zitat:

> [23.03.38 22:47 **Resa Gerlach:** Nippelpiercings.
>
> 23.03.38 22:47 **Jonas Heuck:** Oh
>
> 23.03.38 22:47 **Jonas Heuck:** 😳
>
> 23.03.38 22:48 **Resa Gerlach:** Ernsthaft???
>
> 23.03.38 22:48 **Resa Gerlach:** 🤣Tja … Nobody is perfect]

14.04.38 22:15 **Resa Gerlach:** 🤣

14.04.38 22:15 **Jonas Heuck:** 😑

14.04.38 22:16 **Jonas Heuck:** Meine Dame, wo hatten Sie denn heute Ihre Fingerchen? 😈

14.04.38 22:16 **Resa Gerlach:** An Orten, wo es weit und breit keine Nippelpiercings gab. 😋

14.04.38 22:16	**Resa Gerlach:**	Zum Glück
14.04.38 22:17	**Resa Gerlach:**	😂 Lügner!
14.04.38 22:17	**Jonas Heuck:**	😊
14.04.38 22:18	**Jonas Heuck:**	Wer sagt, dass ich nicht mal eins hatte?
14.04.38 22:18	**Resa Gerlach:**	😁 Alles klar.
14.04.38 22:18	**Resa Gerlach:**	Und ein Drachen-Tattoo hast du auch irgendwo versteckt?
14.04.38 22:18	**Jonas Heuck:**	Wer weiß 😎
14.04.38 22:20	**Resa Gerlach:**	Jonas …
14.04.38 22:20	**Resa Gerlach:**	Es war schön heute.
14.04.38 22:20	**Jonas Heuck:**	Ja
14.04.38 22:21	**Resa Gerlach:**	Das nächste Mal suche ich nach deinen Drachen-Tattoos.
14.04.38 22:21	**Jonas Heuck:**	😲
14.04.38 22:21	**Jonas Heuck:**	😍
14.04.38 22:21	**Resa Gerlach:**	😚
14.04.38 22:21	**Resa Gerlach:**	Gute Nacht.

**

14.04.38 22:43	**Resa Gerlach:**	Wieso hast du eigentlich eben so komisch reagiert??
14.04.38 22:44	**Jonas Heuck:**	Wieso komisch. Freue mich aufs Drachensuchen!
14.04.38 22:43	**Resa Gerlach:**	Ich meine mit dem Lügen. Hast du mich bei irgendwas belogen?
14.04.38 22:45	**Jonas Heuck:**	Ich wollte nur deine Stimme hören
14.04.38 22:45	**Jonas Heuck:**	Bin todmüde!
14.04.38 22:45	**Jonas Heuck:**	Süße Träume!

19.

Berlin 2075

Als ich völlig erschöpft nach Hause kam, ging die Sonne gerade auf. Ich dachte daran, Sam zu kontaktieren, um mich bei ihm zu entschuldigen. Und ihm zu erzählen, dass seine Ratten den Rebellen gefielen. *Wirklich.*

Doch er kam mir zuvor, als es kaum 08:00 Uhr war.

Ellie, kannst du kommen?

Jetzt?

Ja!!!

Mit drei Ausrufezeichen!

Sam begrüßte mich an seiner Tür. Er trug graue Boxershorts und ein schwarzes T-Shirt. Seine Füße waren nackt.

»Meine Eltern sind gerade weg«, erklärte er. »Ich muss dir etwas zeigen.«

Er führte mich durch die Wohnung. Unseren Streit schien er völlig vergessen zu haben.

In seinem Zimmer lag ein riesiger Haufen von … Etwas.

Das Schuhregal, in dem er seine ungenutzten Konsum-Sneaker aufbewahrt hatte, war leer gefegt. In der Mitte des Raumes stand ein kastenartiges Gerät.

»Ein Schredder«, sagte Sam etwas lahm.

»Du hast deine Schuhe geschreddert??« Damit hatte ich nun wirklich nicht gerechnet.

Sam schaute auf seine nackten Zehen. »Es war dumm. Ich war so wütend, als wir uns gestern getrennt haben. Ich hatte wahnsinnige Lust, irgendetwas zu tun, worüber sich meine Eltern ärgern würden. Und du auch.«

Er hatte recht. Gute Schuhe zu vernichten, war das Dümmste, was man sich einfallen lassen konnte.

»Aber darum geht es gar nicht!«, rief Sam. »Irgendetwas stimmt mit meinem Armband nicht!«

Oh mein Gott!

Sam legte meine schockgefrorene Miene als Ungläubigkeit aus. Er nickte heftig. »Meine Indexe sinken nicht!«

»Du bist doch sowieso immer golden«, stammelte ich.

»Ich habe den Blocker ausgestellt!« Sams Stimme überschlug sich fast. »Ich habe indizierte Videospiele runtergeladen, ich habe meine Nachbarin angeblafft. Ich wollte, dass dieses verdammte Gold zu Grau wird und du mich nicht mehr anguckst, als wäre ich ein mythischer Halbgott!«

»Ich habe doch nicht …«

»Aber als mein Band überhaupt nicht reagiert hat, habe ich genauer hingeschaut! Alle meine Indexe stehen auf 100 %! Sie bewegen sich überhaupt nicht!« Er öffnete sein Holomenü und hielt es mir zum Beweis unter die Nase.

Ich biss mir auf die Innenseite meiner Wange und versuchte, einen klaren Gedanken zu fassen.

»Ich glaube …« Ich konnte förmlich sehen, wie sich hinter Sams Stirn eine Ahnung verfestigte. »Ich glaube, meine Indexe stehen auf höchster Stufe, seitdem ich bei dir im Laden war.« Seine Finger rasten über die Daten auf seinem Handrücken. »Seitdem ich den Chip in meinem Armband ersetzt habe!« Sams Kopf schoss in die Höhe. Er kniff die Augen zusammen. »Ellie?«, fragte er. »Hast du das gewusst?«

Ich konnte später nicht behaupten, dass es nicht genug Momente gegeben hätte, um Sam die Wahrheit zu beichten. Dummerweise verpasste ich jeden einzelnen davon.

»Ellie?«, hatte Sam noch einmal gefragt, nachdem wir Spex mit unseren Armbändern ins andere Zimmer geschickt hatten. »Hast du das gewusst?« *Das* war natürlich Code Omni-X, auch wenn Sam davon keine Ahnung hatte.

Mein Herz wummerte presslufthammermäßig gegen meinen Brustkorb. »Ja.«

Sams Pupillen weiteten sich. »Aber … warum hast du mir nichts davon gesagt?«

»Susanna hat gesagt, wir müssen das erst mal beobachten.«

Sam fuhr sich mit beiden Händen durch die Haare. Plötzlich erschöpft, setzte er sich neben mich auf sein Bett. »Wer ist Susanna?«

»Mein Boss«, behauptete ich. »Bei Altatec.« Als wäre die Lüge weniger klein, nur weil ich einen echten Namen benutzte. »Wir heißen übrigens gar nicht Altatec. Das sind Falschinformationen der ZDS.« Ich ließ Sam keine Zeit, darüber nachzudenken, warum mein viel erwähnter Rebellen-Chef sich plötzlich in eine Chefin verwandelt hatte. Stattdessen erklärte ich ihm, was ich wusste. Er war in unseren Laden spaziert und ich hatte den mysteriösen Code auf seinem Armband entdeckt. Kommissar Block hatte ungewöhnlich großes Interesse an der Sache und im Keller der ZDS gab es ein Archiv, in dem Informationen zu dem Code gespeichert waren. Woher der Code aber kam, wussten weder ich noch Susanna oder Luzie. »Du hast dein Band damals doch absichtlich kaputt gemacht?«

Sam nickte. »Ich brauchte einen Vorwand, um mit dir in Kontakt zu treten. Ich habe deinen Rattenanhänger im Aufzug gesehen. Aber ich konnte dich ja nicht einfach lauthals fragen, ob du zu …«, er senkte die Stimme, »…den Rebellen gehörst.«

Was ich Sam auftischte, war Folgendes: Meine Rebellinnen-Chefin, Susanna, war zufrieden mit seiner Arbeit, aber bevor wir ihn aufnehmen würden, mussten wir Informationen über den Code liefern. »Ich, äh, also ich bin selbst noch kein Vollmitglied bei denen.« Sobald der erste Zipfel Lüge über meine Lippen war, kam der Rest ganz von allein. »Es handelt sich um eine große Organisation mit vielen Zellen. Susanna ist die Chefin meiner Zelle, aber die Hintermänner habe ich noch nicht getroffen. Sie sind sehr auf Geheimhaltung bedacht, wie du dir denken kannst. Wenn wir relevante Informationen liefern, nehmen sie uns *beide* auf, verstehst du?«

»Ich verstehe«, murmelte Sam und ächzte: »Ich habe nur keine Ahnung, wie.«

Da waren wir schon zwei.

Sam stützte sein Kinn in seine Hand. »Ich kann das einfach nicht fassen!« Seine Miene verdunkelte sich. »Alexa hat gelitten unter ihrem verdammten Armband. Und da gibt es irgendwelche Leute, die einen Code haben, der das einfach alles wegwischt?« Er drückte mit seinen Fingern gegen seine Nasenwurzel. »Jeder hat eine Chance – dass ich nicht lache! Jeder hat eine Chance, aber manche eine größere!«

Gerne hätte ich meine Hand nach Sam ausgestreckt. Doch was gab mir das Recht dazu? Ellie Bergmann, der es völlig egal war, wie ungerecht Code Omni-X war, solange sie ihn nur selbst haben konnte.

Sams Stimme war rau und düster, als er sagte: »Am liebsten würde ich wieder einen Hammer nehmen und den beschissenen Chip zerschlagen!«

»Nein!«, rief ich. Die Schuhe waren nun wirklich genug.

Ich versuchte, die Stimmung etwas aufzulockern: »Denk doch, was du alles machen kannst, ohne dass deine Indexe in Mitleidenschaft gezogen werden.«

Sam schürzte die Lippen.

Ja, kein Wunder, dass ihm nichts einfiel. Von mir wäre eine Schutzhülle abgefallen, eine Rüstung, wenn ich den Zaubercode im Band gehabt hätte, und mein wahres, übel gelauntes Ich wäre zum Vorscheinen gekommen: Ich würde jeden Morgen so lange schlafen, wie ich wollte, und meinen Ferienjob an den Nagel hängen. Ich würde Tess aus dem Heim entführen und einen Ausflug aufs Land machen. Ich würde Motzkotz die Zunge rausstrecken und über die Straße laufen, wo kein Fußgängerüberweg war. Und vielleicht – vielleicht – würde ich an irgendeinem Kiosk mit Roten abhängen. Roten, damit sie sich bei mir einklinken konnten und ein klein wenig von meinem goldenen Glanz auf sie abfärbte.

»Ich könnte jeden Tag die Schule schwänzen«, überlegte Sam.

»Du könntest eine Kunstausstellung auf dem Bürgersteig veranstalten«, schlug ich vor. Sam grinste.

»Ich könnte einen Robokampf-Roboter kaufen und vor der ZDS aufmarschieren lassen.«

»Du könntest eine Party nur für Rote veranstalten.«

»Ich könnte auf einem Tennisplatz Fußball spielen.«

Ich lachte.

»Du könntest aufhören, Schuhe zu kaufen.«

»Ich könnte mein ganzes Geld für rosa Luftballons ausgeben und sie über der Stadt steigen lassen.«

»Du könntest eine Graue küssen und dein Sozialindex würde nicht mal summen.«

Mein Herz stand still. Hatte ich das gerade gesagt? Sams Augen weiteten sich und sein Mund blieb offen stehen. Dann sah ich einen Funken in seiner Iris und ein winziges Grübchen in seiner Wange. Mein Magen machte einen Dreifachsalto. Das Funkeln wurde zu einem breiten Grinsen und Sam beugte sich zu mir herüber. Sein Atem strich über meine Lippen und ich glaube, ein winziger Laut kam aus meiner Kehle.

Sam würde Ellie küssen.

Sam *hätte* Ellie geküsst.

Vielleicht hätte Ellie auch Sam geküsst. Wenn sie nicht im selben Augenblick etwas entdeckt hätte.

»Verdammte Scheiße, was ist das denn?«

Ich starrte auf die goldumrandete Karte, die auf Sams Nachttisch lag. »Willst du mich verarschen?«

»Das ist …«

Doch bevor Sam etwas erklären konnte, las ich mit donnernder Stimme vor – so als müsste ich mich vergewissern, dass meine Augen mich nicht getäuscht hatten: »Wir freuen uns, Euch zu unserer Verlobungsfeier einzuladen. Samuel Werting & Larissa Erlenbaum.«

»Das ist eine Einladung«, erklärte Sam lachend.

»So viel habe ich verstanden«, blaffte ich ihn an und hielt ihm die Karte unter die Nase. »Was das hier heißen soll, will ich wissen!« Ich hämmerte mit dem Zeigefinger auf die ekelhaft schnörkeligen Goldlettern.

Sam grinste breit. »Bist du sauer, weil du nicht eingeladen bist?«

Siebzehnjährige Schüler konnten doch wohl niemanden heiraten. Und wer war überhaupt Larissa?

»Ellie«, sagte Sam und vielleicht hatte er es ein paar Sekunden vorher schon mal gesagt. In seinen Augen flackerte nun Verunsicherung. »Das bin nicht ich.«

Verwirrt schaute ich auf die zerknitterte Einladung in meiner Faust. »Wie meinst du das?«

Sam legte den Kopf schief. »Samuel Werting ist nicht mein Name.«

»Natürlich heißt du Samuel Werting. Ich habe doch selbst gesehen …«

Sam biss sich auf die Lippen. Ja, sehr amüsant. War ich jetzt völlig verrückt geworden?

»Samuel ist mein Cousin. Ich heiße Sam. Wir sind beide nach meinem Großvater benannt.«

»Der mit dem Cornflakes-Imperium.«

»Also, unsere Firma produziert wesentlich mehr als Cornflakes und Frühstückscerealien. Damit mag es angefangen haben, aber …«

»Jaja, schon gut.« Langsam begann ich zu verstehen, aber das verunsicherte kleine Mädchen, das kurzzeitig die Kontrolle über mich ergriffen hatte, brauchte Gewissheit: »Du hast also keine Freundin namens Larissa Erlenbaum?«

Sam lachte laut auf. »Nicht, dass ich wüsste.«

»Und du bist auch nicht verlobt?«

»Nein.«

Ein peinlich dicker Klotz purzelte so krachend von meinem Herzen, dass Sam es wahrscheinlich hörte.

»Was soll das sein – Verlobung? Können die nicht einfach heiraten?«, brabbelte ich verärgert, nur um überhaupt etwas zu sagen.

Sam feixte. »Keine Ahnung, warum Larissa Erlenbaum ihn überhaupt heiraten will. Samuel ist ein schrecklicher Typ. Und es ist schon seine zweite Ehe.«

Sam stupste sanft gegen meine Schulter. »Sind Sie etwa eifersüchtig, meine Dame?«

Es lag nahe, verächtlich zu prusten und das Thema zu wechseln. Doch da war etwas in dem schrägen, halb lächelnden Blick, den er mir zuwarf, und ich dachte: Scheiße, ich mag ihn wirklich. Ich mag, mag, *mag* ihn. Also übte ich einen verführerischen Augenaufschlag und sagte mit übertriebener Stimme: »Da Larissa Erlenbaum den falschen Samuel heiratet, habe ich keinen Grund, eifersüchtig zu sein, oder?«

In meiner Brust wummerte es, während ich auf Sams Antwort wartete – doch bevor die kam, fiel es mir wie Schuppen von den Augen. »Sam, das heißt ja –«

»– Code Omni-X gehört meinem Cousin!«

Ich brannte darauf, mehr über Sams Cousin zu erfahren, doch heute stand mein monatlicher Besuch bei Tess an, weshalb ich mich von Sam verabschiedete.

Ich erschrak, als ich Tess sah, auch wenn Lisa mich bereits vorgewarnt hatte. Ihr Bein war immer noch eingegipst. Die Ärztin erklärte es mit »ausgesprochen schlechter Wundheilung«.

Tess reagierte kaum auf Fragen, die ich ihr stellte. Ihre Haut war fahl und ihre Wangen eingefallen. Motzkotz merkte an, dass sie sich weigere, vernünftig zu essen. Von dem Vorschlag, sie in den Aufenthaltsraum zu bringen, um mit den anderen Heimbewohnern zu plauschen oder ein Gesellschaftsspiel auszuprobieren, wollte sie nichts hören. Wenigstens nahm sie mein Mitbringsel erfreut entgegen – die gebrauchte Ausgabe einer ihrer geliebten Weltraumsagas, von Lisa mit ihrem gerade ausgezahlten Gehalt erworben, obwohl es dafür keinerlei Konsumpunkte gab.

Ich half Tess, sich mit Kissen im Rücken aufzusetzen, und sie versank in ihrem Comic, während ich Sam schrieb:

Was ist dein Cousin für ein Typ?

Ein hohes Tier bei der ZDS

Pause. Dann kam noch eine Nachricht.

Wir haben am selben Tag Geburtstag. Aber nicht im selben Jahr.

Was???

Geplanter Kaiserschnitt. Scheinbar fanden unsere Mütter das amüsant.

Und nach wochenlangem Tappen im Dunkeln schien eine Antwort plötzlich zum Greifen nah. Der Code musste durch irgendeinen Rechenfehler bei Sam gelandet sein, eine von diesen berühmten Ungenauigkeiten, ein Datensatz, der wusste, dass »Sam« eine Abkürzung für »Samuel« war, aber nicht, dass es sich um zwei unterschiedliche Personen handelte.

Was macht dein Cousin bei der ZDS?

Weiß nicht genau. Vorstand? Irgendwas mit der Berechnung von Arbeitsprofilen.

Wir müssen mit ihm sprechen!!

Glaube nicht, dass er uns was sagen wird.

Dann beobachten!

Es kam nichts mehr von Sam. Wahrscheinlich verstand er, dass es etwas heikel war, solche Gespräche über unsere Bänder zu führen. Das Buch lag auf Tess' Brust. Sie war eingeschlafen und ihr Kopf war zur Seite gerutscht. Ich legte das Buch weg, neben die Frauenstatue auf ihrem Nachttisch, und zog ihre Decke höher. Dann surrte es an meinem Handgelenk.

Willst du mit zu der Verlobungsfeier kommen?

Ich??

Ja, Ellie, du. Zur Verlobungsfeier von Samuel Werting.

ok.

Meine Eltern werden da sein.

Oh hurra! Tess schlief, aber ich wollte sie nicht alleine lassen. Ich vermisste sie. Die echte Tess, die sie einmal gewesen war. Meine Tante, mit der ich über alles hatten reden können. Die mich tröstete, wenn

Mama mich nicht verstand. Ich rückte meinen Stuhl nah an ihr Bett und schob meine Füße unter ihre Decke, während ich durch mein Holomenü wischte. In dem riesigen Berg von Dateien, die sie mir geschickt hatte, suchte ich nach Bildern von uns beiden. Selfies von einem Spaziergang, ein kurzes Video, in dem ich einen Vortrag für die Schule übte. Ich scrollte mich ganz nach unten – bis zu diesen uralten Dateien, die ich nicht öffnen konnte. Ich suchte nach einer App, um das Format zu ändern, konnte aber nur welche mit negativer Punktebilanz finden. Seufzend senkte ich meine Hand. Und dann dachte ich: *Scheiß drauf. Entweder ich schaffe es, die Rebellen davon zu überzeugen, mir zu helfen – oder ich bin sowieso im Arsch.* Ich zögerte nur eine Nanosekunde, dann kaufte ich die App, wandelte die Dateien um und begann zu lesen.

Als ich die Tür zu Tess' Zimmer viel später leise hinter mir schloss, tief in Gedanken versunken, erhielt ich eine Nachricht. Nicht von Sam. Sondern von Kommissar Spürnase. Block hatte mir eine merkwürdige Aufnahme seiner seltsam faserigen Stimme geschickt, eine Mischung aus Drohung und Flehen, in der er mir eine Woche Zeit gab, ihn mit relevanten Informationen zu kontaktieren. Und dann? Das verriet er nicht.

Aus den Chatprotokollen von Resa Gerlach, April 2038

15.04.38 18:05 **Resa Gerlach:**	Oh, Prinz meiner Träume … 😍 😚
15.04.38 18:06 **Jonas Heuck:**	😊
15.04.38 18:06 **Resa Gerlach:**	Ich träume Tag und nach von dir!!
15.04.38 18:06 **Jonas Heuck:**	Äh? Habe ich was vergessen?
15.04.38 18:07 **Resa Gerlach:**	Ich will deine Kinder
15.04.38 18:07 **Jonas Heuck:**	Resa?
15.04.38 18:08 **Resa Gerlach:**	Scherz. Aber meine Familie möchte dich kennenlernen. Komm zurück, du kannst mit uns Abendbrot essen
15.04.38 18:09 **Jonas Heuck:**	Meinst du das ernst? Jetzt??
15.04.38 18:09 **Resa Gerlach:**	Tot ernst

**

15.04.38 18:13 **Resa Gerlach:**	&!$#%!!! 😠 🤬
15.04.38 18:13 **Resa Gerlach:**	Das war meine kleine Schwester!!! Sie hat mein Handy geklaut!
15.04.38 18:13 **Resa Gerlach:**	*imerdbodenversink*
15.04.38 18:13 **Resa Gerlach:**	Tut mir leid!!
15.04.38 18:14 **Jonas Heuck:**	😳
15.04.38 18:14 **Resa Gerlach:**	Sie muss dich gesehen haben, als du gegangen bist.
15.04.38 18:14 **Resa Gerlach:**	Bist du umgekehrt?
15.04.38 18:14 **Jonas Heuck:**	Ja 😬
15.04.38 18:15 **Resa Gerlach:**	😟
15.04.38 18:15 **Resa Gerlach:**	Willstumitunsessen? 😏
15.04.38 18:16 **Jonas Heuck:**	Ähm, meinst du DAS ernst?

15.04.38 18:16 **Resa Gerlach:** Todernst 😃

15.04.38 18:16 **Jonas Heuck:** Ok

15.04.38 18:17 **Resa Gerlach:** Meine ganze Familie steht hier und jubelt 😳

15.04.38 18:17 **Jonas Heuck:** Heißt das, ich bin der Prinz IHRER Träume?

15.04.38 18:17 **Resa Gerlach:** 🙄

**

15.04.38 23:11 **Resa Gerlach:** War schön mit dir 😊 und meiner Familie.

15.04.38 23:13 **Jonas Heuck:** Bin bei der Arbeit angekommen, muss gleich ausmachen.

15.04.38 23:13 **Resa Gerlach:** Du hast dich sehr gut geschlagen 😉

15.04.38 23:13 **Jonas Heuck:** Ist das immer so bei euch?

15.04.38 23:14 **Resa Gerlach:** Die Diskussionen? Das war noch gar nichts. Manchmal gehen wir uns geradezu an die Gurgel.

15.04.38 23:14 **Resa Gerlach:** Es geht nichts über eine gute demokratische Debatte 😋

15.04.38 23:15 **Jonas Heuck:** Wenn man sich an die Gurgel geht, ist es nicht mehr demokratisch

15.04.38 23:15 **Resa Gerlach:** Hoho, Jonas!

15.04.38 23:15 **Resa Gerlach:** Von »keine Lust auf Politik« bemerkt man gar nichts mehr 😋

15.04.38 23:16 **Jonas Heuck:** Vielleicht wollte ich deine Familie beeindrucken

15.04.38 23:16 **Jonas Heuck:** 😎

15.04.38 23:16 **Resa Gerlach:** Ich hatte eher das Gefühl, du wolltest deine Meinung verteidigen.

15.04.38 23:17	**Resa Gerlach:**	Fand ich übrigens interessant, was du gesagt hast, dass das neue Gesetz den Bürger*innen die Freiheit nimmt, selbst wenn es sie zu besseren Menschen macht.
15.04.38 23:17	**Resa Gerlach:**	Mama hast du nicht überzeugt. Die möchte belohnt werden für ihre ganze Selbstverbesserung 😋
15.04.38 23:17	**Jonas Heuck:**	Nur Zeug, das ich irgendwo aufgeschnappt hab
15.04.38 23:18	**Jonas Heuck:**	Lässt sich dein Vater davon beeindrucken?
15.04.38 23:18	**Resa Gerlach:**	Mach dir lieber Gedanken, ob ICH mich davon beeindrucken lasse 😉
15.04.38 23:20	**Jonas Heuck:**	Sorry muss weg

[15.04.38 23:20 Jonas Heuck ist nicht online.]

==

20.

Berlin 2075

Es fühlte sich wie ein Date an, als Sam mich am nächsten Wochenende im Auftrag Spionage-auf-der-Verlobungsfeier abholte. Was auch daran lag, dass Lisa vor Aufregung quietschte, weil sie davon ausging, dass es sich *tatsächlich* um eine märchenhafte Verabredung handelte. Klar, wer das Aschenputtel war.

»So einen findest du nie wieder«, prophezeite sie mir, während sie mein Haar mit pieksigen Haarnadeln an meinem Hinterkopf feststeckte. »Es scheint ihm ja wirklich völlig egal zu sein, wie mies dein Armband aussieht.«

»So mies ist es gar nicht«, brummte ich. Tatsächlich waren meine Indexe in den letzten Tagen etwas angestiegen. Erstens: ständiges Zusammensein mit Wunder-Sam, zweitens: pünktliches Erscheinen bei der Arbeit, drittens: Investition in den Konsumindex durch ein Paar neuer Schuhe mit meinem gerade eingegangenen Ferienjobgeld. Lisa hatte mich zwingen wollen, zu ihrem Leihgabe-Kleid hochhackige Schuhe zu tragen. Nein, zum Affen machen konnte ich mich auch, ohne unkontrolliert durch die Gegend zu straucheln. Also erklärte ich mich dazu bereit, stattdessen ein paar flache Ballerinas zu kaufen, die farblich zu dem blauen Kleid passten.

Ob Lisa Mama irgendetwas gesteckt hatte, blieb ein Geheimnis, jedenfalls saß sie ab siebzehn Uhr an unserem Küchentisch und erzählte dies und das, was mich nur noch nervöser machte, als ich sowieso schon war.

»Da ist dein Freund!«, flötete Lisa, als es klingelte.

»Er ist nicht mein Freund«, zischte ich und warf einen letzten Blick in den Spiegel.

»Und wo warst du dann neulich die ganze Nacht?«

Mama schaute äußerst interessiert zwischen uns beiden hin und her. Schön, dass meine Schwester sich eine Erklärung zurechtgelegt hatte, die nichts mit einer Rebellenentführung zu tun hatte. Mir blieb keine Zeit zu antworten.

»Wir haben schon so viel von dir gehört«, rief Mama freudig, obwohl sie von mir bestimmt nichts gehört hatte, und zerrte Sam in die Wohnung. »Komm doch rein, komm rein.«

Sie bot ihm einen Platz an – den einzigen freien – und stellte sich vor. »Ich bin Ellies Mama Marie.« Und dann plapperte sie drauflos, stellte Fragen, die zu beantworten sie Sam kaum Zeit ließ, erzählte peinliche Kindheitsanekdoten, zum Beispiel davon, wie ich mitten in der Nacht angerufen hatte, um von einer Übernachtungsparty von Mara abgeholt zu werden (mit zehn!), machte Witze und es fühlte sich fast so an wie früher, als wir zusammenwohnten und ich noch daran glaubte, dass sie bestimmt ganz bald wieder auf Gold stehen würde.

Lisa lehnte lächelnd am Kühlschrank. Selbst Benedikt hatte den Kopf durch die Tür gesteckt und lachte mit.

»Wir müssen jetzt wirklich gehen«, sagte ich ungefähr zum dritten Mal, als Mama uns endlich ziehen ließ.

Lisa schob mich in den Flur und flötete: »Viel Spaß, Kinder, tut nichts, was ich nicht tun würde!« Statt einer Antwort schlug ich ihr die Tür vor der Nase zu.

»Sie haben keine Ahnung«, murmelte ich entschuldigend.

»Wieso?«, fragte Sam lachend, während wir die Treppe hinunterliefen, »sehr nett, deine Familie.«

Ich brachte nicht mehr als ein Brummen zustande. Familie Bergmann – nett? Das war eine neuartige Definition.

»Meine Familie sitzt nie einfach zusammen in der Küche und redet.«

»Das ist der einzige Ort, an dem wir sitzen können«, entgegnete ich schulterzuckend.

Sam seufzte. »Ich versuche gerade, dir etwas Nettes zu sagen.«

Ich verzog den Mund und öffnete die Tür nach draußen. »Aber du hast den falschen Eindruck.«

Sam rollte mit den Augen. »Vielleicht liegst *du* ja falsch. Deine Mutter war jedenfalls sehr nett zu einem Wildfremden.«

»Meine Mutter wohnt nicht mal bei uns.« Ich erzählte ihm von ihrem Arrangement mit Tom. »Sie hat uns einfach mit Benedikt alleine gelassen.«

»Und warum?«

»Weil sie denkt, dass sie uns damit hilft.«

»Um nicht auf euch abzufärben.«

»Ja, aber sie könnte sich ja auch mehr bemühen.«

»Du bemühst dich doch auch.«

»Und bin trotzdem auf Grau. Wie Mutter so Tochter.«

»Du bist sehr streng mit euch.«

Ich murmelte etwas, von dem ich selbst nicht wusste, was es war.

»Du könntest ihr sagen, dass du sie gerne bei euch hättest.«

Wir steuerten auf die Straße zu.

»Sie könnte wissen, dass Kinder ihre Mütter brauchen.«

»Nicht, wenn ihr Armband ihr etwas anderes sagt.«

Wir hielten an einer Bushaltestelle. Als ich nichts auf seine scharfsinnige Analyse entgegnete, fragte Sam: »Hast du einen Plan?«

Natürlich hatte die Meisterin im Pläneschmieden … keinen Plan.

»Beobachten?«

In erster Linie wollte ich rausfinden, ob Sams Cousin ebenfalls einen Code Omni-X im Armband hatte – und vor allem: Warum?

»Wo sind deine Eltern?«, fragte ich. Diese Frage machte mich fast nervöser als jegliche Beobachtungsmission.

»Sie sind schon vorher losgefahren«, erklärte Sam. »Ich habe gesagt, dass ich mit einer Freundin komme.«

»Und?«

Sam hob die Schultern. »Hoffen wir, dass sie keinen Herzanfall kriegen.«

Wir nahmen den autonomen Schnellbus nach Zehlendorf. Der fuhr jedoch heute nicht ganz so schnell, wie sein Name versprach. Auf der Hochtrasse reihte sich Stoßstange an Stoßstange, und erst als wir das Ende des Staus erreichten, sahen wir, was ihn verursachte. Die Ladeklappe eines Transporters hatte sich geöffnet und Hunderte von Kisten mit etwas, das nach Waschmittel oder Duschgel aussah, waren auf die Straße gepurzelt. Überall auf dem Asphalt lagen aufgeplatzte Fläschchen und über den Boden hatte sich eine bläulich schillernde Flüssigkeit ergossen, die an einigen Stellen Blasen warf, sodass die Straße aussah, als hätte man ihr ein Schaumbad verpasst. Das, was dafür sorgte, dass die Fahrzeuge nur im Schneckentempo vorbeikamen, waren mehrere Dutzend Helfer, die von allen Seiten angerannt kamen, um die Straße zu säubern.

Warum, wurde schnell deutlich. Mein Band summte und in meinem Ohr sagte eine monotone Stimme: »Notfall in deiner Nähe. Gute Bürger helfen einander.«

Einige Menschen sammelten die herausgefallenen Flaschen ein, während ein Mann mit Putzmaschine die Seife von der Straße wusch. Auf den ersten Blick wirkte es wie eine effektive Aufräumaktion. Doch da war eine Frau, die versuchte, einer anderen eine Kiste mit aufgesammelten Flaschen wegzureißen. Neben dem Transporter bemühte sich ein ganzes Knäuel von Menschen, die Ladefläche zu erreichen, um ebenfalls »mitzuhelfen«. Als ein Mann einen Karton aufhob und ihn in das Fahrzeug schob, schubste ein anderer ihn wieder auf die Straße, nur um die herausgefallenen Behälter erneut aufzuklauben.

»Wieso öffnen sich die Türen nicht?«, rief ungehalten einer der Buspassagiere. »Ich will mithelfen.«

»Der Bus hält nur an den vorgesehenen Stationen«, antwortete ein anderer, der selbst sprungbereit an der Tür stand, »die ist dort vorne.«

»Das ist verrückt«, wisperte ich Sam zu. »Alle wollen helfen und machen es dadurch nur noch schlimmer.«

»Das gibt bestimmt eine Menge Sozialpunkte!«, rief eine Passagierin, die hinter mir saß und aus dem Fenster guckte.

»Ich weiß nicht, wie viele Sozialpunkte es gibt, wenn man jemanden von einer Hochtrasse schubst, weil man unbedingt Hilfsbereitschaft demonstrieren will«, raunte ich in Sams Richtung.

»Was wäre, wenn das Band sagen würde: Schubs deinen Nachbarn von der Hochtrasse?«, fragte Sam leise und die Härchen auf meinen Armen stellten sich auf. Ja, was wäre dann?

Als der Bus ein paar Minuten später endlich die Haltestelle erreichte, stiegen fast alle Insassen aus und eilten zum Unfallort.

Nur ein älterer Mann ein paar Reihen hinter uns blieb sitzen. »So ein Unfug«, schimpfte er. »Wieso werden immer mehr Menschen dahin geschickt? Unbrauchbarer Algorithmus!«

Er fuchtelte mit der Hand in der Luft herum, als er bemerkte, dass er meine Aufmerksamkeit erregt hatte: »Die Leute schalten ihre Gehirne aus, weil sie sich blindlings auf ihre Fesseln verlassen.« Er schüttelte sein Handgelenk, obwohl mir auch ohne diese Geste klar gewesen war, was er meinte. »Ein Algorithmus kann nicht alles berechnen!«

Seine Augen leuchteten vor Zorn. Noch ein passender Rekrut für Susanna! Aber bevor ich mir noch weitere potenzielle Rebellen anlachte, musste ich erst mal den neben mir versorgen.

Der Turm, in dem Samuel Werting II seine Verlobung feierte, wurde von allen Seiten mit leistungsstarken Scheinwerfern angestrahlt. Der Weg in die Lobby führte durch ein japanisches Gärtchen mit akkurat geharkten Kieselfeldern und illuminierten Steinstatuen und dann eine breite Treppe hinauf bis zu einem großen Portal, neben dem zwei behandschuhte Männer standen, deren Aufgabe nur darin bestand, den ankommenden Gästen höflich zuzunicken.

Sam und ich nahmen einen der Aufzüge, in dem schon mehrere Menschen warteten. Die stiegen allerdings nach und nach aus und schließlich waren wir alleine.

»Du siehst gut aus«, bemerkte Sam.

»Das ist dir ja früh aufgefallen«, neckte ich ihn.

»Ist mir sofort aufgefallen«, erwiderte Sam. »Hat nur 'ne Weile gebraucht, bis ich den Mut aufgebracht habe, es zu sagen.«

Ich blinzelte und meine Wangen wurden heiß. »Du siehst auch gut aus.«

Tatsächlich brachte Sam es fertig, in jedem löchrigen T-Shirt gut auszusehen. Aber heute trug er dunkle Hosen, ein eng anliegendes Hemd und – ja, wirklich – ein neues Paar Schuhe.

Die Aufzugtüren öffneten sich. Wir traten in einen langen, hell erleuchteten Flur.

»Sind wir hier richtig?«

»Ich weiß nicht«, antwortete Sam. »Ich habe überhaupt keinen

Knopf gedrückt. Ich müsste erst noch mal nachgucken, in welchen Stock wir überhaupt sollen …«

Aber der Aufzug hatte uns auf magische Weise in die richtige Etage gebracht.

»W -er sind Sie?«, fragte ein uniformierter Butler irritiert, als sich die Tür am anderen Ende des Ganges wie von Zauberhand öffnete, sobald wir uns näherten.

Sam holte die zerknickte Einladung aus der Tasche und hielt sie ihm unter die Nase. Der Butler nickte verwirrt und leitete uns zur Garderobe.

»Du hast die Tür aufgemacht!«, flüsterte ich Sam zu. »Dein Armband denkt, dass du hier wohnst!«

»Deswegen wusste auch der Aufzug, in welchen Stock wir wollten«, bestätigte Sam nachdenklich, während er seine Jacke aufhängte. »Zusätzlich zu meinen eigenen Zugängen scheine ich die von meinem Cousin zu haben.« Und dann: »Komm. In die Höhle des Löwen.«

Was ziemlich genau dem Gefühl von Horror entsprach, das sich gerade in mir breitmachte. Als wir hinaus in das Wohnzimmer traten, stahl sich meine Hand wie fremdgesteuert in Sams. Er zuckte zusammen, doch dann verschränkten seine Finger sich mit meinen und ich war froh, dass er mich nicht anschaute und auch nichts sagte.

Das Wohnzimmer war noch riesiger als das in Sams Wohnung. Kein Wohnzimmer – eher ein Salon. Es gab eine Bar und an den Wänden standen mehrere Tische mit weißen Decken, auf denen kalte Platten und edles Geschirr angerichtet waren, dazwischen dekorative Skulpturen aus Zucker oder Glas, das konnte ich nicht erkennen. Wenn das hier die Verlobungsfeier war, wie würde dann erst die Hochzeit aussehen?

In einer Ecke auf einem flauschigen Teppich gab es einen polierten Flügel, an dem ein kaum beachteter Pianist bekannte Melodien spielte. Die Gäste standen in Grüppchen zusammen und saßen auf verschiedenen Sofas und Sesseln. Dazwischen liefen Kellner und Kellnerinnen herum, die hohe Gläser mit durchsichtigem Alkohol und appetitliche Häppchen verteilten.

Gerade wollte ich auf einen solchen Kellner zusteuern, da blieb Sam stehen und murmelte: »Meine Eltern.«

Vom anderen Ende des Raumes hatte uns Sams Mutter mit Adleraugen erspäht und eilte auf uns zu. Sie musste ein bisschen älter sein als Mama, hatte makellose Haut und eine sportlich schlanke Figur. Ihr Kleid reichte bis zu den Knien und ihr Haar, ebenso braun wie Sams, war hochgesteckt.

Ich ließ Sams Hand instinktiv los, aber seine Finger umschlossen meine nur noch fester. Seine Mutter zerrte einen Mann mit grauen Schläfen hinter sich her.

»Da bist du ja endlich!« Sie hauchte ihrem Sohn einen schnellen Kuss auf die Wange. Und dann tat sie dasselbe bei mir. Küsschen links, Küsschen rechts. Ich taumelte erschrocken einen Schritt zurück, und wenn Sam mir nicht die Hand in den Rücken gelegt hätte, wäre ich vielleicht gegen eine der wertvoll aussehenden Vasen gestolpert, die aus unerfindlichen Gründen auf kleinen Säulen im ganzen Raum verteilt herumstanden.

»Du musst Ellie sein«, rief Sams Mutter fröhlich, ohne sich anmerken zu lassen, dass ich fast über meine eigenen Füße gestolpert wäre. »Ich bin Olivia.«

Sie schob ihren Mann in meine Richtung und ich streckte ihm schnell die Hand entgegen. Nicht, dass der mich auch noch abküsste.

»Henry«, murmelte er, eindeutig mit einem Ich-wäre-lieber-woanders-Blick.

»Schön, dass ihr gekommen seid«, sagte Olivia. Ihr Blick war längst zu meinem Handgelenk gewandert und dort für ein paar Sekunden hängen geblieben. Vergeblich, wie an der Falte auf ihrer Stirn abzulesen war. Aus einem blauen Glitzerstoff, vage passend zu meinem Kleid und von meinem letzten Gehalt gekauft, hatte ich mir Armstulpen gebastelt, die mit viel Fantasie als modisch durchgehen konnten. Alte Menschen wie Sams Eltern hatten schließlich keine Ahnung, was gerade in war, oder? Jedenfalls bedeckten meine »Accessoires« mein Band einigermaßen.

»Dass Sam mal zu einem Fest mitkommt – das haben wir sicher dir zu verdanken. Vielleicht könntest du ihm etwas Vernunft beibringen«, sagte Olivia hoffnungsvoll und dann an Sam gewandt: »Die Schule beginnt nächste Woche wieder. Du hast nicht eines deiner Lernpakete erledigt.«

»Ich bin etwas zu alt dafür, dass du meine Hausaufgaben überwachst«, brummte Sam mürrisch.

»An deiner Stelle würde ich mir mehr Gedanken über mein Armband machen als über die Aufgaben deiner Mutter«, meldete sich Sams Vater ungehalten zu Wort. »Deine Indexe werden doch demnächst unweigerlich absacken.«

»Meine Indexe sind wunderbar«, schnappte Sam zurück.

»Das stimmt, aber –«

»Henry«, flüsterte Olivia. »Das müssen wir nicht jetzt besprechen. Hast du gesehen, dass Martin Zhao dort hinten ist? Dem solltest du wenigstens mal Hallo sagen!«

Sie schubste ihren widerstrebenden Mann in die Richtung eines grau melierten Herrn, der ihm freudig zuwinkte.

»Sam, hast du überhaupt die Gastgeber schon begrüßt?«, fragte sie dann ihren Sohn, der bloß aufstöhnte. Sam-der-Sohn war definitiv ungenießbarer als Sam-der-Freund oder Sam-der-Rebell.

»Stelle Samuel doch bitte deine Freundin vor, Schatz, das gehört sich so. Und du hast sicherlich seine zauberhafte Verlobte noch nicht kennengelernt, siehst du, da ist sie.«

Die Frau, die gerade durch das Zimmer tänzelte, trug ein knallrotes Kleid und schwebte geradezu von Gruppe zu Gruppe, ließ hier ein Küsschen fallen, dort eine lachende Bemerkung und zwischendurch kommandierte sie mit scharfen Bewegungen Bedienstete. Sams Cousin lehnte mit ein paar anderen mittelalten Männern an einer Wand und reichte stolz eine Weinflasche umher, die in eine Art Wiege gebettet war, als wäre sie ein Baby. Als er sah, dass Olivia wild gestikulierte, löste er sich aus der Gruppe und steuerte auf uns zu.

»So, jetzt bedank dich für die Einladung und mach ein bisschen Konversation. Samuel kennt viele wichtige Leute«, hauchte sie, bevor sie uns allein ließ.

Samuel musste Mitte dreißig sein, aber mit seinem Bauchansatz und den aufgedunsenen Wangen sah er nicht gerade aus wie jemand, dessen BioTracker in der oberen Liga mitspielte.

»Hallo, Sam.« Die beiden schüttelten sich die Hände. »Und du bist?« Ohne eine Antwort abzuwarten, hatte er sich schon vorgebeugt und schrammte mir mit seiner kratzigen Wange über das Gesicht. Sein Atem roch nach Alkohol.

»Habt ihr noch nichts zu trinken?« Er winkte nach einem Kellner, dem er wortlos zwei Weingläser vom Tablett riss und uns reichte.

Sam sah nicht so aus, als hätte er Lust, auch nur ein Wort mit seinem Cousin zu wechseln. Also musste ich aktiv werden.

»Sam überlegt, im nächsten Schuljahr ein Betriebspraktikum in der ZDS zu machen«, verkündete ich. »Seine Indexstände würden dafür reichen und eine Herausforderung wäre bestimmt genau das Richtige für ihn!«

Samuel grinste blöd. »Dann wären wir ja sozusagen Kollegen.«

»Ach?«, machte ich. »Sie sind bei der ZDS? Das muss ja fürchterlich interessant sein.«

»Fürchterlich ist richtig«, lachte Samuel dumpf. »Fürchterlich gute Sonderleistungen wenigstens.«

Sam neben mir runzelte die Stirn.

Ich plapperte schon weiter: »Sind Sie im Archiv?«

Samuel lachte wieder: »Ich? Archiv? Nein, ich bin einer von vier Staatsvorständen in der ZDS, Abteilung Arbeitsprofile. Mein Freund Petzold dahinten, dem untersteht das Archiv.« Er wies auf einen der Männer, mit denen er eben gesprochen hatte, ein einigermaßen junger, schlaksiger Kerl mit vollem Haar.

»Überleg es dir, Sam«, meinte Samuel. »Ich kann dir sicher ein Praktikum besorgen. Guter Karriereeinstieg. Gibt 'ne Menge Vorteile in der ZDS. Aber man braucht auch Ellenbogen.« Damit schlug er Sam auf den Rücken und nickte mir zu. »Amüsiert euch schön.«

Er ließ uns stehen. Sam schaute sich übel gelaunt um, während ich mein Weinglas leerte und auf einem Tablett abstellte.

»Also, was haben wir rausgefunden?«, fragte ich leise.

»Nichts«, murrte Sam.

»Ich habe den Eindruck, dass die ZDS kein angenehmer Arbeitsplatz ist und dass dort alle um Punkte schachern.«

»Das hätte ich auch vorher gewusst.«

Ich ignorierte seinen wenig hilfreichen Kommentar. »Ich bin sicher, der Code hat etwas mit der ZDS zu tun.«

Sam zuckte mit den Schultern. Langsam ging mir sein Verhalten auf die Nerven. »Willst du Susanna treffen oder nicht?«, zischte ich ihm zu.

»Sollten wir das auf einer Party diskutieren, auf der die Hälfte der Gäste bei der ZDS arbeiten?«, schnappte Sam zurück. Und zwar drei Mal so laut wie ich.

Ich biss wütend die Zähne aufeinander.

»Los. Wir müssen uns ein wenig umschauen.«

Sam zog einen Mir-doch-egal-Flunsch. Für einen verwöhnten Goldling stand eben nichts auf dem Spiel. Für mich schon.

Auf dem Weg in den Flur griff ich mir einen bunten Cocktail von einem der umherlaufenden Kellner. Niemand beachtete uns, als wir den langen Korridor hinunterwanderten, um die riesige Wohnung zu inspizieren.

Wir lugten in verschiedene Räume: ein blitzblankes Bad, ein riesiges Schlafzimmer, mehrere Toiletten, ein Gästezimmer.

»Wahnsinn«, hauchte ich, als wir die Tür zu einem weiteren Raum öffneten, in dem ein gigantischer Blaster die gesamte hintere Wand bedeckte. Davor waren mehrere weiche Sofas aufgebaut. Ich leerte den letzten Schluck aus meinem Glas und stellte es in einer Nische ab. Mein Kopf fühlte sich plötzlich leicht und flattrig an.

Wir hatten das Ende des Flurs erreicht – und damit eine Treppe, die nach oben führte. »Die Wohnung hat zwei Stockwerke!«, rief ich ehrfürchtig und Sam seufzte.

Auf der Treppe kam uns eine Kellnerin mit einem gefüllten Tablett entgegen. Ich streckte meine Hand nach einer perligen Flüssigkeit in einer Sektflöte aus, doch Sam zog mich zur Seite. »Meinst du nicht, du hattest genug?«

»Das entscheide ich selbst!« Ich nahm einen großen Schluck. Meine Zunge wurde schwer.

Oben blieben wir stehen.

»Sam«, sagte ich. »Du hilfst mir, oder?«

Sam kräuselte die Brauen. »Ich dachte, *du* hilfst mir?«

Für einen Moment lehnte ich den Kopf gegen seine Schulter. »Ich meine nur, wir machen das zusammen, ja?« Ich hätte ihn gerne umarmt.

Auf Sams Gesicht schlich sich ein Lächeln. »Ich glaube, du bist betrunken, Ellie.«

»Beschwipst vielleicht.«

»Also vorwärts, Bergmann, wenn es hier irgendetwas rauszufinden gibt, werden wir es finden.«

Aus den Chatprotokollen von Resa Gerlach, April 2038

16.04.38 17:13 **Jonas Heuck:** Machen wir was am Wochenende?

**

16.04.38 17:21 **Resa Gerlach:** Einen Ausflug!  ?

16.04.38 17:23 **Jonas Heuck:** Dachte was Gemütliches ... du hast diese bequeme Couch ...

16.04.38 17:23 **Resa Gerlach:** Ausflug! Ausflug!

16.04.38 17:23 **Jonas Heuck:** Wie denn? Die Regionalzüge sind doch immer Wochen vorher ausggebucht

16.04.38 17:23 **Resa Gerlach:** 

16.04.38 17:24 **Jonas Heuck:** Deniz hat ein Auto. Aber keinen Strom

16.04.38 17:24 **Resa Gerlach:** Fahrräder!

16.04.38 17:24 **Jonas Heuck:** Hab keins ...

16.04.38 17:25 **Resa Gerlach:** Leihen!

16.04.38 17:25 **Resa Gerlach:** Es gibt diese Solysier-Leihstation am Bahnhof von der U5. Man braucht genug Punkte, um welche zu leihen.

16.04.38 17:25 **Jonas Heuck:** *sprachlos*

16.04.38 17:25 **Jonas Heuck:** Willst du mir sagen, du hast schon ein Solysierkonto??

16.04.38 17:26 **Resa Gerlach:** Na-hein!

16.04.38 17:26 Resa Gerlach: Aber meine Mutter. Sie hatte schon ein Solysier-Armband als die nur Fitness-Tracking gemacht haben. Und jetzt verdient sie sich Punkte mit ihrem Gärtnerzeug, Schöne-Stadt-Initiative oder wie das heißt.

16.04.38 17:26 **Resa Gerlach:** Genug Punkte für zwei Fahrräder!

16.04.38 17:27 **Jonas Heuck:** 😳

16.04.38 17:27 **Resa Gerlach:** Ich frage meine Mom nach den Logindaten.

16.04.38 17:28 **Resa Gerlach:** Wir treffen uns an der Leihstation am Bahnhof. Von da 2h bis zum Wald.

16.04.38 17:28 **Jonas Heuck:** Klingt anstrengend

16.04.38 17:28 **Resa Gerlach:** 🙄

16.04.38 17:28 **Resa Gerlach:** Was bist du?

16.04.38 17:28 **Resa Gerlach:** 🐭?

16.04.38 17:28 **Resa Gerlach:** Oder 💪 ?

16.04.38 17:28 **Jonas Heuck:** Hast du was gegen süße Mäuse?

16.04.38 17:29 **Resa Gerlach:** Komm schooooon!

16.04.38 17:29 **Jonas Heuck:** Ok Ok

16.04.38 17:29 **Jonas Heuck:** Wir machen einen Ausflug!

16.04.38 17:30 **Resa Gerlach:** 👏👏👏

16.04.38 17:32 **Jonas Heuck:** Wenn wir erst alle diese Armbänder tragen, kann man die Punkte bestimmt nicht mehr einfach seinen Eltern klauen 😲

16.04.38 17:33 **Resa Gerlach:** Deswegen machen wir den Ausflug ja auch am Sonntag und nicht nach der großen Abstimmung 😋

21.

Berlin 2075

Wir schauten in jedes Zimmer in der Wohnung.

Wir fanden: Absolut. Nichts. Interessantes.

Am Ende standen wir in der überdimensionalen Küche, in der sich der Cateringdienst einquartiert hatte. Einer der Köche beäugte uns irritiert, doch Sam sah ihm in die Augen und behauptete: »Ich wohne hier.«

»Wusste nicht, dass du so gut lügen kannst«, raunte ich ihm zu.

»Gibt 'ne Menge Dinge, die du nicht weißt«, kam Sams Antwort, die mich dazu veranlasste, unkontrolliert loszukichern.

»Ich will alles über dich wissen, Sammy«, nuschelte ich und tatschte gegen seine Brust, obwohl gleichzeitig mein *anderes* Ich – das, dem diese Kicherei ganz schön peinlich war – aus mir rausfloss und nichts mehr mit mir zu tun haben wollte.

»Ich habe Hunger«, hörte ich mich sagen und steuerte auf einen riesigen Kühlschrank zu, obwohl ein paar Meter entfernt alle möglichen Platten und Teller aufgebaut waren. Ich wollte die Tür aufreißen, aber Sam war an mir vorbeigesprungen, um mich aufzuhalten. Nervensäge.

Er hielt den Griff des Kühlschranks fest und versperrte mir den Weg.

»Ich will essen«, jammerte ich.

»Du hast dort vorne eine riesige Auswahl.«

»Ich will aber – Sam!«

»Was?« Sam stieß einen entnervten Seufzer aus.

»Du hast das Pad dort aktiviert.«

Das Pad neben dem Kühlschrank, eben noch schwarz, leuchtete nun in einem schwachen weißen Licht. Es zeigte eine Liste von in der Küche aktivierten Bots.

Sam schaute auf sein Armband und dann wieder auf das Pad.

»Wie die Tür. Die Geräte denken alle, ich bin Samuel.«

Ich versuchte, einen klaren Gedanken zu fassen. Sam war Samuel. Jedenfalls für die digitalen Anwendungen. Das mussten wir uns irgendwie zunutze machen. In meinem Kopf schwirrte eine Idee, aber in dem Nebel aus Wein und Cocktail gelang es mir nicht, sie festzunageln. »Lass uns irgendetwas machen. Irgendetwas …«

Ich fuhr mit dem Finger über die Liste. »Halt dein Armband hoch, damit das Ding aktiviert bleibt. Wir machen irgendetwas, was seinen Konsumindex durcheinanderbringt. Dann sehen wir ja, ob er grau wird oder nicht.«

Sam versuchte, meine Hand von dem Pad zu schieben. »Was redest du denn da, Ellie, so schnell geht das doch nicht.«

»Oh schau, der bestellt ja ständig Pizza.« Ich drückte Sams Finger resolut zur Seite. »Hier steht: Keine Anchovies. Ausrufe-*hick*-zeichen.« Jetzt hatte ich auch noch einen Schluckauf! Was den nächsten Kicheranfall auslöste. »Das ändere ich jetzt: Immer extra Anchovies.«

»Ellie …« Sam stöhnte. »Können wir jetzt bitte …«

»Was macht er – *hicks* –, wenn gleich ein Pizza-Bote dreißig Pizzas – *hicks* – mit Anchovies bringt?«

»Spinnst du?«

Ich musste so lachen, dass ich Seitenstiche bekam.

»Lass diesen Unsinn«, fauchte Sam und schaute sich hektisch um.

»Vielleicht verkloppt er den Pizza-Boten und dann wissen wir, was

Sache ist. Für tätliche Gewalt wird auch der goldenste Goldling grau, oder?«

Sam packte mein Handgelenk und ich kippte kichernd gegen seine Brust. Dummer Sam. Wusste wohl nicht, dass ich auch noch eine zweite Hand hatte. Und die war schon am Pad und drückte auf: Bestellen.

»Bestellt!«, jauchzte ich.

»Ich weiß nicht, wie diese Susanna dich jemals aufgenommen hat«, zischte Sam. Er drückte auf das Pad, um die Bestellung zu stornieren, während er mit dem anderen Arm versuchte zu verhindern, dass ich auf dem glatten Küchenboden ausrutschte.

»Das weiß ich – *hicks* – auch nicht!« Ich hielt mich an seiner Schulter fest. »Verdammter Schluck-*hicks*-auf.«

»Kann ich euch helfen?«, fragte in diesem Moment eine schneidende Stimme. Die Stimme gehörte Lady Larissa Erlenbaum höchstpersönlich.

»Hicks«, machte ich und hielt mir erschrocken den Mund zu.

Larissa zog ihre Augenbraue steil in die Höhe.

Sam räusperte sich: »Ich bin Sam Werting.«

Worauf die Augenbraue sich wütend zusammenzog. Aber Sam sprach hastig weiter: »Samuels Cousin. Und Namensvetter. Wir haben uns noch nicht kennengelernt.« Er streckte ihr die Hand hin und ließ eines seiner Glitzerlächeln los, bei dem seine Augen blauer als blau leuchteten und man leicht schwache Knie …

Jedenfalls zeigten seine aufblitzenden Zähne Wirkung, denn Larissas Züge glätteten sich.

»Samuel hat mir von eurer Küche erzählt, wirklich toll. Wir ziehen demnächst zusammen, und da ich sehr gerne koche, wollen wir uns eine gute Küche leisten.« Sam angelte nach meiner Hand und grinste mich an. »Stimmt's, Sweetie?«

Ich verschluckte mich fast an meinem nächsten Hicks, nickte aber heftig, während mir Sam auf den Rücken klopfte.

In welcher Welt kauften Siebzehnjährige Küchen?

Diese Frage schien Larissa jedoch nicht zu bewegen. Sie nickte bloß und betrachtete lächelnd die Marmorplatten und Edelstahlarmaturen um uns herum.

»Schön, dass sie euch gefällt«, flötete sie, schob uns jedoch ziemlich bestimmt in Richtung Ausgang. Sam streckte die Hand vergeblich nach dem Kühlschrank aus, während Larissa uns in den Flur bugsierte.

»Ich hoffe, ihr amüsiert euch«, sagte sie auf dem Weg zurück in den Salon. »Ich schicke dir gerne nachher die Kontaktdaten von unserem Designer.«

Meine Augen wurden rund. Ein spezieller Küchendesigner? Ich fragte nach und Larissa gab mir bereitwillig Auskunft.

»Ein Freund von Twinkie, er hat eine sehr lange Warteliste, aber vielleicht können wir ein gutes Wort …«

Ich bekam einen Hustenanfall. »Twinkie??«

Larissa lächelte hoheitsvoll, doch ein Anflug von Pink legte sich auf ihre Wangen. »Ich meine Samuel.«

Ich kicherte und stellte Larissa weitere Fragen über die Küche und über Twinkie, während Sam versuchte, sie loszuwerden. Larissa lieferte uns direkt bei Sams Mutter ab, die mir das nächste Glas in die Hand drückte.

»Du wolltest doch Orangensaft, oder?«, fragte Sam und nahm mir das Glas wieder ab.

Sam drängte mich zum Buffet. »Wir müssen zurück in die Küche!«

Ich griff nach einem Wasserglas. Mir war ein bisschen schwindelig. »Ja«, sagte ich, irgendwie langsamer als beabsichtigt. »Dreißig Pizzas waren nicht genug. Hundert!«

Was für ein bescheuerter Plan! Um für Chaos zu sorgen, hätten wir doch mindestens hundert Pizzas bestellen müssen. Oder 150! Ich zerrte an Sams Ärmel. »Sammy, wir müssen mehr Pizzas bestellen!«

Olivia und eine ihrer Freundinnen verwickelten uns in ein Gespräch über etwas, das mir sofort danach wieder entfiel, Falttechniken für Servietten oder so etwas Ähnliches. Sam gelang es nicht, uns loszueisen, und etwa zehn Minuten später hörten wir ein wohlklingendes Läuten an der Tür. Herein marschierten zwei Pizzaboten mit, wer hätte das gedacht, dreißig Pizzas!

»Was soll das denn, Samuel?«, rief Larissa verärgert, von Twinkie keine Rede mehr. Für einen Moment dachte ich, mein Plan würde aufgehen und Samuel in einen Faustkampf verwickelt werden. Aber der klappte die Pizzaboxen bloß auf, rief ungläubig »Anchovies!« und lachte röhrend. »Was habe ich denn da gemacht?«

»Hast du die bestellt?«, herrschte Larissa ihn mit in die Hüften gestemmten Händen an.

»Sieht so aus«, lachte er. »Warum nicht? Pizza für alle!« Und er winkte den Kellnern zu, Platz auf den Buffettischen zu machen. Larissa zuckte seufzend mit den Schultern. Sam atmete erleichtert aus und ich grummelte.

Genau in diesem Moment stieß eine der Kellnerinnen, die Teller und Terrinen zusammenschob, um Raum für die Pizzakartons zu schaffen, eine Karaffe mit Rotwein um, die sich in einem großen Schwall über einen Mann ergoss. Oder jedenfalls über seine Hose, die, obwohl er zurücksprang, augenblicklich triefte.

Die Kellnerin, ein zierliches Mädchen mit dunklem Haar, etwa in meinem Alter, starrte für eine Sekunde lang entsetzt auf den Mann und griff dann nach einer Serviette, um ihm zu helfen, die Hose zu trocknen. Ein aussichtsloses Unterfangen – aber irgendetwas musste sie ja tun. Bevor sie sich ihm jedoch nähern konnte, hatte der Mann ihre Hand mit einer solchen Wucht weggeschlagen, dass sie zurücktaumelte und die Gläser auf dem Buffet klirrten.

Alle Augen im Salon richteten sich auf die beiden.

»Wie blöd bist du eigentlich?«, blaffte der ungenießbare Typ. Es war der schlaksige Kerl, den Samuel als »Petzold« bezeichnet hatte – der Staatsvorstand, dem das ZDS-Archiv unterstand!

Das Mädchen blinzelte und stammelte Entschuldigung um Entschuldigung.

»Wieso glaubt ein nichtsnutziges Miststück wie du, dass es zum Servieren geeignet ist?«, brüllte Petzold. »Was soll ich jetzt machen?«

Diesmal agierte ich nicht nach einem Plan. Der Schwindel in meinem Kopf hatte nicht nachgelassen. Doch ich konnte nicht einfach angewurzelt stehen bleiben wie alle anderen im Raum. Also machte ich einen Schritt an die Seite des Mädchens und stellte mich schützend vor sie.

Petzolds angespannter Nacken erschlaffte für einen Augenblick, seine Raubtierposition verwandelte sich zurück in etwas Menschenähnliches.

»Wer bist du denn?«, wollte er irritiert wissen. Doch dann fiel sein Blick auf mein Handgelenk, wo meine Stulpe verrutscht war, und er begriff, dass er mich fälschlicherweise für jemand Ebenbürtigen gehalten hatte. Die unscheinbare graue Diode strahlte plötzlich mit der Kraft eines Leuchtturms.

»Hast du dich hierhin verirrt oder was?«, blaffte Petzold. Dann schob er mich grob zur Seite und packte das Mädchen am Arm.

»Larissa«, brüllte er. »Du musst dieses Pack feuern!«

Keine Ahnung, ob er mich damit einschloss. Vielleicht dachte er, dass man Partygäste auch feuern konnte, wenn sie nur grau genug waren.

»Sie sollten sich schämen, Sie arrogantes Arschloch!«, stieß ich hervor, laut genug, dass alle im Saal es hören konnten. Es wurde sehr still.

Petzold hätte ebenso gut Schaum vor den Mund treten können: Er sah aus, als wollte er mich in der Luft zerfetzen. Wozu er genau in diesem Moment ansetzte – und dann war Sam zwischen uns. Rebellenanwärter-Sam, der vor nichts Angst hatte und Petzold mit beiden Händen vor die Brust stieß.

Recht sanft stieß, muss man sagen, aber genug, dass Petzold einen Schritt zurückwich. Sam erhob die Stimme nicht einmal, sondern sagte ganz bedacht, die Handflächen beruhigend ausgestreckt, als müsse er einen wild gewordenen Tiger in Schach halten: »Es reicht. Es reicht!«

Was vielleicht bei einem normalen Menschen funktioniert hätte. Aber Petzold stieß einen gurgelnden Schrei aus, riss eine Faust in die Höhe und schlug sie Sam mit voller Kraft gegen das Kinn.

»Sam!« Olivias Stimme überschlug sich, als Sams Kiefer ein schrecklich knirschendes Geräusch von sich gab, er zurücktaumelte und gegen einen dieser unmöglich platzierten Sockel knallte. Die Vase auf dem Sockel schwankte, irgendein Partygast hechtete vor, um sie aufzufangen – vergeblich, der Sockel kippte, die Vase rutschte, fiel und zerbarst am Boden. Dort, wo Sam übrigens auch gelandet war.

Während ich erstarrt stehen blieb, stürzte Olivia in Mutterinstinkt-Schnelligkeit an Sams Seite. Der richtete sich stöhnend auf einen Ellenbogen auf und tastete mit der anderen Hand nach seiner blutigen Lippe. Olivia zog sich ein Edelseidentuch vom Hals und presste es gegen seinen Mund. Nun war auch Sams Vater herbeigeeilt. »Sind Sie von allen guten Geistern verlassen?«, schnauzte er Petzold an, der unbeweglich vor dem Buffet stand, das Hosenbein von Wein getränkt, und sich die Hand rieb. Und dann folgte mein Blick dem von Sams Vater – zu Petzolds Handgelenk. Gold.

»Was geht hier eigentlich …?« Sams Vater blickte irritiert von seinem Sohn am Boden zu dessen Angreifer und zurück.

»Immer mit der Ruhe«, beschwichtigte ihn in diesem Augenblick Samuel, der ihm den Arm um die Schulter legte. Wedelnd machte er den Männern, mit denen er eben zusammengestanden hatte, Fingerzeichen, damit sie sich um Petzold kümmerten. Der schubste wütend eine Hand von seinem Rücken, ließ sich jedoch unter leisem Schimpfen in eine andere Ecke des Raumes führen.

»Alles klar, Mann?«, fragte Samuel kumpelhaft.

»Überhaupt nichts ist klar«, schimpfte Olivia, die Sam stützte, als er sich langsam erhob. »Wer ist dieser Verrückte?«

»Kommt erst mal mit«, beruhigte Samuel sie. Er lotste uns aus dem großen Wohnzimmer, in dem uns alle anstarrten. Das heißt, »uns« lotste er eigentlich nicht – er nahm Olivias Arm, die wiederum Sam festhielt, dem sein Vater folgte. Ich trippelte uneingeladen hinterher, weil ich nicht wusste, was ich sonst machen sollte.

Als wir an die Tür eines geräumigen Schlafzimmers kamen, warfen mir alle drei Nicht-Sam Wertings Blicke zu, die nur bedeuten konnten: Wer zum Teufel bist du und was willst du hier noch?

Sam entwand sich dem Griff seiner Mutter. »Ellie kommt mit.«

Woraufhin keiner etwas antwortete. Sams Cousin schob ihn in das an das Schlafzimmer angrenzende Badezimmer und niemand erhob einen Einwand, als ich folgte.

»Dadrin ist ein Erste-Hilfe-Kasten an der Wand, falls ihr etwas braucht«, erklärte Samuel. Er blieb mit Sams Vater im Schlafzimmer stehen, während Olivia Sam bedeutete, sich auf dem Klodeckel niederzulassen.

»Es ist nicht so schlimm«, sagte Sam. Seine Wange leuchtete rot und das Tuch, das seine Mutter ihm gegeben hatte, war – na ja, vielleicht nicht blutgetränkt, aber doch zumindest blutbesprenkelt.

»Leg den Kopf zurück und lass mich das anschauen«, befahl seine Mutter. Ich konnte nur dumm danebenstehen und zugucken, während sie eine saubere Mullbinde aus dem Kasten an der Wand heraussuchte, sie befeuchtete und das Blut von Sams Kinn abtupfte.

Ich horchte auf, als Sams Vater drüben im anderen Zimmer wütend zu seinem Neffen sagte: »Kannst du mir bitte verraten, wer das war? Es ist ja bekannt, dass du dich gerne mit unmöglichen Typen umgibst, aber jemand, der auf einer Party einen Jugendlichen angreift, ist ja wohl das Allerletzte!«

Samuel seufzte. »Ein Kollege von der ZDS, Onkel Henry. Er ist Staatsvorstand! Was soll ich machen? Jemanden seiner Position nicht einladen? Ist halt ein aufbrausender Mensch.«

Henry stieß hörbar Luft aus. »Das ist eine Untertreibung!« Durch den Spalt in der angelehnten Badezimmertür sah ich, dass Sams Vater verärgert die Hände wrang. »Das sind also die Art von Leuten, die uns in der ZDS in der Hand haben?«

Samuel lachte trocken. »Du hast keine Ahnung, Onkel Henry.«

»Da gibt es nichts zu lachen, Samuel«, maßregelte Henry ihn. »Verrate mir bitte, warum der Typ ein goldenes Armband hat? So *aufbrausend*, wie er ist, sollte er doch schon längst eine Stufe abgesackt sein. Er hat Sam die Faust ins Gesicht geschlagen!«

»Glaub mir, Onkel Henry, bei der ZDS gibt es keine Staatsvorstände mit grauen Armbändern.«

»Dann sollte dieser Mann dort definitiv kein Staatsvorstand sein!«, donnerte Henry.

»Nun, er wird niemals auf Grau fallen, glaub mir«, murmelte Samuel.

»Was soll das heißen?«, hörte ich Henrys Stimme und ein beschwichtigendes »Nichts, nichts« von Samuel, bevor jemand die Tür zuwarf und ich der Unterhaltung nicht länger folgen konnte.

Sam hatte sich erhoben und wusch sich übers Waschbecken gebeugt das Gesicht. Erst jetzt bemerkte ich, dass Olivia mich mit verschränkten Armen betrachtete. Die Glitzerstulpen hatte ich wieder über meinem Armband zurechtgeschoben. Aber was nützte das? Sie wusste ja längst, was sich darunter verbarg.

Olivia riss ihren Blick von mir los und sprach mit ihrem Sohn, als wäre ich gar nicht da. »Ich glaube, du schuldest mir eine Erklärung!«

Sam drehte sich zu ihr um. »Eine Erklärung dafür, dass dieser Mistkerl …?«

»Nein«, unterbrach Olivia ihn scharf. »Hierfür!« Und sie wedelte mit der Hand in meine Richtung. »Was soll das sein?«, fragte sie fordernd. »Ist das deine neuste Methode, uns zu zeigen, wie egal dir alles ist?«

Sam ballte die Faust und für einen Moment sah es aus, als wollte er sie mit aller Kraft gegen die Wand schlagen.

Er presste die Worte durch seine Zähne: »Mir ist überhaupt nichts egal!«

»Was soll das dann?«, rief seine Mutter aufgebracht. »Wer ist dieses Mädchen?«

War ich eigentlich unsichtbar?

»Ellie«, zischte Sam. »Dieses Mädchen ist Ellie!« Er griff nach meiner Hand und riss die Tür auf.

»Weißt du«, hörte ich Samuel in diesem Augenblick sagen, »wenn die Dinge nicht so wären, wie sie sind, wäre Großvater nicht so erfolgreich gewesen.«

Dann bemerkte er uns und schwieg.

»Was …?« Sams Vater hatte sich aufgeschreckt zu uns umgewandt.

»Ich bin weg«, fauchte Sam und er zog mich hinter sich her. Seine Eltern ließen wir im Schlafzimmer stehen.

Im Aufzug lehnte Sam sich schwer atmend gegen die Wand. Von seinem Kinn bis zum Kiefer zog sich ein großer dunkler Fleck. Das flatterige Gefühl von Leichtigkeit war inzwischen einer Übelkeit tief in meinem Magen gewichen.

»Verstehst du jetzt, warum ich nicht hierhin wollte?«

»Wieso? Gerätst du jedes Mal in Faustkämpfe, wenn du auf deine Familie triffst?«

Sam begann zu lachen und hielt sich dann stöhnend die Wange. »Nein, nur wenn du dabei bist.«

Ich knuffte ihn leicht in die Seite. »Das war ziemlich cool.«

»Du meinst, wie ich mit einem Schlag zu Boden gegangen bin?«

»Du weißt, was ich meine. Danke.«

»Hmh«, machte Sam und schloss die Augen, bis der Aufzug »pling« machte und die Türen sich öffneten.

»Also, ich finde, das war eine erfolgreiche Mission«, verkündete ich, als wir auf die Straße traten, obwohl mein Kopf brummte. Wir wussten jetzt, dass Sams Cousin nicht der Einzige bei der ZDS mit Code Omni-X war. Und ich vermutete, dass es in der Behörde noch eine ganze Reihe von Geheimnissen gab, von denen wir braven Bürger nichts ahnten.

Ich musste Luzie dringend davon berichten.

Sam wollte mich bis an die Haustür bringen, aber ich winkte ab. Mir war schlecht. Ich hatte keine Lust, Sam als krönenden Abschluss des Abends auch noch vor die Füße zu kotzen. »Geh, Sammy, gute Nacht, wir sehen uns morgen!« Er ließ sich abwimmeln.

Ich stolperte Richtung Spielplatz. Es hätte mich wirklich nicht überraschen sollen.

»Wartezeit ist abgelaufen!«

Skelettos magere Figur schob sich aus dem Schatten. Oh Affenscheiße!

»Jemand wartet auf Informationen!« Der Kerl trat so nah an mich heran, dass ich die roten Adern in seinen Augen sehen konnte. Er knackte mit den Knochen in seiner Faust.

Der Nebel in meinem Gehirn ließ mich keine schlaue Antwort finden.

»Wenn du dich morgen nicht meldest«, flüsterte Skeletto mit seinem stinkenden Atem in mein Ohr, »wird mein Auftraggeber sein Wissen an die ZDS weitergeben.«

Zu Hause kotzte ich in die Kloschüssel.

Aus den Chatprotokollen von Resa Gerlach, April 2038

18.04.38 09:59 **Resa Gerlach:**	Sorry, komme etwas zu spät. 10 min.
18.04.38 09:59 **Jonas Heuck:**	Ich bin schon da! Ich warte an der Leihstation.

**

18.04.38 10:10 **Jonas Heuck:**	Warte
18.04.38 10:13 **Jonas Heuck:**	Und warte 😉
18.04.38 10:14 **Resa Gerlach:**	Mein Bus steckt fest.
18.04.38 10:14 **Resa Gerlach:**	Hier wird ein Altatec-Graffiti von der Straße entfernt.
18.04.38 10:15 **Jonas Heuck:**	Toller Grund den Verkehr aufzuhalten
18.04.38 10:16 **Resa Gerlach:**	Der Busfahrer sagt, dass manche Autos kontrolliert werden. Gab wohl ne Terrorwarnung.
18.04.38 10:20 **Resa Gerlach:**	OMG!
18.04.38 10:20 **Resa Gerlach:**	Jetzt prügelt sich einer fast mit dem Busfahrer, weil er aussteigen will, aber der Busfahrer darf auf der mittleren Spur die Tür nicht aufmachen.
18.04.38 10:20 **Jonas Heuck:**	Man muss sich ja auch nicht alles gefallen lassen
18.04.38 10:23 **Resa Gerlach:**	Was kann der Busfahrer dafür?
18.04.38 10:23 **Jonas Heuck:**	Nee, klar, gar nichts. Kriegt bestimmt ein goldenes Armband, weil er schön brav wartet bis irgendein dummes Graffiti entfernt wurde
18.04.38 10:24 **Resa Gerlach:**	Geht's noch?
18.04.38 10:24 **Jonas Heuck:**	😳 😞

18.04.38 10:29 **Jonas Heuck:**	Sollen wir abblasen? Wer weiß, wie lange das noch dauert?
18.04.38 10:29 **Resa Gerlach:**	Nein.
18.04.38 10:31 **Resa Gerlach:**	Ich muss hier mal raus. Ich kann es nicht mehr hören. Und nicht mehr sehen. Zu Hause geht es nur um das Scheißgesetz. Auf den Straßen geht es nur um das Scheißgesetz. Überall Solysier-Werbung.
18.04.38 10:32 **Resa Gerlach:**	Vielleicht brauchen wir das Scheißgesetz, damit die Leute sich nicht mehr wie Tiere benehmen.
18.04.38 10:33 **Resa Gerlach:**	Der Typ schreit jetzt übrigens laut rum.
18.04.38 10:33 **Resa Gerlach:**	Vielleicht sollten sie gleich Halsbänder statt Armbänder nehmen.
18.04.38 10:33 **Jonas Heuck:**	Menschen sind keine Tiere
18.04.38 10:34 **Resa Gerlach:**	Manche schon.
18.04.38 10:39 **Resa Gerlach:**	Ah, Bus fährt endlich weiter!
18.04.38 10:40 **Jonas Heuck:**	Hab gehört, dass die Armbänder auch Elektroschocks abgeben können sollen
18.04.38 10:40 **Resa Gerlach:**	Jonas, hör auf, schreckliche Dinge über die Zukunft zu sagen. Ich brauche jetzt einen SCHÖNEN Tag!!!!
18.04.38 10:40 **Jonas Heuck:**	Ok
18.04.38 10:41 **Jonas Heuck:**	Ich verspreche dir einen schönen Tag. Hab Schokolade mitgebracht
18.04.38 10:41 **Resa Gerlach:**	Schokolade, Sonne, Jonas. Klingt gut
18.04.38 10:41 **Jonas Heuck:**	😁
18.04.38 10:42 **Resa Gerlach:**	Bin gleich da

**

19.04.38 00:03 **Resa Gerlach:** Das WAR ein schöner Tag …

19.04.38 00:04 **Resa Gerlach:** Du wusstest, dass dieser See da war, oder? Wir sind doch nicht zufällig drüber gestolpert. 😊 Müssen wir nochmal hin, wenn Sommer ist und wir schwimmen können. Aber vielleicht hast du recht. Im Sommer haben wir vielleicht schon Armbänder und können nicht mehr machen, was wir wollen. Wobei, warum sollte man nicht schwimmen dürfen? Das ist doch alles Panikmache. So schlimm wird es schon nicht werden. Meinte mein Vater auch eben, der war noch wach, als ich nach Hause kam. Ich habe das Gefühl, er überlegt es sich jeden Tag anders. Menschen müssen gelenkt werden, meinte er, als ich ihm von diesem Müllberg erzählt habe, den wir auf dem Rückweg gesehen haben. Aber Menschen sind keine Tiere. Das hast du gesagt. Merkst du wie ich blablae, wenn ich weiß, dass du nicht antworten wirst? Und immer wieder kommen diese negativen Gedanken. Dabei war es wirklich soooooo schön. Das fandest du doch auch, oder? Manchmal denke ich, ich weiß alles, was du fühlst, aber dann ziehst du eine Mauer hoch und ich bin gar nicht mehr sicher. Weil du so wenig über dich selbst erzählst. Aber dann willst du alles über mich und meine Familie wissen und das bedeutet ja auch was.

19.04.38 00:07 **Resa Gerlach:**	Ich sollte schlafen.
19.04.38 00:09 **Resa Gerlach:**	Wieso vermisse ich dich, wenn ich dich eben erst gesehen habe? Weil ich denke, dass du einfach so wieder verschwinden könntest? Das machst du nicht, oder?
19.04.38 00:11 **Resa Gerlach:**	Ich sollte das alles löschen.
19.04.38 00:11 **Resa Gerlach:**	Mache ich aber nicht.
19.04.38 00:11 **Resa Gerlach:**	Gute Nacht 😊

**

19.04.38 05:35 **Jonas Heuck:**	Ich werde nicht verschwinden. Wir reden später

22.

Berlin 2075

Während ich über dem Klo hing, wurde mir klar, dass ich mich heillos verstrickt hatte. Ich wollte etwas von Susanna, aber die nicht von mir. Ich hatte etwas für Luzie (na ja, fast), aber das wollte auch Block – und zwar morgen.

»Jetzt auch noch du?«, fragte Benedikt, der kein bisschen Mitleid zeigte, als ich mich aus dem Badezimmer in die Küche schleppte. »Seid ihr krank oder was?«

»Ihr?« Ich versuchte, den ekelhaften Geschmack aus meinem Mund zu spülen.

»Na, Lisa kotzt doch auch ständig.«

»Es ist nichts«, murmelte ich. »Ich habe zu viel getrunken.«

»Na toll«, beschwerte sich Benedikt. »Weißt du, wie viele Punktabzüge das gibt?«

Wenn er erst wüsste, welche Punktabzüge Lisa drohten, weil sie drauf und dran war, ein ganzes Baby zu verheimlichen. Wie wütend und enttäuscht er wäre, wenn er ahnte, dass ich gar nicht mehr versuchte, mich so zu verhalten, wie mein Algorithmus es empfahl – sondern ihn überlisten wollte.

Ich erwiderte nichts und wischte mir müde über die feuchte Stirn.

Im Schlafzimmer zog ich Lisas Kleid schnell aus und mein Schlaf-T-Shirt an. Als Letztes streifte ich die Stulpen von meinen Armen.

Und da war es. Mein Armband war auf Rot gesprungen.

Mir war sowieso schon schlecht – doch jetzt zogen sich meine Eingeweide so heftig zusammen, dass ich mich zusammenkrümmte. Hätten sich noch Reste in meinem Magen befunden, wären sie spätestens jetzt auf dem Boden gelandet. Schwach zog ich mich an der Leiter hoch und ließ mich auf mein Bett fallen, wo ich die Decke über meinen Kopf zog wie einen Schutzschild. Im Dunkeln starrte ich auf den roten Punkt, bis er vor meinen Pupillen verschwamm.

Am nächsten Morgen erwachte ich mit pochenden Kopfschmerzen – und schweißgebadet. Als ich blinzelte, bohrte sich das rote Leuchten an meinem Handgelenk wie ein Laserstrahl in mein Hirn. Ich sah, dass Kommissar Block mir gestern noch eine Nachricht geschickt hatte, um Skelettos Besuch Nachdruck zu verleihen, und fragte mich, ob er etwas mit dem Totalabsturz meiner Indexe zu tun hatte. Aber wahrscheinlich waren meine trunkenen Eskapaden und die Bewertungen der entsetzten Partygäste in Kombination mit der Vernachlässigung aller Lernpakete für die Sommerferien und jeglicher Freiwilligendienste in den letzten Wochen schon genug gewesen.

»Warum ist es hier so heiß?«, stöhnte Lisa, die sich nun im Bett unter mir regte. Sie tappte zum Fenster und öffnete es, was jedoch kaum Erleichterung brachte, da draußen ähnliche Temperaturen herrschten wie in unserem engen Zimmer.

»Die Klimaanlage funktioniert nicht«, stellte sie fest.

Da bemerkte ich, dass ich eine weitere Nachricht erhalten hatte: »Energieverschwendung ist Ressourcenraub – jetzt Strom sparen und Punkte verdienen!«

Nur, dass wir gar nicht zugestimmt hatten. Der Algorithmus hatte das Gerät über meinen roten Kopf hinweg abgeschaltet.

Rot war nicht Grau. Rot bedeutete Konsequenzen. Ich konnte

nicht länger auf ein Wunder hoffen. Ich durfte nicht mehr nach den Regeln des Systems spielen!

Luzie hatte mir aufgetragen, sie über ein Beauty-Portal zu kontaktieren, über das ich ihr eine Fake-Bitte um Styling-Tipps für mein Haar schickte. Eine Antwort kam nicht. Schließlich hielt ich es nicht mehr aus rumzusitzen und beschloss, Tess zu besuchen, immerhin war Sonntag und ich hatte frei. Was machte es schon, wenn mein nächster monatlicher Besuch noch längst nicht anstand? Rot war Rot.

Ich flitzte am Pförtner vorbei, als er mit einem anderen Besucher sprach, und sprang zu einer verwunderten Putzfrau in den Aufzug, vor der ich mein Armband verbarg. Ich hatte Glück: Motzkotz ließ sich nicht blicken und eine junge Pflegerin machte mir Tess' Tür auf, wahrscheinlich weil sie sich einfach nicht erträumen konnte, dass jemand ohne Berechtigung an dem Aufpasser im Erdgeschoss vorbeigekommen war.

Irgendwie fühlte es sich an wie ein Abschied von Tess. Seit ihrer Einweisung war das, was sie einmal ausmachte, weiter und weiter geschwunden. Als wäre nicht mehr viel von ihr übrig. War die stille, in sich gekehrte Frau wirklich meine Tante? Die eigensinnige, meinungsstarke Theresa?

Tess lag in ihrem Bett, obwohl helllichter Tag war, die Bettdecke bis zum Kinn hochgezogen. Nur ihr verletztes Bein lag frei, der Gips an den Rändern ausgefranst und verfärbt. Vier Wochen, hatten sie am Anfang gesagt, zu Beginn der Sommerferien. Jetzt waren sie fast vorbei und Tess lag immer noch in diesem verdammten Bett mit dem verdammten Gips um den Fuß. Sie hatte abgenommen, ganz sicher.

»Wie geht es dir?«, fragte ich, doch statt zu antworten, brummte sie nur. Sie wollte sich weder zum Aufenthaltsraum schieben lassen noch mit mir Karten spielen.

»Papa wird mich abholen«, nuschelte sie. »Dann muss ich bereit sein. Mama schimpft, wenn wir zu spät sind.«

Auf einmal fühlte ich mich so müde, wie sie aussah. Die Kopfschmerzen von heute Morgen pochten immer noch dumpf in meinem Schädel. Meine Großeltern waren seit vielen Jahren tot.

»Dann warte ich mit dir.«

Ich lüpfte ihre Bettdecke und kugelte mich neben Tess zusammen. »Erzähl mir doch etwas von früher«, bat ich, wie ich es als Kind getan hatte.

»Was denn von früher?«

»Von einem Ausflug aufs Land.«

»Oh, wir haben viele Ausflüge gemacht. Mit der U-Bahn direkt zum Tierpark. Weißt du noch, Ellie, wie wir da gefahren sind?«

»Das war doch nicht mit mir.«

»Mit wem sonst, Ellie, ins Affenhaus, weißt du nicht mehr?«

Ihre Stimme war kaum mehr als ein Lallen. Ich drehte den Kopf, um sie anzuschauen. Ihre Augen waren geschlossen. Sie sah aus wie eine alte Frau. Ich dachte an Zoobesuche. Und dann dachte ich gar nichts mehr und schlief ein.

Als ich aufwachte, nestelte jemand am Fuße des Bettes an der Decke. Es war die junge Pflegerin von vorhin. Sie ließ die Decke los und tippte auf das Pad, das in der Wand neben dem Bett angebracht war. Ich richtete mich mühsam auf, der Schlaf noch tief in meinen Gliedern. Tess rührte sich nicht.

»Tut mir leid«, stammelte die Pflegerin, deren Wangen rot angelaufen waren. »Ich wollte nur sichergehen, dass die Patientin alle ihre Medikamente bekommen hat. Ich bin seit der letzten Schicht alleine, wegen der vielen Krankheitsausfälle. Ich bin neu hier und kenne mich noch nicht so aus.«

»Meine Tante erhält keine Medikamente.«

Sie sah überrascht auf.

»Doch«, beharrte sie und drehte das Pad in seiner beweglichen Verankerung in meine Richtung. »Sehen Sie hier, ich habe alles genauso …«

Ich erhaschte einen Blick auf das Pad und eine lange Liste von Daten. Oben Tess' Name und Biodaten, dann lauter unverständliche Kürzel und Beschreibungen, die mir nichts sagten. Und: Behandlung mit Exazepin. Exalin? Ezamin? So was Ähnliches jedenfalls. Ich beugte mich vor, um genauer lesen zu können, doch da hatte die Pflegerin das Pad auch schon wieder herumgeschwenkt. Ihre Backen leuchteten inzwischen so purpur wie die Diode an meinem Handgelenk.

»Ent… entschuldigung«, stotterte sie. »Das ist …« Sie drückte wild auf dem Pad herum. Eine Sekunde lang griff sie sich ans Ohr.

»Wir haben uns ausdrücklich gegen Medikamente ausgesprochen«, sagte ich scharf.

Die Pflegerin blinzelte, atmete aus und sagte schließlich mit fester Stimme: »Es tut mir leid. Mir ist ein Fehler unterlaufen. Das hier sind die Daten der Nachbarin. Eine Diabetikerin, die jeden Morgen ihre Medikamente nehmen muss.« Sie lächelte mich an. »Ich habe nur die falschen Daten aufgerufen. Kein Grund zur Sorge.«

»Ich –«

»Tut mir leid, aber ich muss weiter. Sie verstehen sicher, dass ich mir nicht leisten kann, länger bei Ihnen eingeklinkt zu sein.«

Sie blickte bedeutungsvoll auf mein Armband. Ohne meine Antwort abzuwarten, drehte sie sich auf dem Absatz um und hastete aus dem Zimmer, als wäre ihr der Teufel höchstpersönlich auf den Fersen.

Ich betrachtete den schwarzen Bildschirm. Tippte mit dem Zeigefinger dagegen. Der Monitor wurde grau: »Kein Zugang.«

Tess' Hände waren über der Bettdecke gefaltet. Ihre Lider flatterten. Etwas stimmte nicht. Ganz und gar nicht. Doch als sie ihre Augen öffnete, stellte ich die Frage nicht, die begann, sich in meinem Kopf zu formen. Weil sie von einer anderen verdrängt wurde:

»Der Tierpark«, sagte ich. »Wir sind dort nicht mit der U-Bahn hingefahren, Tess. Sondern mit dem Bus. Da gab es keine U-Bahn.« Ich hakte nach: »Gab es dort mal eine U-Bahn?«

»Ja«, murmelte sie. »Vor dem Anschlag.«

U-Bahnen. Ein Tunnelsystem. Mir schoss ein Gedanke durch den Kopf. »Wo genau fuhr die lang?«

Tess runzelte die Stirn und der Schleier über ihren Pupillen schien sich ein wenig zu klären.

»Das war …«

In diesem Augenblick wurde die Tür aufgestoßen.

Motzkotz, wer sonst.

»Was machst du hier?«, raunzte er mich an. »Du weißt doch, dass du nicht mehr als einmal im Monat kommen sollst.«

»Ist das nicht meine Entscheidung? Ich nehme die Punktabzüge hin.«

Motzkotz packte mich an der Schulter und zog mich vom Bett.

Tess streckte den Arm nach mir aus. »Ellie …«

Motzkotz baute sich zwischen mir und ihr auf. »Es ist nicht deine Entscheidung. Wir müssen schließlich an unsere anderen Gäste denken. Sobald du wieder auf Grau bist, kannst du selbstverständlich länger bleiben.«

»Ich möchte noch ein paar Dinge mit meiner Tante besprechen.«

Motzkotz schaute mich ungerührt an. »Wenn du nicht freiwillig gehst, muss ich den Sicherheitsdienst rufen.«

Meine Wangen wurden heiß vor Ärger, aber ich schluckte die Wut herunter. Ich konnte mir nicht leisten, irgendeinem Sicherheitsdienst aufzufallen, nicht bevor ich Luzie informiert hatte. Die Sache mit der U-Bahn ging mir nicht aus dem Kopf.

»Was ist mit ihrem Gips?«, wollte ich wissen. »Der muss doch endlich abgenommen werden.«

»Das entscheiden unsere Ärzte.«

Motzkotz griff wieder nach meinem Arm. Ich schüttelte ihn ab. »Ich komme bald wieder, Tess!«

»Ellie«, wiederholte Tess, als wäre ihre Zunge schwer wie Blei. Sie hob langsam ihre Hand und streckte ihren Zeigefinger aus.

Ich drängte mich an Motzkotz vorbei, legte meine Hand auf ihr Bein und streichelte sie. »Was ist, Tess?«

Ihre Lippen bewegten sich, aber sie brachte kein Wort hervor. Ihr Finger zeigte auf den Nachttisch.

»Siehst du nicht, dass sie ihre Ruhe braucht?«, fuhr Motzkotz mich an. Er angelte nach einem der Bücher auf dem Tischchen, die von der Eisenfrauskulptur gestützt wurden, und hielt es Tess hin. »Ist es das, was Sie wollen?«

Tess nahm das Buch, doch es rutschte ihr fast aus den Fingern.

»Ellie«, murmelte sie ein drittes Mal, während Motzkotz mich in Richtung Tür drangsalierte.

Draußen informierte er mich, dass ich »in meinem Zustand« von weiteren Besuchen abzusehen habe. »Wir können unsere guten Werte nicht mit roten Besuchern aufs Spiel setzen.«

Ich packte den Riemen meiner Umhängetasche fester und ließ ihn stehen. Als ich hinaus auf den Bürgersteig trat, summte mein Band. Ich drehte mich um, aber die automatischen Schiebetüren öffneten sich nicht noch einmal. »Zugang verwehrt«, sagte die Stimme in meinem Ohr.

Aus den Chatprotokollen von Resa Gerlach, April 2038

[21.04.38 11:14 Sprachanruf Jonas Heuck]

[21.04.38 11:20 Sprachanruf Jonas Heuck]

21.04.38 11:20 **Jonas Heuck:**	Bitte ruf mich an!
21.04.38 11:25 **Resa Gerlach:**	Ich bin in der Schule. Was ist los?
21.04.38 11:25 **Jonas Heuck:**	Sorry. Wollte nur wissen, ob alles ok ist
21.04.38 11:26 **Resa Gerlach:**	Ist was passiert?
21.04.38 11:27 **Jonas Heuck:**	Ein großer Anschlag. Auf die U5. Weiß nicht, hab Panik gekriegt. Irrational. Aber weil wir uns am Wochenende da getroffen haben, dachte ich plötzlich …
21.04.38 11:27 **Jonas Heuck:**	Hauptsache dir geht es gut
21.04.38 11:28 **Resa Gerlach:**	Mir geht's gut. Wow. Ich hab's gerade gelesen. Die gehen von massig Toten aus.
21.04.38 11:28 **Resa Gerlach:**	Verdammte Scheiße.

23.

Berlin 2075

Tess hatte mich auf eine Idee gebracht. Der Teil der U-Bahn-Linie 5 im Osten der Stadt war nach dem Anschlag von 2038 nicht wieder eröffnet worden. So stand es in den Schulbüchern. Einführung von autonomen Bussen, neue Hochtrassen für die E-Bahn, Kosten-Nutzen-Analysen usw. Jedenfalls mussten die Eingänge verschlossen worden sein und die Tunnel zugeschüttet. Oder eben nicht.

Nachdem der Rebell namens Theo mir mein Band wiedergebracht und mich ins Freie geführt hatte, waren wir eine lange Treppe hinaufgestiegen und schließlich in einen Retrolenker gestiegen. Aus dem Untergrund nach oben!

Luzie meldete sich nicht. Ich wollte nicht länger warten. Ich *konnte* nicht länger warten. Ticktack, ticktack pulste das Rot an meinem Handgelenk.

Kurz nachdem wir losgefahren waren, war meine Augenbinde verrutscht. Ich erinnerte mich an eine Sache: eine große Kreuzung mit einem Verkehrspranger – einem Blaster, auf dem die Profile von rüpelhaften Fahrern und Rotgängern angezeigt wurden.

Während ich zu Hause am Ausklapptisch in der Küche saß und mir Luft zufächelte, suchte ich auf einem historischen Digitalstadtplan nach Stationen der U5 und verglich dann, welche davon sich heute in der Nähe von Straßenkreuzungen mit Verkehrspranger befanden. Es gab zwei relevante Stellen. Ich zog das Bild groß, um mir eine davon anzuschauen, konnte jedoch keinen Eingang und keine Treppe, die irgendwo hinunterführte, entdecken. Keinerlei Anzeichen von einem unterirdischen Tunnel.

Als ich weitersuchen wollte, sprang ein Feld auf, das mir verkündete, dass meine kostenlosen Probeeinheiten aufgebraucht waren. Doch mein Konto gab nichts mehr her. Ich atmete ein paar Sekunden durch. Dann schaltete ich den Blaster an der Wand ein und schnippte den eingefrorenen Stadtplan auf den großen Bildschirm. Da, es gab eine Option, sich von Werbung berieseln zu lassen, statt zu blechen. Der Blaster wählte eine Bildungseinheit für mich, die mir den Freiwilligendienst bei der Schönen-Stadt-Initiative schmackhaft machen sollte. Während die Werbung lief, startete ich über mein Holomenü eine weitere Suche. Nämlich nach dem Namen des Medikaments, der noch nebulös in meinem Hirn herumschwamm – das Medikament, das Tess angeblich nicht bekam, aber unter ihrem Namen aufgelistet war. Exa-irgendetwas. Ich versuchte verschiedene Buchstabenkombinationen. Doch plötzlich surrte mein Armband und ein Feld sprang in meinem Holomenü auf: »Vorsicht! Leerlauf! Unproduktives Verhalten. Suche wird abgebrochen.«

Ich knirschte mit den Zähnen, um nicht laut loszufluchen.

Für einen Moment lang schwebte mein schwitziger Finger unschlüssig über meinem Handrücken.

Der Blaster war mit seiner Belehrung zum Freiwilligen-Team fertig, doch statt die Straßenkarte wieder zu öffnen, erschien auch hier ein Feld: »Leerlauf. Laden abgebrochen.«

Ich bemühte mich, meine Überlegungen zu sortieren, und atmete ein paarmal tief ein und aus.

Schließlich stand ich auf.

Scheiß drauf!

Ich *musste* Luzie und ihre Freunde finden!

Also fuhr ich am Abend, als Luzie sich immer noch nicht gemeldet hatte, zu der Stelle, wo die zweite Station auf dem Stadtplan vermerkt gewesen war.

Sam schrieb ich, dass ich »Freunde« treffen und ihn danach kontaktieren würde. Ich war fast erleichtert, alles auf eine Karte zu setzen. Wenn ich das Versteck von Luzie und Susanna nicht fand, war mein Spiel ausgespielt. Ich würde Sam nicht weiter anlügen.

In der Nähe der Kreuzung mit dem Verkehrspranger – gerade zeigte er eine rücksichtslose Radfahrerin an – fand ich tatsächlich einen Torbogen, der aussah, als wäre er einmal ein Eingang gewesen. Heute war er zugemauert, die alten Säulen noch sichtbar in der neuen Fassade.

Ich lief an dem Gebäude, einer Art Lagerhaus, entlang. Jetzt, am Abend, brannten hier keine Lichter. Auch in den umliegenden Häusern und Hallen regte sich nichts. Ich befand mich in einem Gewerbegebiet, das schon bessere Tage gesehen hatte. Auch als ich das Gebäude umrundet hatte: Nichts. Meine Handflächen klebten.

In diesem Moment flitzte etwas dicht an meinen Füßen vorbei.

Graues Fell huschte über den dunklen Bürgersteig und ein langer Schwanz verschwand raschelnd im Gebüsch.

Und was bis eben nur eine Ahnung, eine hoffnungsvolle Vermutung gewesen war, setzte sich nun als absolute Gewissheit hinter meinen Schläfen fest. Die verlassenen U-Bahn-Tunnel waren das Versteck der Rebellen! Deswegen hatten sie die Nager als ihr Zeichen gewählt!

Die Ratte war unter einem Busch zwischen der Mauer und einem Lattenzaun verschwunden. Einem außergewöhnlich hohen Busch. Ich kniff die Augen zusammen, um im Zwielicht etwas zu erkennen. Der Strauch streckte sich bis an die Oberkante des hohen Zauns – und die Ranken waren nicht einfach hochgewachsen: Jemand hatte sie mit einem dünnen Drahtseil dort oben festgebunden.

Ich schaute noch einmal über die Schulter zurück. Dann schob ich einen der dickeren Äste zur Seite und quetschte mich durch das Gebüsch. Zweige blieben an meinen Haaren hängen und zerkratzten meine Arme. Diesen Weg hatte ich definitiv nicht mit Theo genommen! Trotzdem schob ich mich weiter vor, nahe am Zaun entlang. Dann flitschte mir ein Ast genau ins Gesicht und ich dachte daran, aufzugeben, einfach stehen zu bleiben, bis diese verdammten Dschungelranken mich umschlungen und überwachsen hätten und niemand mehr wusste, dass ich einmal existiert hatte. Doch da sah Dornröschen eine Öffnung in den Bretterlatten. Eine simple Öffnung im Zaun, durch die ich ohne Mühe hindurchschlüpfen konnte, als ich mich ein paar Sekunden später aus den Sträuchern befreit hatte. In meiner Brust klopfte es noch wilder als zuvor.

Hinter der Öffnung führten große, steinerne Stufen hinab, die drei Meter tiefer an einer mit Nähten überzogenen Wand aus Metall endeten. Ich drückte gegen eine dieser Nähte und eine Tür in der Wand klappte auf, sodass ich hineinspazieren konnte.

Als die Metalltür hinter mir zufiel, stand ich in Dunkelheit.

Die Taschenlampenfunktion an meinem Handgelenk schaltete sich mit einem Klick an. Ich befand mich in einer unterirdischen Halle, die wohl einmal ein Bahnhof gewesen war. Im Schein des Lichtes von meinem Armband erkannte ich geflieste Wände. Auf der anderen Seite der Plattform, auf der ich stand, ging es anderthalb Meter abwärts ins Gleisbett. Dort führte ein Tunnel ins Schwarze. Es gab keinen anderen Weg, den ich hätte einschlagen können.

Den Geruch, der in der abgestandenen Luft hing, erkannte ich sofort wieder. Stickig und kalt zugleich, mit einem Hauch von Moder und Schimmel versetzt. Bestimmt nicht gerade gesundheitsförderlich, hier unten zu hausen.

Mit einigen Schwierigkeiten folgte ich dem Tunnel. Ich stolperte über verrostete Gleise und Steine, passierte Geröll und Betonquader. An einigen Stellen waren Tunnelwand und Decke beschädigt, irgendwo schien fahles Licht durch Ritzen im Stein. Zu spät realisierte ich, dass es am Rande des Tunnels einen Gehweg gab, der zwei Meter über dem Gleisbett lag. Unwillig umzukehren, um einen Aufstieg zu finden, kämpfte ich mich weiter vorwärts, bis ich endlich eine schmale Eisenleiter entdeckte, über die ich hinaufkletterte und auf dem breiten, gemauerten Vorsprung weiterlief. Ich ließ meine Hand an der Wand entlangstreichen. Für einen Moment schloss ich die Augen und lauschte dem Kratzen meiner Schuhe auf dem staubigen Boden. Ja, hier war ich schon einmal gewesen. Als ich die Augen wieder öffnete, leckte der dünne Lichtstrahl von meinem Handgelenk über die Decke und da war es, an der Kante zur Wand: ein blaues Kabel, ordentlich festgesteckt mit sauber glänzenden Nägeln, die ganz sicher nicht vor Jahrzehnten in den Beton gehämmert worden waren. Ein Kabel, das im Dunkeln des Tunnels verschwand und irgendjemandem irgendwo Strom lieferte.

Bemüht, meinen Atem flach zu halten, ging ich weiter, und als ich Schritte hinter mir vernahm, löschte ich mein Licht nicht. Ich hoffte inständig, dass es die richtigen Finder waren. Ich drehte mich um. Sie waren nur noch ein paar Meter entfernt. Nicht Luzie leider, sondern zwei blasse Fremde, beide ohne Armband, die auf mich zustürmten, als hätte sich ein Spion der ZDS bei ihnen eingeschlichen. Was in ihren Augen wahrscheinlich nicht gerade an den Haaren herbeigezogen war.

Ich wollte etwas sagen, doch der größere der beiden hatte mich schon an den Schultern gepackt und mit der Brust gegen die Balustrade geschleudert, die den Gehweg zum Gleisbett hin abgrenzte. Die Luft wurde aus meinen Lungen gepresst, als er mich mit dem Knie im Rücken gegen die Eisenstreben drückte und meine Hände auf dem Rücken festhielt.

»Verdammte Scheiße, ist sie einfach so hier hereingewandert?«, brüllte er seinen Kumpanen an. »Wieso war die Tür vorne nicht abgeschlossen?«

»Vielleicht habe ich vergessen, sie zu schließen«, brummte der andere, der etwas gelassener zu sein schien, und mir wurde klar, welches Glück ich gehabt hatte, überhaupt meinen Weg in den Tunnel gefunden zu haben.

»Wenn du so weitermachst, werden wir hier alle ausgeräuchert wie die Ratten!«, wütete der, der mich festhielt.

»Okay, schon gut. Es ist nur ein Mädchen.«

»Nur ein Mädchen! Was machen wir jetzt mit ihr?«

Ich räusperte mich, was Nr. Eins nur dazu veranlasste, mich noch härter nach unten zu drücken.

»Wir können sie nicht einfach gehen lassen«, murmelte Nr. Zwei.

»Ach nee«, zischte der, der mich festhielt.

»Entschuldigung«, stieß ich mühselig hervor. »Ihr müsst mich nicht gehen lassen.«

Überrascht lockerte Nr. Eins seinen Griff.

»Ich möchte zu Susanna.«

Sie brachten mich zu Susanna. Mit etwas Geschimpfe und Streiterei, aber schließlich waren sie sich einig, dass sie Susanna sowieso fragen mussten, was mit mir zu tun sei, sollte die doch entscheiden, ob sie mit mir sprechen wollte oder nicht.

»Mit mir sprechen« war erst mal nicht das, was sie tat.

Die beiden Männer führten mich zurück in die Richtung, aus der ich gekommen war, aber bevor wir am Bahnsteig angelangten, öffneten sie eine Tür, die ich vorher, vom Gleisbett aus, nicht wahrgenommen hatte. Durch einen schmalen Gang gingen wir an mehreren kleineren Räumen vorbei. In einen davon traten sie ein, und bevor sie irgendetwas erklären konnten, polterte Susanna los: »Was macht das Mädchen denn hier?«

Susanna saß mit Luzie, Theo und zwei weiteren Rebellen, einer Frau und einem Jungen, an einem Tisch, ein Pad in der Hand, auf dem sie den anderen gerade etwas gezeigt hatte.

Als meine beiden Begleiter nicht sofort etwas erwiderten, hob Susanna fragend die Hände und schaute in die Runde.

»Hast du sie hergebracht, Luzie? Das ist mit mir abzusprechen!« Luzie schüttelte heftig den Kopf.

»Wir haben sie im Tunnel gefunden«, erklärte der, der mich immer noch am Arm festhielt.

»Das Mädel wandert hier einfach rein?«, blaffte Susanna, während die anderen betreten umherblickten. »Luzie? Ich dachte, es gibt keine Geheimnisse mehr.«

»Gibt es auch nicht!«, antwortete Luzie wütend.

»Also«, machte ich, weil ich mich langsam etwas übergangen fühlte, »ich bin alleine hierhergekommen.«

Jetzt starrten mich alle an. Susanna kniff die Augen zusammen. »Was soll das heißen?«

Inzwischen hatte mich mein Begleiter losgelassen, sodass ich die Arme verschränken konnte.

»Ich habe eins und eins zusammengezählt«, verkündete ich. »Ratten, blässliche Rebellen, eine Treppe, die ich hinaufgestiegen bin.« Weil niemand etwas sagte, fügte ich schulterzuckend hinzu: »Es war nicht besonders schwierig.«

»Was macht ihr noch hier?«, pflaumte Susanna meine beiden Finder an. »Ihr sollt den Eingang sichern, nicht irgendwelche Mädchen durch die Tunnel lotsen.«

»Ich heiße Ellie«, zischte ich, während die beiden sich schnell verzogen. »Und ich bin hier, weil ich einen Auftrag hatte!«

Luzie schaute auf.

Susanna rieb sich stöhnend durchs Gesicht. »Wir sind ein einziger Dilettantenhaufen. Kann mich mal einer aufklären?«

Wunderbar, statt einer stramm durchorganisierten Guerilla-Einheit war ich also in die Arme einer stümperhaften Kindertheatergruppe gelaufen? Nein, das war keine Option!

Entschlossen trat ich in den Raum. »Luzie hat mich gebeten, mehr über Code Omni-X und die ZDS in Erfahrung zu bringen. Das habe ich getan. Ich finde, damit verdiene ich eine Gegenleistung!«

Genauer gesagt verdiente ich den Freifahrtschein in Richtung Enklave für mich und meine Familie. Aber das wagte ich nicht auszusprechen.

»Also doch«, brummte Susanna, aber der Wind war ihr aus den Segeln genommen. Sie sah mich mit zusammengepressten Lippen und gekreuzten Armen verärgert an. Ich musste mir ein Grinsen verkneifen. Sie konnte nicht verbergen, dass sie wissen wollte, was ich zu sagen hatte.

Ich holte Luft. »Also – der Code im Armband meines, äh, Partners ist eine Kopie eines ZDS-Mitarbeiters. Einer der Staatsvorstände, ein richtig hohes Tier, hat denselben Namen wie er, so muss es zu einer Datenverwechslung gekommen sein. Aber er ist nicht der Einzige: Ich gehe davon aus, dass alle vier Staatsvorstände der ZDS, und vielleicht noch andere wichtige Führungspositionen der Datenstelle, die Codes besitzen. Und möglicherweise auch die Solysier-Bosse, das Tech-Unternehmen sitzt ja direkt mit im Gebäude.« Alle Anwesenden in dem kleinen Raum sahen mich erwartungsvoll an. »Außerdem müssen in den Archiven der ZDS noch eine Menge anderer Informationen zu holen sein. Darüber, wie der Algorithmus programmiert wurde. Ich glaube, dass da etwas faul ist.«

Susanna blieb skeptisch. »Woher willst du das wissen?«

»Ich habe ein Gespräch belauscht, in dem das angedeutet wurde.«

»Das ist alles?«

Ich nickte verunsichert.

»Was ist mit Beweisen?«

»Beweise«, stammelte ich. »Na ja, Sam kann das bezeugen und ich –«

Susanna schnaubte und der rothaarige Junge am Tisch lachte leise. Er kam mir bekannt vor.

»Moment mal«, rief Luzie. »Ich finde das interessant. Ich habe zwar schon von Code Omni-X gehört, aber dass die Führungsetage der ZDS sich damit Hochglanzindexe poliert, ist eine Information, die wir brauchen können.«

»Nicht ohne Beweise«, bemerkte die Frau, die neben ihr saß.

Luzie sah mich an. »Daran können wir arbeiten.«

Mit *wir* meinte sie anscheinend mich.

»Jedenfalls hat Ellie recht. Sie hat unsere Hilfe verdient.«

Susanna lehnte sich seufzend in ihrem Stuhl zurück. Mit den Händen fuhr sie sich durch das ergraute Haar.

»Was soll ich sagen? Setz dich, Ellie.« Sie machte eine Geste zu einem freien Hocker.

Zögerlich ließ ich mich nieder. Die Frau und der Junge wurden mir als Nina und Robbie vorgestellt.

»Also, Ellie«, sagte Susanna, »glaubst du, du kannst Beweise liefern?«

Ich schluckte. Jetzt hieß es Pokern. »Ich weiß, wo das Archiv der ZDS ist. Und wie ich hineinkomme!«

Susanna sah skeptisch aus. »Tatsächlich?«

Luzie unterbrach sie. »Ich werde mir mit Ellie etwas überlegen! Vielleicht finden wir genau das, wonach wir gesucht haben!«

Susanna wollte etwas erwidern, aber plötzlich hörten wir von tief aus dem Tunnel ärgerliches Rufen.

»Was ist jetzt wieder? Kommt als Nächstes eine Gruppe von Touristen hier reinmarschiert?«

Susanna erhob sich wütend und bedeutete Theo und Robbie, ihr zu folgen. Nina trat ebenfalls hinaus in den Gang, um Ausschau nach etwaigen Suchtrupps der ZDS zu halten.

Luzie wandte sich mir tief einatmend zu. »Du hättest nicht einfach herkommen sollen. Ich hätte schon einen Weg gefunden, dich zu kontaktieren! Susanna ist momentan nicht gerade sanft gestimmt.«

Ich presste die Lippen zusammen. Ich hatte keine Zeit, um auf Susannas Sanftmut zu warten. Und Luzie hätte ja nur auf meine Nachricht über das Beauty-Portal antworten müssen. »Was sucht ihr denn?«, fragte ich, bevor sie mich weiter maßregeln konnte. Falls meine nigelnagelneue Rebellenkarriere gleich ein abruptes Ende finden sollte, wollte ich wenigstens ein paar Unklarheiten beseitigen.

»Einen Coup«, erwiderte Luzie. »Etwas, das die Leute aufrüttelt. Informationen, die beweisen, dass unsere Armbänder uns versklaven.«

Sie hob das Pad auf, das Susanna auf dem Tisch zurückgelassen hatte, und rief eine Seite auf. Weiße Ratte auf schwarzem Grund. Sam hätte sie besser hingekriegt. Luzie wischte sie zur Seite und es erschien eine lange Liste mit Schlagwörtern. Von A wie »Auswirkungen auf emotionale Gesundheit« bis Z wie »Zwangsadoption«.

»Alles Sachen, die wir gesammelt haben.«

Ich wollte etwas zu dem letzten Punkt in der Liste fragen, aber Luzie wählte schon den Punkt »Rote – Programm Arbeit & Öffentlicher Frieden« und ein längerer Text wurde sichtbar.

»Unsere Informationen über Rote, die aus der Stadt geschickt und zur Arbeit in den Farmen verpflichtet werden.«

Luzies Stirn kräuselte sich. »Meiner Meinung nach reicht das schon, um gegen unser System zu sein. Die Zustände da draußen sind unmenschlich.« Sie hob bedauernd die Schultern. »Aber die meisten Leute interessieren sich nicht dafür, was mit Roten passiert. Schließlich geschieht es ihnen ja recht, oder?«

Ich fröstelte. Luzies Blick fiel auf mein Armband. »Das solltest du bald ablegen.«

»Aber du trägst doch auch eins?«

»Attrappe«, sagte sie knapp, bevor sie zu der Liste zurückkehrte. Ich wies auf ein anderes Schlagwort – »Nahrungsmittelversorgung« – und Luzie aktivierte das dazugehörige Video.

Eine Animation mit Strichmännchen in einem Supermarkt. »Deine Punkte reichen wieder nur für Kohl und Kartoffeln?«, fragte eine verzerrte Stimme. »Die schönen Paprikas und Erdbeeren sind außerhalb deines Indexstandes? Warum eigentlich?« Das Strichmännchen griff nach einer Ananas, doch bevor es zupacken konnte, sprang das Lichtlein an seinem Stricharm auf Grau. »Die Regierung rationiert Nahrungsmittel, weil nicht genug produziert wird. Sie gaukeln dir vor, dass du keine Ananas kriegst, weil du grau bist. In Wirklichkeit bist du grau, damit dir keine Ananas zusteht.« Das Strichmännchen stopfte sich die ganze Frucht in den Mund und sein Bauch explodierte. »Wir stellen Fragen. Wir geben Antworten.« Ende.

Ich sah Luzie erstaunt an. »Stimmt das wirklich?«

Luzie lachte auf. »Definitiv. Hast du noch nie bemerkt, dass in deinem Band die Punkte nach unten rasseln, wenn du einkaufen gehst?«

»Ich –« Meine Gedanken verknoteten sich. Ja, es war tatsächlich so, dass Punkte oftmals haarscharf für etwas nicht reichten. Und dass die Bots immer ganz bestimmte Produkte anpriesen, aber andere nie, selbst wenn die sich im Supermarkt stapelten.

»Gilt das auch für Strom?«, fragte ich und dachte an die saunaartigen Zustände in unserer Wohnung.

»Bestimmt. Wir haben unzählige weitere Beispiele«, erklärte Luzie.

»Wenn man sich länger damit beschäftigt, ist es gar nicht so schwer durchzublicken. Aber wie Susanna schon sagt, es fehlen die Beweise. Es fehlt etwas, das einen Flächenbrand auslösen kann.«

»Ein Flächenbrand«, flüsterte ich. »Das wollt ihr also.«

Luzie legte das Pad beiseite und zog die Augenbrauen hoch. »Susanna *wird* den Brand entzünden. Die Frage ist, wie.«

Meine Kehle war auf einmal ausgetrocknet.

»Glaubst du wirklich, dass du in die ZDS eindringen kannst?«, fragte Luzie.

Ich schluckte. Mit Sams Zugängen schon. Also nickte ich.

Luzie blickte zur Tür. »Wieso ist es so still da draußen?«

Beunruhigt erhob sie sich und schaute in den Gang. Ich folgte ihr. Jemand hatte die fahlen Deckenlampen eingeschaltet, die den Tunnel einige Meter weit erleuchteten. Dann hörten wir Fußtritte und Stimmen und sahen Susanna und Theo, die zu uns zurückkehrten.

Susanna und Theo und eine dritte Person in ihrer Mitte.

»Ist das hier der beschissene Tag der offenen Tür?«, bellte Susanna uns entgegen.

Die Person neben ihr hob die Hand und ein schiefes Grinsen verrutschte auf ihrem Gesicht.

»Oh nein«, rutschte es mir raus.

Es war Sam.

»Du warst auf einmal rot!«, verteidigte Sam sich, während Susanna, Luzie und Theo uns umringten.

»Und dann wurde angezeigt, dass du auf einer Schnellstraße entlangwanderst. Was sollte ich da denken?«

Theo zeigte mit dem Finger nach oben. »Die Straße über uns.«

Ich rümpfte die Nase. »Ich wusste nicht, dass du mich dauerüberwachst. Außerdem habe ich dich doch benachrichtigt.«

»Du hast nicht reagiert, als ich nachgehakt habe«, entgegnete Sam. Den anderen erklärte er: »Wir haben unsere Fährtensucher aktiviert. Gegenseitig.«

»Haben dich noch andere Leute auf dem Radar, die hier gleich reinschneien?«, fragte Susanna mich mit einem dumpfen Knurren.

Ich schüttelte trotzig den Kopf. Definitiv nicht der richtige Zeitpunkt, um Kommissar Block zu erwähnen.

»Ihr solltet euch überlegen, wie ihr eure Eingänge besser sichert«, bemerkte ich spitz.

»In der Tat«, stimmte Susanna zu. »Aber unsere Eingänge sind jetzt eure Eingänge. Ihr kennt unser Versteck. Entweder ihr schließt euch an oder …«

Sie fuhr sich grinsend mit dem Zeigefinger über die Gurgel.

Luzie rollte mit den Augen. »Nicht witzig, Susanna.« Sie schaute von mir zu Sam. »Ihr wollt doch dabei sein, nicht wahr?«

Sams Blick traf meinen für eine Sekunde und ich konnte die Verwirrung deutlich in seinem Gesicht sehen. Aber dann nickte er enthusiastisch. »Ich will schon seit Langem dabei sein! Das hat Ellie euch sicher gesagt.«

»Jaja, genau«, rief ich dazwischen. »Sam hat viele tolle Ideen. Und seine Ratten sehen viel besser aus als eure! Wer animiert eure Videos?«

»Das ist Neel, der dich eben im Tunnel erwischt hat«, brummte Susanna. »Er kann Unterstützung brauchen. Aber vorher …« Susanna streckte ihren Arm mit dem nackten Handgelenk in die Höhe, »… muss Nina eure Chips entfernen.«

Ich fasste mir unwillkürlich ans Ohr. Sam drehte an seinem Band.

»Nicht so schnell«, murmelte Theo. »Die beiden haben doch bestimmt Familie. Wir lassen ihre Bänder durch den Scrabbler laufen, bevor sie wieder nach oben gehen. Aber gib ihnen Zeit, sich zu verabschieden.«

Ich musste wieder schlucken. Ganz sicher würde ich mich nicht von Lisa und Benedikt und Tess verabschieden! Es ging doch darum, sie hier rauszubringen! Luzie nickte kaum merklich, als ich sie unsicher anschaute.

»Sam sollte seinen Chip unbedingt behalten!«, rief ich, durch ihren Blick ermutigt. »Der Code macht ihn so gut wie unsichtbar! Er unterliegt keinerlei Beschränkungen. Das hat doch einen riesigen Wert!«

Sam biss die Zähne aufeinander. »Ich habe vielleicht auch noch einen anderen Wert!« Er sagte das so finster, dass meine Wangen heiß wurden.

»Ellie hat recht«, fand Luzie. »Ich will, dass die beiden uns Informationen aus der ZDS beschaffen. Dafür müssen sie Bänder haben.«

Susanna seufzte und schwieg.

»Du hast gesagt, dass du mir noch einen Versuch lässt«, sagte Luzie leise, aber bestimmt.

»Nicht noch eine Geschichte wie die Mülldeponie bitte«, erwiderte Susanna.

Luzie seufzte. »Wir haben hohe Wellen damit geschlagen!«

Susanna lachte auf. »Ja, aber wir haben die Leute nicht auf unsere Seite gezogen, im Gegenteil!«

»Ein kleiner Rückschlag«, unterbrach Theo. »Das heißt nicht, dass Luzies Ideen nicht gut sind.«

»Die Menschen können aufgerüttelt werden!«, rief Luzie. Ihre Augen leuchteten. »Ich bin mir sicher, dass viele, viele Leute nur darauf warten, sich zu befreien. Aber wir müssen den Funken schlagen!«

Susanna rieb sich über die Nasenwurzel. »Na gut,« sagte sie schließlich. »Aber es ist ein letzter Versuch. Sonst ändern wir unsere Strategie!«

Luzie strahlte mich an. Ich lächelte zurück, aber in meinen Gliedern breitete sich ein kaltes Kribbeln aus. Ich? Ich sollte Informationen aus der ZDS beschaffen, damit Luzie ihren letzten Versuch umsetzen konnte?

Luzie erklärte mir, was sie vorhatte, als sie mich nach draußen brachte. Sam war mit Theo und Susanna verschwunden, um Neel ausfindig zu machen. Alle waren sich einig, dass wir nicht zusammen den Tunnel verlassen sollten. Wenn zwei Datenpunkte über eine Autobahn spazierten, war das noch auffälliger als nur einer.

Luzie wiederholte, was sie eben schon gesagt hatte: dass sie nach dem großen »Coup« suchte, nach Informationen, mit denen sie ihre Seiten und Videos füllen konnte, um sie dann unters Volk zu bringen.

»Robbie und ich arbeiten daran, einen besseren Weg zur Verbreitung unserer Clips zu finden. Das Problem ist: Je mehr Menschen sie anschauen, desto schneller werden sie von den Datenkraken der ZDS aufgefunden und gesperrt.«

»Das heißt, der Knackpunkt ist nicht nur, welche Informationen du lieferst, sondern auch wie?«

»Ja«, bestätigte Luzie. »Wie gesagt, wir arbeiten daran. Deine Aufgabe ist die ZDS.« Sie musterte mich eindringlich.

Ich hielt ihrem Blick stand. »Bekomme ich dafür, was ich haben will?«

Luzie legte den Kopf schief. »Wir bringen dich und drei Familienmitglieder in die Enklave.«

»Wird Susanna das wirklich machen?«

»Wenn wir erfolgreich sind.«

Na supi!

Luzie seufzte. »Glaub mir, es ist wirklich wichtig, dass wir einen Erfolg erzielen. Susanna will …«

»Selbst wenn ich in das Archiv der ZDS komme«, unterbrach ich sie. »Was soll ich da machen? Ich kann mich doch nicht in die Computer einhacken. Ich habe nicht die geringste Ahnung …«

»Du nicht!«, erwiderte Luzie fest. »Aber Robbie schon.« Wir waren am Ende des Tunnels angelangt, der ein paar Meter weiter in den Bahnsteig mündete. Luzie steuerte auf eine schwere Eisentür zu, die in einen kleinen Raum führte, der sicherlich einmal irgendeine Steuerungszentrale gewesen war. Weshalb ich die verstaubten Kästen, die sich an den Wänden stapelten und mit Kabeln und Drähten verbunden waren, im ersten Augenblick für Relikte aus einer anderen Zeit hielt. Doch dann hörte ich das Brummen eines Generators und sah die blinkenden Lichter an den Schaltkästen. Dies war keine Steuerungszentrale *gewesen*, hier brummte *heute* das digitale Gehirn der Rebellengruppe. Und das steuerte scheinbar der blasse Junge namens Robbie, der in einer Ecke vor einem im Dunkeln schimmernden Bildschirm saß und aufsah, als wir eintraten. Er fuhr sich durch das dicke rote Haar, das wie ein Hahnenkamm aufgerichtet stehen blieb.

»Wenn du den richtigen Server in der ZDS findest, kann Robbie die Daten abzapfen«, erklärte Luzie. Offensichtlich hatten die beiden schon öfter über dieses Thema geredet, denn Robbie nickte bloß, zog eine Schublade auf und streckte mir seine Handfläche entgegen.

Ich zuckte zurück, als eine dicke schwarze Kakerlake über seine Hand und dann über seinen Arm krabbelte.

Robbie lachte, pflückte das Insekt von seiner Schulter und hielt es mir zwischen Zeigefinger und Daumen eingeklemmt hin. Zum Glück war es keine dressierte Kakerlake. Es war ein winziger Roboter.

Und dann wusste ich es. »Ich habe dich schon einmal gesehen! Mit einer Spinne! Du bist Robokämpfer!«

Luzie gluckste. Auf Robbies Gesicht breitete sich ein seliges Lächeln aus.

Wenig später brachte Luzie mich zum Ausgang des Verstecks. Statt sich durch die Sträucher zu kämpfen, zeigte sie mir eine Stelle, an der ein Busch locker in der Erde steckte. Man konnte ihn mit einem Handgriff versetzen und hindurchschlüpfen, ohne sich die Arme zu zerkratzen.

»Wir müssen vorsichtiger sein«, stellte Luzie fest. Die Straße war dunkel. »Niemand hat unser Versteck bisher gefunden – doch das liegt vielleicht nur daran, dass es niemand sucht. Noch sind wir nur ein Ärgernis für die ZDS, aber keine Gefahr.«

»Okay.«

»Insbesondere *du* solltest vorsichtiger sein.«

Die Frage stand so deutlich in meinem Gesicht geschrieben, dass ich sie gar nicht aussprechen musste.

»Ich wollte das vorhin in Susannas Gegenwart nicht sagen«, erklärte Luzie. »Aber ich habe gestern versucht, dich zu kontaktieren. Obwohl ich deine Nachricht über meinen Beauty-Kanal erhalten habe, konnte ich dir nicht antworten. Da war eine Sperre. Robbie hat davon gehört. Die ZDS kann dich blockieren. Jemand hat dich auf dem Kieker.«

Kommissar Block.

»Nimmst du da vorne den Bus?«, fragte Luzie, nachdem sie mich aus dem Versteck geführt hatte.

»Falls Rote den Bus nehmen dürfen.« Es sollte ein Witz sein, aber Luzie nickte ernst. »Eines der Dinge, über das ich gerne mehr Informationen hätte: Wo werden die Rechte von Roten beschnitten? Wenn zwei Autos auf Kollisionskurs sind und in einem sitzt ein roter Passagier und im anderen ein goldener – was glaubst du, welchem Auto der Algorithmus das gefährlichere Ausweichmanöver befielt?«

Mir wurde kalt. Doch auf einmal war ich so müde, dass ich nichts erwidern konnte. »Ich …«

Luzie winkte ab. »Ich weiß. Es ist sehr viel.« Sie schaute auf ihre

Schuhspitzen. »Aber ich glaube wirklich, dass wir Menschen aufrütteln können, wenn wir nur echte Beweise hätten.«

Wir erreichten die Bushaltestelle. Am Ende der Straße malten Scheinwerfer Lichtschlieren über den Asphalt.

»Was wolltest du vorhin sagen?«, fragte ich, als der Bus sich näherte. »Was hat Susanna vor, wenn wir keinen Erfolg haben?«

»Oh.« Luzies braune Augen glitzerten. »Susanna besorgt Waffen. Wenn wir keinen Erfolg haben, gibt es Krieg.«

Aus den Chatprotokollen von Resa Gerlach, April 2038

22.04.38 23:07 **Jonas Heuck:**	Hast du gesehen, welche »Beweise« gegen Altatec präsentiert werden??
22.04.38 23:07 **Jonas Heuck:**	Nur weil sie irgendeinen Typen in der Nähe der Solysier-Zentrale festgenommen haben, der ihren Klischeevorstellungen entspricht?
22.04.38 23:08 **Jonas Heuck:**	Wer sagt, dass das nicht fingiert ist?
22.04.38 23:14 **Resa Gerlach:**	Hey …
22.04.38 23:14 **Resa Gerlach:**	Ich blicke nicht mehr durch
22.04.38 23:14 **Resa Gerlach:**	Woher soll man noch wissen, was richtig und was falsch ist?
22.04.38 23:15 **Jonas Heuck:**	Willst du, dass ein Armband dir dabei hilft?
22.04.38 23:16 **Resa Gerlach:**	🤷‍♀️
22.04.38 23:16 **Resa Gerlach:**	Wenn deine Altatecs keinen Dreck am Stecken hätten, könnten sie sich ja der Öffentlichkeit zeigen. Wenn sie wirklich nur diese ganzen Infokampagnen betreiben, könnten sie doch offen dazu stehen.
22.04.38 23:19 **Jonas Heuck:**	Was weiß ich
22.04.38 23:19 **Jonas Heuck:**	Sind nicht MEINE Altatecs
22.04.38 23:20 **Resa Gerlach:**	Außerdem – vielleicht hilft das Sozialbewertungssystem ja wirklich dabei, unseren Konsum einzuschränken, Ressourcen besser zu schützen, die Umwelt zu schonen …
22.04.38 23:20 **Jonas Heuck:**	Wenn das so wäre, ständen die großen Wirtschaftsbosse nicht hinter dem Gesetz. Die sorgen schon dafür, dass ihre Geschäfte weiterlaufen. Habe gehört, dass es Extrapunkte für Shoppingtouren geben wird

22.04.38 23:21 **Resa Gerlach:**	Was du alles hörst!
22.04.38 23:22 **Jonas Heuck:**	[Nachricht gelöscht]
22.04.38 23:25 **Resa Gerlach:**	Haste nicht schnell genug gelöscht. Jonas, such dir jemand anderen zum Anpflaumen!
22.04.38 23:25 **Jonas Heuck:**	😵
22.04.38 23:27 **Jonas Heuck:**	Tut mir leid
22.04.38 23:28 **Jonas Heuck:**	Du bist die einzige, mit der ich reden kann
22.04.38 23:31 **Resa Gerlach:**	Ich weiß. Ich bin nur so müde. Ich würde am liebsten über gar nichts mehr reden.
22.04.38 23:31 **Resa Gerlach:**	Aber verkriechen ist auch keine Lösung.
22.04.38 23:31 **Jonas Heuck:**	Morgen hol ich dich ab und dann reden wir einfach nicht
22.04.38 23:32 **Resa Gerlach:**	Klingt gut 😊

24.

Berlin 2075

Kleinigkeit.

Ellie Bergmann sollte also einen Krieg verhindern. Dabei ging es mir doch einzig und allein darum, meine Familie in Sicherheit zu bringen. Zu ermöglichen, dass Lisa mit ihrem Baby so leben durfte, wie sie wollte. Zu verhindern, dass wir alle mit roten Armbändern endeten und zum Arbeiten aus der Stadt gejagt würden.

Jetzt hing diese Aufgabe also mit der klitzekleinen Angelegenheit zusammen, die da hieß: in die ZDS einbrechen, Daten stehlen, Bevölkerung zur Revolution anstiften, Waffengewalt verhindern. Nichts leichter als das.

Tatsächlich hatte ich Lust, mich in meinem Bett zu verkriechen und nicht mehr aufzustehen, bis irgendjemand anderes sich mit diesen Dingen herumschlug. Nur: Wie lange konnte ich überhaupt untätig in meinem Bett liegen bleiben, bevor ein von Kommissar Block entsandter Trupp ZDSler in mein Schlafzimmer gestürmt käme, um mich zur Umerziehung zu schicken?

Ich war nicht mal imstande, ein, laut BioTracker, gesundes Maß an Stunden in der Nacht zu schlafen. Stattdessen wälzte ich mich endlos hin und her. Unter mir hörte ich Benedikts gleichmäßigen Atem und das Schnaufen von Lisa, die auch nicht unbedingt entspannt ruhte.

Ich wäre gerne rüber in den Turm gelaufen, um mit Sam den Plan zu besprechen, wie wir mithilfe seines Wunderbändchens in die ZDS eindringen sollten. Aber seine Mutter hatte sicher Einwände, wenn ich vor Sonnenaufgang im 27. Stock auftauchte.

Als ich meine letzte Ferienjobwoche antrat, war ich unausgeschlafen und nervös. Mich erwartete mit Sicherheit ein Sturm – nämlich in der Person von Mama, wenn sie das rote Licht an meinem Handgelenk bemerkte. Doch statt zu wüten, zog Mama mich an sich heran und drückte meinen Kopf an ihre Schulter, als ich zu ihr ins Hinterzimmer kam. Ich stand stocksteif da. Auf eine Standpauke hätte ich eine flapsige Antwort gehabt, auf einen Schwall von Vorwürfen ein Schulterzucken. Aber das hier …

»Was sollen wir nur tun?«, flüsterte Mama. »Deine Schwester … Uns bleibt nicht mehr viel Zeit.«

Überrascht starrte ich sie an. Sie wusste von Lisa?

»Ich bin nicht blind, Ellie«, sagte Mama. »Ich – ich weiß nur nicht, wie ich euch helfen soll. Ich versuche wirklich, meine Indexe zu verbessern, aber …«

Meine Kehle war so rau, dass ich nicht sprechen konnte. Ich hasste es, meine Mutter so hilflos zu sehen. »Ich war bei Tess«, erklärte sie unvermittelt. Noch eine Überraschung. Mama blickte in ihre Kaffeetasse. »Ich habe sie kaum wiedererkannt.« Sie lachte traurig auf. »Sie hat sich gar nicht mit mir gestritten.«

Ich nickte. »Sie scheint überhaupt keine Kraft mehr zu haben.« Und dann fragte ich: »Du hast doch keiner Medikation zugestimmt, oder?«

Mama schüttelte überrascht den Kopf. »Nein, ich habe ganz am Anfang abgelehnt. Noch mal wurde ich nicht gefragt.«

Als ich ins Hinterzimmer ging, drehte ich mich im Türrahmen um.

»Mama?«

»Hm?«

»Warum hast du dich immer so viel mit Tess gestritten?«

Mama stieß einen tiefen Seufzer aus. Hilflos hob sie die Schultern. »Sie war Papakind und ich habe mich besser mit meiner Mutter verstanden.« Sie grübelte einen Augenblick lang. »Als die Bänder eingeführt wurden, hat unsere Mutter, also deine Oma, alles versucht, um uns gute Indexe zu erhalten. Aber es war, als hätten unser Vater und Tess das boykottiert. Tess ging es damals ziemlich schlecht, ihre erste große Liebe hatte mit ihr Schluss gemacht, glaube ich. Und ihre ganze schlechte Laune hat sie an ihrer kleinen Schwester ausgelassen.« Mama sah von der Kaffeetasse in ihrer Hand auf und hielt meinem Blick stand. »Irgendwie habe ich ihr auch die Schuld gegeben, dass unsere Eltern sich nicht mehr verstanden haben. Weil sie unseren Vater so bekräftigt hat in seinem Widerstand gegen die Bänder.« Mama schüttelte den Kopf und wischte mit der Hand durch die Luft. »Dabei ist das natürlich Quatsch. Unsere Eltern waren ja erwachsene Menschen, als sie sich scheiden ließen.«

Ich nickte und wollte in den Vorraum zurückgehen. Aber sie sagte noch etwas: »Ellie? Es tut mir leid, wenn ich nicht immer für euch da bin. Ich dachte, ich helfe euch damit. Das Letzte, was ich will, ist, euch zu schaden.«

Ich konnte nichts darauf antworten und rannte hinaus zu Tom.

Der begutachtete mein Handgelenk mit hochgezogener Braue und brummte etwas von: »Gut, dass das deine letzte Woche hier ist. Du brichst deiner Mutter das Herz.«

»Ich arbeite daran, sämtliche Herzen wieder zusammenzukleben«, knurrte ich zurück. Und dann, um von meinem Rubinstatus abzulenken: »Apropros Herz, vielleicht solltest du Marie mal deine Liebe gestehen, statt weiter auf Vermieter-Mieterin zu machen!«

Tom starrte mich für eine Sekunde verwirrt an. Dann lachte er schallend. »Ich stehe auf Männer, Ellie. Aber mein Algorithmus findet es gut, wenn ich mich regelmäßig in der Nähe einer Frau aufhalte. Win-win. Außerdem sind wir gute Freunde.«

Oh. Für einen Moment dachte ich an den Werbespot, den ich kürzlich im Park gesehen hatte: Familie. Werte. Stabilität. In Gegenüberstellung mit dem Clip der abgestürzten jungen Männer. Und ich schämte mich, dass ich Tom so schlecht kannte.

Am Nachmittag hatte ich ein Problem. Ich wollte unbedingt mit Sam sprechen, aber seitdem wir uns im Tunnel getrennt hatten, hatte ich nichts von ihm gehört. Er reagierte nicht auf meine Nachrichten. Die Sperre! Wahrscheinlich sah er gar nicht, dass ich ihm schrieb. Hoffnungsvoll forderte ich ihn dennoch auf, mich am Basketballplatz zu treffen, schließlich hatte Luzie meine Nachrichten erhalten.

Am Basketballplatz waren weder Sam noch sein Skateboard zu entdecken. Auch zu Hause wartete er nicht auf mich. Vielleicht war ich ein klein wenig beleidigt. Selbst ohne Nachrichten musste er doch begierig sein, mit mir zu reden. Mir gebührte doch Dank, dass er nun endlich da war, wo er sein wollte … Ich lächelte, als ich mir vorstellte, was er mir berichten würde. In welche Pläne hatten Susanna und Neel ihn eingeweiht? Hatten sie ihm eine Aufgabe zugeteilt? Hatte er sich Bedenkzeit erbeten? Wie auch immer – als Erstes musste er mir helfen, *meinen* Plan durchzuführen, das war selbstverständlich, oder? Ich war schließlich seine Freundin, also, nicht *seine* Freundin, falls es da Verwirrung geben sollte, aber wir waren uns so vertraut, wir hatten in letzter Zeit fast jeden Tag miteinander verbracht. Ja verdammt, warum kam er nicht zu mir? Der Fährtensucher verriet mir, dass er zu Hause war. Ich wartete und wartete, aber am Ende beschloss ich, dass keine Zeit für noch mehr Warterei blieb. Um in den 27. Stock zu gelangen, bediente ich mich des ältesten Tricks aller Zeiten. Ich konnte ja schlecht an der Fassade hochklettern.

Neben den Aufzügen wählte ich die Nummer von Sams Wohnung auf dem Pad und wartete unruhig auf eine Antwort. Meine Hoffnung, dass Sam selber drangehen würde, bestätigte sich nicht, also zog ich meine Kappe tief in die Stirn und rief »Blumenlieferung«, obwohl ich nicht mal Blumen in der Hand hatte. Und – Wunder, oh Wunder – Olivia Werting bestätigte meinen Zugang und die Aufzugtüren öffneten sich.

Sobald ich oben ankam, realisierte Olivia ihren Fehler. Sie hatte ein Handtuch um den Kopf gewunden und trug einen Bademantel. Spex stand mit aufgerichteten Ohren neben ihr, als wäre er ein Wachhund. »Das kann nicht dein Ernst sein!« Ihre Augen weiteten sich entsetzt, als sie mein Armband entdeckte – *noch* schlimmer als am Tag der Party!

Bevor sie die Tür wieder schließen konnte, machte ich einen Satz nach vorn. Ich rammte meinen Fuß zwar nicht in den Türspalt, stand jetzt aber so nah, dass es Olivia sichtlich unangenehm war, mir die Tür einfach vor der Nase zuzuschmettern. »Sam hat versprochen, sich nicht mehr mit dir zu treffen,« sagte sie, sichtlich bemüht, ruhig zu klingen.

»Es tut mir leid, Sie zu stören«, versuchte ich es auf die freundliche Tour. »Aber ich muss mit ihm sprechen.«

»Das geht nicht!« Olivia ruckte an der Tür und ich streckte den Arm aus.

»Es ist dringend!«

Olivia kämpfte mit sich. »Ich kann ihm etwas ausrichten.«

Im Wohnungsflur lagen mir wohlbekannte ausgelatschte Schuhe.

»Sam!«

»Bitte geh jetzt!«

Spex begann, wütend zu kläffen.

Die Tür schloss sich. Ich drückte mit der Hand dagegen. Olivia zog an der Klinke. Wie konnte ich ihr klarmachen, dass es wirklich dringend war?

»Ich *muss* mit Sam reden!«

Olivia griff resolut nach meinem Arm, um mich zurück durch den Türrahmen zu schieben.

Und ich sagte das absolut Blödeste, was mir jemals eingefallen war.

»Ich bin schwanger!«

Olivia machte ein Geräusch, das an einen nach Atem ringenden Kakadu erinnerte. Die Klinke rutschte aus ihrer Hand und die Tür, gegen die ich immer noch drückte, knallte krachend gegen die Wand im Inneren der Wohnung. Ich stolperte vorwärts, schlug mit den Knien auf den Boden und hätte Olivia beinahe umgerissen.

»Was ist hier los?« Von dem Gepolter aufgeschreckt, kam Sam im Laufschritt den langen Flur hinunter.

Olivia wich ein paar Schritte zurück, das Gesicht leichenblass. Ich rappelte mich mühselig auf.

»Sie ist schwanger«, hauchte Olivia.

Eine dunkle Wolke senkte sich über Sams Gesicht. Ich kapierte gar nicht sofort, dass er vor Wut kochte. Als er auf mich zustürmte, versuchte ich zu zwinkern, nach dem Motto – *hey, kleines Ablenkungsmanöver für deine Mutter, typische Guerilla-Verwirrtaktik* –, doch aus dem Zwinkern wurde ein nervöses Blinzeln und dann packte er mich am Arm und zischte: »Nicht von mir!«

Seine Mutter quittierte das mit einem erleichterten Gurgeln. Er beachtete sie nicht, schob mich aus der Wohnung, schmiss die Tür hinter sich zu und bugsierte mich ins Treppenhaus.

»Tickst du noch richtig?«

»Sam, ich …«

»Hattest du vor, meiner Mutter einen Herzinfarkt zu verschaffen?«

»Sie wollte mich nicht reinlassen.« Meine Stimme klang kläglich, auch wenn ich drauf und dran war, den imaginären Embryo zu verteidigen.

»Du hättest dir denken können, dass sie dich hier nicht herzlich willkommen heißt!«

Ich verschränkte meine Arme. In mir wallte eine gehörige Portion Trotz auf. »Warum sollte deine Mutter bestimmen dürfen, wer dich besucht?«

»Oder wen ich schwängere?«, ätzte Sam.

»Okay, okay, das war bescheuert. Ich wollte nur, dass sie die verdammte Tür aufmacht! Ich konnte dir keine Nachricht schicken. Die ZDS hat irgendetwas mit meinem Profil gemacht, irgendeine Sperre …«

Sam biss seine Zähne so heftig aufeinander, dass ich mir einbildete, seinen Kiefer knacken zu hören.

»Ich habe deine Nachrichten gekriegt. Ich wollte dich bloß nicht sehen, du blöde Idiotin!«

Ich war wie gelähmt. Meine Ohren rauschten. Wieso … nicht?

»Sam … Ich wollte nur …«

Sam machte ein ersticktes Geräusch und die Wut in seinem Blick wurde von etwas anderem abgelöst. In seiner Brust klaffte eine Wunde, die ich mitten hineingeschlagen hatte.

»Von all deinen Lügen war diese hier die miserabelste! So blöd, dass nicht mal ich und meine Familie darauf reinfallen können.« Seine Stimme war tonlos.

»Sam, ich bin natürlich nicht …«

»Es ist mir scheißegal«, brüllte Sam. »Eine Lüge mehr oder weniger macht auch keinen Unterschied!«

Ich taumelte zurück, bis ich mit den Schulterblättern gegen die Wand stieß. Plötzlich verstand ich. Sam wusste alles. Sam wusste *alles*!

Er sprach leise und eiskalt weiter: »Ich weiß, dass du nicht zu den Rebellen gehörst. ›*Du kennst nur die eine Zelle*‹, dass ich nicht lache! Die ganze Gruppe besteht aus 45 Personen! Du hattest es die ganze Zeit nur auf eine Sache abgesehen!«

Er zog die Augenbraue hoch und setzte ein künstliches Lächeln auf. »Code Omni-X!«

»Woher …?«

»Weil selbst ich nicht völlig bescheuert bin, Ellie! Weil selbst der dumme, naive Sam irgendwann kapiert, was Sache ist. Weil Susanna mich fragt, ob ich es ernst meine oder in die Enklave will wie du. Weil ich wie der letzte Idiot nachfrage, wie du in die Enklave kommst. Weil sie mir sagt, dass du ihnen *meinen* Code und *meine* Dienste angeboten hast, als dir aufgegangen ist, dass du den Code nicht so leicht für dich selbst benutzen kannst.« Sams Lippe zitterte.

»Sam …« Mein Hals war wie zugeschnürt. »Es tut mir so leid. Ich wollte es dir sagen.«

Sam lachte auf. »Du hast mich von vorne bis hinten verarscht! Von der ersten Sekunde an! Und ich bin so blöd und kaufe dir den ganzen Scheiß ab! Ich dachte, du *magst* mich.«

»Tue ich doch!«, rief ich verzweifelt. »Natürlich mag ich dich, Sam!«

»Deswegen hältst du so gerne meine Hand und schmachtest mir in die Augen, während du mit der anderen Hand versuchst, mir mein Armband zu stehlen?«

»Ich habe nicht …« Aber ich *hatte*.

Von mir war nicht viel mehr übrig als ein paar Krümel Dreck. »Ich wusste nicht, was ich machen sollte.«

Vielleicht glitzerte eine wütende Träne in Sams rechtem Auge. »Dabei wäre es so leicht gewesen«, sagte er leise und sein Blick bohrte sich mitten in meine Brust. »Du hättest mich nur fragen müssen. Eine Bitte und ich hätte dir das beschissene Band samt Code zu Füßen gelegt.«

Ich konnte nichts erwidern. Absolut nichts. Er sagte die Wahrheit. Es hätte so einfach sein können. Wenn Ellie nicht Ellie wäre, sondern ein anderer, netterer Mensch. Jemand, der erkennen konnte, dass Sam sofort geholfen hätte. Nun war es zu spät.

Aber ich konnte jetzt nicht einfach aufgeben. Sam mochte ich betrogen haben, doch es gab immer noch meine Familie.

»Ich muss Informationen aus der ZDS beschaffen«, flüsterte ich. »Ich brauche dich.«

»Das war alles ein riesiger Fehler. Die Rebellen. Du. Alles.«

Er öffnete die Tür des Treppenhauses zum Flur mit den Aufzügen. »Du bist eine Lügnerin, Ellie. Es ist vorbei.«

Er ließ mich stehen.

Ich hörte, wie die Wohnungstür klappte, und ich begann Rotz und Wasser zu heulen.

Aus den Chatprotokollen von Resa Gerlach, April 2038

26.04.38 07:17	**Resa Gerlach:**	Jetzt haben wir Schulfrei und statt auszuschlafen, wache ich in der Morgendämmerung auf und zerbreche mir den Kopf über allen möglichen Scheiß ☹
26.04.38 07:17	**Resa Gerlach:**	Terrorfrei statt Hitzefrei.

**

26.04.38 12:21	**Jonas Heuck:**	Tut mir leid, hab geschlafen
26.04.38 12:21	**Resa Gerlach:**	Ich weiß, hatte nur niemanden zum Reden. Vermisse dich.
26.04.38 12:22	**Jonas Heuck:**	Sorry, Pinky. Wünschte, ich könnte heute vorbeikommen. Hab Deniz versprochen, ihm bei ein paar Dingen zu helfen
26.04.38 12:23	**Resa Gerlach:**	Ja, hast du ja gestern gesagt.
26.04.38 12:24	**Resa Gerlach:**	Die Zahlen sind schon wieder gestiegen. 86 Tote! Da sind wohl zeitgleich vier Bomben hochgegangen, in unterschiedlichen Zügen und vor der Solysier-Zentrale.
26.04.38 12:24	**Jonas Heuck:**	Wahnsinn!
26.04.38 12:25	**Resa Gerlach:**	Hast du die Rede des Kanzlers vorhin gehört?
26.04.38 12:25	**Jonas Heuck:**	Nein
26.04.38 12:26	**Resa Gerlach:**	Hat gesagt, dass wir die Extremisten und alle extremistischen Gedanken nur mit dem SoBe-Gesetz stoppen können. Und natürlich »jetzt erst recht« und so.
26.04.38 12:27	**Jonas Heuck:**	Wieso jetzt erst recht?
26.04.38 12:28	**Resa Gerlach:**	Weil Altatec gegen das Gesetz ist.

26.04.38 12:28 **Jonas Heuck:**	Warum Altatec?? Gestern Abend haben sich diese Neomonarchisten zu dem Anschlag bekannt!
26.04.38 12:29 **Resa Gerlach:**	Hab ich auch gelesen, aber die Polizei hat heute gemeldet, dass Altatec dahintersteckt.
26.04.38 12:29 **Resa Gerlach:**	

**

26.04.38 13:01 **Jonas Heuck:**	Sorry, war abgelenkt
26.04.38 13:01 **Jonas Heuck:**	Gibt es einen neuen Abstimmungstermin?
26.04.38 13:02 **Resa Gerlach:**	Ja, in zwei Wochen. Kommt bestimmt bald in den Medien.
26.04.38 13:02 **Jonas Heuck:**	Und?
26.04.38 13:02 **Resa Gerlach:**	Und was?
26.04.38 13:02 **Jonas Heuck:**	Wie wird dein Vater abstimmen?
26.04.38 13:03 **Resa Gerlach:**	Keine Ahnung.
26.04.38 13:03 **Jonas Heuck:**	Frag ihn doch
26.04.38 13:05 **Resa Gerlach:**	Jonas, was soll das? Ich möchte echt gerade über andere Dinge nachdenken. Wieso interessiert dich das so?
26.04.38 13:05 **Jonas Heuck:**	Wieso interessiert dich das nicht? Unsere ganze Zukunft hängt daran!!
26.04.38 13:05 **Resa Gerlach:**	Geht's noch?
26.04.38 13:05 **Resa Gerlach:**	Herr Anti-Politik macht mir Vorhaltungen?? Ich bin müde, ok? Ich brauche eine Ablenkung von diesem ganzen Scheiß. Rede doch mit meinem Vater, wenn der dich mehr interessiert als ich.
26.04.38 13:07 **Jonas Heuck:**	

26.04.38 13:08 **Jonas Heuck:**	Tut mir leid. Keine Ahnung, was mit mir los ist
26.04.38 13:08 **Jonas Heuck:**	Du hast mich eben in einen politikinteressierten netten jungen Mann verwandelt 😋
26.04.38 13:09 **Resa Gerlach:**	Der warst du schon immer.
26.04.38 13:09 **Resa Gerlach:**	Keine Ahnung, warum du das verstecken willst.
26.04.38 13:09 **Jonas Heuck:**	😊
26.04.38 13:11 **Resa Gerlach:**	Nur was, wenn ich auf angeberische Gorillas stehe? 😜
26.04.38 13:11 **Jonas Heuck:**	??? 💔
26.04.38 13:11 **Jonas Heuck:**	🙈🙉🙊
26.04.38 13:12 **Resa Gerlach:**	🐷🖤🐵
26.04.38 13:17 **Jonas Heuck:**	Resa, ich muss weg. Melde mich später, ok?
26.04.38 13:17 **Resa Gerlach:**	Ok 😞

25.

Berlin 2075

So wie ich heulte, auch als ich später zu Hause im Bett lag, hätte man denken können, jemand wäre gestorben. Was auch irgendwie den Tatsachen entsprach: nämlich ich für Sam. Ich schluchzte, weil Sam mit allem recht hatte – und auch wieder nicht, denn er hatte mir gar keine Chance gegeben, mich zu erklären. Ich war wütend, weil Sam in seinem goldenen Schloss sich gar nicht vorstellen konnte, wie es mir ging, und ich war unendlich traurig, weil ich nicht versucht hatte, es ihm verständlich zu machen. Und jetzt war er weg, ohne einen Schimmer davon zu haben, was er mir bedeutete. Ich dachte: Scheiße, Scheiße, Scheiße und: Sam, Sam, Sam, und die meiste Zeit dachte ich, ich hätte ihn küssen sollen, als ich konnte, aber zwischendurch dachte ich auch: Wer hilft mir jetzt in der ZDS? Was wiederum bewies, dass er recht hatte und ich ihn nur ausnutzte, aber *wenn* ich ihn geküsst und ihm alles gestanden hätte, rechtzeitig, dann hätte er zu mir gehalten und er hätte mich zurückgeküsst und er hätte mir bereitwillig geholfen, mit allem. Ich hatte es verbockt. In jeder Beziehung.

Also heulte ich und quälte mich mit lauter Gedanken, die in alle möglichen Richtungen strebten, und dabei bebten meine Schultern dermaßen, dass das Bett wackelte und Lisa davon wach wurde.

Sie kroch von ihrer Matratze und richtete sich auf, sodass ihr Gesicht auf der Höhe von meinem war.

»Geht es um Sam?«, fragte sie sofort und ich kam mir ziemlich erbärmlich vor. Und dann erzählte ich Lisa alles, über die Rebellen und Sam und meine Pläne, von denen bisher jeder einzelne krachend gescheitert war.

Lisas Erstaunen war Balsam auf meiner geschundenen Seele.

»Du hast das für mich gemacht«, flüsterte sie und strich mir mit dem Daumen die Tränen von den Wangen.

»Für uns alle«, murmelte ich. »Bist du nicht sauer?«

Lisa schüttelte den Kopf. »Selbst wenn du scheiterst, hast du wenigstens etwas versucht.«

»Aber ich bringe euch alle in Gefahr.«

»Du rettest uns.« Sie legte ihre Hand auf ihren Bauch.

Ich musste es zumindest versuchen. Auch Benedikt würde weiter abrutschen, wenn wir den Dingen einfach ihren Lauf ließen. Vielleicht würde er *noch* spektakulärer abrutschen, wenn man mich in der ZDS erwischte. Doch dieses Risiko musste ich eingehen. Einen anderen Weg gab es nicht mehr. Lisa versprach mir ihre Unterstützung. Ihre Worte und ihre sanften Finger auf meiner Haut waren mir in diesem Augenblick alle Hilfe, die ich brauchte. Für einen Moment dachte ich, dass das genügte: Meine Familie.

Luzie fragte mich nach Sam, als ich sie und Robbie in dem Park traf, in dem wir uns verabredet hatten. Susanna wollte schließlich nicht, dass wir in die Tunnel zurückkehrten, bevor wir unsere Armbänder abgelegt hatten. *»Wir«* – das sollte heißen Sam und ich, nur dass »Sam und ich« nicht mehr existierten.

Robbie überreichte mir ein kleines, archaisch schweres Gerät, auf das mir Luzie kurze Nachrichten schicken konnte, um die Sperre zu umgehen, die mir Block ins Profil gerotzt hatte.

Ich druckste rum und murmelte etwas von »Sam ist gerade verhindert«, was Luzie mit einer hochgezogenen Augenbraue quittierte.

»Robbie und ich haben uns den Code in seinem Band näher angeschaut, nachdem du weg warst. Er ist tatsächlich an sein persönliches Profil gekoppelt und deswegen nicht ohne Weiteres kopierbar.«

Robbie, der in diesem Augenblick so gar nicht nach Robokämpfer aussah, nickte. »Ich denke, die Verwechslung hat etwas damit zu tun, dass der Algorithmus Variationen erkennt, damit Personen auch bei kleineren Abweichungen zugeordnet werden können. Deswegen hält er Sam für eine Abkürzung von Samuel. Wusstest du, dass sie außerdem denselben Geburtstag haben?«

Ich nickte. »Es handelt sich also um einen simplen Übertragungsfehler? Und deswegen verfügt Sam jetzt über Samuels Zugänge und Berechtigungen?«

Robbie zuckte die Schultern. »Verwechslungen passieren öfter, als man denkt. Nur normalerweise nicht mit solchen Funktionen.«

Ich dachte an unsere Kunden im *SmartHome*. An Tom, der so gerne über die fehlende Präzision des Algorithmus meckerte. An Autos, die Menschen für Plastiktüten hielten.

»Ist Sam an Bord?«, vergewisserte Luzie sich.

Ich beeilte mich zu nicken.

»Lass uns noch mal die Details wegen der ZDS durchsprechen.«

Robbie gab mir einige Anweisungen und Luzie Ratschläge. Neben dem technischen Kram ging es insbesondere darum, wie wir mit Widersachern umgehen sollten, die uns in die Quere kommen konnten. Robbie sagte, dass sie *mich* mit Chloroform außer Gefecht gesetzt hatten, worüber Luzie sich schrecklich aufregte, weil sie meinte, das sei gefährlich und warum Susanna eigentlich immer Menschen in Gefahr bringen müsse? Robbie schnitt eine Grimasse, das bespreche sie am besten direkt mit Susanna – es war vermutlich nicht das erste

Mal, dass es diesen Streit gab. Wie auch immer, ich würde unmöglich dazu in der Lage sein, einem ausgewachsenen Mann ein getränktes Tuch minutenlang vor Mund und Nase zu halten, nicht allein, also war es sinnlos, darüber nachzudenken. Dass ich mich auf Sam nicht verlassen konnte, ging die beiden gar nichts an. Also behauptete ich: »Ich komme zurecht. Ich habe jahrelang Kampfsport betrieben.« Was natürlich gequirlte Hundekacke war, doch da Luzie mit keiner anderen Idee aufwarten konnte, beließ sie es bei einem Stirnrunzeln und nickte dann.

In gewissem Sinne befanden wir uns in der gleichen Situation: Für uns beide war die Aktion ZDS eine letzte Chance. Luzie riskierte zwar nicht Kopf und Kragen, doch dem Leuchten in ihren Augen war deutlich anzusehen, dass sie dazu bereit gewesen wäre. Wenn ich sie irgendwie in die ZDS hätte schleusen können. Dabei wusste ich nicht mal, ob ich selbst es hineinschaffen würde.

Zu Hause packte ich ein Set Wechselwäsche in meine Tasche und trank ein Glas Wasser, als es an der Tür klingelte.

»Es wird jemand als rot im Haus angezeigt«, sagte Kia, ohne ihre Zeit mit Begrüßungen zu verschwenden. Dann sah sie mein Band, machte »oh« und einen entsetzten Schritt zurück, obwohl sie sicher schon vorher davon ausgegangen war, dass es sich um mich handelte.

»Das tut mir so leid«, hauchte sie und ich hätte ihr am liebsten mein Wasser ins Gesicht gekippt.

»Vielleicht können wir dir irgendwie helfen«, sagte Kia mit einem gequälten Lächeln. »Ich habe neulich erst einen interaktiven Kurs zu Selbstdisziplin angefangen, ich schicke dir sehr gerne den Link.«

»Wunderbar«, knurrte ich.

»Hast du denn einen Verbesserungsplan? Die Nachbarn können natürlich nicht lange tolerieren …«

»Keine Sorge«, unterbrach ich sie. »Ich ziehe aus.«

Und ich schlug ihr die Tür vor der Nase zu.

Keine Viertelstunde später poppte im Forum der Hausgemeinschaft eine Petition auf. »Rote Mitbewohnerin braucht Unterstützung. Bitte helft beim Finden einer neuen Bleibe.« Kia hatte ein meisterhaft freundliches Schreiben formuliert. Aber im Wesentlichen ging es darum, meine lieben Nachbarn dazu zu animieren, für meinen Ausschluss aus der Gemeinschaft zu stimmen. Stella, die Nachbarin mit dem neuen Baby, war die Erste, die dem Aufruf folgte. Die anderen brauchten nicht viel länger.

Aus den Chatprotokollen von Resa Gerlach, Mai 2038

10.05.38 14:45	**Jonas Heuck:**	Hey!
10.05.38 14:48	**Resa Gerlach:**	😁
10.05.38 14:48	**Resa Gerlach:**	Dachte schon, du hättest das Schreiben verlernt 😋
10.05.38 14:49	**Jonas Heuck:**	Pinky, wir haben uns jeden Tag gesehen, muss ich dir da auch noch Liebesbriefe schreiben?
10.05.38 14:49	**Resa Gerlach:**	Ich finde ja!!
10.05.38 14:49	**Jonas Heuck:**	🐷 💕
10.05.38 14:50	**Resa Gerlach:**	Also, wem habe ich deine plötzliche Schreibwut zu verdanken?
10.05.38 14:50	**Jonas Heuck:**	Vermisse dich 😚
10.05.38 14:50	**Resa Gerlach:**	Seit heute morgen? 😁
10.05.38 14:51	**Jonas Heuck:**	15 Minuten Schulweg ist etwas wenig
10.05.38 14:51	**Resa Gerlach:**	Du hast gesagt, du hast heute keine Zeit.
10.05.38 14:51	**Jonas Heuck:**	Ich weiß
10.05.38 14:52	**Jonas Heuck:**	Aber ich habe eine Idee!
10.05.38 14:52	**Resa Gerlach:**	Hoho! Herr Heuck hat einen Geistesblitz!
10.05.38 14:52	**Jonas Heuck:**	Nachmittags habe ich keine Zeit, aber was ist mit nachts …?
10.05.38 14:54	**Resa Gerlach:**	…?
10.05.38 14:54	**Jonas Heuck:**	… nachts vermisse ich dich besonders …
10.05.38 14:55	**Resa Gerlach:**	Wenn deine Patienten dich malträtieren?
10.05.38 14:55	**Jonas Heuck:**	😑
10.05.38 14:56	**Jonas Heuck:**	Meist malträtieren mich die Angehörigen der Patienten.

10.05.38 14:58 **Jonas Heuck:**	Du lenkst vom Thema ab
10.05.38 14:58 **Resa Gerlach:**	Das da wäre?
10.05.38 14:58 **Jonas Heuck:**	Ich. Du. Die Nacht
10.05.38 14:59 **Resa Gerlach:**	🤔
10.05.38 15:00 **Jonas Heuck:**	Grrrr
10.05.38 15:00 **Jonas Heuck:**	Ernsthaft
10.05.38 15:00 **Jonas Heuck:**	Komm zu mir heute Abend. Ich hab frei.
10.05.38 15:02 **Resa Gerlach:**	😳
10.05.38 15:02 **Resa Gerlach:**	Du lädst mich zu dir nach Hause ein?
10.05.38 15:02 **Resa Gerlach:**	Lerne ich deine Mama kennen?
10.05.38 15:03 **Jonas Heuck:**	Ähem …
10.05.38 15:03 **Jonas Heuck:**	Deniz würde uns sein Gästezimmer überlassen 😊
10.05.38 15:04 **Resa Gerlach:**	meinsdudasjetzernst???
10.05.38 15:04 **Jonas Heuck:**	😊
10.05.38 15:05 **Resa Gerlach:**	Wobei du mich ruhig auch mal deiner Mutter vorstellen könntest. Bin ich dir etwa peinlich?
10.05.38 15:05 **Jonas Heuck:**	Rosa-Resa? Niemals!
10.05.38 15:05 **Jonas Heuck:**	Also?
10.05.38 15:07 **Resa Gerlach:**	Und was soll ich meinen Eltern sagen?
10.05.38 15:07 **Jonas Heuck:**	Dass du eine einmalige Gelegenheit nicht verpassen darfst?
10.05.38 15:07 **Resa Gerlach:**	🙄
10.05.38 15:08 **Resa Gerlach:**	Wieso einmalig?
10.05.38 15:08 **Jonas Heuck:**	Weiß nicht, wann Deniz wieder so großzügig sein wird. Hab gestern seine Schicht übernommen.

10.05.38 15:09 **Resa Gerlach:** D.h. meine einzige Chance nach Drachentattoos zu suchen?

10.05.38 15:09 **Jonas Heuck:** 😎

10.05.38 15:09 **Resa Gerlach:** Ehrlich gesagt könnte ich gerade echt auf den Trubel zu Hause verzichten.

10.05.38 15:10 **Resa Gerlach:** Die Journalisten belagern das Haus.

10.05.38 15:10 **Resa Gerlach:** Mein Vater spricht weder mit denen noch mit uns.

10.05.38 15:10 **Resa Gerlach:** Alle sind super angespannt.

10.05.38 15:10 **Jonas Heuck:** Die Abstimmung

10.05.38 15:10 **Resa Gerlach:** … ist übermorgen

10.05.38 15:13 **Resa Gerlach:** Ok

10.05.38 15:13 **Jonas Heuck:** Ok??

10.05.38 15:13 **Jonas Heuck:** 🤓😚

10.05.38 15:21 **Resa Gerlach:** Dafür, dass du heute Nachmittag nicht kannst, hast du ja gerade ganz schön viel Zeit …

26.

Berlin 2075

Am späten Nachmittag meldete ich mich beim Besucherempfang der ZDS. Natürlich wurde meine Bitte, vorgelassen zu werden, mit Blick auf mein Band abgelehnt und es hätte nicht viel gefehlt und ich wäre rausgeschmissen worden. Zum Glück reagierte Thorgund, der mir damals bei der Untersuchung des *SmartHomes* seinen Kontakt gegeben hatte, schnell genug auf die Nachricht, die ich ihm kurz vorher geschickt hatte – was wohl daran lag, dass ich Code Omni X wörtlich erwähnt hatte. Bevor ich hinausgeworfen werden konnte, kam er im Laufschritt durch das Foyer gejoggt.

»Ich verstehe nicht«, sagte er verwirrt. »Wir haben nichts gefunden. Der Fall war abgeschlossen!«

»D-da war ein Kerl mit diesem Code«, stotterte ich viel zu laut. »Er hat mich bedroht und …«

»Das diskutieren wir nicht hier!«, unterbrach Thorgund mich. Er rief einen Mitarbeiter an, um mir einen Besucherausweis bringen zu lassen, kappte das Gespräch mit einem Druck aufs rechte Ohr und führte mich in einen Raum unweit des Ausganges, in dem den Postern an den Wänden nach zu urteilen normalerweise Schulklassen auf Führungen vorbereitet wurden.

»Der ist ja weiß«, murmelte ich mit Blick auf den Besucherausweis – und mir wurde klar, warum man mich bei meinem ersten

Besuch für eine Mitarbeiterin gehalten hatte. Block hatte mir damals eine graue Karte umgehängt, wie sie die Mitarbeiter trugen.

Dann tischte ich Thorgund in leicht hysterischem Tonfall meine Geschichte auf: »Ich habe gelogen! Es war jemand im *SmartHome* damals und er hat mir gedroht! Ich dürfe nichts über diesen Code verraten! Dass er seine Spuren so völlig verwischen konnte, hat mir gezeigt, dass er viel Macht haben muss, also habe ich mich nicht getraut, etwas zu sagen.«

»Jemand war bei euch und hat alle Aufzeichnungen davon gelöscht?« Thorgunds Skepsis war nicht zu überhören.

»Wie sollte ich sonst von dem Code wissen?«

»Warum kommst du jetzt damit zu mir? Das ist ja Wochen her!«

»Weil ich dem Typen wieder begegnet bin!« Ich versuchte, eine Extraportion Panik in meine Stimme zu legen. »Zufällig, auf einer Party. Wir sind mehr oder weniger Nachbarn. Und weil ich das Richtige tun wollte, habe ich ihm von den Polizeiuntersuchungen berichtet und vorgeschlagen, er könnte sich stellen. Aber stattdessen …«

Bevor Thorgund meine theatralischen Ergüsse hinterfragen konnte, zog ich mein Holomenü auf und zeigte ihm die Graphen mit meinem plötzlichen Absturz auf Rot. »Sehen Sie, eine Interaktion mit einer Person mit sehr hohen Indexen – er hat mich bewertet und dann sind meine Werte in den Keller gerasselt.«

Thorgund war immer noch nicht überzeugt. »Und wer soll diese Person gewesen sein?«

»Ich habe seinen Namen und seine Adresse. Sam Werting.«

»Ein siebzehnjähriger Junge«, stellte Thorgund fest, nachdem er ein Pad gezückt und darin gesucht hatte. »Wie soll der seine Spuren so gut verwischt haben?«

»Ich weiß es ja auch nicht!«, rief ich weinerlich. »Jedenfalls macht er mir Angst!« Was geradezu absurd war – es gab so gut wie nichts, was mir weniger Angst machte als Sam.

Nach einigem Suchen und Stirnrunzeln stieß Thorgund plötzlich überrascht den Atem aus. Ich hielt meinen an. Er stand auf, tippte sich gegen das Ohr und lauschte einen Moment lang angespannt. Diesmal hatte er gegen das linke Ohr getippt, was mir auch damals im *SmartHome* schon aufgefallen war. So als hätte er eine besondere Verbindung im Ohr, durch die er geheime Anweisungen bekam. Dann glättete sich sein Gesicht und er versuchte sich an einem Pokerface.

»Vielen Dank, Ellie, dass du dich an uns gewandt hast. Wir überprüfen das.«

»Wann?«, fragte ich. »Jetzt? Ich habe wirklich Angst, wenn dieser Typ da draußen rumläuft. Ich weiß ja gar nicht, was das für ein Code ist. Gehört er irgendeiner Verbrecherbande an? Was …?«

Thorgund unterbrach mich. »Mach dir keine Sorgen. Wir regeln das so schnell wie möglich. Du müsstest morgen auch noch einmal wiederkommen, damit meine Kollegen dich verhören. Eine Formalität, um sicherzugehen, dass keine Sicherheitsauflagen kompromittiert wurden.«

Er schickte mir eine Vorladung aufs Band.

Mein Herz wummerte in wildem Stakkato. Hatte mein wahnwitziger Plan tatsächlich die Chance aufzugehen?

Als Thorgund mich hinausleitete, zeigte ich auf das Schild zur Besuchercafeteria. »Könnte ich etwas trinken? Ich fühle mich nicht so gut.« Tatsächlich war meine Stirn so verschwitzt, dass ich nicht schauspielern musste.

»Setz dich ein paar Minuten hin«, sagte er und mein inneres Ich führte Freudentänze auf. »Die Cafeteria macht gleich Feierabend. Beeil dich lieber.« Und dann schickte der liebe Onkel Staatsschützer mir auch noch einen Gutschein für ein Kühlgetränk auf mein Armband. Aus dem Freudentanz wurde haltloser Rambazamba.

Nachdem mich Thorgund allein gelassen und sich mein Puls etwas beruhigt hatte, holte ich tief Luft und öffnete mein Holomenü, um den Fährtensucher aufzuziehen und den einsamen goldenen Punkt darin zu lokalisieren. Sam befand sich nicht zu Hause, sondern im Nachbarturm. Oh Scheiße! Nicht *im* Turm, höchstwahrscheinlich, sondern *auf*.

In meiner Brust gab es einen heftigen Stich. Ich verriet nicht nur Sam, sondern auch seinen geheimen Garten! In meinem Mund sammelte sich bittere Galle, die ich nur mit Mühe hinunterschlucken konnte. Doch es gab nichts, was ich ändern konnte. Was getan war, war getan.

Eine Zeit spielte ich an meinem Spendengetränk nuckelnd ein dummes Kartenspiel auf meinem Holomenü, und als ich mir eine Viertelstunde später erlaubte, einen weiteren Blick auf die Fährtensucherkarte zu werfen, sah ich mit Erleichterung, dass Sam den Dachgarten und den Turm inzwischen verlassen hatte. Sein goldener Punkt bewegte sich in Schlangenlinien zwischen den Häusern hin und her. Er fuhr Skateboard.

Die Cafeteria hatte sich fast vollständig geleert. Zeit, Stufe zwei meines genialen Plans in Gang zu setzen. Genial wackelig und in Bedarf einer gehörigen Portion Glück.

Ich schlenderte in das große Foyer, von dem aus eine riesige, gläserne Wand die Sicht auf das betagte Steingebäude im Inneren der ZDS freigab. Aber es war nicht das Parlament in seinem Kokon aus Glas, Stahl und den Daten von Millionen Bürgern, das mich in diesem Moment interessierte. Es war die unscheinbare weiße Tür am anderen Ende des Foyers, aus der ich schon einmal gekommen war. Ich observierte sie unauffällig, während ich an großen Topfpflanzen und Informationstafeln vorbeiwanderte.

Zwischendurch behielt ich den Fährtensucher im Auge und verdrängte die Möglichkeit, dass die Mühlen der ZDS sehr viel langsamer arbeiteten, als ich es mir wünschte. Vielleicht würden Thorgunds Kollegen gar nicht heute zuschnappen? Doch plötzlich stoppte der goldene Punkt abrupt.

Mein ganzer Körper wurde zu Gänsehaut. So intensiv war mein Blick auf meine Hand gerichtet, dass ich beinahe verpasst hätte, wie die weiße Tür sich öffnete und Fiona, meine Freundin aus dem Archiv, hinaustrat.

Oh, heilige Scheiße! Ich hastete, so schnell ich das einigermaßen unauffällig konnte, hinter den Topfpflanzen entlang und an dem Pfeiler vorbei, der die Tür aus dieser Richtung halb verbarg. Fiona war schon zwei Schritte in das Foyer getreten. Warum sah sie sich um? Wollte sie nicht schnell nach Hause wie jede vernünftige Arbeitnehmerin mit einem cholerischen Boss? Die Tür fiel langsam zu. Ich duckte mich und machte einen Hechtsprung. Meine Hand glitt in die schmale Lücke zwischen Rahmen und Tür, bevor sie sich gänzlich schloss. Bumm! Ich musste auf meine Zunge beißen, um nicht loszuschreien. Mir blieb keine Zeit, mich umzudrehen, um zu überprüfen, ob jemand mich beobachtet hatte, bevor ich durch den Türspalt schlüpfte. Drinnen lehnte ich mich schwer atmend gegen die Wand. Mit meiner Fußspitze verhinderte ich, dass das Schloss gänzlich zuschnappte. Auf meiner pochenden Hand hatte sich ein roter Streifen gebildet. Ich bewegte vorsichtig die Finger und angelte dann mit zusammengebissenen Zähnen nach dem weißen Nanochip in meiner Hosentasche. Ich hielt mich an Robbies Anweisungen: Klebefolie abziehen, auf den Türrahmen pappen, hoffen, dass das Ding wirklich den Schließmechanismus blockieren würde.

Vorsichtig ließ ich die Tür zugleiten. Lauschte. Hörte kein Einschnappen eines Riegels, kein Einrasten von Metallstäben.

Ich stand regungslos im Dunkeln. Mein Weg zum Archiv war nun nicht mehr von einer verschlossenen Tür versperrt. Was jetzt? Ich musste irgendwo warten, bis Sam … Sam! Für eine hysterische Sekunde stellte ich mir vor, dass Thorgund ihm den Chip einfach aus dem Band reißen und Sam in irgendeinen Gully stoßen würde, wo er – armbandlos – auf immer verschollen bliebe. Aber wenn das seine Vorgehensweise wäre, hätte er ja sicher auch mich in irgendein Verlies gesperrt.

Tatsächlich bewegte sich Sams Punkt nun wieder. Schneller jetzt, er musste in einem Fahrzeug sitzen. Ich betete zu allen Göttern der Unterwelt, dass dieses Fahrzeug ihn geradewegs in die ZDS kutschierte.

Bis dahin ging ich am besten zurück in die Cafeteria. Unschuldig rumsitzen, wo mich jeder sehen konnte, war wahrscheinlich die beste Tarnung.

Ich griff nach der Türklinke – und wich erschrocken zurück, als diese genau im selben Moment hinuntergedrückt wurde.

»Miranda! Ich dachte doch, dass ich dich gesehen habe«, sagte eine Stimme, während gleißendes Licht ansprang. Fiona ließ die Tür hinter sich ins Schloss fallen. Ihr Blick streifte mein rotes Armband und den Gästeausweis um meinen Hals. Auf ihrer Stirn erschien eine kleine Falte. »Arbeitest du nicht mehr hier?«

Ich hätte irgendeine Geschichte erfinden sollen. Mich rausreden, zum hundertsten Mal. Doch mein Kopf war wie leer gefegt. »Du hättest mir nicht nachlaufen sollen!«

Ihre großen Augen spiegelten nichts als Unverständnis wider. »Ich bin dir nicht nachgelaufen. Ich habe meine Tasche in meinem Büro vergessen.«

»Da kannst du nicht hin.«

Endlich dämmerte Begreifen in ihrem Gesicht. Doch bevor sie reagieren konnte, packte ich ihre Hände und sprach eindringlich auf sie ein: »Ich bin hier, weil ich solchen wie deinem Chef das Handwerk legen will. Bitte – bitte verrate mich nicht.« Insgeheim verfluchte ich, dass mein jahrelanges Kampftraining rein imaginär war. Zum Glück schien Fiona vor Schreck wie paralysiert. Statt schreiend wegzulaufen, starrte sie mich entgeistert an und stammelte schließlich: »Ich glaube nicht, dass das eine gute Idee ist.« Womit sie vermutlich recht hatte. Aber es war zu spät, um einen Rückzieher zu machen. Erst recht, als sie sagte: »Ich muss dich melden!«, und sich zur Tür umdrehte. Bevor sie die Klinke runterdrücken konnte, packte ich ihren Arm und drehte ihn auf den Rücken. »Ich weiß, was ich tue«, entschied ich mich für Einschüchterungstaktik. »Wenn du auch nur einen Laut von dir gibst, wirst du Bekanntschaft mit meinem Messer machen.« Nicht, dass ich gewusst hätte, wo man sich ein Messer ohne Identifikationschip beschaffte. Fiona schaute mit skeptisch gerunzelter Stirn über ihre Schulter, schien aber vorzuziehen, den Wahrheitsgehalt meiner Aussage nicht zu testen. Um meine Drohung zu untermauern, fasste ich ihren Arm fester, was sie zu einem kleinen Quieken veranlasste. Woraufhin ich mich absurderweise gleich drei Mal entschuldigte, bis mir einfiel, dass ich wohl lieber etwas grimmiger gucken sollte.

Was nun? Mit einer Gefangenen konnte ich schlecht zurück in die Cafeteria spazieren. Mir wurde heiß. Einfach an Ort und Stelle bleiben war zu riskant – also mussten wir wohl oder übel die Treppe hinabsteigen.

Mein Gedanke war: das Damen-WC. In einer Toilettenkabine konnten wir uns verbergen, bis die Luft rein war. Aber was, wenn Sam ankam? Was sollte ich dann mit meiner Gefangenen anstellen? Hätte ich nur das verdammte Chloroform mitgenommen!

Wir schlichen uns in den langen Korridor und ich hielt nach dem Damen-WC Ausschau. Doch ich entdeckte etwas viel Besseres: ein Schild mit der Aufschrift »Service« und einem kleinen Männchen mit Besen und Eimer in der Hand. Ich griff nach Fionas Arm, drückte ihr Band gegen das Eingangspad – drei atemlose Herzklopfer – und die Tür sprang auf. Zwei Sekunden später standen wir in einem kleinen, fensterlosen Kabuff zwischen Putzutensilien und Flaschen voller Glasreiniger und Desinfektionsmittel.

Fiona wich zurück an die Wand, wo mehrere blaue Kittel an einem Haken hingen.

»Es tut mir leid«, sagte ich kläglich. »Aber du musst hier mit mir warten.« Fiona musterte mich eine Weile, vielleicht um abzuwarten, ob ich das erfundene Messer zücken würde. Dann flüsterte sie: »Vergiss das mit dem Melden. Wenn du mich gehen lässt, muss niemand etwas von dieser Sache erfahren. Bist du rausgeschmissen worden? Bist du deswegen rot? Es bringt doch nichts, aus Rache irgendeinen Unsinn zu veranstalten. Aus Rot kann auch wieder Gold werden!«

Dachte sie, dass ich eine gekränkte Arbeitnehmerin war, die auf einem Rachefeldzug das Büro ihres Chefs abfackeln wollte? Besonders große Angst schien sie jedenfalls nicht vor mir zu haben.

»Ich – ich muss dich irgendwie fesseln«, sagte ich schließlich und nahm etwas, das wie eine Wäscheleine aussah aus einem der Regale. Fiona leistete keinen Widerstand, als ich ihr das Armband abstreifte, über mein eigenes stülpte und ihr schließlich die Leine um die Hände band. Aber sie schaute mich so vorwurfsvoll an, dass ich mich schon wieder entschuldigte.

Dann bedeutete ich ihr, sich auf den Boden zu setzen. Ich tat es ihr gleich. Der goldene Punkt auf meinem Fährtensucher bewegte sich stetig auf die ZDS zu.

Weil Fiona mich böse anstarrte, sagte ich: »Willst du, dass dieser

Petzold dich weiter malträtiert? Dagegen muss etwas unternommen werden!«

»Im Moment malträtierst du mich«, schnaubte Fiona. Punkt für sie.

»Ich habe ein Faible für schlechte Entscheidungen«, sagte ich seufzend und legte meinen Kopf gegen die Tür. »Weshalb ich mich vermutlich dafür entscheiden werde, dich mit reinzuziehen, falls du schreist.«

Fiona seufzte. Und weil ich nichts Besseres zu tun hatte und wir warten mussten, erzählte ich Fiona von Sam und meiner Familie und dem ganzen Mist, mit dem ich zu kämpfen hatte.

Am liebsten hätte ich ihr alles erzählt, aber ganz vertrottelt war ich nicht. Also beließ ich es bei der groben Geschichte: dass ich diesen Jungen getroffen hatte, von dem ich eigentlich nur eine bestimmte Sache wollte, und zwar, um meiner Familie zu helfen – oder besser gesagt Lisa und dem Baby, von dem niemand wissen durfte. Aber dann hatte ich so viel Zeit mit ihm verbracht, dass alles irgendwie anders geworden war. Was ich allerdings erst viel zu spät bemerkt hatte. Und jetzt hatte ich es verbockt.

Ich stöhnte und Fiona warf mir einen Blick zu, der irgendwo zwischen »Du Irre« und »Du Arme« lag. Die Zeit verrann unendlich langsam.

Und dann beschleunigte sie plötzlich, als ich, vom künstlichen Zitronengeruch der Reinigungsmittel schon halb benebelt, Stimmen durch die Tür hörte. Ich konnte zwar nicht verstehen, was gesagt wurde, aber …

Schnell öffnete ich den Fährtensucher.

Sam war hier!

Ich setzte mich auf.

Fiona reckte neugierig das Kinn.

»Er ist hier«, wisperte ich und biss mir gleich darauf auf die Zunge.

Das war seine Stimme gewesen, die eben an der Tür vorbeigeklungen hatte und nun verstummt war! Sam befand sich in unmittelbarer Nähe. Abteilung Vernehmung & Personenrecherche! So viel verriet mir der Fährtensucher zwar nicht, aber ich konnte deutlich erkennen, dass Sams goldener Punkt keine drei Meter von mir entfernt blinkte.

Mein Herz jubilierte. Ich hatte mir ausgemalt, Sam viele Etagen höher aus Thorgunds Büro befreien zu müssen (wie eigentlich?) – doch man hatte ihn direkt in die Höhle des Löwen geliefert!

Hastig rappelte ich mich auf und wischte meine feuchten Hände an meiner Hose ab. Endlich lief ein Plan so, wie ich es mir vorgestellt hatte! Und ich hatte sogar die perfekte Kleidung, um mich auf dem Flur rumzutreiben! Schnell streifte ich einen der Kittel über und zog den Putzwagen aus einer Nische zur Tür.

Fiona stemmte sich mit ihren gefesselten Händen hoch und sah mich beschwörend an. »Du kannst es dir noch anders überlegen! Jeder hat eine Chance!«

Na, wild gewordene Rote bestimmt nicht! Das konnte nicht mal Fiona glauben, also ignorierte ich sie und nahm von einem der Regale eine weitere Leine, die ich in meine Tasche stopfte. Bevor ich die Tür öffnete, schärfte ich Fiona ein: »Ich lasse dich raus, wenn ich fertig bin. Bis dahin rate ich dir, still zu sein!«

Fiona nickte resigniert und ließ sich wieder an der Wand hinuntergleiten. Ich benutzte ihr Band, um die Tür abzuschließen.

Der Korridor war leer. Mit einem Auge schaute ich auf den Fährtensucher – rechts den Gang hinunter. Ich passierte drei Türen und das Schild »Vernehmung und Personenrecherche«. Wenn ich die Karte richtig las, wartete Sam im nächsten Raum. Ich hob die linke Hand mit Fionas Armband zum Pad. Der Verschluss klickte.

Mit dem Putzwagen drückte ich die Tür auf – und stutzte.

Insgeheim hatte ich gehofft, Sam alleine vorzufinden, was Quatsch war, und vermutet, ihn mit irgendeinem Verhörspezialisten oder Thorgund anzutreffen. Doch die Person, die gerade überrascht aufgesprungen war, war niemand anderes als mein Lieblingskommissar.

»Was wollen Sie schon hier?«, blaffte er. »Sie können hier jetzt nicht putz…«

Ihm blieb keine Zeit zu verstehen, was geschah. Ich packte den Putzwagen, so fest ich konnte, und stieß ihn mit voller Wucht durch die Türöffnung. Kommissar Was-zum-Teufel stolperte zurück, doch der Wagen schoss genau auf ihn zu, rammte seine Knie und brachte ihn krachend zu Fall. Ich warf die Tür hinter mir zu.

Sam saß an dem einsamen Tisch in der Mitte des Raumes und schaute mich entgeistert an.

Zeit für Erklärungen blieb nicht.

Hinter dem umgestürzten Putzwagen war ein Stöhnen zu hören. Kommissar Block versuchte sich aufzurichten.

Sam saß da wie eine verdammte Salzsäule.

Ich hechtete am Putzwagen vorbei, riss gleichzeitig die Leine aus meiner Tasche und stürzte zu Block. Etwas pumpte so rasant durch meine Adern, dass ich gar nicht mehr dachte. War das Ellie oder eine gänzlich andere Person, die sich auf Block warf und ihn mit den Knien am Aufstehen hinderte?

»Was soll das?«, schrie der Kommissar. »Jetzt ist der Fall im System registriert! Wenn du mich statt Thorgund kontaktiert hättest, hätte ich dich fürstlich entlohnt!«

»Sagt derjenige, der mich mit Schlägertypen bedroht und Sperren in mein Profil legt!«, bellte ich zurück.

»Was für eine Sperre?«, kreischte Block, bevor ich seine Arme auf seinen Rücken zerrte. Ich dachte irgendwie noch *tut mir leid*, während ich dilettantisch die Leine um seine Hände und Füße wickelte, als wäre er ein dickes Insekt und ich die beschissene Spinne, die ihn früher oder später verspeisen würde.

Kommissar Fliege zappelte kurz, aber es war kaum mehr als eine bemitleidenswerte Vortäuschung von Gegenwehr – alle Kraft schien plötzlich aus ihm zu entweichen und er sackte in sich zusammen, das Gesicht in den rauen Teppichboden gepresst. Auch in mir schrumpfte etwas – wie ein Ball, aus dem langsam die Luft entwich.

Sam starrte mich immer noch an. »Was machst du hier? Woher wusstest du …?«

Ich schluckte. Die Versuchung, ihm eine Geschichte über eine heldenhafte Befreiungsaktion aufzutischen, war groß.

»Ich habe der ZDS deinen Namen gegeben. Damit du hierhergebracht wirst.«

Sams Augen wurden so dunkel, dass es fast aussah, als hätten sie die Farbe gewechselt.

»*Du* hast die auf mich gehetzt? Die sind plötzlich aufgetaucht und haben mit ihren Knarren herumgefuchtelt! Jemand hätte umgebracht werden können!«

Ich bemühte mich, seinem Blick standzuhalten. »Ich …«

Sam stand mit so einer heftigen Bewegung auf, dass sein Stuhl umkippte. »Was willst du von mir, Ellie?«

Oh Mann! Dafür hatte ich jetzt wirklich keine Zeit.

»Hör zu, Sam, ich erkläre dir alles. Wenn wir diese Mission hinter uns gebracht haben. Und das muss geschehen, bevor die Putzleute oder sonst jemand uns erwischt!«

Kommissar Block hatte die Augen geschlossen.

»Den lassen wir hier«, entschied ich. »Weißt du, wie man jemanden knebelt?«

Das erweckte Block zu neuem Leben. »Nein!« Er stieß ein lang gezogenes Heulen aus, ein fast animalisches Jaulen, und plötzlich wurde dieses menschliche Bündel, das ich dort verschnürt hatte, von Schluchzern geschüttelt. Panisch begann er, an seinen Fesseln zu zerren.

»Beruhigen Sie sich«, zischte ich ihm zu und versuchte, ihn aufzurichten. Nicht ganz einfach bei gefesselten Füßen und Händen. Ein Blick auf die gepolsterte Tür des Verhörraums ließ mich erahnen, dass sein Schreien auch ohne Knebel nicht nach draußen dringen würde – und dass möglicherweise nicht zum ersten Mal hier drin geschrien wurde. »Wir tun Ihnen überhaupt nichts. Sie müssen nur eine Weile in dem Schrank da warten!«

»Nein!«, jaulte der Kommissar, als hätte ich ihm gerade verkündet, er würde zum Schafott geführt. Er machte sich schwer wie ein Mehlsack.

»Hilf mir«, blaffte ich Sam an und Sam setzte sich endlich in Bewegung. Während ich an Blocks Arm zerrte, schubste er mich zur Seite, packte den zusammengeschnürten Kommissar und warf ihn sich ächzend über die Schulter, was ziemlich beeindruckend aussah, wobei Kommissar Strichmännchen sich andererseits auch nicht durch viel Körpergewicht auszeichnete. Sam schleppte Block zu einem Wandschrank, aus dem ich ein paar Kartons mit Büromaterialien riss, und legte ihn hinein. Dabei schoss er mir so giftige Blicke zu, dass glasklar wurde, wen er *eigentlich* lieber in den Schrank gesperrt hätte.

Block wehrte sich zappelnd dagegen, dass ich die Tür schloss. »Ohne mich wärt ihr längst erwischt worden!«, kreischte er. »Wenn ich nicht die Daten aus eurem System gelöscht hätte, wäre man euch längst auf die Schliche gekommen. Ihr solltet mir dank…«

»Bitte hören Sie auf,« versuchte ich absurderweise, an seine Vernunft zu appellieren. »Es kann überhaupt nichts passieren. Sehen Sie, die Tür schließt nicht richtig, sie kriegen auf jeden Fall genug Luft.«

Ich zog das Band von seinem Handgelenk und streifte es über meinen noch freien Arm. Was mich an meine andere Gefangene erinnerte.

»Wir müssen uns beeilen!«

»Nein!«, heulte Block schon wieder. Langsam ging mir das gehörig auf die Nerven. Ich wollte die Tür schließen, da warf er sich mit seiner Schulter dagegen.

»Es ist meine Frau«, schluchzte er. »Meine Frau!«

Ich zögerte. Blocks Gesicht war gerötet und seine Lippen zitterten. In mir zog sich alles zusammen.

»Ich brauche den Code!«, flehte der Kommissar. »Meine Frau braucht ein Spenderherz und unsere Indexe sind viel zu niedrig. Bitte! Wir brauchen den Code!«

Für einen Moment stand die Zeit still. Block sah blubbernd zu mir auf. Auf seiner Lippe platzte eine Spuckeblase.

In meinem Nacken spürte ich Sams Blick.

»Es tut mir leid«, flüsterte ich. Und zu Sam sagte ich heiser: »Dieser Typ hat einen Kriminellen auf mich gehetzt und mich bedroht!«

»Ellie!« Sam wollte mir etwas sagen. Doch es war einfach keine Zeit mehr.

Ich warf die Schranktür zu und eilte zum Ausgang. Keine Sekunde zu früh!

Eine kleine, rundliche Frau mit grauem Licht am Handgelenk trat gerade aus dem Aufzug und steuerte unmissverständlich auf den Raum mit der Aufschrift »Service« zu. Ich schnappte mir den Putzwagen und hetzte ihr entgegen.

»Hallo!«, rief ich fröhlich. »Ich bin neu im Team.« Ohne eine Reaktion abzuwarten, griff ich nach ihrer Hand und schüttelte sie. Die Frau war so überrascht, dass sie kein Wort über die Lippen brachte. Ich plapperte sofort weiter: »Ich wollte gerade im WC anfangen, aber der junge Mann da hat seinen Kaffee umgeschüttet und braucht meine Hilfe.«

Ich wies mit den Daumen auf Sam, der verloren im Gang herumstand. »Könntest du das hier übernehmen?« Ich schlenkerte den Putzwagen in ihre Richtung und schob sie damit in Richtung Damen-Toilette.

»O-okay,« stammelte die Frau völlig verdattert, obwohl sie noch nicht einmal ihren Kittel übergezogen hatte.

»Ich komme dann gleich nach!«, flötete ich.

»Los«, zischte ich Sam zu. Ich drängte ihn zur Tür des Putzraums.

»Eins muss man dir lassen«, fauchte er wütend zurück. »Niemand kann Menschen so gut verarschen wie du!«

Ich biss mir auf die Lippe. Um mich herum ließ ich einen eisigen Panzer wachsen, damit Sams Wut daran abprallte und mir nichts anhaben konnte.

Ich betätigte das Pad mit Fionas Band und schob Sam in die Kammer.

Wo seine Kinnlade nach unten klappte. »Wer ist das?«

Fiona schreckte hoch.

Ich knetete mir die Stirn. »Ein kleines Problem.«

Ich zog Fiona hoch und begann, ihre Fesseln zu entknoten.

»Wir können sie nicht hierlassen«, erklärte ich hastig. »Also müssen wir sie mitnehmen.« Ich schaute ihr direkt in die Augen. »Vergiss mein Messer nicht. Wir gehen ohne Fessel über den Flur.«

Die junge Frau, die ich an jenem Tag weinend im Damenklo getroffen hatte, hätte meine Freundin sein können. Jetzt musste ich sie wie eine Feindin behandeln.

»Gehen wir?«

Aber Sam verschränkte die Arme. »Nein.«

Ich öffnete den Mund. Und schloss ihn wieder.

Fiona sah überrascht von einem zum anderen.

»Ich habe keine Ahnung, was hier vorgeht, und ich lasse mich nicht länger von dir herumkommandieren.«

Aber … Über den Panzer aus Eis zogen sich feine Risse, durch die ein brennender Schmerz auf meine Haut sickerte.

»Ich brauche deine Hilfe«, flüsterte ich.

»Verdammt noch mal!«, donnerte Sam so laut, dass ich erschrocken »Psst!« rief. Das machte ihn nur noch wütender. Er fuhr sich durch die Haare. »Wenn man Hilfe braucht, dann bittet man darum! Man lässt keine Leute in die ZDS entführen! Oder fesselt Menschen, die nichts für deine Situation können.«

»Aber du hast ja schon Nein gesagt.«

»Dann solltest du das vielleicht akzeptieren!«

Doch das konnte ich nicht und deswegen schrie ich ihn an: »Das ist meine letzte Chance!«

Und Sam brüllte zurück: »Wofür!?«

»Das ist ja besser als jede Reality-TV-Show«, ließ sich in diesem Moment meine Gefangene hören, die nicht mal einen Meter von uns entfernt ihre Arme verschränkte. Herausfordernd blickte sie mich an. Sam sah von ihr zu mir. Doch irgendwie war der Wind aus seinen Segeln genommen.

Er atmete durch und sah mich fest an: »Du kannst mich nicht in deine Geschichten zwingen. Und sie auch nicht.« Er zeigte auf Fiona.

Ich brachte kein Wort hervor. Weigerte er sich wirklich, mir zu helfen?

»Um Gottes willen«, stöhnte Fiona. »Miranda, jetzt erzähl ihm endlich von der Schwangerschaft!«

»Miranda?«, stieß Sam hervor.

Oh, oh. Damit war das Niveau einer Reality-TV-Show endgültig erreicht. Wenn Sam in zehntausend vor Zorn kochende Teilchen explodiert wäre – gewundert hätte es mich nicht. Sein Arm zuckte zurück und ich wusste, dass er die Tür aufschlagen und in den Gang stürzen würde. Und alles wäre vorbei.

»Nicht ich!«, rief ich mit überschlagender Stimme. »Ich bin nicht schwanger!«

»Das weiß ich bereits!«, brüllte Sam zurück.

»Es ist meine Schwester!« Erbärmlicherweise traten mir Tränen in die Augen. Ich streckte meine Hand nach Sam aus, ließ sie aber sinken, bevor ich seinen Arm berührte. »Meine Schwester bekommt ein Kind und sie muss es weggeben, aber sie will es nicht weggeben, und deshalb wird sie auf Rot fallen und ich bin schon auf Rot und meine ganze Familie geht den Bach runter und das kann ich nicht zulassen!« Meine Stimme brach. Ich kämpfte gegen die Tränen.

Sam presste die Lippen aufeinander. »Lisa?« fragte er skeptisch. Wahrscheinlich überlegte er, ob es noch eine andere Schwester gab, die ich bisher verschwiegen hatte.

Ich nickte.

»Ohne Vater?«

Ich konnte mir ein Augenrollen nicht verkneifen. »Irgendeinen Vater hat das Kind schon, aber …«

»… keinen, der an ihrer Seite ist.«

Noch ein Nicken.

Sams Stirn war wütend zerfurcht, aber um seinen Mund breitete sich etwas Weiches aus.

Mein Panzer zerbröckelte.

»Es würde die Dinge um einiges einfacher machen, wenn du öfter die Wahrheit sagen würdest.«

In der Tat.

»Wer ist Miranda?«

»Niemand. Ein Tarnname!«

Fiona beobachtete uns.

Sam stieß einen tiefen Seufzer aus.

»Du machst mich wahnsinnig, Ellie.« Und sein Blick war so verletzlich, dass meine Knie zu Pudding wurden. »Du vertraust mir nicht.«

»Doch«, beharrte ich. »Doch! Ich vertraue nur mir selbst nicht!« Ein tonnenschwerer Betonblock auf meiner Brust begann, sich langsam kratzend zu bewegen. »Es tut mir leid«, flüsterte ich. Und der Block purzelte von meinem Herzen.

Sam schaute sich um. »Wenn ich es richtig sehe, habe ich zwei Optionen. Entweder ich helfe dir oder ich lasse dich als Terroristin mit zwei Geiseln auflaufen.«

Ich schnitt eine Grimasse. »Das siehst du richtig.«

Sam hob eine Augenbraue. »Darüber muss ich nachdenken.«

»Nicht hier«, flehte ich. »Die Putzfrau kommt doch gleich.«

»Na und?«, fragte Sam schneidend und seine blauen Augen blitzten. »Dann machst du ihr sicher weis, wir hätten uns hier zu einem flotten Dreier getroffen.«

Fiona quiekte entsetzt und ich lachte gequält.

Sam funkelte mich an, aber irgendwo in seinem Gesicht versteckte er ein Grinsen. Nur, dass er seinen blöden Arm gegen den Türrahmen gelehnt hatte und mich immer noch nicht vorbeiließ.

»Ellie?« Seine Stimme war so rau, dass mir mulmig wurde. »Wenn das hier vorbei ist, schuldest du mir eine sehr lange, sehr genaue Erklärung.«

Ich nickte. Und dann senkte er seinen Arm und wir setzten den gottverdammten Plan endlich in die Tat um.

Aus den Chatprotokollen von Resa Gerlach, Mai 2038

11.05.38 06:13 **Resa Gerlach:**	Haha, und du dachtest, du wachst auf, wenn ich gehe.
11.05.38 06:13 **Resa Gerlach:**	Du sahst so friedlich aus, da konnte ich dich nicht wecken.
11.05.38 06:13 **Resa Gerlach:**	Will zu Hause sein, bevor meine Eltern aufwachen.
11.05.38 06:14 **Resa Gerlach:**	Hatte nicht erwähnt, dass ich über Nacht wegbleibe *hust*
11.05.38 06:17 **Resa Gerlach:**	Verdammter Bus kommt mal wieder nicht.
11.05.38 06:19 **Resa Gerlach:**	Ist total kalt, dabei ist schon Mai.
11.05.38 06:19 **Resa Gerlach:**	Weshalb ich so frei war und deine Jacke genommen habe 😊
11.05.38 06:19 **Resa Gerlach:**	Riecht nach dir.
11.05.38 06:20 **Resa Gerlach:**	💕
11.05.38 06:23 **Resa Gerlach:**	Es war sehr schön …
11.05.38 06:24 **Resa Gerlach:**	Witzig, du warst nervöser als ich. Hatte das Gefühl, dass du total abgelenkt warst. Na ja, dann nicht mehr. Aber am Anfang dachte ich echt, ok, das wird ja wohl nichts. So, als wären deine Gedanken ganz woanders. Als hättest du Angst vor mir. *lach*
11.05.38 06:24 **Resa Gerlach:**	Hatte Mr. Gorilla etwa Angst vor mir??
11.05.38 06:26 **Resa Gerlach:**	Der Bus! Endlich!
11.05.38 06:31 **Resa Gerlach:**	Scheiße Jonas

[11.05.38 06:31 Sprachanruf Resa Gerlach]

[11.05.38 06:32 Sprachanruf Resa Gerlach]

[11.05.38 06:32 Sprachanruf Resa Gerlach]

[11.05.38 06:37 Sprachanruf Resa Gerlach]

[11.05.38 06:41 Sprachanruf Resa Gerlach]

11.05.38 06:41 **Resa Gerlach:** Bitte ruf mich an.

11.05.38 06:41 **Resa Gerlach:** Ich habe den Zettel in deiner Tasche gefunden. Meine Adresse, meine Schulzeiten, die Handynr. meines Vaters, die Namen unserer Sicherheitskräfte??? Wieso »Zielobjekt«??? Was soll das??

11.05.38 06:43 **Resa Gerlach:** RUF MICH AN!!!

**

11.05.38 07:14 **Jonas Heuck:** Deniz, ich hab Scheiße gebaut. Sie hat meine Notizen gefunden. Hatte die Jacke seit Tagen nicht an. Ich will sie nicht mehr anlügen. Melde dich!!

11.05.38 07:15 **Resa Gerlach:** Falscher Empfänger, du beschissener Idiot!! Habe ich dich so aus dem Konzept gebracht, dass du nicht mehr klar denken kannst?

11.05.38 07:15 **Resa Gerlach:** Nicht MEHR anlügen?????????

[11.05.38 07:16 Sprachanruf Jonas Heuck]

11.05.38 07:16 **Jonas Heuck:** Resa, es ist ein Missverständnis. Bitte geh dran

[11.05.38 07:16 Jonas Heuck wurde blockiert.]

==

27.

Berlin 2075

»Referat 4, letzte Tür links«, murmelte ich, als wir auf den Korridor traten.

»Woher weißt du das?«, wollte Sam wissen.

»Suchmaschine.«

Sam stieß die Luft aus. »Wie war das mit dem Ehrlichsein?«

Oh Mann, nun übertrieb er aber wirklich. Jetzt war wohl nicht der geeignete Zeitpunkt, um ihm lang und breit von meinen vorangegangenen Abenteuern in der ZDS zu berichten.

»Ich verspreche hoch und heilig, dass ich dir alles erzähle, aber jetzt musst *du* mir vertrauen, Sam.«

Er brummte.

»Sammy?«

»Jaja, okay.«

»Dann los!«

Es war halb sieben. Ich hoffte inständig, dass die ZDS-Beamten ihre Büros bereits verlassen hatten. Als wir endlich den Archivraum erreichten, hob ich probeweise die Hand mit Fionas Band – aber es gewährte mir keinen Einlass.

Das war es also. Wenn ich falschlag, wäre unsere Reise hier vorbei.

Am anderen Ende des Gangs öffnete sich eine Tür und zwei Anzugträger steuerten auf den Aufzug zu. Sie beachteten uns nicht.

»Sam!«, wisperte ich.

Sam hob den Arm. Den mit dem kleinen Chip im Band, der ihn für Staatsvorstand Samuel Werting hielt. Ich vergaß zu atmen. Ein hektisches Kopfdrehen nach hinten: Die Männer warteten immer noch am Aufzug. Sam drückte sein Handgelenk gegen das Pad. Und es surrte.

Dann waren wir drinnen. In Referat 4, Archiv der Zentralen Datenstelle. Wo Luzie eine Schatzkiste von Informationen vermutete. Zu Code Omni-X und anderen digitalen Vergünstigungen. Zum Status der Roten. Zur ursprünglichen Berechnung des Algorithmus. Genug Informationen, um eine kleine Explosion zu verursachen – eine, die etwas entfachen sollte: den Funken für einen Flächenbrand.

Die Herren und Damen Archivare waren bereits in den wohlverdienten Feierabend entschwunden. Der Raum war leer.

»Setz dich dahin«, wies ich Fiona an und deutete auf einen Stuhl an der gegenüberliegenden Wand, der weit genug vom Ausgang entfernt stand, dass ich ihr nicht zutraute, plötzlich hinauszustürzen.

In wenigen Minuten würden wir wieder draußen sein.

Denn Robbie hatte richtiggelegen. Es gab in dem Raum nur eine Maschine, die so aussah wie das, was er als Zentralcomputer bezeichnet hatte, der Server, der die Daten dieser Abteilung speicherte.

»Das Archiv ist nicht der Datenspeicher für unsere Armbänder. Die sind in riesigen Maschinen im Keller untergebracht«, hatte Robbie erklärt. »Und daran haben wir uns bereits die Zähne ausgebissen. Keine Chance, dass wir da ohne einen Insider reinkommen, geschweige denn uns in das System hacken könnten. Aber das Archiv wird nicht auf die gleiche Weise gesichert sein. Wenn du dir Zugang zu dem Computer dort verschaffen kannst, können wir uns die Daten holen.«

Aus meiner Hosentasche holte ich das kakerlakenähnliche Tierchen, das Robbie mir in die Hand gedrückt hatte. Ein winziges, insektenartiges Gebilde aus Mikrochip und Nanozelle, das kaum merklich zu vibrieren begann, als ich es aktivierte.

»Robbie hat mir gesagt, wo ich das ansetzen muss«, klärte ich Sam auf und begann, den Server, einen riesigen Metallkasten mit leise summendem Ventilator, abzusuchen. Der Port war genau dort, wo Robbie ihn vermutet hatte. Ich setzte sein Werkzeug an – und es verschwand in dem Kasten.

Meine Stirn wurde feucht. Keine Ahnung, ob das Ding jemals wieder rauskommen würde.

Dann leuchtete ein grüner Schriftzug in einem fingerbreiten Fenster, das ich bisher gar nicht wahrgenommen hatte, auf. »Identifizierung notwendig.«

Tja, es gab niemanden, den ich zur Identifizierung hätte zwingen können. Es gab nur Sam.

Er kniete schon neben mir.

»Ich sehe nirgends ein Pad«, flüsterte ich und tastete das warme Metall ab.

»Hier!«, rief Sam. »Es hat mich schon identifiziert.«

Er hielt mir sein Holomenü hin. Da war ein Kasten aufgesprungen: »Einklinken in Referat 4 Archiv.« Und dann: »Mit Passwort bestätigen. Nutzername eingeben.«

Ich stöhnte. »Wer benutzt heute noch Passwörter?«

»Wäre es dir lieber, wenn es ein Irisscanner wäre? Mein Cousin und ich haben nicht mal die gleiche Augenfarbe!«

Sam gab »Samuel Werting« in das Feld für den Nutzernamen ein und zeigte mir dann leise fluchend das Ergebnis: »Nutzername unbekannt.«

Meine Finger begannen zu zittern. »Woher sollen wir wissen, was sein Nutzername ist?«

»Hey.« Sams Hand lag plötzlich in meinem Nacken. Er drückte sanft zu. »Mein Cousin ist nicht der Allerhellste.«

Dann probierte er es mit »S. Werting«, »Samuel«, »Samuel W.« und »Staatsvorstand Werting«.

Alles falsch.

Sam pustete sich eine Strähne aus der Stirn. Jetzt begann auch er zu schwitzen. »Der Typ ist zu allem fähig«, murmelte er und gab »Super-Ich« ein.

»Haha«, machte ich verzweifelt.

»Sam, es gibt hundert Möglichkeiten!«

Sams Finger schwebten in der Luft über seinem Handrücken.

Fiona streckte ihren Hals, um uns interessiert zu beobachten.

Okay, es war wirklich Zeit …

»Fiona«, rief ich, »wie sind die Benutzernamen in der internen Kommunikation der ZDS aufgebaut?«

Statt zu antworten, drehte meine Gefangene sich demonstrativ zur Seite. Bevor ich darüber nachdenken konnte, wie sie zum Reden zu bewegen war, kam mir ein Gedanke.

»Ich weiß«, stieß ich hervor. »Probier Twinkie!«

Sam gehorchte … Ein Hoch auf die Liebe und ein Dreifachhurra für alle idiotischen Kosenamen! Der Benutzername stimmte. Das Passwort wurde vom Passwortmanager in Sams/Samuels Band eingefügt. Wir waren drin!

»Robbie hat gesagt, es dauert nur ein paar Minuten«, erklärte ich.

»War das alles?«, fragte Sam. »Brauchtest du mich nur *dafür*?«

Ich verzog den Mund. »Was heißt nur? Erstens wäre ich ohne dich gar nicht in den Raum und den Server gekommen und zweitens brauche ich dich noch für viel mehr.«

Ich wagte einen Blick in seine blauen, blauen Augen. In denen ich ein bisschen versank. Die etwas in mir flattern ließen …

Moment mal – wir waren hier nicht alleine. Ich schoss hoch.

»Fiona!«

Der Stuhl war leer.

»Oh, wir verdammten Idioten!«

»Sie muss da reingelaufen sein!« Sam deutete auf eine Tür und stürzte los. Ich setzte ihm nach.

Der angrenzende Raum war mindestens vier Mal so groß wie der erste. Durch die schmalen Fenster hoch oben unter der Decke drang nur wenig Licht, sodass wir die Umrisse von sechs langen Regalreihen, die sich bis zur Hinterwand zogen, nur schemenhaft wahrnahmen.

»Fiona!«

Weit hinten im Raum sah ich eine Bewegung. Statt mit Bedacht vorwärtszugehen, sprang ich in die Richtung, wo ich meine entwischte Gefangene vermutete. Dabei blieb mein Schuh an einer unebenen Naht auf dem Teppichboden hängen und ich schlug der Länge nach auf den Boden.

Hastig zog ich mich an dem Regal neben mir hoch. Dabei rutschte ein schweres Ding heraus und knallte mir auf die Füße. Irgendeine Art überdimensionales Buch, aus dem einzelne Seiten heraussegelten, als es aufschlug.

Dann sah ich Fiona. Am Ende des Raumes gab es mehrere Arbeitsplätze. Aus einer Öffnung in einem der Tische hatte Fiona ein Pad gleiten lassen, ein ziemlich großes, und ich konnte sehen, wie schnell ihre Finger darüberhuschten.

Diese elende Verräterin! Denn sie war bis zu diesem Zeitpunkt eine nette Gefangene gewesen und ich fand, dass ich eine äußerst nette Kidnapperin gewesen war, den Umständen entsprechend, und ich hatte ihr alle möglichen privaten Dinge erzählt und nicht wirklich gedacht, dass es ein Problem sein würde, sie ganz und gar ungefesselt …

Ich packte ihren Arm und riss sie von ihrem Stuhl. Sie taumelte über mich, ihre Beine verhakten sich mit meinen und wir stürzten beide auf den Boden, wo Fiona mir ihren Ellbogen gegen die Nase rammte.

»Hallo?«, kam eine Stimme aus dem Pad. »Hallo? Hören Sie mich …? Bitte geben Sie durch, wo genau Sie sich befinden.«

Oh, heiliger Drecksmist!

Sam sprang an mir vorbei und mit einem heftigen Ruck brach er das Pad aus seiner Halterung im Tisch, zerfetzte die Kabel, an denen es hing, und schleuderte es gegen die Wand.

Die Stimme erstarb.

Fiona versuchte, mich abzuschütteln und sich an mir vorbeizuwinden, aber ich erwischte ihr Bein und krallte mich an ihrem Oberschenkel fest.

Ich war ziemlich sicher, dass ich stärker als sie war – aber was sollte ich mit dieser Gewissheit anfangen? Sollte ich ihr irgendetwas vor die Brust werfen, damit sie aufhörte, wie wild nach mir zu treten und zu schlagen?? Zum Beispiel eines dieser Bücherdinger über mir im Regal? Während ich halb auf Fionas Beinen lag und sie kreischend ihren Schuh in mein Brustbein stemmte, versuchte ich, eines dieser Bücher, die, ehrlich gesagt, viel zu groß und sperrig waren, um Bücher genannt zu werden, zu angeln, doch statt es zu greifen, rutschte das dumme Dinge herunter und die Aufschrift »ARO« knallte mir direkt auf die Stirn. Fiona versetzte mir einen Tritt in die Magengrube. Der glatte Stoff ihrer Hose entglitt meinen Fingern. Schon war sie auf den Füßen, doch da erschien Sam hinter ihr und hielt sie fest. »Wir müssen hier weg!«

Ich rappelte mich auf und sprintete in den benachbarten Raum zu dem Zentralcomputer, in dem Robbies Insektenmaschine hoffentlich ihren Dienst tat.

Im Laufen streifte ich Fionas Armband ab und pfefferte es auf einen hohen Schrank. Meine Eingeweide schmerzten, wo mich ihr Fuß getroffen hatte – da tat sie mir wegen dem Fiepen, das in kurzer Zeit in ihrem Ohr beginnen würde, nur begrenzt leid.

Vor dem Server-Kasten ging ich in die Hocke. Mein Stoßgebet wurde erhört! Der Port spuckte das kleine Gerät aus, ich griff danach und sah mich nach Sam um.

Der hatte Fiona irgendwie im Nebenraum eingesperrt und fixierte gerade einen Stuhl unter der Türklinke.

Ich warf Blocks Armband in einen Mülleimer, dann stürmten wir gemeinsam auf den Flur.

Dort packte ich Sams Arm, um seine Schritte zu verlangsamen. »Wir müssen uns unauffällig verhalten«, raunte ich atemlos.

Also nahmen wir unauffällig den Aufzug, stiegen unauffällig aus und blieben mit pumpenden Herzen im fast leeren Foyer stehen. Vor dem Ausgang sprachen ein paar Typen mit Westen und Lederhalftern aufgeregt miteinander, die ganz und gar nicht unauffällig wirkten.

»Das ist Sicherheitspersonal«, flüsterte ich. Die Männer gestikulierten und einer von ihnen deutete zum Treppenhaus, in dem ich vor einer halben Ewigkeit mit Fiona zusammengestoßen war.

»Wir nehmen den anderen Ausgang!«

Gerade als wir in den Flur einbogen, der uns zum Hinterausgang bringen sollte, durch den Kommissar Geheimniskrämer mich bei meinem ersten Besuch hineingeschleust hatte, lösten sich zwei der Sicherheitstypen aus der Gruppe und liefen schräg an uns vorbei. Ich spürte, wie ihre Blicke das Besucherschild um meinen Hals streiften. Ich strich mir eine Strähne aus dem Gesicht und es fehlte nicht viel, dass ich angefangen hätte zu pfeifen, was bekanntlich extrem unauffällig ist. Und während ich die Locke hinter meinem Ohr feststeckte, spürte ich, wie Augen mein Armband fixierten. Es leuchtete so rot, dass es genauso gut mit einer Alarmanlage hätte ausgestattet sein können.

Meine Schritte wurden schneller.

»Hey!«, schrie Sicherheitstyp Nr. 1.

»Renn!« Sam packte meine Hand und wir jagten den Gang hinunter.

»Stopp!«

Aber es war niemand an der unscheinbaren Ausgangstür, der uns hätte aufhalten können. Das Pad neben der Schleuse leuchtete rot auf. Doch Sam knallte sein Armband, sein wunderbares Zauberarmband, dagegen, und weil ein blöder Sicherheitsaffe nicht die Zugänge eines Staatsvorstandes überschreiben kann, schon gar nicht, wenn der einen klitzekleinen Omni-X besitzt, sprang das Pad auf Grün und entließ uns in die Freiheit.

Wir stürzten die Straße hinunter. Im Laufen riss Sam sein Skateboard von seinem Rücken, warf es auf den Asphalt und sprang drauf. Er schoss an mir vorbei, stürzte in halsbrecherischem Tempo ein paar Stufen hinunter – und verschwand um die nächste Ecke.

Sam. Hatte. Mich. Zurückgelassen!

Was vielleicht, *vielleicht*, gerechtfertigt gewesen wäre, wenn *er* das Ding mit all unseren gestohlenen Informationen in der Tasche gehabt hätte.

Während ich rannte, blickte ich mich angstvoll um. Zwei Sicherheitsmänner waren nur noch wenige Meter entfernt. Dahinter folgten weitere. Ich sah, dass einer von ihnen eine Waffe zog, und ich wusste, dass ich keine Chance hatte. Die Puste würde mir in kürzester Zeit ausgehen. Wie sollte ich mich verstecken? Wohin fliehen?

Ich schoss um die nächste Kurve, wo ein Auto gerade auf der gegenüberliegenden Straßenseite vorbeibrauste.

»Steig ein!«, brüllte Sam. Er hielt nicht gerade mit quietschenden Reifen, weil das natürlich nicht im Programm einer Vollautonomie vorgesehen war, aber kaum war ich über die Straße gesprintet, sprang die Tür des Wagens auf. Ich glitt in den Sitz, Sam aktivierte den Fahrmodus und wir sausten an unseren verdutzten Verfolgern vorbei.

Meine Schenkel zitterten. Ich boxte Sam heftig in die Seite.

»Du hättest erwähnen können, dass du einen Rettungsplan hast, bevor du mich stehen lässt!«

Sam grinste. »Ich fand, du hast ein bisschen Strafe verdient!«

Das Auto war auf eine der Hauptstraßen eingebogen. Ich hielt im Rückspiegel nach den ZDSlern Ausschau. An der Straßenecke fuchtelte einer von ihnen wild mit den Armen, die anderen sah ich nicht mehr.

»Wo fahren wir hin?«

»Ähem«, machte Sam. »Ich habe Zuhause gewählt. Weil das als Erstes in der Liste stand.«

»Du hast dich mit deinem Armband eingeklinkt?«

Sam blinzelte. »Wie denn sonst?«

Wir blickten uns an.

»Die werden nicht lange brauchen, um rauszufinden, wer wir sind. Die müssen sicher nur in die Logbücher der ZDS schauen und dann haben sie uns.«

»Sobald sie wissen, wer wir sind, wissen sie; wohin wir fahren«, murmelte Sam.

Vielleicht brauchte es nicht mal das. Hinter uns hörten wir eine Sirene. Unser Auto zockelte gemütlich vor sich hin. Die Idealgeschwindigkeit hatte es längst ermittelt, die beste Route ebenfalls, keine guten Voraussetzungen, um bei einer Verfolgungsjagd Flexibilität zu zeigen.

»Wir müssen hier raus!«

Sam sah sich um. Der Verkehr hatte sich verdichtet.

Er schien etwas entdeckt zu haben. Ohne zu zögern, löste er seinen Gurt, der augenblicklich begann, wütend zu piepsen, sodass Sam ihn schnell wieder in die vorgesehene Halterung klicken ließ – allerdings hinter seinem Rücken. Dann kletterte er an mir vorbei auf die Rückbank.

Er zeigte auf die Straße.

»Wir brauchen ein anderes Auto!«

»Wie? Ein anderes?«

»Einen Retrolenker!«

Ich drehte entsetzt meinen Kopf zu ihm um. »Weißt du überhaupt, wie das geht?«

Unser Auto verlangsamte sich.

»Da vorne ist eine rote Ampel«, rief Sam, ohne meine Frage zu beantworten. Das Plärren der Sirene kam näher. Im Rückspiegel sah ich nur wenige Wagen hinter uns ein blaues Licht. Die anderen Fahrzeuge machten automatisch Platz.

»Siehst du die Ladestation?« Sam wies auf drei E-Zapfsäulen einige Meter weiter am Straßenrand. Neben einer davon stand ein Mann, der gerade das eben benutzte Elektrokabel im Kofferraum seines Wagens verstaute.

Ich nickte. Unser Auto war zum Stehen gekommen.

»Das Auto ist ein Retrolenker!« Sams Hand drückte meine Schulter. »Das holen wir uns!«

Welche Aufputschdroge hatte der denn genommen? »Du spinnst!«

»Fällt dir was Besseres ein?«

Mit einem panischen Blick zurück realisierte ich, dass der Polizeiwagen mit der Sirene bereits viel zu nah war.

»Jetzt!«, rief Sam. Er stieß die Tür auf und hechtete hinaus. Ich raste ihm hinterher, an mehreren Autos vorbei, bis zu dem Retrolenker an der Ladestation, gerade in dem Moment, in dem der Besitzer den Kofferraum zuwarf und mit dem Schlüssel in der Hand auf die Fahrertür zusteuerte. Während ich den kleinen Zweisitzer umrundete, war Sam dem verdutzten Fahrer schon in den Weg gesprungen und entriss ihm den Schlüssel.

»Entschuldigung, leider brauchen wir Ihr Auto!«

Der Fahrer, ein mittelalter Mann mit Bauchansatz und Hornbrille, blickte Sam entgeistert hinterher, während der die Tür aufriss. Als er sich in Bewegung setzte und versuchte, Sam aufzuhalten, war es schon zu spät. Ich glitt auf den Beifahrersitz, Sam knallte seine Tür zu, drückte den Startknopf, trat aufs Gaspedal und das Auto schoss über den Bürgersteig, wo es eine der Ladesäulen fast gerammt hätte. Sam riss das Lenkrad herum, sodass der kleine Wagen über den Asphalt schlitterte und zwischen den Autos auf die Straße raste. Ich stemmte die Hände gegen den Türrahmen und Sams Rückenlehne, um nicht aus dem Sitz geschleudert zu werden. Wir fuhren schneller, als irgendeine Steuerautomatik es jemals zugelassen hätte. Ich warf meinen Kopf zurück und sah, dass hinter uns ein mittleres Verkehrschaos entstanden war, weil der Besitzer unseres Zweisitzers händefuchtelnd über die Fahrbahn lief und sich der Polizei in den Weg stellte, statt sie ihre Arbeit machen zu lassen, der gute Mann! Das Auto, in dem wir bis vor wenigen Minuten gesessen hatten, setzte seinen Weg ohne uns fort. In wenigen Metern würde es registrieren, dass Sams Band nicht mehr in Funknähe war, und stoppen. Und hoffentlich dabei noch mehr Chaos verursachen.

Sam manövrierte uns in halsbrecherischem Tempo in eine Nebenstraße, wo das Auto uns durchschüttelte, als es halb über den Bürgersteig raste und dabei den Sendemast einer Holosäule umfuhr.

»Scheiße, hast du irgendeine Ahnung, was du hier machst?«, schrie ich, während ich mich panisch an meinem Sitz festklammerte.

»Mein Vater hat mehrere Retrolenker. Ich durfte schon ein paarmal fahren«, brüllte Sam zurück. Seine Knöchel traten weiß hervor, so fest hielt er das Lenkrad. »Wohin?«

Ja – wohin?

Mein Armband surrte. In meinem Ohr sagte eine neutrale Stimme: »Gegen Sie liegt ein Haftbefehl vor. Melden Sie sich umgehend in der nächsten Datenstelle.«

»Hast du das auch gehört?« Sam warf mir einen schnellen Blick zu, während er einen langsam dahintuckernden Minibus mit einem rasanten Manöver umkurvte.

»Du hast auch einen Haftbefehl?«

Sam nickte.

Wir hörten keine Sirene mehr. Immerhin hatten wir unsere Verfolger kurzzeitig abgehängt. Aber solange unsere Armbänder an unseren Handgelenken leuchteten, würde es ein Leichtes sein, uns wiederzufinden. »Wir müssen die Bänder loswerden. Jetzt!«

Ich schrieb Luzie eine Nachricht über den Kommunikator, den ich von Robbie erhalten hatte.

Sie musste uns helfen.

Sam wählte eine Schnellstraße. Der Verkehr floss stetig. Statt durch weitere Wagnisse aufzufallen, bremste er ruckend ab und reihte sich zwischen den anderen Wagen ein.

Mein Herz pochte so laut, dass es in meinen Ohren dröhnte.

Sams Hände am Lenkrad entspannten sich etwas.

»Sammy«, sagte ich leise. »Das war Wahnsinn. Ich meine, *du* bist der Wahnsinn.«

Um Sams Mundwinkel blitzte ein kleines Grinsen. »War ja klar, dass du auf Banditen stehst.«

In Wahrheit wussten wir beide, dass wir Unbeteiligte in etwas hineingerissen hatten, für das sie nichts konnten. Oder jedenfalls nicht mehr als alle anderen.

Um solche Gedanken nicht denken zu müssen, ließ ich ein kleines Grollen hören. »Du bist der einzige Bandit, auf den ich stehe, Sam!«

Jaja, ich weiß. Ich hatte es wie einen Witz klingen lassen und Sam presste die Lippen zusammen.

In diesem Moment antwortete Luzie mir.

»Sie erwarten uns! Aber wir müssen unsere Bänder vorher verschwinden lassen.«

Sam hielt mir seine Hand hin, damit ich ihm sein Band abstreifen konnte. Ich betrachtete die beiden Elastikringe kurz. Gold und Rot. Dann zückte ich die Pinzette, die ich extra zu diesem Zweck mitgebracht hatte, und rückte Sams Band auf den Leib. Da war er, der Chip, dem ich seit Wochen hinterherjagte. Deaktiviert. Das Licht an Sams Band war erloschen.

Ich atmete tief ein. Dann ließ ich das Fenster hinunter. Ein Windstoß fuhr über mein Gesicht und wirbelte mein Haar auf. Die Luft strich angenehm über meine erhitzte Haut.

»Mach schon«, sagte Sam. Und ich streckte meinen Arm aus dem Fenster, so weit ich konnte, holte aus und warf. Die beiden Bänder segelten in einem eleganten Bogen über die Autos hinweg. Als sie auf die Fahrbahn prallten und von den nachfolgenden Wagen überrollt wurden, konnten wir sie schon nicht mehr sehen.

Bevor wir Luzie und Nina endlich ausfindig machten, war das Fiepen zu einem unerträglich schrillen Dauerton angeschwollen.

Luzies Anweisungen folgend, ließen wir das Auto hinter einem ausgebrannten Ladengeschäft stehen und gingen dann eine lange Strecke zu Fuß weiter, bis wir das Gebäude fanden, das unser Ziel war. Es handelte sich um eine flache Garage in einem Labyrinth aus Werkstätten und Lagerhallen, die wir an dem großen Wandbild erkannten, das die gegenüberliegende Mauer zierte.

Wer immer uns aus der ZDS verfolgte, musste inzwischen alarmiert worden sein, dass unsere Armbänder nicht mehr durch unseren Pulsschlag aktiviert wurden. Orten konnten sie uns nicht mehr, aber aufgeben würden sie deswegen sicher nicht. Und was das Aufgeben anging: Wenn Luzie nicht in der Lage war, das Piepen in meinem Ohr abzustellen, würde ich mich früher oder später freiwillig stellen.

Im verabredeten Rhythmus klopften wir gegen die Wellblechtür, die sich sogleich auftat. Luzie zog uns wortlos hinein. Wir befanden uns in einer Werkstatt, in der mehrere Motorräder aufgebockt waren, auf dem Boden Ölschlieren und an der Wand Metallregale mit allerlei Ersatzteilen und Werkzeugen. Luzie winkte uns daran vorbei, ans Ende des Raums, das, wie ich plötzlich bemerkte, gar nicht das Ende war. Die vermeintliche Wand entpuppte sich als Schiebetür aus Metall, die Luzie nun zur Seite schob, um sie einen Spaltbreit zu öffnen. Wir schlüpften hindurch – und plötzlich waren wir in einer anderen Art von Werkstatt. Hier wurden nicht Maschinen repariert, sondern Menschen.

»Ist das ein OP-Saal?«

Nina, die an einem schmalen Tisch saß und mehrere filigrane Werkzeuge aus einer Tasche holte, um sie auf der Tischplatte vor sich zu arrangieren, lachte. »Herzoperationen führe ich hier nicht durch. Aber es ist das Beste, was wir haben.«

»Du bist Ärztin?«, fragte ich erstaunt.

Nina band sich ihre braunen Locken zurück.

»Ich habe jahrelang in einem Krankenhaus in der Enklave gearbeitet.«

»In der Enklave?«

»Viele reiche Leute lassen sich dort bei einem ihrer Aufenthalte behandeln, Schönheits-OPs vorzugsweise. Aber Notfälle gibt es natürlich auch im Urlaubsparadies«, erklärte Luzie ungeduldig.

»Können wir das später diskutieren?« Das war Sam, der seine Hand flach gegen sein Ohr presste.

»Moment noch«, unterbrach Luzie und sah mich fragend an. »Hast du es geschafft?«

Ich nickte, plötzlich unendlich müde. Das Maschineninsekt wanderte von meiner Tasche in Luzies ausgestreckte Hand. Als Nächstes Sams Chip. Luzie drehte ihn kurz hin und her. »Mal schauen, ob wir damit etwas anfangen können.« Dann nickte sie Nina zu. »Du kannst beginnen.«

Die Prozedur dauerte keine zehn Minuten. Ich ließ Sam den Vortritt, auch wenn der Ton inzwischen so in meinem Hirn hallte, dass ein scharfer Kopfschmerz Lichtblitze hinter meine Augen jagte. Nina spritzte ihm ein Betäubungsmittel, setzte ein Skalpell an und entfernte ein winziges, blutiges Plättchen aus Sams Ohr.

Dann war ich dran. Während Nina eine feine Nadel unterhalb meines rechten Ohrs ansetzte, brabbelte ich drauflos.

»Wo hast du studiert?«

»Studiert ist das falsche Wort. Ich bin in der Enklave angelernt worden. Erst als Pflegerin und dann immer mehr.«

»Könnte ich das auch tun?«

»Wenn du dich einigermaßen geschickt anstellst.«

In meiner Wange breitete sich ein taubes Gefühl aus.

Nina runzelte die Stirn. »Susanna kann dich sicher hier brauchen. Warum willst du in die Enklave?«

Ich fühlte nur einen leichten Druck, als das Skalpell in meine Haut schnitt.

»Meine Familie«, murmelte ich. Ich dachte an die, die ich zurücklassen würde. Meine Freundin Mara, bei der ich mich seit Wochen nicht gemeldet hatte. *Sam.*

Ninas behandschuhte Finger berührten meine Ohrmuschel.

Und dann war ich frei.

»Fass das mit deinen dreckigen Händen nicht an. In ein paar Tagen ziehe ich die Fäden.«

Ich sah hinab auf mein Handgelenk, auf den hellen Streifen Haut.

»Ihr braucht Attrappen«, bemerkte Luzie. »Unauffälliger.«

Sie hielt ihren eigenen Arm mit dem goldenen Licht hoch.

»Merken die Leute natürlich, wenn du vor ihnen stehst und sich nichts einklinkt. Aber zumindest fällst du erst mal nicht auf, wenn du draußen unterwegs bist.«

Ich drehte mich zu Sam um, der neben der Schiebetür stand und sich das Handgelenk rieb.

»Sam«, fragte ich und berührte mit den Fingerspitzen seinen Arm. »Geht es dir gut?«

Sein Gesichtsausdruck war unleserlich. Es dauerte einen Moment, bis eine Antwort kam.

»Ja«, sagte er. »Sehr sogar.«

Luzie und Nina brachten uns durch einen weiteren Eingang in das Tunnelversteck. Obwohl die Uhr sich inzwischen auf Mitternacht zubewegte, schlief noch niemand. Auf dem unterirdischen Bahnsteig stapelten sich Dutzende Pappkisten und Susanna sprach mit ein paar Männer und Frauen, die ihr dabei halfen, die Kisten zu öffnen und ihren Inhalt zu inspizieren.

»Die Drohnen …«, murmelte Luzie.

Robbie lief auf uns zu, als er uns bemerkte. »Habt ihr es geschafft?«

Luzie lächelte stolz und drückte anerkennend meinen Arm.

»Susanna«, rief Robbie. »Pack deine Drohnen weg!«

Susanna näherte sich uns nun ebenfalls. »Immer mit der Ruhe«, brummte sie, nicht unfreundlich.

Sie betrachtete mich eingehend. »Ihr seid wirklich in das Archiv eingebrochen?«

»Sieht so aus.« Ich grinste. Unsere kleinen Pannen zwischendurch musste ich ja nicht erwähnen.

Susanna zeigte auf mein Ohr, dann auf Sams. »Ihr seid jetzt also bei uns?«

Sam nickte. All seine Zweifel schienen wie weggeblasen.

»Moment!«, rief ich. »Was ist mit der Enklave? Ich habe mich nicht aus Herzensgüte in Lebensgefahr gebracht!«

Alle Blicke ruhten plötzlich auf mir. Aber ich musste mich nicht entschuldigen – es ging um meine Familie.

Susanna lachte rau. »Keine Sorge, Mädchen. Luzie hat mich schon weich geknetet. Lasst uns erst mal sehen, was ihr mitgebracht habt!«

Nina brachte uns in einen kleinen Saal mit einem langen Tisch, wo wir die Reste des Eintopfes aßen, den irgendjemand für alle gekocht hatte. Ich stillte meinen größten Hunger mit ein paar Bissen, dann wurde der Löffel in meiner Hand plötzlich so schwer, dass ich ihn kaum noch halten konnte.

»Können wir hier schlafen?«

Nina lachte. »Wo sonst? Das ist jetzt euer Zuhause!«

Sie führte uns in einen schmalen, an einer Seite mit dünnen Matratzen ausgelegten Raum, in dem Decken und ein paar Habseligkeiten verteilt waren. Im schummrigen Licht, das aus dem Gang drang, erkannte ich, dass auf einigen der Lager schon Leute schliefen.

»Legt euch dahinten an die Wand«, dirigierte Nina. »Da ist noch Platz.« Sie zeigte uns auch, wo wir uns mit kaltem Wasser aus einem Schlauch waschen konnten, aber wir waren beide zu müde, um unsere Zeit damit zu verschwenden.

Ich befreite mich von meinen Schuhen und kroch dann neben Sam auf die letzte Matratze und unter eine der groben Wolldecken.

Natürlich konnte ich nicht einschlafen.

»Sam?«

»Hmm?«

»Kannst du das alles glauben?«

Er lachte verschlafen. »Nein.«

»Sam?«

»Hmm?«

»Es tut mir so leid.«

Sam blieb still. Und nach einer Weile: »Ich weiß.«

»Was ist mit unseren Familien?«

»Wahrscheinlich sind sie benachrichtigt worden, dass ein Haftbefehl gegen uns vorliegt.«

»Deine Eltern geben bestimmt mir die Schuld.«

Sam drehte sich in meine Richtung. Seine Augen schimmerten in der Dunkelheit. »Womit sie nicht ganz im Unrecht wären.«

Ich betrachtete ihn eine Weile lang. In meinem Rücken schnarchte jemand.

»Kann ich dir was sagen?«

Sam nickte.

»Ich hab mir manchmal gewünscht, dass es den blöden Code nicht gibt und ich mich einfach so mit dir treffe.«

»Ich hab mir manchmal gewünscht, dass es die Rebellen nicht gibt und ich mich einfach so mit dir treffe.«

»Quatsch. Warum das?«

»Na, weil ich dich mag.«

»Geht mir auch so«, sagte ich. Sam lächelte, boxte sein Kissen zurecht und schloss die Augen.

Wäre ich mutig gewesen, hätte ich seine Decke gelüftet, um darunterzurobben und mich in seinen Arm zu kuscheln. Aber ZDS-Beamte zu überwältigen und in gesicherten Gebäuden herumzuschleichen, war eine Sache. Unter fremde Decken zu kriechen etwas ganz anderes. Doch dann, als nach und nach immer mehr Menschen in den Raum gekommen und schließlich alle Matratzen besetzt waren, als das Scharren und Schnaufen aufgehört hatte und nur noch leises Rascheln und der Atem aus Dutzenden Lungen zu hören war, wälzte sich Sam herum und schob seinen Arm über meine Hüfte. Ich hatte keine Ahnung, ob er wach war oder nicht, und hielt für einen Moment die Luft an. Er zog mich näher an sich heran, drückte seine Nase gegen mein Schlüsselbein und rührte sich nicht mehr. Und als ich dachte, ich würde gleich explodieren, weil ich mich nicht traute, mich zu bewegen, damit er mich nicht wieder loslassen und sich von mir wegdrehen würde, bewegten sich seine Lippen an meinem Hals und er wisperte: »Schlaf, Ellie.« Also schlief ich.

Am nächsten Morgen galt es herauszufinden, wann Susanna plante, mich und meine Familie in die Enklave zu schleusen. Sicher hatte mein plötzliches Verschwinden Verwüstung in den Indexen meiner Geschwister angerichtet. Eine Schwester und Mitbewohnerin mit Haftbefehl konnte nichts Gutes verheißen.

Wir bekamen von Nina Brot und Tee in dem Raum, in dem wir gestern gegessen hatten, und klaubten gerade die letzten Krümel von unseren Tellern, als Luzie hereinkam.

Sie ließ sich neben mir auf die Bank fallen. »Da ist nichts.«

Wir sahen sie fragend an.

»Die Daten aus der ZDS – da ist absolut nichts Brauchbares dabei.«

»Wie meinst du das?«, wollte ich wissen. »Hat Robbies Dingsbums die Daten nicht kopiert?«

Luzie stützte die Ellbogen auf die Tischplatte und rieb sich mit den Händen durchs Gesicht. »Doch, doch. Aber wir haben die ganze Nacht gesucht und absolut keine brisanten Informationen gefunden.

Nichts über die Berechnung des Algorithmus. Nichts über den Status der Roten. Nicht mal etwas über deinen Code Omni-X.«

»Du hast die ganze Nacht nicht geschlafen?«, fragte Nina vorwurfsvoll und Luzie grummelte genervt.

»Vielleicht gehen die Daten nicht weit genug zurück?«, überlegte Sam.

»Nein, da sind uralte Sachen dabei. Irgendwelche Abstimmungslisten aus der Einführungszeit des Sozialbewertungssystems. Seiten um Seiten mit technischen Spezifikationen für Chips und Armbänder. Listen mit allen Vorsitzenden der ZDS, die jemals im Amt waren. Nur langweiliges Zeug.«

»Es müssen doch Zehntausende Dokumente sein«, warf Nina ein. »Du solltest erst mal schlafen und dich dann ausgeruht noch einmal daransetzen.«

»Robbie weiß schon, welche Suchparameter er anwenden muss«, entgegnete Luzie gereizt. »Das hat nichts mit ausgeschlafen oder nicht zu tun. Außerdem weißt du ganz genau, dass ich hier unten schlecht schlafe. Es wäre hilfreich, wenn du mir endlich etwas von deinem Schlafmittel geben würdest!«

Nina verschränkte die Arme vor der Brust. »Ich habe dir bereits erklärt, dass ich nichts anderes als Exazepin zur Verfügung habe, und das macht schneller süchtig, als du Schafe zählen kannst!«

Die beiden sahen sich wütend an.

Und mir wurde auf einmal kalt. »Exazepin? Was ist das?«

Nina hob die Achseln: »Ein Schlaf- und Beruhigungsmittel. Wirksam, aber gefährlich, weil es abhängig macht. Ich habe begrenzte Möglichkeiten, an Medikamente zu kommen. Jedenfalls werde ich das nicht verteilen wie Süßigkeiten!«

In meinem Magen stieg dumpfe Übelkeit auf.

»Was bewirkt das?«

»Es wirkt entspannend bis sedierend, je nachdem, wie viel man verabreicht.«

»Das heißt, du könntest jemanden damit ruhigstellen, lethargisch machen?«

Nina nickte. »Ja klar.«

Mein Messer fiel klappernd auf meinen Teller, als ich überstürzt aufsprang. »Diese Sperre in meinem Armband«, stieß ich hervor. »Kommissar Block hatte keine Ahnung davon. Ich dachte, die ZDS hätte mich wegen Sams Code auf dem Kieker. Aber es muss etwas anderes sein!«

Nina, Sam und Luzie wussten nicht, wovon ich sprach.

»Meine Tante!«, rief ich. »Das hat irgendetwas mit meiner Tante zu tun. Die haben sie gegen ihren Willen ruhiggestellt! Ich habe mitgekriegt, dass sie ihr Medikamente geben, die sie nicht bekommen sollte, und plötzlich haben sie mich des Heims verwiesen. Und dann konnte ich plötzlich keine Suchen mehr durchführen und habe diese Kontaktsperre bekommen!«

In meinem Kopf begann sich ein Knäuel aus Gedanken, Aufgeschnapptem und ungestellten Fragen zu entwirren. Plötzlich verbanden sich Fäden, die vorher lose im Nichts gebaumelt hatten.

»Was hast du eben über Abstimmungslisten gesagt?«, fragte ich Luzie aufgeregt.

»Was meinst du?«

»In den Archivdaten! Was für Listen waren das?«

»Es ging um die Verabschiedung des Sozialbewertungsgesetzes«, erwiderte Luzie verständnislos. »Das Bewertungssystem wurde mit einem parlamentarischen Beschluss eingeführt.«

Wie jedes Schulkind wusste – und meine Familie sowieso.

»Was hat das mit deiner Tante zu tun?«, wollte Nina wissen.

»Mein Großvater war einer der Abgeordneten, die über das Sozialbewertungsgesetz abgestimmt haben!«, rief ich. »Bitte! Zeig mir diese Liste!«

Wir weckten den armen Robbie, dem Luzie die ganze Nacht keine Ruhe gelassen hatte. Ich saß neben ihm auf dem unbequemen Metallrahmen eines Stockbettes, während er sich durch Fenster um Fenster antik anmutender Dokumente und Schriftstücke wischte.

»Hier«, sagte er und hielt mir das Pad hin.

»Thomas Gerlach«, flüsterte ich. »Such nach Thomas Gerlach.«

Mein Großvater, der Vater von Theresa und Marie, hatte gegen das Gesetz zur Einführung des Sozialbewertungssystems gestimmt. Ich wusste noch nicht, wie das mit mir zusammenhing und mit Tess und warum man sie in dieses Heim gesperrt hatte, obwohl sie Tage vorher noch quietschfidel gewesen war, aber instinktiv spürte ich, dass es einen Zusammenhang gab, den ich die ganze Zeit übersehen hatte.

Sam überzeugte mich davon, dass ich keine Chance hatte, in die Residenz zu marschieren, um sie aus den Klauen von Motzkotz und wer immer ihm seine Anweisungen gab, zu befreien.

»Ich gehe für dich rein und schaue nach ihr«, erklärte er. Luzie händigte uns Armbandattrappen aus, netterweise beide in Gold.

»Du sollst aber nicht nur nach ihr schauen«, jammerte ich. »Du musst sie da rausholen.«

Wie das funktionieren sollte, wussten wir nicht. Aber ich musste in Erfahrung bringen, wie es ihr ging. Also machten wir uns gleich auf den Weg, ohne irgendeine Art von ausgereiftem Plan.

Ich wartete auf der gegenüberliegenden Straßenseite der Residenz, halb von einem großen Baum verdeckt, während Sam im Gebäude verschwand. Irgendwie würde ich mit Lisa in Kontakt treten müssen. Plötzlich durchschoss mich ein heißer Gedanke: Was sagte eigentlich Susanna dazu, dass unsere Mission in der ZDS sinnlos gewesen war?

Dass wir nur uninteressante Daten kopiert hatten – abgesehen davon, dass mir persönlich ein Puzzleteil meiner Familiengeschichte zugefallen war? Würde sie uns trotzdem in die Enklave schmuggeln? Und Sam? Würde er mit Susanna in den Kampf ziehen? Ohne mich? Ein pochender Schmerz klopfte gegen meine Schläfen. Es ergab einfach keinen Sinn. Wir waren in das Archiv der ZDS eingebrochen. Wir hatten eine riesige Datenmenge abgezapft. Wieso wurden Luzie und Robbie nicht fündig?

Ich schaute wieder zur Residenz hinüber, als Dr. Benkdorf aus dem Gebäude trat. Sie holte eine E-Zigarette aus ihrer Tasche und sog daran – ein äußerst ungewöhnliches Laster für jemanden mit glitzergoldenem Armband. Warum war sie davon überzeugt, dass Tess unter Demenz litt? Fragte ich mich und realisierte Sekunden später, dass es die falsche Frage war. Dr. Benkdorf hatte sich gegen das Ohr getippt. Gegen das linke! Als hätte sie wie Verbindungsoffizier Thorgund eine ganz besondere Leitung im Ohr! Die Frage war, wie sie *mich* von Tess' angeblicher Demenz überzeugt hatte! Und die Antwort: Grenzenlose Naivität.

Dr. Benkdorfs Gesichtsausdruck wurde plötzlich sorgenvoll. Noch ein Tipper gegen das linke Ohr, dann steckte sie die Zigarette weg und eilte wieder nach drinnen. Durch die Tür, durch die Sam im selben Augenblick herausgeschossen kam.

»Was ist passiert?«, wollte ich wissen, während er mich im Laufschritt mit sich zerrte.

»Wir sollten abhauen!«

Ich konnte mit seinem Tempo kaum mithalten.

»Was ist mit Tess?«

»Sie war nicht da!«

Sam griff nach meiner Hand, als ich stehen blieb, und zog mich weiter.

»Die wollten mir nichts sagen, aber es war klar, dass sie selbst nicht wussten, wohin sie verschwunden ist.«

Ich versuchte, mich seiner Hand zu entwinden, doch Sam ließ mich nicht los.

»Vielleicht haben sie ihr irgendetwas angetan!« Meine Stimme überschlug sich. »Wir müssen zurück!«

Sam hielt mich mit stählernem Griff fest. »Wenn du zurückgehst, kannst du dich ebenso gut bei der ZDS melden! Die haben gemerkt, dass mit meinem Armband etwas nicht stimmt!«

Mir blieb nichts übrig, als nachzugeben. Aber ich *musste* rausfinden, was mit Tess geschehen war. Nach Hause gehen konnte ich natürlich nicht. Also fingen wir Lisa am Ende ihrer Schicht vor dem Restaurant ab.

»Lisa!« Sie wirbelte erschrocken herum. Zu dritt huschten wir in eine Nebenstraße und durch eine offene Einfahrt in einen Hinterhof, wo wir hoffentlich ungestört reden konnten.

Zwei Dinge sprangen mir sofort ins Auge. Erstens: Lisas Gesicht war rot und verquollen. Zweitens: Die Diode an ihrem Handgelenk leuchtete in derselben Farbe. Ihren Job im Restaurant hatte sie aus diesem Grund gerade verloren.

Erst jetzt wurde mir bewusst, in welche Gefahr ich sie – uns alle – damit gebracht hatte, sie einzuweihen.

»Die haben mich verhört«, erklärte sie. Zum Glück hatten die ZDS-Beamten auf Granit gebissen.

»Aber was ist mit Tess?«, platzte es aus mir heraus. »Weißt du irgendetwas? Sie ist nicht mehr im Heim!«

»Mama hat sie rausgeholt«, antwortete Lisa. »Sie ist bei Marie.«

Benedikt wehrte sich mit Händen und Füßen.

Er wollte nicht hören, was Lisa und ich ihm erklärten.

»Spinnt ihr vollkommen? Mein Band ablegen? Alles aufgeben?«

Er schüttelte wild den Kopf, als ich ihn bat, mit Lisa ein paar Habseligkeiten aus unserer Wohnung zu bergen.

»Ich komme nicht mit. Ich bleibe alleine hier. Ohne euch bin ich sowieso besser dran! Ihr seid es doch, die alle unsere Chancen kaputt machen!« Wütende Tränen traten in seine Augen.

Am Ende blieb ihm nichts anderes übrig, als sich von uns mitschleppen zu lassen. Es war entweder der Algorithmus, der über sein Leben bestimmte, oder wir. Ich klammerte mich an die Hoffnung, dass er eines Tages einsehen würde, dass wir die bessere Wahl waren.

Susanna war nicht begeistert, als ich mit meiner gesamten Großfamilie im Tunnel auftauchte. Gelinde gesagt. Mama hatte Tess in einer ganz und gar spontanen Aktion aus der Residenz entführt. Entsetzt von ihrem Anblick, abgemagert und kaum ansprechbar, hatte sie bei ihrem Besuch am Morgen beschlossen, die Sache selbst in die Hand zu nehmen.

»Ich habe das vorher nicht geplant«, erklärte Mama, nachdem Lisa die beiden zu uns gebracht hatte. »Aber ihren Zustand fand ich äußerst beunruhigend. Ich wollte, dass sie wenigstens etwas an die frische Luft kommt, und habe sie in einem Rollstuhl in den Garten geschoben. Dann hat Lisa mir von dem Haftbefehl gegen dich geschrieben und ich begann zu vermuten, dass irgendetwas faul ist. Als ich sah, dass das Gartentor offen stand, weil der Gärtner gerade Laubabfälle wegbrachte, bin ich einfach raus mit ihr.«

Als Mama so dastand, neben Tess, die Hand auf ihre Schulter gelegt und ein Blitzen in den Augen, das ich zum ersten Mal wahrnahm, bemerkte ich plötzlich, wie ähnlich sich die beiden sahen.

»Was ist das überhaupt für ein Heim?«, fragte Mama dann. »Und wieso konntest du dir das leisten? Ich habe mir die Pflegeversicherungsunterlagen noch mal angeschaut – die sind angeblich vor zehn Jahren abgeschlossen worden, das war genau, als du mal wieder arbeitslos warst. Das macht doch überhaupt keinen Sinn.«

Tess schüttelte erschöpft den Kopf, ohne auf Mamas kleine Spitze einzugehen. »Ich kann mich an keine Versicherung erinnern.«

»Ich glaube, dass Dr. Benkdorf für Solysier arbeitet«, äußerte ich meine Vermutung.

Lisa blickte mich ungläubig an. »Wie kommst du darauf?«

»Sie hat einen Chip im linken Ohr wie dieser Thorgund, der Verbindungsmann von Solysier in der ZDS. Er hat die Sache mit Code Omni X untersucht. Ich weiß nur nicht, was das mit Tess zu tun hat.«

»Jedenfalls hätte ich sie keine Sekunde länger dort lassen wollen«, rief Mama bekräftigend.

Was mich dann überkam, war eine Empfindung, die ich kaum noch kannte. Ein warmes, butterweiches Gefühl von Zuneigung, das mich dazu veranlasste, meiner Mutter um den Hals zu fallen und sie und Tess gleichzeitig an mich zu drücken.

»Mein mutiges Mädchen«, flüsterte Mama mir zu. »Ich weiß von Lisa, dass du das alles tust, um euch in die Enklave zu bringen. Das freut mich, das freut mich wirklich.«

Sie hielt mich noch einen Augenblick länger fest und in mir gab es einen scharfen Stich. Ich hatte Susanna nur um vier Plätze gebeten. Für Lisa, Benedikt, Tess und mich. Mama hatte ich nicht miteingerechnet.

Ob es überhaupt Plätze für uns gab, war eine andere Frage.

Luzie hatte sich weiter durch die Datensätze der ZDS gegraben, aber nichts Interessantes gefunden.

»Welche Wahl habe ich, als deine ganze Bagage in die Enklave zu verfrachten?«, brummte Susanna widerstrebend, als ich ihr gestand, wen ich in das Tunnelversteck gebracht hatte. Nina hatte Lisa, Benedikt und Tess bereits ihre Chips entfernt. Mein Bruder hockte mit rot geränderten Augen am Rande des Bahnsteigs.

»Ein Kind, eine Kranke und eine Schwangere – die können unmöglich hierbleiben.«

Lisa, die ihren Bauch nicht mehr verbergen konnte, blitzte sie an. »Ich bin keine Bürde! Ich kann mich sicher einbringen und nützlich sein.«

»Das werden wir sehen«, entgegnete Susanna. »Ich brauche eine Menge Leute, die die Drohnen an verschiedenen Stellen der Stadt aktivieren. Da wären eine Schwangere und ein Kind tatsächlich gar nicht schlecht als unauffällige Boten.«

»Wie bitte?! …«, protestierte ich, doch Lisa brachte mich mit einer Handbewegung zum Schweigen. »Wir wollen es uns nicht mit ihr verscherzen.« Was sie laut genug sagte, dass Susanna es hörte.

Die lachte und wandte sich ab. Dann drehte sie sich noch einmal zu uns um. »Sam, ich hoffe, wir können auf dich zählen.«

Sie wartete Sams Antwort nicht ab, sondern stapfte davon.

Tess sah nicht gut aus. Nina erklärte, dass meine Tante bereits Entzugserscheinungen zeigte, weil man sie mit einem Beruhigungsmittel vollgepumpt hatte, das ihren Körper in kürzester Zeit abhängig machte. »Das könnte auch ihre Erinnerung beeinträchtigt und zu ihrer Verwirrung beigetragen haben.«

Wir betteten Tess auf eine Liege und Nina entfernte den Gips von ihrem Bein.

»Ich habe kein Röntgengerät, aber ich bin mir nicht sicher, ob hier jemals etwas gebrochen war. Auf jeden Fall hätte man den Gips schon lange abnehmen können.«

Eine fingierte Verletzung, schädliche Medikamente, ein Heim, das sie sich nicht leisten konnte. Am liebsten hätte ich Tess sofort befragt, aber Nina verbot mir, sie noch mehr aufzuregen. Sie hatte einen Beutel mit einer Flüssigkeit vorbereitet, den sie nun behelfsmäßig an einem Haken an der Wand befestigte. »Deine Tante ist völlig ausgetrocknet«, erklärte sie. »Ich weiß nicht, was die in diesem Heim mit ihr gemacht haben, aber ihr Wohlergehen stand definitiv nicht im Mittelpunkt.«

Doch Tess weigerte sich, ihren Arm herzugeben, damit Nina die Infusion legen konnte.

»Was hat sie da?« Ich schlug die Bettdecke zurück.

»Oh ja«, sagte Mama. »Das alte Ding. Als ich sie in den Rollstuhl gesetzt habe, wollte sie die Figur unbedingt mitnehmen. Seitdem hat sie sie nicht mehr losgelassen.«

Tess hielt die Skulptur mit beiden Händen umklammert vor der Brust. Es war die Figur, die ich von Freddy bekommen hatte, die eiserne Frau, die Fäuste trotzig gen Himmel geballt.

Ich kniete mich neben die Liege und strich Tess das Haar aus dem Gesicht.

»Tess«, flüsterte ich. »Nina will dir helfen. Du bist in Sicherheit. Gib mir deinen Arm.«

Tess blinzelte mich an. Ich legte meine Hand auf die Figur.

»Jonas«, flüsterte ich und Tess riss die Augen auf. »Jonas hat dir die Skulptur geschenkt.«

Unter meiner Hand zitterten Tess' Finger. Über ihre blassen Wangen hatte sich eine leichte Röte gelegt.

»Woher kennst du Jonas?«, fragte sie kraftlos.

»Du hast mir doch seine Nachrichten zu lesen gegeben, weißt du noch? Bevor sie dich ins Heim gebracht haben, hast du mir deine ganzen alten Daten geschickt.«

Eine Erinnerung ließ Tess' Gesicht aufleuchten. Ihr Griff um die Beine der eisernen Frau lockerte sich.

Sanft entwand ich ihr die Figur. »Ich passe darauf auf.«

Tess' Kopf sank völlig erschöpft zurück auf das dünne Kissen.

Mama und Lisa blieben bei Tess, während ich hinaus in den Gang trat. Ich wollte mit Susanna reden. Viel Hoffnung, dass sie uns in die Enklave schicken würde, ohne dass wir ihr mit dem Drohnenangriff halfen, blieb mir nicht.

Erst als ich den Tunnel schon hinunterlief, fiel mir auf, dass ich Tess' Skulptur immer noch in der Hand hielt. Ich drehte mich um, um sie zurückzubringen. Komische Gewichtsverteilung, dachte ich noch, weil der Sockel ungewöhnlich schwer schien, als mir das dumme Ding aus der Hand rutschte und krachend auf dem Boden aufschlug.

Ich bückte mich, aber auf dem Boden lag nicht nur die kleine Statue, sondern auch ein Zettel. Als ich die Skulptur aufhob und umdrehte, sah ich, dass es im Fuß einen engen Hohlraum gab, aus dem das vergilbte Papier herausgerutscht sein musste. Vorsichtig rollte ich es auf. Handgeschriebene Buchstaben. Für mich komplett unleserlich. Wie gut, dass Abhilfe in nächster Nähe zu finden war!

Sam saß mit Susanna und ein paar anderen an einem Tisch und alle blickten auf eine 3D-Ansicht, die verdächtig nach dem ZDS-Gebäude aussah. Ich zerrte Sam mehr oder weniger vom Tisch weg.

Im Gang hielt ich ihm das Papier unter die Nase. »Kannst du das lesen?«

Sam nahm mir die gekritzelte Botschaft aus der Hand und studierte sie stirnrunzelnd. Dann nickte er.

Brief an Resa Gerlach, Mai 2038

Hey Pinky,

ich meine Rosa :-)
es tut mir leid, es tut mir leid, es tut mir leid
Ich bete, ich hoffe, ich flehe, dass ich einen Weg finde, Dich zu erreichen
Ich wünschte, ich könnte dir alles erklären, jetzt alles erklären, weil ich weiß, dass du sauer und enttäuscht und verzweifelt bist. Dass du mich hasst. Aber irgendwann werde ich dir alles erklären können, ohne dich in Gefahr zu bringen. Ohne uns in Gefahr zu bringen. Ich weiß, dass ich dich im Moment nicht aufsuchen darf. Du und dein Vater, ihr seid ohnehin schon in Gefahr und du solltest ihm das sagen. Wir wissen nicht viel, aber wir wissen, dass etwas Großes geplant ist. Frag deinen Vater nach »Aktion Recht und Ordnung«. Wenn er etwas in Erfahrung bringen kann, ist es vielleicht noch nicht zu spät!
Wahrscheinlich wirst du mir nicht glauben, aber ich habe dir nichts vorgespielt. Ja, es war eine Mission, eine dumme, sinnlose Mission, die uns auch nicht geholfen hätte. Wir dachten, wir könnten etwas über deinen Vater herausfinden und ihn unter Druck setzen. Bescheuert. Wir haben's abgeblasen. Wie wir sehen, haben viele von denen, die behauptet haben, sie würden gegen das Gesetz stimmen, am Ende doch dafür gestimmt. Da

hätte dein Vater sowieso keinen Unterschied mehr gemacht.
Mich macht das traurig und wenn ich ehrlich bin ~~habe ich keine Hoffnung~~ habe ich Angst vor der Zukunft. Aber dann denke ich an dich und dein Lachen und deine kämpferischen Fäuste. Dann glaube ich doch an etwas Besseres.
Vielleicht wirst du viele Monate nichts von mir hören. D. sagt, wir müssen uns erst mal eingraben
Aber ich verspreche dir, dich zu finden, und ich verspreche, dir alles zu erklären, und ich hoffe nichts mehr, als dass du mir verzeihen kannst.

XXX
Dein Gorilla

28.

Berlin 2075

Ich winkte Luzie und Robbie heran und Sam las den Brief ein zweites Mal. Ich erklärte ihnen in schnellen Worten, was ich wusste. Also, den Reim, den ich mir auf das Ganze machte. Dass mein Großvater, Thomas Gerlach, zu den Parlamentariern gehörte, die über die Einführung des Sozialbewertungssystems abgestimmt hatten. Dass er von Altatec-Rebellen beschattet worden war – von der Originalgruppe, von der wir nicht wussten, was an ihr real und was Schauermärchen war. Dass diese Altatecs erwogen, seine Tochter, meine Tante Theresa, zu benutzen, um ihn unter Druck zu setzen und ihn zu einem »Nein« in der Abstimmung zu bringen.

»Ich glaube, dass Tess sich nach all den Jahren fragte, was dieser Brief eigentlich bedeutet«, erklärte ich und wedelte mit der Hand. »Ich weiß, dass sie vor kurzer Zeit anfing, Fragen zu stellen und komische Geschichten zu erzählen. Und dann wurde sie plötzlich in das Heim eingewiesen und alle ihre Erinnerungen gingen durcheinander.«

Luzie starrte angestrengt auf die Botschaft, die sie offensichtlich genauso wenig lesen konnte wie ich.

»Aktion Recht und Ordnung«, fragte Sam. »Sagt euch das etwas?«

Ich hatte das schon einmal gehört. Von Tess. In der Residenz.

Luzie hingegen schüttelte den Kopf, doch Robbie zupfte sich

plötzlich am Ohrläppchen. »Ich habe da vorhin etwas gesehen. Etwas in den Archivdokumenten.«

Wir schauten ihm über die Schulter, als er eine Suche startete. Und er wurde fündig. Es war ein Dokument aus dem Herbst 2038, eine kurze Direktive, unterschrieben vom Vorsitzenden der gerade gegründeten Zentralen Datenstelle, bestehend aus wenigen Sätzen.

»Das könnte alles heißen«, bemerkte Robbie. »Ein Startschuss für ›Aktion Recht und Ordnung‹. Aber was das ist, steht hier nicht.«

Luzie rollte frustriert die Schultern nach hinten. »Wieso finden wir in unseren Daten nichts Genaueres? Wo sind all die wirklich wichtigen Informationen?«

Sam faltete den Brief in seiner Hand zusammen und reichte ihn mir. Da ich immer noch auf Robbies Pad blickte, griff ich daneben. Das weiße Blatt segelte in einem weichen Bogen zu Boden. Als ich mich danach bückte, blitzte ein Gedanke in meinem Hirn auf. Ein segelnder Bogen Papier. Informationen, die Tess über Jahrzehnte hinweg verborgen hatte, sogar in einem Heim, in dem ihr niemand Gutes wollte.

Ich schoss hoch.

»Ich weiß, wo wir die fehlenden Daten finden!«

Am Abend ließ Nina mich zu Tess. Sie war geschwächt, wirkte jedoch deutlich klarer als noch am Morgen.

»Ich habe die Nachricht in der Skulptur gelesen«, sagte ich leise, während ich mich neben ihr niederließ.

Tess zögerte. Doch dann sah sie mich fest an. »Das war das Letzte, was ich jemals von Jonas gehört habe.«

»Wie hast du die Nachricht denn erhalten?«

Tess' Blick wanderte ins Nichts, versank in der Vergangenheit. »Ein paar Tage nach der Abstimmung hat eine Fremde Marie vor der Schule abgefangen und ihr den Zettel für mich übergeben. Ich vermute, dass es die Frau von Jonas' Freund Deniz war.«

Tess schaute an mir vorbei, während sie weitersprach.

»Das waren leere Versprechungen, weißt du. Er hat geschworen, sich bei mir zu melden, aber ich habe nie mehr auch nur ein Lebenszeichen von ihm erhalten. Es hat mir das Herz gebrochen, damals.«

Sie schüttelte leicht den Kopf. »Eine dumme Schwärmerei. Er wollte mich ja bloß um den Finger wickeln.« Tess wischte mit der Hand durch die Luft, als könne sie die lästigen Erinnerungen damit auslöschen. »Wie auch immer, das ist längst vergessen.« Endlich sah sie mich wieder an. »Deswegen habe ich dir die Nachrichten ja nicht gegeben. Sondern weil ich wollte, dass du mir beim Nachforschen hilfst. Ich habe vor einiger Zeit einen Hausputz gemacht und bin dabei auf die Skulptur gestoßen. Eigentlich wollte ich sie schon wegwerfen, aber dann habe ich den Brief noch mal gelesen. Und angefangen nachzudenken. Weil doch in letzter Zeit diese Altatec-Videos auftauchten.«

»Die Rebellen nennen sich nicht Altatec«, erklärte ich. »Das wird ihnen angehängt, um Assoziationen zu wecken.«

Tess hob die Schultern. »Mag sein. Mich hat nur ein Satz in Jonas' Botschaft stutzig gemacht: Über ›Aktion Recht und Ordnung‹.«

»Hast du Opa damals danach gefragt?«

Tess schüttelte den Kopf. »Nein. Papa ist damals sehr bald zurückgetreten. Es ging ihm nicht gut. Ich habe das als Teenager nicht verstanden, aber ich glaube, er war tief enttäuscht von den politischen Entwicklungen. Ich weiß nicht einmal, ob er freiwillig zurückgetreten ist. Und dann hat er sich ständig mit Oma gestritten, weil sie nicht mit seinem Abstieg zurechtkam. Du kennst die Geschichten.«

Sie schwieg einen Moment. »Jedenfalls habe ich den Suchbegriff ›Aktion Recht und Ordnung‹ eingegeben – und mein Sozialindex stürzte ab.«

Dasselbe, was passiert war, als ich nach Code Omni-X gesucht hatte.

»Dr. Benkdorf hat mir Videos gezeigt. Du hast Leute angegriffen.«

Tess blies Luft durch die Nase und sah auf einmal wieder ein bisschen so aus wie die Person, die ich kannte. »Nachdem mein Band mich nicht mehr hat suchen lassen, wollte ich in der Bibliothek weiterforschen. Da hat man mir weismachen wollen, dass ich keinen gültigen Ausweis habe. Ich sollte des Ortes verwiesen werden, da habe ich mich halt gewehrt.«

»Und der Tag, an dem du eingewiesen wurdest?«

Tess versuchte, sich zu erinnern. »Mir ging es schlecht. Ich hatte irgendetwas gegessen. Irgendwelche Früchte, die im Angebot waren? Eine Frau kam zu mir, um mir zu helfen – aber auf einmal fühlte ich einen stechenden Schmerz.«

Ich warf Tess einen ungläubigen Blick zu.

Plötzlich schien ihr Gedächtnis sich zu lichten. »Ja, sie muss mir irgendetwas injiziert haben! Ich konnte gar nicht mehr klar denken und hatte richtig Panik.«

»Und dann bist du einfach weggerannt, geradewegs auf die Straße.«

Tess nickte. Wir schauten uns an. Sie musste mit ihren Nachforschungen einen sehr wunden Punkt getroffen haben.

»Ihr wollt noch mal in die ZDS einbrechen?«, rief Susanna und schaute aufgebracht von einem zum anderen – Luzie, Robbie, Sam und Lisa, die ebenfalls nicht untätig herumsitzen wollte. »Die werden ihre Sicherheitsvorkehrungen verstärkt haben. Ihr wollt alles dafür riskieren, nach etwas zu suchen, von dem ihr nicht sicher wisst, ob es überhaupt existiert!«

»Ich gehe gerne ein Risiko ein, wenn es eine Chance gibt, dass wir die Leute ohne Blutvergießen aufrütteln können!«, fuhr Luzie sie an.

»Wie willst du ohne Blutvergießen in die ZDS marschieren, um das Archiv auszuräumen? Das ist kein Schwimmbad, wo du nur deinen Ausweis vorweisen musst. Wobei –« Susanna schüttelte ihr nacktes Handgelenk vor Luzies Nase. »Nicht mal da würdest du ohne Weiteres reinkommen.«

»Sie hat es schon einmal gemacht!«, rief Luzie triumphierend und zeigte schwungvoll auf mich.

»Gewalt sollte das letzte Mittel sein, Susanna«, bemerkte Robbie ruhig.

»Genau«, erwiderte Susanna. »Wir sind beim letzten Mittel angelangt. Abgesehen davon, plane ich, nur Infrastruktur anzugreifen, keine Menschen!« Und dann zuckte sie mit den Schultern, brummte »Ihr müsst selbst wissen, was ihr tut« und ließ uns einfach stehen.

Luzie wandte sich mir zu. Die Erwartung in ihrem Gesichtsausdruck verursachte ein unangenehmes Kribbeln in meinem Nacken.

»Ellie, du *hast* es schon einmal geschafft.«

Ich überlegte. »Wie sollen wir diesmal in das Gebäude kommen? Eine Truppe ohne Armbänder kann sich schließlich nicht einfach für eine Besucherführung anmelden.«

»Was ist mit diesem Kommissar – der hat dich doch unter der Hand reingeholt?«

»Den ich in einen Schrank eingesperrt habe? Der wird wohl nicht so gut auf mich zu sprechen sein.«

»Dann müssen wir ihn vielleicht ein bisschen überreden. Du gehst doch davon aus, dass er Dreck am Stecken hat und die ganze Sache mit Sams Code hinter dem Rücken seiner Kollegen abgezogen hat. Damit könnte man ihn unter Druck setzen.«

Wir schwiegen. Ich sah Block vor mir, schluchzend, ein Häufchen Elend in diesem Schrank, den ich einfach zugeschlagen hatte.

»Warum Peitsche?«, fragte Sam. »Was ist mit Zuckerbrot?«

Sein Blick streifte meinen und in mir gluckerte etwas Warmes, als ich das leise Lächeln in seinen Augen sah. Ich nickte heftig. »Ja. Wenn wir ihm etwas bieten, das er wirklich will, das er *braucht*, wird er alles tun, um uns zu helfen!«

»Code Omni-X!«, rief Lisa, sichtlich stolz, dass sie wusste, worum es ging.

Es war keine schlechte Idee. Wir brauchten den Code sowieso, um in das Archiv einzudringen.

Nur in welchem Armband sollte das Ding überhaupt funktionieren?

»Na ja …« Robbie druckste ein bisschen herum. »Ich denke, man kann den Code durchaus in ein anderes Band laden. Es würde nur ziemlich schnell auffallen, weil der Name, mit dem die Indexe registriert sind, und der Name des Armbandträgers nicht übereinstimmen. Wahrscheinlich würde die erste Kasse, an der man etwas zu bezahlen versucht, Alarm schlagen. Nützlich könnte es trotzdem sein. Wenn Menschen Vertrauen zu einem haben sollen. Die sehen ja erst mal nur, dass sich da jemand in ihr System einklinkt, der sehr viele Punkte hat. Das kann schon Türen öffnen. Abgesehen von den echten Türen, zu denen wir Zutritt haben, weil Samuel Werting es hat.«

»Klingt nach einem Plan«, sagte Luzie – auch wenn es das, ehrlich gesagt, nur rudimentär tat. »Lasst uns Susanna und die anderen davon überzeugen.«

Am Abend wurde zu diesem Zwecke eine Versammlung einberufen.

Wir trafen uns auf dem Bahnsteig nahe des Eingangs, wo wir auf Kisten und einigen Bänken saßen, die Theo und ein paar andere aus dem Speiseraum angeschleppt hatten. Es waren etwa vierzig Männer und Frauen zusammengekommen.

Zum Glück übernahm es Luzie, unseren Plan darzulegen. »Natürlich gehen wir ein Risiko ein«, rief sie. »Aber ganz sicher ein geringeres als bei einem Drohnenangriff auf Datenserver, bei dem Menschen zu Schaden kommen könnten!«

Theo, der mit verschränkten Armen an der gekachelten Wand lehnte, nickte bekräftigend.

»Ich möchte, dass wir Entscheidungen gemeinsam treffen«, erklärte Luzie. »Und deswegen frage ich euch, ob ihr dabei seid. Werdet ihr uns unterstützen?« Dabei warf sie einen Blick auf mich, obwohl ich fand, dass ich nur ein klitzekleines Rädchen in alldem war.

Nina tätschelte meine Hand und sagte laut: »Ich unterstütze euch!« Auch die anderen nickten und murmelten ihre Zustimmung.

Doch dann erhob sich Susanna. Ihr Blick wanderte von einem zum anderen, sie wirkte stark und selbstsicher, wie sie gerade und breitbeinig dastand. »Ich unterstütze euch ebenfalls.« Sie wählte ihre Worte mit Bedacht. »Aber ich möchte trotzdem über unsere anderen Optionen reden. Viele von euch haben ihre Leben riskiert, um die Drohnen hierher zu schmuggeln. Es wäre schön, wenn wir sie nie einsetzen müssten. Ich gehe aber davon aus, dass wir es früher und später tun werden.« Sie strich sich über den Mund. »Das, was wir machen, ist relevant, es ist wichtig.« Ihre dunklen Augen fokussierten mich. »Wir wollen etwas ändern und diejenigen, die vom Sozialbewertungssystem profitieren, werden alles daransetzen, dass es uns nicht gelingt. Diejenigen, die an die Überlegenheit des Algorithmus glauben, werden sich uns widersetzen, selbst wenn es ihnen schadet. Diejenigen, die von ihren Bändern gefangen gehalten sind, werden uns nicht helfen können, selbst wenn sie es wollen. Früher oder später werden sie uns jagen – wie die Ratten.« Sie lachte dumpf und zog an ihrer Kette, an der ein aus dünnem Metall gestanztes Nagetier baumelte. Sams Blick verhakte sich mit meinem.

»Ich will euch klar und deutlich sagen«, rief Susanna jetzt, die Stimme deutlich erhoben, »es wird eine Zeit kommen, in der wir uns wehren müssen. In der wir Server nicht mehr nur hacken, sondern in die Luft sprengen müssen!« Sie sah jeden Einzelnen eindringlich an. »Meine Frage an euch: Werdet ihr mich auch darin unterstützen?«

Es gab ein Murmeln, das Schaben von abgetretenen Sohlen auf dem kalten Boden, das Rascheln von Kleidung, als sich die Rebellen umsahen, unsicher die Blicke der anderen einfingen.

»Ja, werden wir«, rief dann eine erste Stimme, die einem Mann namens Felix gehörte. Er hob demonstrativ seine Hand. »Wer ist dabei?«

Und schon schossen die anderen Hände in die Höhe, auch die von Luzie und Nina – und Lisa. Sam hob den Arm langsam und er ließ den Blick nicht von mir, während er es tat. Gedanken lesen konnte ich nicht, aber ich war mir sicher, konnte es in seinem ernsten Gesicht und an seinen schmalen Lippen sehen, dass er in diesem Moment an Alexa dachte.

Susanna nickte zufrieden. Fast alle hatten die Hand gehoben. Meine lag schwer wie Blei in meinem Schoß. Susanna fuhr sich mit beiden Händen durch die Haare, nickte noch einmal und erklärte die Versammlung dann für beendet. Ich blieb sitzen, während um mich herum Kisten verschoben wurden, Lachen und Befehle durch den großen Raum schollen und jemand rief: »Gibt es jetzt endlich etwas zu essen?«

Es fühlte sich ein bisschen so an, als hätten wir ein neues Zuhause gefunden. Doch ich hatte nicht vor hierzubleiben.

Aus den Chatprotokollen von Resa Gerlach, Mai 2038

27.05.38 17:11 **Resa Gerlach:** Marie hat mir deinen Brief gegeben.
Weiß nicht, was ich denken soll.

**

27.05.38 17:20 **Resa Gerlach:** Hallo? Jonas?

[Jonas Heuck ist nicht online.]

**

17.06.38 22:01 **Resa Gerlach:** Du hast versprochen, dich zu melden. Und ich habe es insgeheim auch noch geglaubt.

[Jonas Heuck ist nicht online.]

**

23.08.38 14:03 **Resa Gerlach:** Hallo, hallo, hallo, hallo, hallo?

[Jonas Heuck ist nicht online.]

**

05.10.38 17:24 **Resa Gerlach:** Wie krank, einem Terroristen hinterherzutrauern. Nee, ich trauere nicht. Ich bin nur sauer. Auf alle.
Mein Vater ist zurückgetreten. Urplötzlich.

[Jonas Heuck ist nicht online.]

**

11.05.39 21:09 **Resa Gerlach:** Ein Jahr. Kein Jonas. Es tut nicht mehr so weh. Aber ich denke manchmal an dich.

[Jonas Heuck ist nicht online.]

**

11.10.39 00:04 **Resa Gerlach:** Hallo Gorilla, hier Rosa. Auch wenn du ein mieses Arschloch bist, hoffe ich doch, dass es dir gut geht.

[Jonas Heuck ist nicht online.]

**

06.03.40 17:46 **Resa Gerlach:** Habe heute jemanden im Park gesehen, einen Typen mit schwarzen Haaren und Lederjacke, da dachte ich erst, das bist du, und mein Herz hat einen Satz gemacht. Wie dumm, dumm, dumm von mir.

[Das Step-In-Profil Jonas Heuck existiert nicht.]

29.

Berlin 2075

Luzie fand ohne Schwierigkeiten heraus, wo Kommissar Block lebte. Sie setzte Theo und eine der jüngeren Frauen darauf an, Block auf dem Nachhauseweg von der ZDS zu verfolgen, und da er ein Erdgeschossapartment mit winzigem Garten bewohnte, war es mir ein Leichtes, ihm am nächsten Abend über die Hecke hinweg zuzuwinken. Susanna hatte es als »Spiel mit dem Feuer« bezeichnet, aber ich war mir sicher, dass Kommissar Letzte-Hoffnung nicht Alarm schlagen, sondern eine Chance wittern würde. Tatsächlich zögerte er nur einen winzigen Augenblick, bevor er mir hastig bedeutete, zur Haustür zu kommen, und mich hineinließ. Er jammerte ein bisschen, obwohl man ihn noch am selben Abend im Schrank gefunden hatte. Die inkompetenten Sicherheitsbeamten hatten Block nur oberflächlich befragt und waren bisher nicht mal auf die Idee gekommen, dass er in die ganze Sache verwickelt sein könnte. Was auch daran lag, dass Kommissar Täuschungsmanöver von Anfang an die Kommunikation mit mir über verschlüsselte Kanäle betrieben hatte, sodass niemand wusste, dass es eine Verbindung zwischen uns gab. Block beklagte sich über die Gefahren, denen er sich aussetzte, doch als ich ihn fragte: »Wollen Sie also oder nicht?«, nickte er schnell. Die Wahrheit war, dass er mir leidtat, mit seinen dicken Augenringen und dem schütteren Haar, das zu Berge stand, als hätte er vergessen, in den letzten Wochen in den Spiegel zu schauen. Ich fragte mich kurzzeitig, ob unsere und seine Mission nicht gleichermaßen zum Scheitern verurteilt waren – schließlich hießen weder er noch seine Frau, die das Spenderherz brauchte, Samuel Werting. Aber als er unserem Plan ziemlich schnell und ziemlich bereitwillig zustimmte, wurde mir klar, dass er über ZDS-interne Werkzeuge verfügen musste, mit denen er den Code an den richtigen Namen anpassen konnte.

Jedenfalls war es seine Idee, Aktion ZDS II in die frühen Morgenstunden zu legen. Die Sonne kroch gerade erst über den Horizont, als wir ankamen. Durch ein Loch in der grauen Wolkendecke glitzerten einzelne Strahlen, die sich in der Glasfront des riesenhaften Gebäudes brachen und unser Ziel für einen Moment in schillerndes Licht hüllten.

Theo saß bei Blocks Frau in der Küche, damit der Kommissar es sich nicht anders überlegen konnte. Schließlich hatte er den Chip schon in sein Band eingelegt, damit er uns mit Samuels Berechtigungen den Weg durch die ZDS bahnen konnte.

Wir, das waren Sam, Luzie, Robbie und ich.

Block war nicht zu sehen, aber er hatte die Sperre am Hintereingang wie verabredet aufgehoben. Die Flure lagen verlassen da und im Foyer plauschte der Pförtner mit seiner Ablösung, ohne uns zu beachten. Zwei Sicherheitsbeamte tranken am Eingang der Cafeteria, die offensichtlich gerade geöffnet hatte, ihren ersten Kaffee. Luzie trug eine elegante graue Hose und eine rosa Bluse, abgestimmt mit rosa Lidschatten und einem zarten Lippenstift. Um ihren Hals baumelte der Mitarbeiterausweis, den Block ihr gegeben hatte. So einen trug auch Sam, der mich mit Luzie flankierte, während Robbie mit ausladenden Schritten hinter uns hermarschierte, als hätte er irgendeine Wachfunktion. Er hatte sein Haar zu einem schiefen Hahnenkamm gegelt und trug um die Arme nietenbesetzte Lederaufschläge – Teile seines Robokämpferkostüms, realisierte ich, nicht genug, um ihn zu identifizieren, aber ausreichend, dass sein Rückgrat gerader und sein Gang fester wurde. »Ich fühle mich sicherer«, murmelte er achselzuckend, als er meinen neugierigen Blick bemerkte. Ja, er konnte tatsächlich als freiberuflicher Schlägertyp in Luzies Diensten durchgehen. Man hätte also, *vielleicht*, glauben können, dass alles seine Richtigkeit besaß, dass Sam und Luzie plus Helferling eine Datenverdächtige in die Verhörräume im Kellergeschoss brachten. Warum Robbie einen großen Rucksack schleppte und Sam und ich Kappen tief ins Gesicht gezogen hatten, waren andere Fragen, die zum Glück niemand stellte. Tatsächlich behelligte uns niemand. Wir nahmen die Treppe ins Untergeschoss und liefen schnurstracks ans Ende des Ganges, letzte Tür links, Referat 4. Ich hielt für einen Moment den Atem an – dann sah ich, dass Block Wort gehalten und auch diese Tür mit einem winzigen Sensor versehen hatte, der den Schließmechanismus aussetzte. Ich öffnete die Tür, und während die anderen hereinmarschierten, pulte ich den Sensor wieder ab. Block trieb sich vermutlich irgendwo in der Nähe herum, aber es war Samuel Werting, dem später wohl eine Menge Fragen gestellt werden würden.

Alles sah so aus, wie wir es zurückgelassen hatten.

Robbie machte sich an dem Pad neben der Tür zu schaffen. »Ich will die Tür nur von innen verriegeln, sodass hier nicht jeder reinschneien kann.«

»Wo sind jetzt diese Daten?«, fragte Luzie.

»Ich bin mir nicht sicher, ob man das als Daten bezeichnet«, bemerkte ich und wies auf die Tür ins Nebenzimmer. »Ich glaube, es sind … mmh … Aktenordner.«

Zwischen den Regalreihen tanzten Staubkörner in den fahlen Sonnenstrahlen, die durch das verschmutzte Glas unter der Decke einfielen.

Wir näherten uns den schwarzen, am Rücken beschrifteten Ordnern fast ehrfürchtig.

»Ich vermute …«, begann ich vorsichtig, »… dass hier die Informationen gespeichert sind, die vor unbefugtem Zugriff geschützt werden sollen.«

»Gespeichert?«, wiederholte Robbie skeptisch.

»Na ja, aufgeschrieben«, erklärte ich. »Auf Papier.« Ich zog einen der schweren Ordner aus dem Regal und klappte ihn auf. Das Ding bestand aus zwei dicken Deckeln und dazwischen einer Menge loser, gelochter Blätter, die durch zwei Metallklammern zusammengehalten wurden.

»Ja, Ellie hat recht: Das sind Aktenordner«, behauptete Sam. »Ich erinnere mich, dass es so etwas früher im Büro meines Großvaters gab.«

»Ellie!«, rief Luzie, die ebenfalls einen Ordner aus einem Regal gezogen hatte. »Ich würde sagen: Bingo!« Sie blätterte aufgeregt durch die Seiten und zeigte uns gleichzeitig den Buchrücken: »›Anpassungen‹ steht hier. Es geht um die Optimierung der Algorithmen. Hier zum Beispiel ein Dokument, das fast dreißig Jahre alt ist: ›Sozialindex-Neugewichtung von passiven Lese- und Studientätigkeiten zugunsten von Sport- und Freiluftaktivitäten zur Förderung von Gesellschaftsgesundheit und Einschränkung von Aufwieglertum‹. Hier sehen wir, wie die Algorithmen angepasst wurden, um einen bestimmten Menschentypus zu fördern: einen, der Sport macht und sich um seine Gesundheit kümmert, statt das Vorgehen der Behörden zu hinterfragen.«

Luzie strahlte mich an. »Mensch, das ist eine Goldgrube!«

Robbie drehte sich langsam um sich selbst. Er machte eine ausladende Geste. »Aber das ist … so viel! Wie soll man da jemals etwas finden?«

»Vielleicht ist das der Sinn?«, überlegte ich. »In Papier gibt es keine Suchfunktion, also kann sich auch niemand in geheime Daten hacken.«

»Daten ohne Suchfunktion sind vollkommen unbrauchbar«, unterbrach Sam mich. »Da hätten sie das ganze Zeug auch verbrennen können.« Er sah sich um und verschwand hinter einer der Regalwände.

»Na los, fangt an«, kommandierte Luzie. »Wir müssen die Sachen hier sammeln.«

Robbie warf die Arme in die Luft. »Und wie? Willst du hier die nächsten drei Wochen ausharren und Daten kopieren?«

»Irgendwo müssen wir beginnen«, gab Luzie barsch zurück. »Du hast den Speicher! Fang an!« Und sie streckte ihm die Seite hin, die sie gerade gelesen hatte.

Robbie benutzte eines seiner zusammengewerkelten Geräte, ein kleines Kästchen mit Holomenü und Bildfunktion, mit der er das Schriftstück, das Luzie ihm hinhielt, fotografierte.

»Das ist wie Mittelalter«, stöhnte er.

»Und du bist mein Leibeigener«, konterte Luzie. »Los, nächste Seite.«

Ich ließ die beiden stehen. Mit der Hand strich ich über die Ordner, während ich die Regale abschritt. Wir hatten nur begrenzt Zeit. Irgendwann – bald! – würde jemand kommen, um seine morgendliche Arbeit aufzunehmen. Hier mussten Zehntausende, vielleicht Hundertausende Blatt Papier abgeheftet sein. Wie sollten wir da die wichtigsten Informationen finden?

»Hier«, rief Sam in diesem Augenblick, »ich habe die Suchfunktion!« Er stand neben einem großen Schrank mit unzähligen kleinen Schubladen, von denen er gerade eine aufgezogen hatte. Eine ellenlange Schublade vollgestopft mit … mehr Papier.

Meine Enttäuschung war mir wohl anzusehen.

»Es hat System!«, erklärte Sam aufgeregt. »Schau, die Schubladen sind alphabetisch geordnet. Und in jeder Schublade sind diese Kärtchen …« Er zog eines heraus und hielt es mir unter die Nase, »… auf denen Stichwörter stehen, und diese Zahlen«, er stieß mit dem Zeigefinger auf die Pappe, »sagen uns, wo die Informationen dazu zu finden sind.« Triumphierend wies Sam auf das Regal hinter uns und, tatsächlich, dort waren Metallplaketten mit Zahlen angebracht, die offensichtlich ein Ordnungssystem darstellten.

Robbie und Luzie traten heran.

»Das ist …«, machte Robbie lahm.

»… toll!«, rief Sam. »Das waren keine Steinzeitmenschen, bevor es digitale Systeme gab!«

»Nur, dass diese Dokumente nicht aus dem vordigitalen Zeitalter stammen«, bemerkte Robbie, der Sams Enthusiasmus für archaische Ordnungssysteme nichts abgewinnen konnte.

»Aber so wurden die Daten im Prinzip unauffindbar gemacht«, sagte Luzie und zog entschlossen eine der Schubladen auf. »Es ist besser als nichts. Wir suchen jetzt die wichtigsten Themen raus. Dann müssen wir hier die Fliege machen!«

Und wir fanden, was wir suchten.

Unter O wie »Omni-X«. Unter R wie »Rot« eine lange Übersicht von Maßnahmen aus drei Jahrzehnten – zur Förderung von Kurzzeitroten, zur Einschränkung von Reiserechten, zur Entsendung in Arbeitslager, zu Erziehungsinstrumenten für Kinder mit niedrigen Indexen.

Robbie hatte ein weiteres dieser Fotogeräte mitgebracht und ich hielt die Blätter, während Sam fotografierte. Ich konnte mir ein Lächeln nicht verkneifen, als ich beobachtete, wie er sich auf die Lippe biss, ganz darin versunken, seine Aufgabe zu erledigen.

»Was?« Er hielt einen Moment inne. Ich senkte schnell den Blick. »Nichts.«

»Leute, ihr sollt euch nicht anstarren wie verliebte Pinguine, sondern arbeiten«, kommandierte Luzie, die gerade nach einem bestimmten Ordner suchte. »Wir verschwinden hier gleich!«

Sam gab einen komischen Ton von sich und zum ersten Mal in einer Ewigkeit wurden seine Ohren herzzerreißend rot.

Und dann hörten wir ein Geräusch an der Tür. Ein Rütteln, ein Poltern.

Robbie war schon ins Nebenzimmer gesprintet und aktivierte den Bildschirm neben der Tür. Wir eilten hinterher. »Da ist ein Frühaufsteher, der reinwill. Jemand, der reinkommen *wird*!« Auf dem Kamerabild war ein Mann in Anzug zu sehen, der irritiert gegen die Tür drückte. »Er wird nur ein paar Minuten brauchen, um zu kapieren, wie die Sperre zu überschreiben ist!«

»Das Fenster«, rief ich atemlos. »Wir müssen dadurch!«

»Der Mann spricht in sein Band!«, verkündete Robbie, der den Bildschirm beobachtete. »Scheinbar einer von der Sorte Technikdilettant. Bestimmt bemüht er sich um Hilfe. Wahrscheinlich hat er unsere Stimmen schon gehört!«

»Kommt schon«, rief Luzie. »Wir müssen hier raus!«

Die schmalen Fenster lagen so hoch, dass wir sie nicht mal mit Räuberleiter erreicht hätten.

»Stühle?« Luzie griff nach einem.

»Die Regale!«, rief ich. »Wir müssen das Regal als Leiter benutzen!« Das letzte Büchergestell in der Reihe stand fast zwei Meter von der Wand entfernt, zu weit, um zum Fenster zu springen. Aber es war aus stabilem Holz gefertigt und mit festen Regalbrettern ausgestattet.

»Wir müssen es kippen!« Die anderen starrten mich noch ungläubig an, als ich begann, mit voller Wucht Ordner aus dem Regal zu stoßen. »Helft mir! Das ganze Zeug muss raus, sonst ist es viel zu schwer!«

Wir brauchten nur Sekunden, um wie im Rausch alles aus dem Regal zu reißen. Die Ordner knallten auf den Boden, Papier und Staub wirbelten durch die Luft.

»Kippen!«

Robbie, Sam und ich warfen uns mit unserem ganzen Gewicht gegen das Regal. Luzie war damit beschäftigt, mehrere Ordner in Robbies Rucksack zu stopfen.

»Hilf uns!«

»Das Regal ist im Boden verankert!«

Wir hatten keine Zeit, irgendein Werkzeug zu suchen, um die Schrauben im Boden zu lösen.

»Es muss mit Druck gehen!«

Nun warf sich auch Luzie mit uns gegen das Gestell, das knarzte und bebte.

»Noch mal!«

Ein scharfer Schmerz schoss in meine Schulter, als sie wieder und wieder gegen das Holz knallte.

Ich schrie die anderen an: »Noch mal, noch mal, noch mal.« Und endlich, endlich brach eine der Schrauben aus dem Boden, dann eine zweite, und noch eine, Holz splitterte und das riesige, massive Regal kippte, kippte weiter und krachte gegen die Wand und gegen das Fenster, wo Putz aufstob und sich Risse über die Glasscheibe zogen.

»Los!« Luzie schulterte den Rucksack.

Sam und ich hielten das umgekippte Gestell fest, während Luzie nach den Seitenwänden griff, einen Fuß vorsichtig auf ein Regalbrett setzte, ihr Gewicht verlagerte und sich langsam hochzog. Das Brett bog leicht durch, hielt jedoch stand.

An der Tür hörten wir ein Geräusch.

»Jetzt du!«, wies ich Sam an. Luzie erreichte den Fenstersims. Sam wollte etwas sagen, Kavalier spielen wahrscheinlich, aber ich schüttelte bloß den Kopf. »Ich habe uns hierhergebracht! Geh!«

Luzie hatte den Rucksack vor die Brust gezogen und zerschlug nun damit die ramponierte Fensterscheibe.

»Warte nicht auf uns!«, rief ich zu ihr empor. »Renn!«

Sam war fast oben und ich bedeutete Robbie, ihm zu folgen.

In diesem Moment wurde die Tür im Vorzimmer aufgeworfen. Zwei Sekunden später waren sie da. Ein verwirrt dreinschauender mittelalter ZDS-Beamter und ein Sicherheitsmann in Uniform.

Ich griff nach einem Stuhl, nahm ihn vor die Brust wie eine Art antiken Rammbock und stieß die vier Beine, so fest ich konnte, dem heranstürmenden Sicherheitsmann entgegen. Irgendein gütiger Gott sorgte dafür, dass ich nicht nur seinen Bauch, sondern auch ein Paar besonders empfindlicher Weichteile erwischte, sodass mein Verfolger vor Schmerz aufschrie, zurücktaumelte und den Beamten versehentlich umriss.

»Komm!«, brüllte Robbie.

Ich schoss herum, hatte unsere behelfsmäßige Leiter schon erreicht, als mir in dem Regal daneben ein Ordner auffiel, der neben den anderen hervorragte, als hätte jemand ihn nicht ordentlich zurückgestellt. Dieser Jemand war ich gewesen – es war der Ordner mit der Aufschrift »ARO«, mit dem ich schon bei meinem ersten Besuch im Archiv Bekanntschaft gemacht hatte. Ich zog den Ordner daneben aus dem Regal und schleuderte ihn in Richtung strauchelnde Widersacher.

»Ellie!« Robbie hing in halber Höhe und fuchtelte wild umher. Oben hatte Sam sich aus dem Fenster geschlängelt, aber statt zu rennen und sich in Sicherheit zu bringen, steckte der blöde Idiot den Kopf hinein und brüllte mich an: »Beweg dich jetzt endlich!«

Ich schnappte mir »ARO«, stopfte das Ding in meine Umhängetasche und hechtete zu unserer Fluchtleiter. Wer weiß, welche Angsthormone mir durch den Körper schossen, jedenfalls zog ich mich innerhalb eines Augenblicks mehrere Regalbretter hoch. Robbie kroch gerade durchs Fenster. Ein weiterer Griff und die dumme Tasche mit dem sperrigen Ordner rutschte von meiner Schulter. Ich hielt eine Sekunde lang inne, um den Beutel hochzuziehen – und genau in dieser Sekunde griff eine Hand nach meinem Knöchel. Ein scharfer Ruck zog mich nach unten und eine Stimme brüllte nach Verstärkung.

»Ellie!«, schrie Sam, der immer noch oben ausharrte, und zu meinem Entsetzen kroch Robbie rückwärts wieder zurück. Für eine Sekunde blickte ich über meine Schulter und sah, dass der Kerl, der mein Bein umklammerte, in der anderen Hand eine Waffe hielt, die er genau in diesem Moment auf mich richtete.

Ohne darüber nachzudenken, dass dies vielleicht das Ende von allem war, riss ich mein Knie hoch und trat mit aller Kraft nach unten. Blut spritzte aus einer Nase, ein gurgelnder Laut war zu hören, die Waffe polterte zu Boden und die Finger um mein Hosenbein lösten sich. Während ich mich keuchend nach oben zog, splitterte unter mir ein Brett und das Regal machte ein Geräusch, als würde es gleich zusammenbrechen.

»Stopp!«, schrie der Sicherheitsbeamte am Boden, doch ich schaute nicht mehr zurück.

Etwa zwanzig Zentimeter über mir streckte Robbie mir seine Hand entgegen. Und Sam! Sam war mit dem Oberkörper ebenfalls zurück durch das Fenster gekrochen.

»Lauft doch!«, schrie ich verzweifelt, aber die beiden blieben da und streckten mir ihre Hände entgegen und irgendwie gelang es mir, mich noch ein Stück weiterzuschieben und noch eins, und dann packten sie mich und zogen mich nach oben, während es neben mir krachte und der Putz von der Wand barst, wo eine Kugel sich in das Gemäuer bohrte. *Kein Taser*, dachte ich noch. *Das sind verdammte Mordwaffen.* Sam ließ meine Hand nicht los. Er zerrte mich durch das zersplitterte Fenster und die Scherben zerrissen mein Hemd und schlitzten meine Haut auf, doch ich merkte es kaum; dann war ich draußen, Robbie folgte, während es ein zweites Mal krachte.

»Die schießen!«, brüllte ich und endlich kapierte Sam, dass es darum ging, das Weite zu suchen. Luzie stand am Ende der Straße und winkte uns hektisch zu. Neben ihr stand ein Retrolenker – Felix, der auf unser Zeichen gewartet hatte. Sam sprintete los und wenigstens einer der zehn Steine auf meiner Brust purzelte herunter. Robbie rappelte sich auf. Wir rannten. Dann öffnete sich in der Gebäudewand neben uns eine Tür und zwei bewaffnete Muskelmänner stürzten daraus hervor. Ihnen folgte – ausgerechnet mein Freund Thorgund. »Halt!«

Bevor ich auch nur eine Sekunde zögern konnte, riss Robbie mich mit sich.

Er schlug einen Haken, einfach an den beiden Männern vorbei, während ich in die andere Richtung auswich. Einer der Männer versuchte, mich zu packen, aber bevor er mich greifen konnte, hatte ich meine Tasche wie einen Morgenstern herumgewirbelt und ihm gegen den Kopf gedonnert.

»Stoppt sie!«, brüllte Thorgund.

Ich rannte und rannte, bis meine Lungen so schmerzten, dass ich dachte, sie würden zerreißen, und in genau dem Augenblick, als ich die offen stehende Tür des Autos, in das Sam und Luzie bereits hineingesprungen waren, erreicht hatte, knallte es so laut, dass ich mich instinktiv duckte und die Arme schützend über den Kopf warf.

Ich drehte mich um.

Die Zeit stand still.

Robbie riss die Augen weit auf.

Ich wollte »Renn« schreien, weil seine Beine sich nicht mehr bewegten, aber meine Kehle war verengt, meine Lippen wie von Blei versiegelt, kein Ton wich aus meiner Lunge. Robbie rührte sich einfach nicht mehr, während hinter ihm die Sicherheitsmänner heranpreschten. Und vielleicht setzte mein Gehirn für einen Moment aus, denn als mich plötzlich zwei Arme um die Hüfte packten und mich mit einem einzigen Ruck ins Auto zogen, war Robbie bereits zu Boden gestürzt, die Sicherheitsmänner über ihm, Thorgund auf sein Armband starrend dahinter, und auf dem Boden hatte sich eine riesige Pfütze Blut ausgebreitet, die wuchs und wuchs und wuchs, bis sie ein Ozean war zwischen uns und Robbie, zwischen Robbie und uns, die wir wegbrausten und ihn zurückließen.

- Geheimsache -

2. Anlage
zum
Sozialbewertungsgesetz zur gesellschaftlichen Befriedung, Ressourcenschonung und Steuerung von Harmonie und Gesundheit

Verabschiedet in 3. Lesung am 12. Mai 2038

Erklärung zur Berechnung der Basiswerte
für Bürger und Bürgerinnen bei Einführung des Sozialbewertungssystems

Aufgrund der Schwierigkeiten, die sich in den letzten Monaten durch die Indexberechnungen anhand verschiedener erprobter Algorithmen ergeben haben, insbesondere bezüglich schlechter Indexstellungen für eine Vielzahl von verdienten Bürgern und Bürgerinnen, die eine wesentliche Rolle im Wohlergehen und Florieren des Staates spielen, beschließt das Kabinett hiermit, die Algorithmen gemäß bestimmter Leistungen bzw. Verfehlungen manuell anzupassen, bevor das Bewertungssystem für alle Bürger und Bürgerinnen greift.
Dabei ist zu kalkulieren, dass
a) Menschen, die sich in der Politik, im Journalismus oder aktivistisch in besonderem Maße und nachweislich FÜR die Einführung des Bewertungssystems engagiert haben, nicht auf einen Ausgangsindex unter 50 % gesetzt werden dürfen, ungeachtet anderer Tätigkeiten;
b) Menschen, die sich in der Politik, im Journalismus oder aktivistisch in besonderem Maße und nachweislich GEGEN die Einführung des Bewertungssystem engagiert haben, nicht auf einen Ausgangsindex über 50 % gesetzt werden dürfen, ungeachtet anderer Tätigkeiten;

c) Menschen, die zurzeit in Haft befindlich sind oder in der Vergangenheit Haftstrafen verbüßt haben, nicht auf einen Ausgangsindex über 50 % gesetzt werden dürfen, ungeachtet anderer Tätigkeiten;
d) Menschen, die nach dem 01.08.2015 ohne legale Einreisegenehmigung auf Staatsgebiet eingedrungen sind, unabhängig von ihrem folgenden Aufenthaltsstatus, nicht auf einen Ausgangsindex über 50 % gesetzt werden dürfen, ungeachtet anderer Tätigkeiten;
e) die Geschäftsleitung und der Beirat des Unternehmens Solysier nicht auf einen Ausgangsindex unter 50 % gesetzt werden dürfen, ungeachtet anderer Tätigkeiten;
f) die Vorstandsvorsitzenden und Geschäftsleitungen von Unternehmen, die im Jahr 2037 mindestens 100.000 Arbeitsplätze unterhalten haben, nicht auf einen Ausgangsindex unter 50 % gesetzt werden dürfen, ungeachtet anderer Tätigkeiten.

Mit diesen Maßnahmen sollen plötzliche Umwälzungen in der sozialen Struktur und gesellschaftlichen Verantwortlichkeiten, die weitere gewalttätige Auseinandersetzungen nach sich ziehen könnten, verhindert werden. Im Einklang mit dem am 22.04.2038 ausgerufenen Notstand bedarf dieser Anhang keiner parlamentarischen Prüfung und wird von der Exekutiven mit sofortiger Wirkung gültig gemacht.

12.05.2038

30.

Berlin 2075

In meinem Körper saß ein Schmerz so tief, dass ich kaum atmen konnte. Meine Lungen hatten sich quälend zusammengezogen, meine Haut spannte wie nach einem Sonnenbrand, in meinem Gehirn schlugen und donnerten mehrere Presslufthämmer, meine Eingeweide waren zu einer winzigen Kugel zusammengequetscht und mein Herz war zermahlen, zerstampft, vernichtet. Außerdem besudelte Blut mein T-Shirt – am Bauch und an den Händen hatten die Glasscherben tiefe Schnitte hinterlassen, die wie Feuer brannten. Hätten brennen sollen, denn in Wirklichkeit fühlte ich rein gar nichts. Es war nicht mein Körper, der schmerzte, sondern etwas ganz anderes.

»Robbie!«

Ich hatte meine Handfläche gegen die Fensterscheibe gepresst, hinter der unser Freund schon lange nicht mehr zu sehen war. Felix raste in waghalsigen Manövern zwischen Autos und Lastern hindurch, schoss in eine Nebenstraße und dann im Zickzack durch schmale Gassen und über wenig befahrene Schleichwege.

»Er hat auf mich gewartet«, würgte ich hervor. »Er hat mir geholfen!«

»Hey.« Neben mir griff Sam nach meinem Arm und drehte mich zu sich. Auf dem Fenster blieben blutige Streifen zurück. Mit einem

Zipfel seines eigenen T-Shirts versuchte Sam, die Blutung in meiner Handfläche zu stillen. Mein Kopf war plötzlich so schwer, dass ich ihn gegen seine Schulter fallen ließ. Auf Sams anderer Seite saß Luzie. Sie hielt Robbies Rucksack eng umklammert auf dem Schoß, die Augen weit und starr.

Wie lange uns Felix durch die Stadt fuhr? Es hätte ein ganzes Jahrhundert sein können. Wir sprachen nicht, doch als ich sah, wie Luzie stille Tränen über die Wange rannen, konnte ich nicht anders, als mein Gesicht in Sams Hemd zu pressen und zu weinen.

Felix brachte uns schließlich in die Garage mit dem Operationssaal, wo wir schweigend und zitternd ausharrten, bis es Abend wurde. Erst als sich Dunkelheit über die Stadt legte, kehrten wir ins Tunnelversteck zurück.

Ich hatte recht behalten. Die Informationen, die Luzie suchte, waren nicht auf Festplatten gespeichert, sondern auf Papier gebannt worden, um sie so gut wie unsichtbar zu machen. Doch unsere Rückkehr war alles andere als ein Triumph. Wir kamen ohne Robbie.

Ich brachte kein Wort hervor, während Luzie leise erzählte, was geschehen war. Mehr und mehr der Rebellen versammelten sich im Speisesaal, wo Susanna uns empfangen hatte. Manche rieben sich verschlafen die Augen, raunend verbreitete sich die schreckliche Nachricht.

Sie müssen mich hassen, dachte ich und wagte kaum, die Männer und Frauen, die Robbie viel besser kannten als ich, anzusehen. Doch dann legten sich warme Hände auf meine Schultern und von Tränen glänzende Augen suchten meinen Blick. Nina strich sanft über meine verbundenen Hände, während Lisa mich von hinten umarmte. Niemand war wütend. Jedenfalls nicht auf mich.

»Es ist nicht das erste Mal«, erklärte Nina mir leise. »Bei einer Demonstration vor ein paar Monaten haben sie scharf geschossen. Er ist der Dritte, den wir so verlieren.«

Ob in dieser Nacht jemand schlief? Im Tunnel lebten wir in Dunkelheit, sodass ich keine Ahnung hatte, wann der Morgen kam – doch wenn es auf der Welt nie wieder hell geworden wäre, hätte ich mich auch nicht gewundert.

Nur, dass die Welt sich nicht um mich drehte. Die Sonne scherte es nicht, ob es einen guten Grund gab aufzugehen. Die Sterne kümmerte es wenig, ob wir Menschen uns unglücklich machten, und der Mond wurde dick und rund, egal, ob Robbie, der Robokämpfer, gestorben war oder nicht. Wenn also die Sonne und der Mond und die Sterne nicht aufschrien, dann mussten wir es doch tun, oder?

Als Susanna sich mir gegenübersetzte, war Sam neben mir auf einer Bank im Speisesaal eingeschlafen.

»Es war nicht deine Schuld«, sagte sie. »Mach dich nicht für etwas verantwortlich, für das du keine Verantwortung trägst. Die Verantwortung trägt die ZDS, die mit scharfen Waffen auf Unbewaffnete losgeht, weil sie Angst vor dem haben, was wir repräsentieren.« Ihre Augen leuchteten. »Ihr habt gute Arbeit geleistet. Robbie wusste, welches Risiko ihr eingeht.«

Ich war mir nicht sicher, ob ich es gewusst hatte.

»Luzie hat mir schon ein paar der Dokumente gezeigt. Vielleicht liegt sie richtig. Wir haben endlich Beweise für Dinge, die wir schon lange vermuteten. Wenn wir damit nicht dafür sorgen können, dass Menschen auf die Straße gehen, dann haben es die Menschen nicht verdient, befreit zu werden.«

Ich schluckte und nickte. Aus Susannas Stimme sprach der unerschütterliche Glaube, dass sie etwas verändern konnte. Sie erzählte mir leise davon, wie sie Robbie nach einem Robokampf aufgegabelt hatte, nachdem er gerade von seinen Eltern rausgeschmissen worden war. »Robbie konnte sich nicht gut einfügen. Aber er war blitzgescheit! Das hat ihm eine Menge Ärger eingebracht.« Dann trommelte sie kurz auf den Tisch und seufzte: »Du hast deinen Teil der Abmachung erfüllt, Ellie. In ein paar Tagen geht ein Transport in die Enklave. Dann bist du mit deiner Familie dabei!«

Viel später fand ich Susanna und Luzie in einem kleinen Raum, der mit Kabeln, Bildschirmen und Pads ausgestattet war. Luzie hatte die vielen von uns abfotografierten Seiten auf ein Pad gezogen und verschiedene Stellen markiert, die sie augenscheinlich für wichtig erachtete. Auf dem Tisch vor ihnen waren die Papiere ausgebreitet – das Innenleben der gestohlenen Ordner.

Luzie sah nicht aus, als hätte sie geschlafen. Trotzdem durchströmte sie eine fast manische Energie, mit der sie konzentriert ein Blatt nach dem anderen studierte und hektisch in das Pad auf ihren Knien tippte.

»Wir haben hier mehr, als wir uns hätten wünschen können«, stellte sie fest, ohne aufzuschauen, als ich den Raum betrat. Ich ließ mich still auf einem der freien Stühle nieder. Luzie zeigte Susanna etwas, das sie gerade entdeckt hatte. »Das könnte unser Aufhänger sein.«

Sie setzte zu einer Erklärung an, als Sam in der Tür erschien. Er hielt ein Stück Pappkarton in der Hand, vermutlich abgerissen von einer der Drohnen-Transport-Kisten. Zwischen den Fingern drehte er einen Bleistift. »Das ist der einzige Stift, den ich habe. Ich hätte sonst etwas viel Besseres …«

»Zeig schon her!«, unterbrach Susanna ihn sanft.

Sam wendete den Karton um, sodass wir die mit wenigen harten Strichen angefertigte Zeichnung sahen. Sie zeigte eine leblose Figur, ausgestreckt auf Asphalt inmitten einer riesigen Pfütze. Hinter ihr ragten drohend zwei dunkle Gestalten auf, die Waffen im Anschlag.

Luzie starrte gebannt auf die Zeichnung.

Über die Figuren hatte Sam mit festen, sich in den Karton bohrende Linien ein Wort geschrieben, das fast aus dem Bild zu bersten schien: »Mörder!«

Susanna brach schließlich die Stille: »Gut gemacht. Sehr gut!«

Keiner von uns ertrug es, Robbies Namen auszusprechen. Luzie klopfte mit dem Finger auf das Pad vor ihr. »Das nehmen wir für unsere Startseite.« Sie zögerte einen Moment. Ihr Blick heftete sich starr an ihre Finger, als sie weitersprach. »Felix hat gefilmt, als geschossen wurde. Ich werde euch das nicht zeigen.« Ein kaum merkliches Zittern durchlief ihren Körper. *Sie* hatte das Video angeschaut. »Aber die Welt muss es sehen.«

Hörbar atmete sie aus und sprach schnell weiter: »Dann werden wir Zusammenfassungen der wichtigsten Dokumente hochladen – und natürlich die Dokumente selbst. Neel arbeitet schon daran, aber er wird etwas länger brauchen. Ohne Robbie.«

Ihre Stimme brach. Sie biss ihre Zähne hart aufeinander.

»Ellie, hast du gesehen, was wir hier gefunden haben?«

Luzie schnipste mit einer Handbewegung das Abbild einer gelochten Seite auf einen größeren Monitor.

»Geheimsache«, stand da. »2. Anlage zum Sozialbewertungsgesetz.«

Ich überflog die kurzen Absätze.

»Das ist …«

»… das ist einen Tag nach der Verabschiedung des Bewertungsgesetzes in Kraft getreten«, sagte Susanna grimmig. »Es bedeutet, dass das ganze System von Anfang an korrupt war. Es gab keinen Anfang von Null. *Nicht* jeder Mensch hatte die gleichen Chancen!«

Mein Herz pumpte plötzlich schneller. »Mein Großvater«, stammelte ich. »Thomas Gerlach hat gegen das Gesetz gestimmt. Das heißt …«

»… dass er dafür abgestraft wurde.«

Meine Stimme war nur noch ein Flüstern: »Und seine ganze Familie mit ihm.«

Luzie überlegte. »Wahrscheinlich mussten die Indexe von Personen in seinem Umfeld gar nicht manipuliert werden. Wir wissen alle, was ein Abweichler in der Familie mit unseren Prozenträngen anstellen kann.«

»Und das hat Wirkungen über Generationen hinweg«, ergänzte Susanna. »Politisch Andersdenkende, Geflüchtete, Kriminelle, sie alle wurden benachteiligt.«

»Tja, das erklärt auch die schlechten Indexwerte in meiner Familie«, sagte Luzie trocken, aber in ihrem Gesicht konnte ich sehen, wie verletzt sie war. »Wir fallen unter Punkt d) des Gesetzes. Meine Oma kam aus dem Sudan nach Deutschland.«

Sam machte einen Schritt in den Raum und legte den Karton auf den Tisch. »Erfolgreiche Unternehmer wie mein Großvater hingegen waren im Vorteil.«

Luzie nickte und scrollte den Text nach unten. »Aus den Protokollen wird deutlich, dass sich viele Wirtschaftsgrößen gegen das Gesetz sperrten – bis zugesichert wurde, dass das Bewertungssystem ihnen nicht schaden würde. Und die Solysier-Geschäftsleitung hat sich ihren Platz an der Sonne ebenfalls gesichert – sie hocken ja bis heute direkt im Gebäude mit der ZDS!«

»Was heißt das?« Ich versuchte, meine Gedanken zu ordnen. »Was, wenn es diese Vorgaben nicht gegeben hätte? Gäbe es dann Gerechtigkeit?«

Susanna lachte bitter auf, doch es war Sam, der antwortete.

»Nein«, sagte er kopfschüttelnd. »Der Algorithmus soll erwünschtes soziales Verhalten fördern – aber was ist erwünscht? Der Algorithmus existiert nur, weil Menschen ihn mit Daten gefüttert haben.

Und diese Menschen entscheiden, was richtig oder falsch ist. Klar, eine Gesellschaft muss Regeln aufstellen: Mord ist verboten. An einer roten Ampel halten die Autos. Aber unsere Bänder bewerten *alles*: Was wir essen, wie viel Sport wir treiben, wie oft wir anderen helfen, ob wir genug konsumieren, ob wir ein Taschentuch neben den Mülleimer geworfen haben.«

Er hob resigniert die Schultern.

»Jeder Mensch muss Fehler machen dürfen«, sagte Luzie leise. »Wir brauchen die Freiheit, auch manchmal schlecht und unerwünscht zu handeln. Wir sind Menschen, keine Maschinen.«

Wir schwiegen.

»Das sind tief greifende Überlegungen«, erklärte Susanna schließlich. »Aber zuallererst brauchen wir Schlagworte. Die Menschen müssen begreifen, dass die ZDS sie betrügt. Sie müssen wissen, dass die hohen Tiere in der ZDS und bei Solysier sich Code Omni-X ins Armband laden, während sie selbst dabei überwacht werden, ob sie ihre Nachbarn freundlich grüßen. Wir müssen die Leute auf die Straße bringen!«

»Du hattest übrigens recht«, sagte Luzie zu mir gewandt. »Deine Tante hat angefangen, Fragen über ›Aktion Recht und Ordnung‹ zu stellen. Das sollte unbedingt verhindert werden.«

Ich sah Luzie fragend an.

»›Aktion Recht und Ordnung‹ war eine landesweite Säuberung, mit der Kritiker des Bewertungssystems aus dem Weg geräumt wurden. Auf eine Art und Weise, von der niemand jemals erfahren sollte. Tess wurde ins Heim gebracht, damit sie nicht weiter nachforschen kann.«

Sie schob mir den Ordner hin, den ich selbst aus dem Archiv gestohlen hatte. Doch bevor ich ihn aufklappen konnte, betrat Neel den Raum.

»Wir haben ein Problem.«

WIR SAGEN NEIN!
WIR SCHWEIGEN NICHT.

Am 20. August 2075 ist eines unserer Mitglieder,

ROBBIE ROBOKÄMPFER,

hinterrücks von Sicherheitskräften der Zentralen Datenstelle erschossen worden.

Uns ist es gelungen, Dokumente aus der ZDS zu entwenden, die eindeutig belegen, dass das Sozialbewertungssystem auf Ungerechtigkeit beruht und uns unsere Freiheit nimmt.

DIE BRISANTESTEN INFORMATIONEN:

Hochrangige Beamte der ZDS manipulieren das Bewertungssystem mit einem extra programmierten Code, um ihre eigenen Indexe auf vollem Prozentrang zu halten. Bei Einführung des Bewertungssystems erhielten Politiker und Wirtschaftsgrößen zusätzliche Punkte.

Bei Einführung des Bewertungssystems erhielten Kritiker, Geflüchtete und vorbestrafte Menschen Punktabzüge. Die Auswirkungen dieser Manipulationen spüren wir bis heute!

EIN ALGORITHMUS IST NIEMALS GERECHT!

Mehr Informationen und Einsicht in die Originaldokumente hier:

31.

Berlin 2075

Wir waren angegriffen worden. Unsere digitale Infrastruktur hatte einen empfindlichen Schlag erlitten.

»Das Problem ist die Datenübermittlung«, erklärte Neel. »Robbie hat immer wieder neue Wege gefunden, wie wir uns in das System einhacken konnten, um unsere Clips direkt auf die Menüs der Nutzer zu liefern. Das war nie perfekt, weil Suchbegriffe wie ›Rebellen‹ und ›Widerstand‹ mit jedem Clip und jeder Nachricht für mehr Nutzer gesperrt wurden. Aber wir besaßen trotzdem immer noch direkten Zugang zu Zehntausenden Nutzern. Und die haben unsere Clips weiterverbreitet.«

Neel setzte sich erschöpft zu uns. Auch er hatte augenscheinlich die Nacht durchgearbeitet.

»Sie wissen, dass wir hinter dem Einbruch in die ZDS stecken. In den letzten Stunden hat es Hunderte von Angriffen auf unsere Server gegeben.«

»Was heißt das?«, fragte Susanna.

»Sie waren erfolgreich«, erklärte Neel. »Alle unsere Clips und Informationen sind getilgt.«

Luzie biss sich auf die Lippe. Susanna zeigte keine Regung.

»Das ist das kleinere Problem. Ich denke, ich würde es schon schaffen, sie wieder hochzuladen. Jedenfalls bis sie uns das nächste Mal lahmlegen. Das ist ein Katz- und Mausspiel, das wir Ewigkeiten treiben können.«

Susanna zog eine Augenbraue in die Höhe. »Aber?«

»Aber«, sagte Neel und rieb sich mit den Händen durchs Gesicht. »Ich habe keine Ahnung, wie ich das Problem mit der Datenübermittlung lösen soll. Robbie ist der Experte gewesen. Ich weiß nicht, wie ich die Mauern umgehen soll, die sie aufgebaut haben. Was nützen uns brisante Informationen …«, er wies auf die Papiere und die Bildschirme, »wenn wir sie nicht unter die Leute bringen können?«

Wir schauten uns reihum an. Luzie schüttelte wieder und wieder den Kopf. Ihre Augen waren von geplatzten Äderchen durchzogen. »Aber wir *müssen* diese Informationen verbreiten! Ein paar Graffitis sind nicht genug, um unsere Ideen in die Köpfe der Menschen zu bringen. Nur wer in den Bändern sitzt, sitzt in den Köpfen!«

Susanna begann, auf und ab zu laufen. »Wo sollen wir jemanden hernehmen, der sich damit auskennt? Luzie, kennen wir jemanden in der Enklave …?«

»Moment mal«, unterbrach ich sie. »Neel, habe ich das eben richtig verstanden, dass du unsere Informationen hochladen könntest, aber das Problem ist, dass du niemandem den Zugang dazu schicken kannst?«

Neel nickte. »Das ist so, als hättest du deinen Supermarkt gesperrt, dir Benachrichtigungen zu schicken – nur, dass wir für alle Menschen gesperrt sind.«

»Ich hatte noch nie genug Punkte, um meinen Supermarkt sperren zu können«, brummelte ich vor mich hin. Aber meine Gedanken waren woanders. »Das heißt also, wir müssen einen Weg finden, den Leuten mitzuteilen, wo sie unsere Informationen finden können?«

Neel nickte wieder.

»Susanna, kann man die Drohnen auch mit etwas anderem ausrüsten als scharfer Munition?«

Drei Tage später wurden wir aus dem Schlaf gerissen. Ich hatte inzwischen in der Dunkelheit des Tunnels jegliches Gefühl für Tag und Nacht verloren. Deswegen dachte ich zunächst, der Morgen sei bereits herangebrochen, als ich im Flur Fußtritte und Rufe hörte. Ich zog mir die kratzige Decke über den Kopf, doch im nächsten Augenblick rüttelte eine Hand an meiner Schulter.

»Ellie, steh auf!« Nicht Sam, sondern Lisa.

Ich hatte Sam in den letzten Tagen kaum gesehen. Er war damit beschäftigt, Neel bei einem neuen Animationsfilm, zu dem er die Zeichnungen beisteuerte, zu helfen, während ich mit Susanna, Luzie und ein paar anderen die Vorbereitungen für unsere Aktion traf. Ich schlief in einer kleinen Kammer mit meiner Familie, um im Schlafsaal Platz für einige Neuankömmlinge zu machen.

»Was ist los?«, fragte ich verwirrt.

»Wir verlassen das Versteck«, erwiderte Lisa. »Ich weiß nichts Genaueres, aber ich glaube, wir wurden entdeckt.«

Ich war mit einem Schlag wach. Benedikt zog sich verschlafen an, während Mama Tess half.

Draußen auf dem Flur hielt ich Theo fest, der gerade vorbeieilte. »Was ist passiert? Sind wir aufgeflogen?«

»Noch nicht. Aber Felix hat draußen mehrere Fotodrohnen beobachtet, ganz nah an dem Gebüsch, das den Eingang verbirgt. Wahrscheinlich sind sie uns auf den Fersen. Susanna will kein Risiko eingehen. Wir räumen den Tunnel.«

Ich wollte noch mehr fragen, aber Theo schüttelte den Kopf. »Es muss schnell gehen!«

In den Tunneln herrschte so viel Gerenne und Gerufe, dass man den Eindruck gewinnen konnte, es gäbe Hunderte Rebellen, statt vier Dutzend. Luzie und Susanna hatten in Windeseile einen Plan angefertigt, wer wann und wohin den Schacht verlassen sollte.

»Ellie«, rief Susanna mich zu sich, während ich Neel dabei half, die Maschinen und Bildschirme zu verpacken, die er in der Krankenstation im Garagenversteck wieder aufbauen sollte. »Ihr macht euch gleich auf den Weg.«

»Wohin?« Für einen Moment stand ich auf dem Schlauch.

»Wir setzen euch in einen der Touristenbusse. Es ist schon alles arrangiert.«

»In die Enklave?«

Susanna bejahte ungeduldig. »Es ist schwer genug, für alle Verstecke zu finden. Luzie will heute Abend loslegen und sie hat recht. Kinder und Schwangere können wir hier nicht gebrauchen.«

Es war, was ich immer gewollt hatte: In wenigen Stunden würden wir in Sicherheit sein und uns keine Sorgen um Gold, Grau und Rot mehr machen.

Aber wo war eigentlich Sam? Luzie sagte, dass er mit ihr die Ordner, Mappen und losen Papiere eingepackt hatte.

»Und wo ist er jetzt?«

»Keine Ahnung, wahrscheinlich ist er schon weg. Susanna hat eben ein paar Leute losgeschickt.«

»Wie meinst du das – weg? Wo ist er denn hin?«

»Ich weiß es nicht«, antwortete Luzie gereizt. »Susanna hat das geregelt, er wird schon nicht verloren gegangen sein.«

»Aber wie soll ich ihn kontaktieren? Ohne Armband?«

Luzie stemmte eine mit Kabeln und Pads vollgestopfte Kiste in die Höhe. »Ellie, wie du siehst, habe ich anderes zu tun, als mir um euch beiden Turteltäubchen Gedanken zu machen. Abgesehen davon, solltest du ihm vielleicht mal mitteilen, was du für ihn empfindest, dann würde er auch nicht ohne Abschied verschwinden.«

Mein Mund klappte auf, aber Luzie schenkte mir schon keine Beachtung mehr.

»Wie denn?«, murmelte ich. »Wie soll ich ihm überhaupt irgendetwas mitteilen?« Und ich starrte auf mein nacktes Handgelenk.

Wir waren erst am späten Vormittag an der Reihe.

Nina begleitete uns. Sie fuhr den Minibus, einen Retrolenker, der vorher schon die anderen in ihre verschiedenen Verstecke gebracht hatte. Ich half Tess hinein und nahm dann vorne neben Nina Platz.

»Du kannst dieses Ding fahren?«

Sie lachte. »In der Enklave können das die meisten.«

Ich runzelte die Stirn. »Kommen die Leute nicht dahin, um das Leben zu genießen? Dieses retrolenken wirkt eher … gefährlich.« Ich dachte an Sams halsbrecherischen Fahrstil.

»Die Leute kommen in die Enklave, um Dinge zu tun, die sie hier nicht tun können. Abgesehen davon: Von dem Bezirk für Touristen halten wir uns möglichst fern. Wir halten uns an die Hinterhäuser, die Ränder des Vergnügungsviertels, die Gassen, in die sich Urlauber niemals verirren. Da sind wir technologisch nicht so gut ausgestattet. Du wirst dich noch nach automatisierter Klimaregulierung und funktionierenden Navigationssystemen sehnen.«

»Wie kann es sein, dass das toleriert wird? Und dass wir nichts davon wissen?«

»Es wird toleriert, *weil* die meisten Menschen nichts davon wissen. Und wie gesagt, es fehlen viele Annehmlichkeiten. Kein Armband, das dir sagt, wann du ins Bett gehen solltest, um genug Schlaf zu kriegen. Kein Alarm, wenn du dich schlecht ernährst. Keine Benachrichtigungen über Schnäppchenpreise und Schlussverkäufe. Keine Möglichkeiten, jemanden abzustrafen, der dich angerempelt hat. Niemanden, der freiwillig das Treppenhaus putzt, weil er dafür Punkte einheimst.«

»Klingt gut.«

Nina rieb nachdenklich über das Lenkrad. »Die Frage ist, wie *lange* die Enklave noch toleriert wird. Wenn uns ein schmerzhafter Schlag gegen die ZDS gelingt und die mitkriegen, wie viele von unseren Sympathisanten in der Enklave sitzen – dann könnte es richtig Ärger geben.« Sie hob die Achseln und lenkte den Bus auf eine Schnellstraße. »Aber vielleicht wird das noch dauern. Schließlich gibt es genug wichtige Menschen in der ZDS, die ihre Ausflüge in die Enklave mehr als genießen. Das werden sie nicht so schnell zerstören wollen.«

Ich schwieg und starrte auf die Straße vor uns.

»Hey, Kopf hoch«, sagte Nina aufmunternd. »Ich werde dir helfen, eine Arbeit im Krankenhaus zu finden. Vielleicht wirst du später auch einmal Ärztin. Das wolltest du doch?«

»Kommst du mit?«, fragte ich.

Nina schüttelte den Kopf. »Sicher bald wieder einmal. Aber im Moment werde ich hier gebraucht.«

In meinem Hals wurde ein Kloß größer und größer.

Der Bus, der uns in die Enklave bringen sollte, war ein stromlinienförmiges Ungetüm, glänzend und glatt poliert. In dem Wartehäuschen, in dem ein Kellner Sekt und Häppchen reichte, waren nur Damen und Herren versammelt, die an ihren Handgelenken Schmuckbändchen und Perlen trugen – und golden leuchtende Armbänder.

»Siehst du«, raunte Nina mir zu. »Die meisten dieser Leute haben keinerlei Grund, länger als ein verrücktes Wochenende in der Enklave zu bleiben. Denen geht es hier gut.«

Lisa nestelte nervös an der Plastikattrappe an ihrem Arm.

»Wie sollen wir denn einsteigen? Unsere Armbänder werden doch bestimmt eingelesen?«

Nina beruhigte sie: »Der Busfahrer ist einer von Susannas Leuten. Ihr solltet nur versuchen, euch nicht in einen Streit mit einem der

Mitfahrenden zu verwickeln. Nicht, dass jemand versucht, sich bei euch einzuklinken.«

Wieso schauten jetzt alle mich an?

»Nina-« setzte ich an, doch sie drehte sich auf einmal zu Tess um. Ihr stand Schweiß auf der Stirn. Benedikt und Mama stützten sie, doch ihre Beine zitterten.

Nina sah sich um. »Das ist der Entzug. Aber es darf sie niemand für krank halten. Schließlich wäre das ein guter Grund, einen Blick in ihr Profil zu werfen.« Sie führte Tess zu einer Bank und Lisa blieb neben mir stehen. »Danke«, sagte sie plötzlich, nahm meine Hand und legte sie auf ihren Bauch.

Wir umarmten uns. Ich dachte an ein winziges Baby ohne Armband und ohne Chip im Ohr.

Während Benedikt das Gepäck murrend im Bus verstaute, setzten Lisa und ich uns neben Tess.

»Geht es dir gut?«, fragte ich sie.

»Ja.« Tess nickte. »Mich hält hier nichts.«

Am Vorabend hatte ich ihr von unseren Entdeckungen erzählt und ihr die Liste der Parlamentarier gezeigt, die ihre Stimme gegen die Einführung des Sozialbewertungssystems genutzt hatten. Mit fahrigem Finger hatte sie über den Namen ihres Vaters gestrichen und gemurmelt: »Ich wusste, dass er sich letztendlich dagegen entschieden hatte. Aber nicht, dass er deswegen alles verlor. Ich war wütend auf ihn, als er sich plötzlich aus der Politik zurückzog und einfach resignierte. Aber ehrlich gesagt, war ich in erster Linie mit mir selbst beschäftigt, sodass ich gar nicht über diese Dinge nachdachte.«

Jetzt schaute sie mich an und ihre Augen wirkten erstmals seit Langem klar und wach. Für einen Moment sah ich das fröhliche, nachdenkliche Mädchen mit dem rosa Pferdeschwanz vor mir, das sie einmal gewesen war.

Der Bus gab ein Hupen von sich, was wohl bedeutete, dass die Abfahrt anstand. Mir war plötzlich kalt.

Lisa stieß mir in die Rippen. »Ich glaube, da sucht dich jemand.« Sie wies mit dem Kinn die Straße hinunter.

Wo Sam gerade von seinem Skateboard sprang, es sich unter den Arm klemmte und mit unleserlicher Miene auf uns zusteuerte.

»Na los«, zischte Lisa. Sie schubste mich von der Bank in Sams Richtung. Ich stolperte ihm entgegen und brachte ihn außer Hörweite von meinen neugierigen Familienmitgliedern zum Stehen.

»Hallo«, sagte Sam.

Mein Herz machte einen holprigen Satz vor Erleichterung. Trotzdem boxte ich ihn als Erstes vor die Brust. »Wieso bist du einfach abgehauen? Ohne dich zu verabschieden?!«

»Hey!« Sam rieb sich empört das Brustbein. »Geht's auch sanfter?«

Ich pustete mir eine Strähne aus dem Gesicht. »Ich dachte, wir sind jetzt Rebellen.«

»Ich bin ein sehr sensibler Rebell und möchte entsprechend angefasst werden.«

Ich richtete die Augen zum Himmel und musste lachen.

Sam stopfte die Hände in seine Hosentaschen, während er eine Augenbraue hochzog. »Ich bin nicht abgehauen. Ich hatte keine Ahnung, dass du dich heute klammheimlich aus dem Staub machst.«

»Das hat Susanna so arrangiert. Ich wurde nicht gefragt. Außerdem …«

Sam begann zu grinsen und mir rutschte ein idiotisch breites Lächeln aufs Gesicht. »Wie auch immer. Ich bin froh, dass du gekommen bist.«

»Na ja«, sagte Sam neckend. »Ich bin nicht direkt wegen dir gekommen …« Er zerrte umständlich an seinem Rucksack und förderte den Ordner mit der Aufschrift »ARO« zutage. »Sondern wegen deiner Tante.«

»Sam, ich muss dir etwas …«

Er hatte den Ordner geöffnet und ein Blatt Papier in einer uralten Plastikhülle herausgeholt, ein gelb angelaufenes Stück Papier, etwa so hoch wie meine Handspanne, das mehrere Faltlinien aufwies. Es war mit enger schwarzer Schrift beschrieben. Schrift, die mir vertraut schien.

»Was ist das?« Ich sah mich unwillkürlich zu Tess um. Sie war inzwischen aufgestanden, um sich mit Lisa auf den Weg zum Bus zu machen.

Sam sprach leise und ernst. »Das ist ein Brief an deine Tante.«

»Wie kann das sein?«, wisperte ich. »Da war eine Liste mit Namen. Ich habe gesucht, aber keinen Jonas Heuck gefunden.«

»Weil das nicht sein richtiger Name ist«, erklärte Sam. »Aber ich habe seine Handschrift erkannt.«

Er tippte auf die in die Plastikhülle eingestanzten Druckbuchstaben. Jonas Helling.

Sam reichte mir den Brief. Ich konnte die Buchstaben nicht entziffern. Nur die ersten Worte. »Liebe Theresa.«

Ich leckte mir über die trockenen Lippen. Sams Augen waren warm. Trotzdem fröstelte ich. Hinter uns hupte der Bus.

»Soll ich ihr das geben?«, fragte ich.

Sam nickte. »Ich denke schon.«

»Okay.«

Wir sahen uns an und mein Herz klopfte wie ein Metronom auf Speed. »Sam …«

In meinem Kopf begannen sich, lauter wirre Gedanken zu formen. Sams Blick fiel auf meinen Mund und dann war er blitzschnell, gepriesen sei Amor, denn wenn er noch eine Sekunde länger gebraucht hätte, wäre ich Angsthase wahrscheinlich in Ohnmacht gefallen. Doch bevor ich kollabieren konnte, hatte er mit einem Schritt die Lücke zwischen uns geschlossen, die Hand an mein Gesicht gelegt und mich geküsst. Endlich, endlich, verdammt noch mal, geküsst.

Seine linke Hand grub sich in mein Haar und seine rechte griff nach meiner Hüfte, während unsere Lippen sich berührten und meine Knie weich wurden und Sterne vor meinen geschlossenen Augenlidern tanzten. Oh, ich idiotischer Feigling, wieso hatte ich so lange darauf gewartet?

Hupen. Jemand rief nach mir.

»Ich muss …«, stammelte ich und ließ von Sam ab.

Keine Aufmerksamkeit erregen, hatte Nina mir eingebläut und jetzt stand ich hier und sorgte dafür, dass der Busfahrer wild hupte. Die Fensterscheiben des Busses waren getönt, aber ich bildete mir ein, durch das dunkle Glas die wütenden Glotzaugen der Enklaventouristen zu sehen, die schon drauf und dran waren, ihre Armbänder zu zücken, um meinem Profil einen tüchtigen Dämpfer zu verpassen.

Sam rief mir etwas hinterher, doch ich hechtete zum Bus und sprang die Stufen hinauf. Der Busfahrer blickte mich mittelmäßig streng an – er wusste ja, dass er um mich besser kein Aufheben machte.

»Moment!«

Ich hastete den Gang hinunter, fand Lisa und Tess, dahinter Mama und Benedikt. Jeder bekam einen flinken Kuss auf die Wange. Meiner Tante drückte ich den Brief in die Hand. »Für dich«, wisperte ich ihr zu. Lisa starrte mich erstaunt an. Tess ließ ihre warme Hand über meine Wange gleiten.

Und dann rannte ich zurück zur Tür, bevor der Fahrer sie schließen konnte, und sprang hinaus.

Der Bus wirbelte im Davonbrausen eine Staubwolke auf, und als der Dunst sich senkte, sah Sam, wie ich daraus hervortrat. Okay, okay, ganz so war es wahrscheinlich nicht, aber Sam sah mich tatsächlich etwas verdattert an, als ich auf ihn zulief. Und ich grinste wie ein Honigkuchenpferd, bis es mir nach ein paar Sekunden peinlich wurde, sodass ich verlegen auf meine Schuhspitzen guckte.

»Ähm, Ellie?« Sam kam langsam näher. »Hast du deinen Bus verpasst?«

Ich schabte mit den Zähnen über meine Unterlippe und versuchte mich in einem koketten Lächeln. »Das wollte ich dir eben schon sagen. Ich habe beschlossen, hierzubleiben und meiner Mutter meinen Platz zu überlassen.«

Sam zog die Stirn zusammen und in seinen Augen leuchtete ein Funken Übermut. »War das vor oder nach dem Kuss?«

»Vor dem Kuss!«, rief ich entrüstet. Sams Miene verrutschte enttäuscht, weshalb ich mich beeilte hinzuzufügen: »Aber der Kuss war definitiv ein Bonuspunkt!«

»Bonuspunkt ganz ohne Sozialindex?«

Ich nickte und wir lachten.

»Ich will euch ja nicht stören«, unterbrach Nina uns mit leicht amüsiertem Gesichtsausdruck. »Aber es ist keine gute Idee, dass wir hier noch lange rumstehen!«

Brief von Jonas an Resa, Oktober 2038

[Anmerkung des Zensors: Aufgrund der sensiblen Informationen in diesem Brief wird empfohlen, ihn nicht weiterzuleiten. Sollte es entgegen dieser Empfehlung zu einer Versendung kommen, sind die gestrichenen Passagen zu entfernen. Absender und Empfängerin werden nicht informiert. Es wird empfohlen, die Empfängerin digital zu observieren. Eine Suche nach Schlagworten mit Bezug zum Absender und seinen Ausführungen durch die Empfängerin oder mit ihr Verbundene muss der Zentralen Datenstelle gemeldet und geahndet werden.]

Liebe Theresa, 15.10.2038

Resa … wie ich dich vermisse.
Wie ich wünschte, hier drinnen deine Nachrichten zu erhalten – ich wage es ja gar nicht erst mir auszumalen, dich zu sehen, aber wenn sie wenigstens zulassen würden, dass wir Nachrichten bekommen, dass ich wieder nachts ein kleines Pling höre und dann ist das ein kleiner, frecher, schlauer Satz von dir. Du kannst dir ja inzwischen denken, dass ich nachts nicht im Krankenhaus gearbeitet habe, sondern mit Deniz und den anderen Pläne geschmiedet habe, die mussten ja tagsüber ihren normalen Tätigkeiten nachgehen, damit keiner Verdacht schöpfte. Na ja, wie man sieht waren wir nicht besonders gut darin, unsere Spuren zu verwischen, und wahrscheinlich waren wir auch naiv. Wir wussten selbst nicht, gegen was wir da ankämpfen. Jedenfalls haben sie sich schon lustig gemacht damals, weil ich immer wieder auf mein Handy geguckt habe und auf deine Nachrichten wartete und dann gegrinst habe wie blöd, wenn eine kam. Ich grinse jetzt noch, wenn ich daran denke, auch hier, in diesem winzigen Zimmer und im Hof, in den sie mich einmal am Tag runterschicken.
Jetzt dürfen wir also endlich schreiben und ich hoffe sehr, dass du mir antwortest und mir verzeihen kannst, dass du so lange nichts von mir gehört hast. Wir dürfen nur diesen einen Brief schreiben und deswegen bitte ich dich auch, meiner Mutter auszurichten, dass es mir gut geht, ihre Adresse schreibe ich am Schluss.
Deniz habe ich während der Verhandlungen gesehen, aber jetzt, wo wir auf das Urteil warten, bin ich ganz allein, und glaub mir, man wird schon ein bisschen verrückt, wenn man nichts hat als seine

Gedanken. Also versuche ich an die Zukunft zu denken und an die Zeit, in der ich wieder frei sein werde, denn daran glaube ich bestimmt, auch wenn mein Verteidiger manchmal den Eindruck machte, als liege ihm nicht viel daran. Alle außer uns tragen jetzt diese Armbänder. Du bestimmt auch, das kann ich mir gar nicht vorstellen. Deniz hat einmal gesagt, dass es auch zum Ärgsten kommen kann, aber daran will ich gar nicht denken.

~~Ich weiß, dass sie Dinge über uns verbreiten, die auch du hören wirst, aber ich vertraue darauf, dass du sie nicht glaubst. Gewalt war niemals eine Option für mich. Altater steckt nicht hinter den Anschlägen. Wir haben bestimmt Fehler gemacht, insbesondere die Sache mit dir und deinem Vater, aber wir haben nie das Leben von Menschen aufs Spiel gesetzt! Außer unser eigenes, aber das ist unser gutes Recht, oder?~~

Bereuen tue ich nur eins – dass ich dich nicht eingeweiht habe. Auch wenn wir gescheitert sind, denke ich doch immer noch, dass wir recht hatten. Und recht behalten werden, auch wenn vielleicht ein paar Jahre verstreichen müssen. Aber vielleicht wird sich jemand an uns erinnern, jemand, der aufstehen und »nein« rufen wird, und er wird wissen, dass es auch andere gab, die sich gegen ein Unrecht gestemmt haben. Das hoffe ich jedenfalls, weil ich nicht denken will, dass alles, was wir getan haben, umsonst war.

So ein kleines Stück Papier haben sie uns gegeben – jetzt bleibt kein Platz mehr übrig. Schreib mir, rosa Resa, und denk an mich.

Dein Jonas

32.

Berlin 2075

Wir saßen hoch über der Stadt, als Sam mir einen Brief vorlas, der 37 Jahre lang seine Empfängerin nicht erreicht hatte. Die letzten Sonnenstrahlen tauchten die Gebäude zu unseren Füßen in warmes goldenes Licht und in tausend Fenstern funkelte und blinkte der Glanz des vergehenden Tages.

Sam und ich hatten unsere Aufgaben erledigt; nun kamen wir Susannas Aufforderung nach, uns bis zur Nacht unsichtbar zu machen. Erst dann würden wir in einem neuen Versteck mit einigen der anderen zusammentreffen.

Wie wir uns unsichtbar machten? Sam sagte, dass das Offensichtliche manchmal die am wenigsten erwartete Lösung sei. Oder vielleicht waren wir auch einfach nur leichtsinnig. Für Sam gab es einen weiteren Grund, den Turm zu betreten. Er ließ einen gefalteten Zettel durch den Schlitz der Paketbox seiner Eltern unten in der Lobby verschwinden.

»Sie sind keine schlechten Menschen«, meinte er leise. »Sie machen sich sicher Sorgen und sollen wenigstens wissen, dass es mir gut geht.«

Ich nickte. In der Wohnung im 27. Stock gab es nun zwei leere Zimmer: das von Alexa und das von Sam.

Dann marschierten wir lässig durch die Eingangshalle und warteten am Aufzug, wo zum Glück mehrere Bewohner gerade nach oben fahren wollten. Klar, es war ein Pokerspiel, aber wir verließen uns darauf, dass man den Turm nicht mit Fahndungsplakaten tapeziert hatte. Tatsächlich kamen wir unbehelligt bis in den 23. Stock, wo der letzte Passagier ausstieg und wir es ihm wohl oder übel nachtun mussten. Also zwölf Etagen zu Fuß – aber das sollten zwei Rebellen ja aushalten, oder? Oben rangen wir nach Atem, doch als wir den Garten betraten, erfüllte uns eine merkwürdige Mischung aus fatalistischem Übermut und Vorfreude auf Unbekanntes.

Hand in Hand balancierten wir über die »Brücke« zwischen den Türmen.

Und dann saßen wir dort, wie am Rande der Welt, und fühlten uns für einige Atemzüge unsterblich.

Sam las Jonas' Brief, den er mit einem von Robbies Fotogeräten kopiert hatte.

Meine Schulter stieß gegen seine. »Er hat das für Tess geschrieben – aber irgendwie auch für uns.«

Sam nickte. Ich schob meine Hand über seine farbbefleckten Finger auf meinem Knie.

»Du hast ihn deiner Tante gegeben?«, fragte Sam.

»Den Brief, ja.«

Aber in dem Ordner gab es noch eine andere Seite. »Vielleicht gebe ich die ihr auch irgendwann einmal.«

Wir schwiegen.

Irgendwo unten in der Stadt erhoben sich leise brummend Hunderte kleiner Drohnen, die mit unserer Munition geladen waren.

»Seid ihr rechtzeitig fertig geworden?«, fragte ich Sam.

»Ja. Wir haben in den Markthallen bei Andruko alles gekriegt, was wir brauchten. Und direkt einen neuen Unterstützer gewonnen.«

»Vielleicht gibt es wirklich so viele Menschen, die uns unterstützen wollen, wie Luzie glaubt.«

Sam drehte seine Handfläche nach oben, sodass unsere Finger sich ineinander verhakten.

»Sie müssen nur wissen, was wir wissen.«

»Das werden sie.«

Die Drohnen stiegen höher und höher, so hoch, dass wir einige davon zwischen den Türmen unter uns wie winzige kleine Vögel ausmachen konnten.

Irgendwo weit weg löste Susanna den Mechanismus aus und die Drohnen feuerten. Bestückt mit Tausenden kleinen Papierrollen, zusammengedreht von Dutzenden fleißigen Händen, gedruckt von einer uralten Druckmaschine aus der Antiquariatsabteilung der Markthallen mit wenigen Worten und einem scanbaren Code, der zu unserem digital aufbereiteten Schatzfund aus der ZDS führte: »Wollt ihr die Wahrheit? Wir haben sie!« Und darunter eine kleine rote Ratte, deren Abbild ich einmal, vor langer, langer Zeit, aus dem Sand geklaubt hatte.

Wir baumelten mit den Beinen über dem Abgrund und die feine Berührung von Sams Fingern, die sich leise über meinen Handteller bewegten, ließ meinen Nacken kribbeln.

»Ellie?«

»Hmm?«

»Das mit uns beiden … das ist etwas Richtiges, oder? Also, ich meine, es ist keine Spielerei? Ich will mich nicht ständig fragen müssen, ob du es ernst meinst.«

Seine Ohren leuchteten.

Ich biss mir lachend auf die Lippen.

»Sammy?«

»Hmm?«

»Sehe ich das richtig, dass wir gerade eine Revolution starten und du mich bittest, deine Freundin zu sein?«

Sam gab ein kleines Grummeln von sich. Dann blickte er mich an, zog frech eine Augenbraue hoch und sagte:

»Na ja, Revolutionen sind gefährlich und wir wollen nicht als Jungfrauen sterben, oder?«

Ich lachte laut auf und mein Herz quoll über wie der Milchschaum auf einem frisch zubereiteten Cappuccino.

»Dir ist klar, dass es da noch ein paar Zwischenschritte gibt?«

Sam blickte hinaus über die Stadt, über die Papierschnipsel aus Hunderten von Drohnen regneten. Selbst aus dem Profil sah ich das Grinsen auf seinen Lippen und das Funkeln in seinen Augen. Dann drehte er sich zu mir um.

»Ja, ich weiß. Damit sollten wir schleunigst anfangen, oder?«

»Unbedingt.«

Ich griff nach seinem Hemd, um ihn an mich heranzuziehen.

Und er lachte, als wir uns küssten.

- Geheimsache -

Im Rahmen der »Aktion Recht und Ordnung«

17.10.2038

Aufgrund ihrer Tätigkeit für die Terroristengruppe Altatec sowie anderer terroristischen Vereinigungen mit Ziel Umsturz der Staatsmacht
und
terroristischer Anschläge und des Mordes an 120 Zivilisten sowie 35 Sicherheitskräften sind angeklagt worden:

Angermann, Helena; Bosko, Marcin; Celik, Deniz; Dachs, Reto; Einstig, Lisbeth; Iller, Levi; Helling, Jonas; Norbert, Jule; Nesselmann, Fritz; Tartonov, Sara; Tennig, Tilda; Zimmer, Jamie

Gemäß des Notstandgesetzes und zur Wahrung des öffentlichen Friedens haben Verfahren und Urteilsfindung unter Ausschluss der Öffentlichkeit stattgefunden.

Da laut Datenberechnung die Chancen auf Rehabilitation bei 0,037 % liegen, bestätigt die Zentrale Datenstelle hiermit das Urteil des Bundesgerichtshofes:

Tod durch Giftinjektion
Vollstreckung: Umgehend

Maike Harel schreibt Geschichten für Kinder und Jugendliche aller Altersstufen. Außerdem ist sie als Übersetzerin aus dem Englischen und Hebräischen tätig und gibt wahnsinnig gerne Lesungen für neugierige Schüler und Schülerinnen. Nach langen Jahren in aller Welt lebt sie heute mit einem netten Mann und drei fabelhaften Kindern in Berlin.

Natürlich magellan®

FSC
www.fsc.org
MIX
Papier | Fördert gute Waldnutzung
FSC® C014496

Wir pflanzen Bäume
Für unsere Umwelt
www.magellanverlag.de

Hergestellt in Deutschland
CO_2-Ersparnis durch kurze Lieferwege
Gedruckt auf FSC®-zertifiziertem Papier
Lösungsmittelfreier Klebstoff
Drucklack auf Wasserbasis
Farben auf Pflanzenölbasis

Weitere Infos gibt es hier:

www.magellanverlag.de/natürlich

Originalausgabe 2025

Dr.-Robert-Pfleger-Straße 6, 96052 Bamberg

Dieses Werk wurde vermittelt durch die Literarische Agentur Gaeb & Eggers
Text: Maike Harel
Umschlaggestaltung: Romy Schulz unter der Verwendung von Motiven von shutterstock: Arroyan Art / Kartepe Dijital / Madrugada Verde / Olena Yakobchuk / DAZOKA.com / Aleksei Solovev
Druck: GGP Media GmbH, Pößneck
produktsicherheit@magellanverlag.de
ISBN 978-3-7348-5085-1

www.magellanverlag.de

MICROCHIP

OMNI-X

TOP SECRET

ZENTRALE DATENSTELLE